Weitere Titel der Autorin:

Hummeln im Herzen
Glück ist, wenn man trotzdem liebt

Titel in der Regel auch als Hörbuch und E-Book erhältlich

Petra Hülsmann

WENN SCHMETTERLINGE LOOPINGS FLIEGEN

Roman

BASTEI LÜBBE TASCHENBUCH
Band 17 585

Dieser Titel ist auch als Hörbuch und E-Book erschienen

Originalausgabe

Dieses Werk wurde vermittelt durch die Literarische Agentur
Thomas Schlück GmbH, 30827 Garbsen

Copyright © 2015 by Bastei Lübbe AG, Köln
Textredaktion: Marion Labonte
Titelillustration: © FAVORITENBUERO, München,
unter Verwendung von Motiven von
shutterstock/Ann.and.Pen
Umschlaggestaltung: FAVORITBUERO, München
Satz: Urban SatzKonzept, Düsseldorf
Gesetzt aus der Garamond
Druck und Verarbeitung: CPI books GmbH, Leck – Germany
Printed in Germany
ISBN 978-3-404-17585-7

3 5 4

Sie finden uns im Internet unter
www.luebbe.de
Bitte beachten Sie auch: www.lesejury.de

Ein verlagsneues Buch kostet in Deutschland und Österreich jeweils überall dasselbe.
Damit die kulturelle Vielfalt erhalten und für die Leser bezahlbar bleibt,
gibt es die gesetzliche Buchpreisbindung. Ob im Internet, in der Großbuchhandlung,
beim lokalen Buchhändler, im Dorf oder in der Großstadt – überall bekommen Sie Ihre
verlagsneuen Bücher zum selben Preis.

Für Oma Leni

Und für alle, die ein Ziel haben

1.

Im Leben wie im Fu
kommt man nicht weit, wenn man nicht w
wo das Tor (Ziel)
Arnold H. Glaso

Schon Wilhelm Busch hat ja gesagt, dass Ausdauer sich früher oder später auszahlt. Meistens später, hat er hinzugefügt, und da konnte ich ihm nur aus vollem Herzen zustimmen. Es hatte verdammt lange gedauert, bis mein großer Moment endlich gekommen war: der Moment, in dem sich all meine Ausdauer auszahlte und von dem an alles anders werden würde.

In meinen Händen hielt ich einen DIN-A4-Umschlag, auf dessen linker oberer Seite der Stempel der Fernuni Hagen prangte. Ich betrachtete ihn ausgiebig von allen Seiten, holte noch einmal tief Luft und zog mit zitternden Händen drei Seiten hervor. Zunächst das Anschreiben. Mein Blick flog über die Buchstaben, ohne den Text wirklich wahrzunehmen. Lediglich die Worte »gratulieren« und »Drittbeste« blieben in meinem Bewusstsein hängen. Ich legte den Brief zur Seite und widmete meine Aufmerksamkeit nun endlich dem Dokument, für das ich so hart gearbeitet hatte. »Bachelor-Urkunde« – das Wort stach mir als Erstes ins Auge.

Frau Karoline Maus, geboren am 12. Juli 1986, hat gemäß der Bachelorprüfungsordnung mit der Gesamtnote Sehr gut (1,3) ECTS Grade A – excellent bestanden.

1,3. Eins! Komma! Drei! Ich wusste meine Abschlussnote war schon seit einiger Zeit, aber erst jetzt, als ich es schwarz auf weiß und hochoffiziell auf der Urkunde sehen konnte, schien es wirklich wahr geworden zu sein. Für einen kurzen Moment schloss ich die Augen, nur um dann doch wieder der magischen Anziehungskraft der Urkunde nachzugeben.

... der akademische Grad Bachelor of Science (B.Sc.) für den Studiengang Wirtschaftswissenschaft verliehen. Hagen, unleserliche Unterschriften, Datum, Stempel.

Unvermittelt sprang ich vom Sofa auf, als mir die Vorbereitungen einfielen, die ich extra für diesen Moment getroffen hatte. Seit mehreren Tagen wartete die *Best of Whitney Houston* darauf, abgespielt zu werden. Ich drückte auf Play und drehte den Ton auf volle Lautstärke. Anschließend holte ich eine Flasche Sekt aus dem Kühlschrank, öffnete sie mit einem lauten Knall zu den Klängen der ersten Strophe von *One moment in time* und nahm einen großen Schluck. Als Whitney das erste Mal den Refrain sang, machte sich ein unglaubliches Glücksgefühl in mir breit, und mein Herz drohte fast zu zerspringen.

Lauthals stimmte ich in das Lied ein: »Give me one moment in time, when I'm more than I thought I could be. When all of my dreams are a heartbeat away and the answers are all up to me.« Mir liefen ein paar Tränen über die Wangen, und gleichzeitig musste ich lachen, weil ich ein ziemlich bescheuertes Bild abgeben musste. Nachdem Whitney und ich gemeinsam den fulminanten Höhepunkt des Liedes geschmettert hatten: »I wiiill be, I will be freeeeeeee«, ließ ich mich erschöpft auf die Couch fallen. Diese Nummer von mir bei *Deutschland sucht den Superstar*, und Dieter Bohlen wäre begeistert gewesen. »Ey, du hast den total gefühlt, den Song. Geile Performance! Dein Gesang klingt allerdings ziemlich alarmanlagenmäßig.«

Aber egal, ich hatte mein Abi am Abendgymnasium ja

nicht nachgeholt, um Gesang zu studieren, sondern Wirtschaftswissenschaft. Und das alles zusätzlich zu meinem Vollzeitjob in der Bochumer Kfz-Zulassungsstelle. Insgesamt acht Jahre, in denen ich außer lernen und arbeiten kaum etwas anderes getan hatte. Da war es doch wohl verständlich, wenn ich in dem Moment, in dem alles vorbei war, in Gejaule ausbrach. Und nicht nur das, erst gestern hatte ich die Zusage für eine Trainee-Stelle bei einem Unternehmensberater bekommen! Also Grund genug für ein sirenenartiges Triumphgeheul vom Allerfeinsten!

Ich hörte das Lied noch fünf weitere Male und leerte dabei die halbe Flasche, wobei ich immer wieder verliebt meine Bachelor-Urkunde betrachtete. Doch irgendwann wurde mir bewusst, dass auch die schönsten Momente nur halb so schön waren, wenn da niemand war, mit dem man sie teilen konnte. Und sofort überfiel mich wieder das Gefühl von Wehmut, wie immer, wenn ich an Markus dachte. Noch vor ein paar Wochen wäre er in diesem Moment an meiner Seite gewesen. Doch nun war er mein Exfreund und wahrscheinlich der letzte Mensch auf der Welt, der sich mit mir über meinen Erfolg freuen würde oder überhaupt irgendetwas von mir hören wollte. Verständlicherweise, immerhin war ich diejenige gewesen, die nach sieben Jahren Schluss gemacht hatte.

Doch bevor ich wieder in Grübelei und Selbstvorwürfe verfallen konnte, machte ich mich schnell auf den Weg zu meinen Eltern.

Wenig später stand ich vor dem grauen, in die Jahre gekommenen Reihenhaus, in dem meine Eltern und meine Oma wohnten. Ich klingelte, und als hätte sie auf Besucher gelauert, öffnete meine Mutter nur Sekunden später die Tür.

»Hallo Mama«, begrüßte ich sie strahlend. »Ich hab tolle Neuigkeiten.«

Sie musterte mich von Kopf bis Fuß, beugte sich zu mir vor, bis sie nur noch Millimeter von meinem Gesicht entfernt war, und schnupperte. »Sachma, hast du wat getrunken? Du hast 'ne Fahne von hier bis Dortmund.«

Ich drückte mich an ihr vorbei in den Flur. »Ja, und ich hatte auch allen Grund dazu. Sind Papa und Oma da? Ich würde es gerne euch allen gemeinsam sagen.«

»Uuuuwe! Omma!«, brüllte meine Mutter, was eigentlich nicht notwendig gewesen wäre, da das Haus nicht besonders groß war. »Die Karo is hier und hat uns wat Wichtiges zu sagen!«

Sie ging mir voraus ins Wohnzimmer, wo mein Vater sich auf der durchgesessenen senfgelben Couch zum gefühlt fünfhundertsten Mal einen WM-Rückblick im Fernsehen ansah. »Püppi!«, rief er bei meinem Anblick. »Wie isses?«

»Stell doch mal die Glotze ab, Uwe«, schimpfte meine Mutter, bevor ich antworten konnte, und setzte sich neben ihn. »Wir sind seit zwei Tagen Weltmeister, langsam wissen wir es. OMMA! Nu komm!«

Seufzend betätigte mein Vater den Aus-Knopf auf der Fernbedienung.

Wenig später erschien meine Oma, gestützt auf ihren Gehstock. »Wat brüllste denn so?«

»Die Karo hat was Wichtiges zu sagen. Komm, setz dich.«

Ich umarmte Oma und drückte ihr einen Kuss auf die Wange. Sie setzte sich zu meinen Eltern auf die Couch, von wo aus die drei mich erwartungsvoll ansahen.

»Jetzt spann uns nicht so auf die Folter, Püppi. Hast du deine Urkunde gekriegt?«, fragte mein Vater neugierig.

Ich nickte. Das Knistern in der Luft war geradezu physisch greifbar.

»Zeig doch mal!«

Aus meiner Tasche holte ich den DIN-A4-Umschlag, zog das wertvolle Dokument hervor und hielt es in die Höhe. »Es ist jetzt ganz offiziell. Ich habe mein Studium mit ›sehr gut‹ abgeschlossen! Eins Komma drei, um genau zu sein, aber das wisst ihr ja schon. Was ihr aber noch nicht wisst ...« Ich machte eine kleine Kunstpause, um die Spannung ins Unermessliche zu steigern. »Ich bin die Drittbeste in meinem Jahrgang!«

»Die Drittbeste?« Mein Vater lief hochrot an, stand auf und breitete seine Arme aus. In zwei Schritten war ich bei ihm und versank in seiner Umarmung, wobei mir auffiel, dass sein Bierbäuchlein ein bisschen umfangreicher geworden war. »Ich bin so stolz auf dich, Püppi!« Er hatte recht nah am Wasser gebaut und wischte sich verstohlen ein paar Tränen aus den Augenwinkeln.

Oma nahm mir die Urkunde aus der Hand und warf einen ehrfürchtigen Blick darauf. »Herzlichen Glückwunsch, Karo! Mensch noch mal, ist noch nicht lang her, da hab ich dir die Windeln gewechselt, und nu biste plötzlich 'ne Studierte!«

Schließlich drückte meine Mutter mich so fest an sich, dass mir fast die Luft wegblieb. »Ach, Karo, das ...« Es kam nicht oft vor, dass ihr die Worte fehlten, aber in diesem Moment schien ihr nichts anderes einzufallen, als mich nur noch heftiger zu drücken.

»Kannste dir dat vorstellen, Bettina?« Mein Vater stieß ihr in die Rippen. »Wir kleinen Leute haben jetzt eine studierte Tochter!«

»Sag nicht immer, dass wir kleine Leute sind, Papa«, sagte ich zum x-ten Mal in meinem Leben. Meine Mutter war Frisörin, und mein Vater arbeitete im Bochumer Opel-Werk, zumindest noch bis Ende des Jahres, denn dann würde es geschlossen werden. Wir hatten nie im Luxus geschwelgt, aber ich hasste es, dass sie uns als »klein« bezeichneten.

Mein Vater nahm mein Abiturzeugnis ab, das über dem Fernseher gerahmt an der Wand hing, und tauschte es gegen meine Bachelor-Urkunde aus. Zum Glück hatte ich auf dem Weg zu meinen Eltern wohlweislich bereits alle notwendigen Kopien anfertigen lassen. »Das ist wirklich eine super Leistung, Karo. Ich hab doch immer gesagt, dass aus dir mal wat Besseres wird!«

Hach, wie gut es tat, so gehätschelt zu werden! Es war ein tolles Gefühl, dass ich es geschafft hatte, meine Eltern und meine Oma so stolz zu machen. »Da ist übrigens noch was«, sagte ich. »Noch eine tolle Neuigkeit.«

»Bist du wieder mit Markus zusammen?«, fragte meine Mutter hoffnungsvoll.

Na super. Da war ich hierhergekommen, um mich von diesem Thema abzulenken, und nun wurde es mir genüsslich aufs Brot geschmiert. Mit Gürkchen obendrauf. Meine Mutter nahm mir die Trennung extrem übel. Eine Frau trennte sich nicht von ihrem Freund, basta! Und schon gar nicht, wenn sie fast dreißig war und darüber hinaus seit sieben Jahren mit ihm zusammen, doppelbasta!

»Nein, bin ich nicht«, erwiderte ich schlicht.

»Was nicht ist, kann ja wieder werden«, beharrte sie. »Falls er dich zurücknimmt. Dass du ihn nach all den Jahren einfach im Regen stehenlassen hast, verzeiht er dir bestimmt nicht so schnell.«

Diese Vorwürfe hatte ich schon so oft gehört, vor allem von mir selbst. Ich schluckte den dicken Kloß runter, der sich in meinem Hals gebildet hatte. »Mama, ich habe mir diese Entscheidung wirklich nicht leichtgemacht. Wir waren schon lange nicht mehr glücklich miteinander. Ich liebe Markus nicht mehr, und ich kann mich nun mal nicht dazu zwingen, ihn wieder zu lieben! Verstehst du das denn nicht?«

»Glücklich!«, schnaubte sie. »Du bist *achtundzwanzig* Jahre alt! Wann willst du denn mal anfangen mit der Familienplanung?«

»Nu lass doch dieses Thema, Bettina«, mischte Oma sich ein.

»Nein, Oma, das ist ein gutes Stichwort«, sagte ich. »So etwas wie Familienplanung ist bei mir momentan überhaupt nicht vorgesehen. Im Gegenteil, ich werde mich von jetzt an nur auf mich konzentrieren. Und auf meine Karriere.« Ich atmete tief durch. »Ich habe nämlich einen neuen Job. Das ist die zweite tolle Neuigkeit, die ich euch erzählen wollte.«

»Einen neuen Job?«, stieß mein Vater hervor. »Und das sagst du jetzt erst? Wo denn?«

»Bei einem Unternehmensberater. Ich habe mich dort für eine Trainee-Stelle beworben und gestern die Zusage bekommen. Und das«, fügte ich stolz hinzu, »obwohl normalerweise nur Master-Absolventen in diese Programme aufgenommen werden.«

Mein Vater nickte eifrig. »Ja, aber du warst so gut, dass sie dich einfach nehmen mussten. Das ist ja toll! Herzlichen Glückwunsch, Püppi!« Er strahlte über das ganze Gesicht. »Unsere Karo wird Unternehmensberaterin!«

Unternehmensberaterin. Erst jetzt wurde mir bewusst, wie gut das klang. »Ähm, die Firma ist übrigens in Hamburg.«

Für ein paar Sekunden starrten die drei mich mit großen Augen an.

»In ... *Hamburg*?«, fragte meine Mutter schließlich entsetzt.

»Das heißt, du gehst weg?«, hakte Oma nach.

»Ja, hier im Umkreis habe ich nichts gefunden, und die

Anzeige hörte sich so toll an, dass ich mich einfach bewerben *musste*.«

»In *Hamburg*«, sagte mein Vater. Er war blass um die Nase geworden.

Es brach mir fast das Herz zu sehen, wie schwer sie es nahmen. »Hamburg ist ja nicht aus der Welt«, versuchte ich sie zu beruhigen. »Ihr wisst doch, dass ich immer schon gerne mal woanders leben wollte. Und an den Wochenenden kann ich ja ab und zu nach Bochum kommen. Oder ihr besucht mich dort.«

Es nützte nichts, die Gesichter wurden länger und länger.

»Und wann geht der Job los?«, wollte mein Vater wissen.

»Am 1. September.«

»Was? Das ist ja schon in sechs Wochen!«, rief meine Mutter. »Muss das denn alles so holterdipolter gehen? Du hast da doch gar keine Wohnung, und in Hamburg findet man auch keine, das weiß man doch!«

»Keine Sorge, Mama. Ich kann zu Saskia ziehen.« Meine beste Freundin Saskia arbeitete in Hamburg als Grundschullehrerin, und es war ein Wahnsinnsglück, dass in ihrer WG ausgerechnet dann ein Zimmer frei werden würde, wenn ich eins brauchte. Im Gegensatz zu meiner Familie hatte sie sich vor Begeisterung fast überschlagen und war überglücklich, dass wir nun bald zusammenwohnen würden.

»Ach, dat verrückte Huhn!« Meine Mutter winkte ab. »Das kann ja heiter werden.«

Ich seufzte tief. »Bitte, versucht doch wenigstens, euch zu freuen. Das ist eine riesengroße Chance für mich.«

Oma kam zu mir und legte mir einen Arm um die Schultern. »Ich hab's kommen sehen«, sagte sie. »Dass du irgendwann weggehen würdest, war spätestens an dem Tag klar, an dem du als Siebzehnjährige verkündet hast, dass du nach der Ausbildung dein Abi nachmachen und studieren willst. Ich freu mich für dich, Karo. Auch, wenn du uns ganz furchtbar fehlen wirst.«

»Danke, Oma.« Ich lehnte meinen Kopf an ihre Schulter. Es stimmte, mir war während meiner Ausbildung zur Verwaltungsfachangestellten schnell klargeworden, dass ich auf keinen Fall für alle Zeiten in diesem Job bleiben wollte und dass es ein Fehler gewesen war, mein Abitur nicht zu machen. Sicher, ich hätte meine Ausbildung schmeißen und gleich aufs Gymnasium gehen können, aber es hatte mir schon immer widerstrebt, etwas anzufangen und dann nicht zu beenden. Und nach meiner Ausbildung wollte ich endlich in eine eigene Wohnung ziehen, also blieb mir nur eine Möglichkeit: weiter in Vollzeit arbeiten und nach Feierabend und an den Wochenenden büffeln. Ich wollte es unbedingt schaffen: einen Abschluss in Wirtschaft bekommen, einen tollen Job ergattern, Karriere machen, Entscheidungen treffen und jeden Tag aufs Neue herausgefordert werden, anstatt immer nur das zu tun, was andere mir sagten. Und nun war all das zum Greifen nah. Die Zukunft war wild und ungewiss, und ich allein hatte sie in der Hand. Ich löste mich von Oma, ging zu meinen Eltern und umarmte sie. »Los, kommt. Das ist doch kein Grund zum Trübsalblasen. Wir gehen feiern, ja? Ich lade euch ein.«

Wenn ich damals geahnt hätte, *wie* wild und ungewiss die Zukunft werden würde, hätte ich mich sicherlich nicht so sehr gefreut, sondern mir vor Angst in die Hosen gemacht.

Die folgenden Wochen waren geprägt von den Vorbereitungen für meinen Umzug nach Hamburg und meinen neuen Job. Meine Wohnung musste gekündigt und aufgelöst werden, und ich musste mir von meinen letzten Ersparnissen (ein Großteil war für mein Studium draufgegangen) schicke unternehmensberatungstaugliche Bürooutfits kaufen. Darüber hinaus traf ich mich so oft es ging mit meinen Freunden und vor allem meiner Familie, denn so sehr sie mir alle auch manchmal auf die Nerven gingen – sie würden mir furchtbar fehlen.

Sechs Wochen später saß ich schon beim Abschieds-Abendessen mit meiner Familie und wusste kaum, wie mir geschehen war. Zur Feier des Tages waren heute sogar meine zwei Jahre jüngere Schwester Melli und ihr Freund Guido dabei.

Das war ungewöhnlich, denn Melli ging mir ansonsten möglichst aus dem Weg. Meine Schwester und ich hatten uns nie besonders nahegestanden. Und das war noch freundlich formuliert. Melli konnte mich nicht ausstehen und machte auch keinen Hehl daraus. Sie gönnte mir nicht das Schwarze unter den Fingernägeln, und wann immer bei mir etwas gut lief, versuchte sie, es mir madig zu machen. Schon oft hatte ich versucht, mit ihr zu reden oder Frieden zu schaffen, aber nachdem ich mir etliche Male die Zähne an ihr ausgebissen hatte, hatte ich es aufgegeben und mich darauf verlagert, sie bestmöglich zu ignorieren. Heute hatte vermutlich unsere Mutter sie gezwungen, hier anzutanzen.

Wir löffelten gerade unsere Hühnersuppe, als mein Vater zum tausendsten Mal den Kopf schüttelte und sagte: »Hamburg! Da isset doch nur am Meimeln.«

»Statistisch gesehen regnet es dort gar nicht *so* oft«, behauptete ich, ohne es genau zu wissen.

»Jetzt ist es sowieso zu spät«, sagte mein Vater mit Grabesmiene. »Na ja, immerhin kommste aus'm Pott raus. Hier gehen nach und nach die Lichter aus, in spätestens fünf Jahren is Totentanz, dat sach ich euch!« Seit mein Vater von der Schließung des Opel-Werks erfahren hatte, sagte er das beinahe täglich. Er hatte mit vierzehn Jahren angefangen, in der Fabrik zu arbeiten, und es brach ihm das Herz, dass im Dezember alles vorbei sein sollte. Die Firma hatte ihm eine großzügige Abfindung angeboten, und er hätte in Frührente gehen können – das hatte er jedoch vehement ausgeschlagen, und nun würde er ab dem nächsten Jahr im Opel-Ersatzteillager eingesetzt werden. Er hatte keine Ahnung, was ihn dort erwartete, und ich wusste, dass er Angst vor der neuen Aufgabe hatte.

»Du kannst jederzeit zurückkommen, Karo.« In den Augen meiner Mutter glitzerten Tränen.

»Pff, als würde sie wieder zurück in den Pott kommen!«, warf Melli schnippisch ein. »Die ist doch froh, dass sie endlich in so 'ne schicke Stadt wie Hamburg kommt.«

Das war mal wieder ein typischer Melli-Kommentar! »Na, du musst es ja wissen«, sagte ich nur und schluckte meine Wut herunter.

»Wir besuchen dich mal, Karo«, sagte Guido versöhnlich. »Dann gehen wir auf die Reeperbahn.«

»Reeperbahn!«, sagte meine Mutter verächtlich. »In den Puff gehen kannste in Bochum auch, da brauchste keine Reeperbahn für!«

Kaum hatten wir den letzten Bissen genommen, stand Melli auf und zog Guido am Ärmel. »Wir müssen los.«

Guido sah fragend zu ihr hoch und schien ebenso überrascht zu sein wie wir anderen.

»Was, jetzt schon?«, hakte meine Mutter nach.

»Ja, wir müssen noch zum dreißigsten Geburtstag von Guidos Kollegen«, erwiderte Melli ohne rot zu werden. Lügen konnte das Biest, das musste man ihr lassen.

»Ich bring euch noch zur Tür«, sagte ich und musste mich schwer zusammenreißen, meinen letzten Abend in Bochum mit Anstand und Würde über die Bühne zu bringen.

Nachdem Melli sich ihre Jacke angezogen hatte, standen wir

unschlüssig voreinander, taxierten uns wie zwei Boxer im Ring, von denen keiner seine Deckung aufgeben wollte. Als das Schweigen allmählich peinlich wurde, fasste ich mir ein Herz und umarmte sie. »Pass gut auf Mama und Papa auf, ja? Und auf Oma.«

»Muss ich ja wohl, wenn du abhaust«, erwiderte sie und schob mich von sich weg.

»Melli, versteh doch, ich ...«

»Schon gut«, unterbrach sie mich. »Das war doch schon längst überfällig. Bochum war dir nie gut genug. *Wir* waren dir nie gut genug. Du schaust auf uns alle herab, hast du immer schon. Mach's gut, Karo.« Damit rauschte sie ab, dicht gefolgt von Guido, der entschuldigend mit den Achseln zuckte und mir zum Abschied kurz zuwinkte.

»Hast du sie noch alle?! Das stimmt doch überhaupt nicht!«, rief ich, doch sie ging unbeirrt weiter, ohne sich umzudrehen. Wie konnte meine kleine Schwester so etwas von mir denken? Dass mir meine eigene Familie nicht gut genug war? Fassungslos sah ich den beiden nach, bis Omas Stimme mich aus meiner Erstarrung löste.

»Karo? Kommst du mal?«

Sie ging mir voraus in ihr Zimmer und setzte sich auf ihr kleines Sofa vorm Fenster. Nach dem Tod meines Großvaters war sie zu uns gezogen. Ich war damals zehn Jahre alt gewesen und alles andere als begeistert, weil ich mein Zimmer für sie räumen und zu Melli ziehen musste. Aber schon bald wollte ich Oma gegen nichts und niemanden mehr eintauschen. Wenn ich traurig war oder die ganze Welt sich mal wieder gegen mich verschworen hatte, war ich immer zu ihr geflohen, hatte ihr mein Leid geklagt, Zitronenbonbons genascht und mich trösten lassen. Sie war immer auf meiner Seite, egal, was passierte.

Ich fläzte mich neben sie, zog die Beine an und umarmte das

weiße Spitzen-Zierkissen. »Hältst du es wirklich nicht für eine Schnapsidee, dass ich nach Hamburg ziehe?«

Oma winkte ab. »Ach Quatsch. Das ist das Beste, was du machen kannst. Ich find's toll, dass du deinen eigenen Weg gehst.« Sie öffnete das Nähkästchen, das auf dem kleinen Beistelltisch stand, und holte etwas daraus hervor, das wie ein Autoschlüssel aussah. Feierlich hielt sie ihn hoch. »Und ich möchte, dass du auf deinem Weg einen treuen Begleiter hast. Betrachte dies als deine Weihnachts- und Geburtstagsgeschenke für die nächsten, na sagen wir mal, zwanzig Jahre.«

Mein Blick wanderte zwischen dem Autoschlüssel und Oma hin und her. »Wie jetzt?«

»Ich hab Paschulkes ihren Mercedes abgekauft und schenk ihn dir.«

»WAS? Du kannst mir doch kein Auto schenken!«

»Und ob ich das kann.« Sie griff nach meiner Hand und legte den Schlüssel hinein.

»Mensch, Oma!« Ich umarmte sie stürmisch. »Vielen, vielen Dank! Aber das geht doch nicht. Ein Auto!«

»Ein Mercedes«, korrigierte sie mich und tätschelte meinen Rücken. »Er steht unten vor dem Haus.«

Fünf Minuten später bewunderten Oma, meine Eltern und ich mein neues Auto. Es sah ein bisschen aus wie ein Leichenwagen – ein riesengroßer, anthrazitfarbener Leichenwagen-Kombi. Ein E 280, wie ich hinten am Kofferraum las. Funkelnd schaute er mich aus seinen eckigen Vorderleuchten an. Es war Liebe auf den ersten Blick.

»Der ist zwanzig Jahre alt, aber noch top in Schuss«, sagte Oma stolz. »Und Hotte Paschulke hat ihn mir zu einem echten Freundschaftspreis verkauft.«

»Mensch noch mal, jetzt fährt unsere Püppi auch noch 'nen Mercedes«, sagte mein Vater nun schon zum dritten Mal.

»Das sitzt sich aber gut hier drin«, sagte meine Mutter, nachdem wir eingestiegen waren, und strich ehrfürchtig über die Polsterung. »Hier sitzte ja besser als auf unserem Sofa.«

Ich bewunderte ausgiebig die Holzarmatur und die Automatikschaltung. Sogar eine Klimaanlage gab es! Und elektrische Fensterheber! »Wow, der hat ja eine richtige Luxusausstattung!«, rief ich. Bislang war ich immer nur Papas Opel oder Markus' Golf III gefahren. Und nun hatte ich ein *eigenes* Auto. Mit Klimaanlage!

»Jetzt fahr doch mal 'ne Runde, Püppi«, forderte mein Vater mich auf. »Aber sei vorsichtig, nicht dass du den Benz gleich inne Wicken setzt.«

Ich ließ den Motor an, und er schnurrte wie ein Kätzchen. Ein zugegebenermaßen für mich viel zu großes Kätzchen, aber das war mir so was von egal. Wie auf Wolken fuhr ich eine Runde um den Block, und noch eine, und noch eine. Wir fuhren eine Stunde kreuz und quer durch die Stadt, dann brachte ich meine Familie nach Hause, verabschiedete mich tränenreich und fuhr schließlich zu meiner Wohnung.

2.

Toulouse or not to lose, das ist hier die Frage.
Verzeihen Sie mir den kleinen Kalauer.
Heribert Faßbender

Nach einer fast schlaflosen Nacht machte ich mich mit Karlheinz, wie ich den Mercedes getauft hatte, da er mich ein bisschen an einen älteren Herrn erinnerte, auf den Weg nach Hamburg. Paschulkes – oder genauer gesagt ihr Sohn Didi, wie ich vermutete – hatten ein selbst zusammengestelltes *Best-of-90ies*-Mixtape im Wagen vergessen, das ich in voller Lautstärke hörte. Durch das Dachfenster wehte frische Luft herein, Thomas D rappte *Rückenwind*, und ich war der festen Überzeugung, dass er dieses Lied einzig und allein für diesen Moment geschrieben hatte. Ich fühlte mich frei, unabhängig und wahnsinnig mutig. Über so etwas wurden Bücher geschrieben und Filme gedreht. *Junge Frau zieht aus in die große, weite Welt und macht eine unvergleichliche Karriere*. Und ich war mittendrin, Heldin in meinem eigenen Film! Unglaublich, dass ich achtundzwanzig Jahre alt werden musste, um dieses Gefühl zu erleben.

Vier Stunden später parkte ich Karlheinz vor Saskias Wohnhaus in Barmbek. Kurz darauf kam sie aus der Haustür gestürmt und fiel mir um den Hals.

»Karo! Ich freu mich so, dass du da bist!«

Wir führten unser übliches Freudentänzchen auf und sprangen ein paarmal auf und ab, bis ich Saskia auf Armeslänge von mir weghielt. Seit einem halben Jahr hatten wir uns nicht gesehen, denn bei meinem Vorstellungsgespräch in Hamburg war sie auf einem Klassenausflug gewesen. »Lass dich mal anschauen.« Eingehend musterte ich sie von oben bis unten. Sie hatte sich nicht verändert. Nach wie vor strahlten riesige blaue Augen in ihrem hübschen Gesicht, und sie hatte die wunderschönsten längsten, blondesten Haare, die man sich vorstellen konnte.

»Guck nicht so, ich hab wieder zugenommen«, sagte sie.

»Ach, du spinnst doch.«

Heftig schüttelte sie den Kopf. »Drei Kilo! Der Sommer ist schuld! WM gucken, Grillen, Biergarten, Eis. Du weißt schon. Wobei ...« Nun war sie an der Reihe, mich eingehend zu mustern. »Nein, weißt du nicht. Du bist immer noch ein kleines, zierliches Püppchen. Na ja, dich päppeln wir schon auf.« Saskia schaute über meine Schulter. »Das ist er also?«, fragte sie ehrfürchtig und deutete auf mein Auto.

Ich hatte ihr gestern Abend natürlich sofort ein Foto geschickt. »Ja, das ist er. Darf ich vorstellen? Karlheinz!«

Sie tätschelte die Motorhaube und sagte wie zu einem jungen Welpen: »Ja, hallo Karlheinz! Du bist ja ein ganz Feiner!«

»Du spinnst«, meinte ich lachend, obwohl ich auch schon das ein oder andere Mal mit ihm geredet hatte – allerdings in respektvollerem Tonfall, schließlich war er für mich ein älterer Herr.

Wir gingen rauf in die Wohnung, die in einem Rotklinkermietshaus lag. Saskia hatte mir mal erzählt, dass diese Bauten typisch für Hamburgs uncoole Stadtteile waren, aber mir gefiel die Gegend. Auch die Wohnung hatte ich schon immer sehr gemocht. Die alten Holzdielen knarrten bei jedem Schritt, von der Wohnküche aus ging es auf einen kleinen Balkon, und die Räume waren hell und sonnig. Saskia führte mich den Flur hinab und öffnete die Tür des Zimmers, in dem vorher Aylin gewohnt hatte. »Das ist deine neue Bleibe. Du kannst natürlich streichen, wenn dir die Farbe nicht gefällt«, sagte sie und deutete auf eine knallgrüne Wand. »Aylin hat zwar gerade erst vor drei Monaten renoviert, aber ...«

»Nein, ich find's super!« Ich sah aus dem Fenster in den großen Gemeinschaftsgarten.

»Komm, ich zeig dir den Rest«, sagte Saskia. »Ich meine, eigentlich kennst du zwar schon alles, aber immerhin bist du jetzt hier zu Hause.«

Wir traten wieder auf den Flur, und sie öffnete die Tür meines Nachbarzimmers, in dem sich außer einer Matratze und einem Schreibtisch kein Mobiliar befand. Auf dem Fußboden lagen zwei große Koffer, aus denen Klamotten hervorquollen, und auf der Fensterbank stand eine halb vertrocknete Topfpflanze. »Hier wohnt seit ein paar Wochen Pekka. Er ist finnischer Austauschstudent und für ein Jahr hier in Hamburg.«

Als Nächstes zeigte sie mir das Zimmer des zweiten männlichen Mitbewohners – Nils, den ich während meiner Besuche bereits ein paarmal getroffen hatte. Sein Zimmer allerdings kannte ich noch nicht. Hier lag nichts am falschen Platz, und der Raum wirkte so steril, dass man sicherlich problemlos vom Boden hätte essen können. Vor allem aber fielen mir die wunderschönen Holzmöbel auf.

»Die hat Nils alle selbst gebaut oder selbst aufgearbeitet«, sagte Saskia, und ich glaubte, einen stolzen Unterton in ihrer Stimme wahrzunehmen. »Er ist Tischler, weißt du das eigentlich?«

»Ja, aber ich wusste nicht, dass er so talentiert ist.«

Sie nickte heftig. »Oh ja, das ist er. Ich zeig dir gleich mal meinen neuen Schreibtisch. Der ist auch von ihm. Hat er mir zum Geburtstag geschenkt.«

Ich warf einen Blick in Saskias Zimmer, einen Mädchentraum in Lila und Weiß, der fast vollständig von einem riesigen Schreibtisch in Anspruch genommen wurde, auf dem sich etliche Schulhefte türmten. »Wahnsinn, der sieht ja wirklich toll aus!«, sagte ich anerkennend.

Schließlich gingen wir in die gemütliche Wohnküche, in der kein Möbelstück zum anderen passte und die gerade deswegen so viel Charme besaß. Ich setzte mich an den großen Esstisch, während Saskia uns einen Kaffee kochte. Sie holte zwei Becher aus dem Regal und gesellte sich zu mir.

Seit der Grundschule waren wir die besten Freundinnen, und obwohl Saskia anschließend das Gymnasium und ich die Realschule besucht hatte, blieb unsere enge Bindung bestehen. Selbst als Saskia nach Hamburg zog und ich mit Vollzeitjob, Studium und Freund mehr als ausgelastet gewesen war, hatten wir nicht den Kontakt zueinander verloren.

Saskia liebte ihren Job als Grundschullehrerin. Mit den Männern hatte sie jedoch nicht so viel Glück. Seit ich sie kannte, war sie von einer unglücklichen Beziehung in die nächste geschlittert, und sie hatte ein schier unglaubliches Händchen dafür, sich in den Falschen zu verlieben. Sie berichtete mir, dass sie sich momentan – wieder mal – auf »intensiver Suche« befand, wofür sie sich bei einem Online-Datingportal angemeldet hatte und ein Blind Date nach dem anderen abarbeitete.

»Und da war bislang noch kein passender Kandidat dabei?«, erkundigte ich mich.

»Nee«, winkte sie ab. »Du ahnst gar nicht, was für gestörte Typen in Hamburg rumlaufen.« Sie trank einen Schluck Kaffee. »Und bei dir? Hast du noch mal was von Markus gehört?«

»Nein, keine Chance. Seit der Trennung haben wir kein Wort mehr miteinander gewechselt. Ich habe ein paarmal versucht, mit ihm zu reden, aber er hat mich jedes Mal abgeblockt.« Ich rührte mit dem Löffel in meiner Tasse herum. Schließlich zuckte ich mit den Achseln. »Na ja, wahrscheinlich ist es am besten so. Sonst komm ich nie von ihm los. Und er nicht von mir.«

Saskia musterte mich nachdenklich. »Und du bist dir sicher, dass du das Richtige getan hast?«

Ich nickte. »Ja. Aber wir waren sieben Jahre lang zusammen, und auch, wenn ich ihn nicht mehr liebe ... Er fehlt mir einfach.«

In diesem Moment wurde die Wohnungstür aufgeschlossen, und kurz darauf erschien Nils in der Küchentür. »Hey«, sagte er lächelnd. Dann streifte sein Blick mich, und sofort wurde sein Lächeln ein wenig unsicher.

»Hey Nils. Hier ist unsere neue Mitbewohnerin Karo. Aber was rede ich, ihr kennt euch ja schon.«

Ich stand auf und gab Nils die Hand. Er war zwei Meter fünf groß, und ich musste meinen Kopf weit in den Nacken legen, um ihm ins Gesicht zu sehen. »Hallo Nils. Danke, dass ich bei euch einziehen darf.«

»Mhm«, murmelte er.

»Hast du Lust auf einen Kaffee?«

Nils rieb sich seine etwas zu groß geratene Nase. »Ähm, na ja ... Ich will euch nicht stören.«

»Quatsch nicht, Nils, setz dich einfach zu uns«, sagte Saskia. »Du wirst dich schon an Karo gewöhnen. Guck doch nur, wie klein sie ist. Die tut nichts.«

Nils lachte. »Na gut.« Er goss sich Kaffee ein und setzte sich neben Saskia. Seinen Becher umklammerte er so fest, als wäre er seine letzte Rettung vorm Ertrinken, und an mir sah er stets knapp vorbei.

Nach einer Weile wurde ich ungeduldig. Ich wollte endlich auspacken und mein Zimmer einrichten. »Okay, dann mach ich mich mal ans Ausladen«, verkündete ich.

»Wollen wir nicht auf Pekka warten?«, fragte Saskia. »Oder meinste, das lohnt sich nicht?«

Sie und Nils tauschten einen kurzen Blick. Nils verdrehte die Augen und schüttelte kaum merklich den Kopf. »Wer weiß, ob er heute überhaupt nach Hause kommt.«

»Wie ist dieser Pekka denn so?«, fragte ich. »Mögt ihr ihn nicht?«

Erneuter, bedeutungsschwangerer Blickwechsel zwischen meinen neuen Mitbewohnern. Schließlich sagte Saskia: »Doch, wir mögen ihn. Aber Pekka ist unser Sorgenkind.«

Die beiden zogen so bekümmerte Mienen, dass ich Mühe hatte, ernst zu bleiben. »Wieso? Macht er seine Hausaufgaben nicht, oder ärgert er die anderen Kinder?«

»So ähnlich«, sagte Saskia. »Er verbreitet Chaos, frisst den Kühlschrank leer, ohne für Nachschub zu sorgen, putzt niemals und bringt andauernd Weiber zum Vögeln mit.«

»Oha«, meinte ich. »Das klingt ja nach einem ziemlichen Draufgänger. Ich dachte immer, Finnen wären zurückhaltend und ... irgendwie melancholisch.«

Die beiden brachen in Gelächter aus. »Also, unser Finne jedenfalls nicht. Na los, packen wir's an«, sagte Saskia munter.

Wir luden Karlheinz aus, und mit Nils' professioneller Hilfe waren meine spärlichen Möbel schnell aufgebaut.

Anschließend gingen wir auf ein Bier in ein griechisches Restaurant, das nur wenige Schritte von unserem Wohnhaus entfernt lag. Wie sich herausstellte, waren Saskia und Nils hier Stammgäste, denn der kleine, rundliche Grieche kam freudestrahlend auf die beiden zu und umarmte sie, als wären sie seine ältesten Freunde. »Endlich seid ihr mal wieder da!«

»Wir waren doch gerade erst vorgestern hier.« Lachend befreite Saskia sich aus seiner Umarmung. »Sieh mal, Costa, wir haben eine neue Mitbewohnerin. Das ist Karo. Und das«, sie deutete auf den Griechen, »ist Costa. Er macht das beste Souflaki der Stadt. Beziehungsweise Naresh, sein Koch. Was bedeutet, dass ein Inder das beste Souflaki Hamburgs macht.« Sie grinste Costa an, und es war deutlich, dass sie ihn schon häufiger damit aufgezogen hatte.

Der schien sich daran jedoch überhaupt nicht zu stören. »Ganz egal, woher der Koch kommt, Hauptsache es schmeckt!«

Ich wollte Costa die Hand geben, doch er zog mich in seine Arme und drückte mir rechts und links einen Schmatzer auf die Wange. »Herzlich willkommen!«, rief er und schenkte mir einen Ouzo ein. »Der geht aufs Haus. Magst du Fußball? Ich habe seit Neuestem Sky!« Er deutete auf den großen Flachbildfernseher, in dem gerade ein Spiel lief. Darunter hingen Poster von der griechischen und der deutschen Nationalmannschaft sowie ein rotgrüner Vereinswimpel mit dem Motto *Ein Leben. Eine Liebe. Eintracht Hamburg*. »Du kannst hier Fußball gucken, jederzeit, gerne!« Seine Augen leuchteten.

»Danke, das ist nett. Fußball ist allerdings nicht so mein Ding.«

Costa raufte sich seine grauen Locken. »Aber wir sind doch Weltmeister!«

Ich lachte. »Ja, das stimmt. Bei der nächsten WM komme ich zum Gucken vorbei, okay? Jamas!«, sagte ich und kippte meinen Ouzo runter.

Das Restaurant war nicht besonders ansprechend gestaltet und hatte eindeutig bessere Tage gesehen. Die Wandgemälde von griechischen Landschaften waren schon reichlich verblasst, und die rustikalen Eichenmöbel hatten die eine oder andere Macke weg. Trotzdem mochte ich den Laden, denn Costa verbreitete eine Herzlichkeit und Gastfreundschaft, bei der ich mich augenblicklich wohlfühlte. Er servierte uns Bier, und Naresh, ein etwa zwanzigjähriger hübscher Inder, stellte ungefragt den ganzen Abend kleine Leckereien auf unseren Tisch: Oliven, gefüllte Weinblätter, Peperoni, einige Würfel Schafskäse.

»Das ist so fies«, maulte Saskia. »Ich esse doch zurzeit keine Lebensmittel, die mehr als hundert Kalorien auf hundert Gramm haben.«

Mir blieb fast die Olive im Hals stecken. »Was bleibt denn da, außer Obst und Gemüse?«

Sie zog einen Flunsch. »Nicht besonders viel.«

Gegen Mitternacht beförderte uns Costa mit einem letzten Ouzo aufs Haus vor die Tür, und wir machten uns auf den Heimweg.

Was man in der ersten Nacht in einem neuen Zuhause träumt, soll ja bekanntlich wahr werden. Ich träumte wirres Zeug von einem Schwein, das Geige spielte. Na hoffentlich wurde das wahr, das würde ich gerne mal sehen!

Am Samstagmorgen wachte ich in einem mir fremden Zimmer auf und hatte zunächst Schwierigkeiten, mich zu orientieren. Doch dann fiel es mir wieder ein: Ich war in meinem neuen Zuhause. Durch das Fenster sah ich in einen strahlend blauen Himmel, an dem träge ein paar Schäfchenwolken vor sich hin trieben. Ein Blick auf mein Handy zeigte mir, dass es neun Uhr war. Mein erster Weg führte mich ins Bad. Mit einer Hand überdeckte ich ein herzhaftes Gähnen, das auf meinem Gesicht einfror, kaum dass ich die Tür geöffnet hatte (Gott sei Dank war die Hand davor). Das Bad war besetzt. Und zwar von einem splitterfasernackten blonden Mann, der soeben in die Badewanne steigen wollte, die gleichzeitig als Dusche diente.

Im Gegensatz zu mir schien ihm die Situation überhaupt nicht peinlich zu sein. Er griff nicht einmal nach einem Handtuch, um seine Blöße zu bedecken, sondern lächelte mich freundlich an. »Guten Tag, ich heiße Pekka«, sagte er mit schwerem, nordischem Akzent. »Ich komme aus Finnland. Wie heißen Sie?«

Ich reagierte nicht sofort, da ich äußerst konzentriert darauf war, meinen Blick nicht an seinem Körper abwärts wandern zu lassen.

Als ich nicht antwortete, fragte Pekka: »Wie geht es Ihnen?«

Mir wurde klar, dass ich immer noch mit der Hand vor dem weit aufgerissenen Mund da stand, während er offensichtlich seine paar Brocken Deutsch zusammenkratzte, um mit mir höfliche Konversation zu betreiben. Ich schloss kurz die Augen, schüttelte den Kopf und löste mich aus meiner Erstarrung. »Hallo!«, sagte ich sehr laut und artikuliert. »Ich«, mit der Hand klopfte ich auf meine Brust, »bin Ka-ro, die neue Mit-be-woh-ne-rin!«

Pekka grinste breit. »Will-kommen in diese schö-ne Wohnung!«, rief er ebenso laut und deutlich wie ich.

»Du sprichst sehr gut Deutsch!«, lobte ich und streckte meinen Daumen in die Höhe.

»Danke! Du auch!« Er zeigte auf mich, dann rief er: »Möchtest du«, nun zeigte er auf sich, »mit mir«, und nun auf die Badewanne, »duschen?«

Was war das denn für einer? Aber ich wollte nicht unhöflich sein, schließlich war er Gast in unserem Land und hatte es als Ausländer sicher schon schwer genug. »Vielen Dank«, sagte ich daher sehr freundlich. »Aber nein! Danke!«

Pekka lachte. »Schade. Dann bis später.« Er zwinkerte mir zu, drehte sich um und verschwand in der Dusche. Komischer Kauz.

Nachdenklich ging ich in die Küche, wo Saskia und Nils am Frühstückstisch saßen. Nils schlang in einem Affenzahn Cornflakes herunter, während Saskia an einer trockenen Scheibe Knäckebrot knabberte. »Guten Morgen!«, begrüßte ich die beiden. »Darf ich etwas von eurem Frühstück schnorren? Ich geh später einkaufen, versprochen.«

Nils schob mir bereitwillig seine Packung Cornflakes und die Milch rüber.

»Ich habe gerade Pekka im Bad getroffen«, erzählte ich, während ich Cornflakes in eine Schüssel kippte. »Er hat schon ganz gut Deutsch gelernt, oder?«

»Das will ich meinen«, erwiderte Saskia. »Er studiert im zehnten Semester Germanistik.«

Fast wäre mir die Milch aus der Hand gefallen. »Was? Aber eben im Bad, da hat er so gebrochen ... Oh Gott, und ich habe ...« Hilflos brach ich ab, als Saskia laut auflachte.

Nils schüttelte den Kopf. »Die Nummer zieht er ganz gerne mal ab.«

»Hm«, machte ich und aß einen Löffel Cornflakes. Blöder Idiot.

Der blöde Idiot betrat wenige Minuten später die Küche, inzwischen vollständig bekleidet mit Jeans und T-Shirt. »Hallo!«, begrüßte er mich, wieder mit schwerem finnischen Akzent. »Ich mag Fruhstuck gern! Magst du Fruhstuck mit mich?«

Ich rümpfte nur die Nase und fragte: »Wie läuft das Germanistik-Studium denn so?«

Ein Schatten der Enttäuschung legte sich auf Pekkas Gesicht. »Ach, Mist. Sie haben es dir verraten.« Er bediente sich großzügig an den Cornflakes.

»Hey«, protestierte Nils. »Wann kaufst du dir endlich mal eigene?«

»Mit Karo teilst du, aber nicht mit mir? Das macht mich traurig.« Sein finnischer Akzent war jetzt tatsächlich viel weniger zu hören. »Sehr traurig.« Er setzte einen entsprechend bedrückten Gesichtsausdruck auf, der in krassem Widerspruch zu seinen fröhlich blitzenden blauen Augen stand.

»Karo geht gleich einkaufen«, warf Saskia ein.

»Streberin«, sagte Pekka zu mir, und ich konnte nicht anders, ich musste lachen.

Nach dem Frühstück führte Saskia mich durch Barmbek, um mir alles zu zeigen, was zum Überleben in dieser Gegend wichtig war: einen Supermarkt, eine Bank, eine Drogerie, einen Kiosk, die S-Bahn-Haltestelle, ihre Stammkneipe, ihren Gemüsetürken und das Gebäude, in dem ihre Weight-Watchers-Gruppentreffen stattfanden, zu denen sie allerdings, wie sie im gleichen Atemzug zugab, seit zwei Monaten nicht mehr ging. Wieder in der WG packten wir die letzten Kartons aus, hängten Bilder und Fotos auf und räumten meine Bücher ins Regal. Schließlich holte Saskia eine Vase mit frischen Blumen aus ihrem Zimmer und stellte sie auf meine Fensterbank. »Die schenk ich dir zum Einzug.«

»Danke!« Ich drückte Saskia an mich und sah mich stolz in meinem neuen Zimmer um. »Sieht doch schon ganz gemütlich aus. Ach, ich find's toll hier mit euch, Sassi! Jetzt muss nur noch der Job super werden, und alles ist perfekt.« Abgesehen von der Sache mit Markus, die immer noch an meinem Gewissen nagte. Aber daran wollte ich lieber nicht denken.

Den Rest des Wochenendes verbrachte ich damit, mich auf Montag vorzubereiten, meinen ersten Arbeitstag. Ich bügelte meine weiße Bluse und den dunkelblauen Hosenanzug, putzte die schicken Schuhe und fuhr probehalber den Weg ab, damit ich auf gar keinen Fall zu spät kommen würde. Mein Herz klopfte schneller, als ich vor dem ultramodernen, schicken Bürogebäude in der Hafencity stand, in dem die Thiersen Consulting Group, mein zukünftiger Arbeitgeber, ihre Räume hatte. Auf der Elbe zog ein riesiges Kreuzfahrtschiff im Schneckentempo an mir vorbei, und im Gegensatz dazu erinnerte mich die Elbphilharmonie, die in einiger Entfernung zu sehen war, an ein Geisterschiff – ein ziemlich mondänes Geisterschiff, zugegebenermaßen. Touristen schlenderten umher und fotografierten sich die Finger wund, und ich war wahnsinnig stolz, dass ich schon ab morgen ein Teil von alldem sein würde.

Fünfzehn Stunden später, um Punkt acht Uhr fünfundfünfzig, trat ich in der neunten Etage eben dieses Bürogebäudes aus dem Aufzug. Ich trug mein frisch gebügeltes Unternehmensberaterinnen-in-spe-Outfit und sogar eine Aktentasche, die wahnsinnig wichtig rüberkam. Dass sie außer einem Apfel, einem Notizblock und einem Kugelschreiber absolut gar nichts enthielt, konnte man ihr von außen ja nicht ansehen. Meine dunklen, langen Haare hatte ich zu einem strengen Knoten aufgesteckt, und zur Feier des Tages trug ich statt Kontaktlinsen sogar meine Brille, mit der ich besonders seriös aussah.

In meinem Magen flatterte es nervös, als ich vor der Glastür mit dem Firmenlogo der Thiersen Consulting Group stand. »Okay, Karo«, sprach ich mir innerlich Mut zu. »Karriere, Tag eins. Es kann losgehen!« Ich atmete noch einmal tief durch und klingelte.

Summend öffnete sich die Tür, und ich betrat den Empfangsbereich. Schon auf den ersten Blick war mir klar, dass hier etwas nicht stimmte. Überall standen abgekabelte PC-Tower und

Kartons mit Akten herum, und es wimmelte nur so von Menschen. Keinen von ihnen erkannte ich wieder.

»Entschuldigung«, sprach ich eine Frau in meinem Alter an, die hinter dem Empfangstresen hektisch auf der PC-Tastatur herumhämmerte. »Ich habe heute meinen ersten Arbeitstag. Karoline Maus. Was ist denn hier los?«

Sie sah mich prüfend an. »Hat man Sie denn nicht informiert?«

Verwirrt schüttelte ich den Kopf. »Worüber?«

»Hannes Thiersen befindet sich seit letztem Donnerstag wegen des Verdachts auf Betrug und Steuerhinterziehung in Untersuchungshaft.«

Ich spürte, wie das Blut aus meinem Kopf wich und nach unten sackte. Meine Knie zitterten. »Was?«, fragte ich, doch es war kaum zu hören.

Der strenge Gesichtsausdruck der Frau wurde etwas weicher. »Lesen Sie denn keine Zeitung? Das ist doch *das* Thema in der Hamburger Klatschpresse.«

»Nein, ich bin erst am Samstag von Bochum hierhergezogen.« Ich gab mir alle Mühe, die Fassung zu bewahren. »Und ... Wie lange dauert das denn noch, mit der Untersuchungshaft und so? Ich meine, ab wann läuft denn der Betrieb wieder normal?« Instinktiv wusste ich, dass nichts in diesem Laden jemals wieder normal oder auch nur *irgendwie* laufen würde, doch ich klammerte mich an diesen Strohhalm wie eine Ertrinkende.

»Ich kann Ihnen leider nicht mehr sagen.« Die Frau drückte mir ihre Karte in die Hand, der ich entnahm, dass sie Hauptkommissarin bei der Kripo war. »Hier. Falls Ihnen später noch etwas einfällt, das Ihnen ungewöhnlich vorkam. Und bitte geben Sie mir kurz Ihre Personalien, damit wir Sie gegebenenfalls kontaktieren können.«

Eine Viertelstunde später befand ich mich wieder an der frischen Luft und ging wie belämmert an der Elbe entlang. Die Sonne spiegelte sich glitzernd im Wasser, der Himmel war strahlend blau, über mir kreischten ein paar Möwen, Menschen in Bürooutfits eilten an mir vorbei und verschwanden in den schicken Gebäuden der Hafencity – und ich mittendrin und doch nicht mal ansatzweise ein Teil von alldem. Meine Karriere als Unternehmensberaterin hatte genau dreißig Sekunden gedauert. Alle Achtung. Ob das schon einen Eintrag ins Guinness-Buch der Rekorde wert war?

Ich konnte einfach nicht glauben, was da gerade passiert war. Das musste ein schlechter Scherz gewesen sein. Gleich würde irgendein schmieriger Fernsehmoderator mit einem Kamerateam im Schlepptau vor mir auftauchen und sagen: »Da haben wir Sie aber verulkt, was, Frau Maus? Verstehen Sie Spaß?«

Aber das hier war keine Fernsehsendung, das hier war bitterste, finsterste Realität, und ich war soeben nicht von einem schmierigen Moderator verarscht worden, sondern vom Leben.

»Ach du Scheiße!«, rief Saskia entsetzt, als ich ihr am Nachmittag von der Sache berichtete. Sie stellte ihre Kaffeetasse ab und drückte mich fest an sich. »Oh Gott, wie furchtbar, Karo! Und jetzt? Gehst du zurück nach Bochum?«

Ich schüttelte den Kopf. »Welchen Sinn hätte das? Da wartet ja auch kein Job auf mich. Nein, so schnell kriegt diese Stadt mich nicht klein!«, sagte ich trotzig. »Ich bleibe und suche mir eine neue Trainee-Stelle. Das kann doch nicht so schwer sein!«

Insgeheim wusste ich ganz genau, dass es schwer *war*, vor allem, wenn man keinen Master-Abschluss und keine praktischen Erfahrungen auf dem Gebiet vorweisen konnte, aber ich war fest entschlossen, nicht aufzugeben. Das war mein Ziel, mein Traum, und ich würde alles dafür tun, ihn wahr werden zu lassen. Ich würde schon eine neue Stelle finden.

3.

*Fußball ist wie eine Frikadelle.
Man weiß nie, was drin ist.*
Martin Driller

Ich fand keine neue Stelle. Drei Wochen später hatte ich bereits an die fünfzig Bewerbungen geschrieben und entweder überhaupt keine Rückmeldung erhalten oder Absagen kassiert. Mir war klar gewesen, dass es nicht einfach werden würde, aber dass ich nachts wachliegen und mir beim Gedanken an meine Zukunft vor Panik die Luft wegbleiben würde, hatte ich nicht kommen sehen. Meine Eltern waren fast vom Glauben abgefallen, als ich ihnen am Telefon von meinem Thiersen-Fiasko erzählte. Erwartungsgemäß hielt meine Mutter es für die einzige vernünftige Lösung, dass ich umgehend zurück nach Bochum kommen und zu ihnen ziehen sollte. Für ein paar Minuten schien mir das angesichts meines inzwischen fast leeren Bankkontos tatsächlich ein verlockender Gedanke zu sein, doch letzten Endes blieb ich meinem Entschluss, mich durchzubeißen, treu.

Aus lauter Verzweiflung bewarb ich mich bei einem privaten Jobvermittler, mit dem ich ein sehr nettes Gespräch hatte und der schon eine Woche später freudig bei mir anrief.

»Frau Maus, es gibt gute Nachrichten«, verkündete er. »Hermann Dotzler, der Geschäftsführer von Eintracht Hamburg, hat uns beauftragt, Verstärkung für das Teammanagement zu suchen. Sie können sich morgen dort vorstellen.«

Ich stutzte. Hatte ich das gerade richtig verstanden? »Eintracht Hamburg?«, hakte ich nach. »Der Fußball-Bundesligaverein?«

»Genau der.«

»Aber ich habe doch gar nicht Sportmanagement studiert. Was wären denn meine Aufgaben?«

»Was die Stellenbeschreibung angeht, war Herr Dotzler relativ zurückhaltend. Eine Tätigkeit bei Eintracht Hamburg würde sich aber wirklich sehr gut in Ihrem Lebenslauf machen. Freuen Sie sich doch über das Interesse!«

»Ich freue mich ja«, sagte ich zögernd.

Er gab mir die Kontaktdaten und die Uhrzeit für das Gespräch durch und verabschiedete sich mit den Worten: »Es ist das erste Mal, dass Eintracht Hamburg uns beauftragt hat. Ich muss Ihnen wohl nicht extra sagen, wie überaus wichtig dieser Kunde für uns wäre. Also blamieren Sie uns nicht.«

Ich legte auf und starrte nachdenklich mein Handy an. Eintracht Hamburg. Fußball. Irgendwie kam mir das merkwürdig vor. Aber andererseits klang eine Tätigkeit im Management eines Bundesligavereins wirklich verheißungsvoll.

Noch mit dem Handy in der Hand stürzte ich in Saskias Zimmer, die mit Nils auf ihrem Bett saß und *Star Trek: Enterprise* im Fernsehen guckte. »Ich habe morgen ein Vorstellungsgespräch!«

Saskia stieß einen Freudenschrei aus. »Das ist ja großartig! Wo denn?«

»Eintracht Hamburg sucht Unterstützung im Teammanagement. Krass, oder?«

»Ja, allerdings.« Sie sah mich zweifelnd an. »Ähm, Karo, ich will dir ja nicht zunahetreten, aber ... Du hast doch von Fußball überhaupt keine Ahnung. Du interessierst dich noch nicht mal dafür.«

»Ja, ich weiß, das habe ich auch schon gedacht. Aber man wächst da bestimmt rein«, behauptete ich. »Bei der WM habe ich schließlich auch zugeguckt, und ich weiß sogar, was Abseits ist.«

»Auch wieder wahr«, meinte Saskia. »Du solltest aber bis morgen wenigstens die grundlegenden Infos über Eintracht Hamburg drauf haben. Die allernötigsten Basics. Nils, du kennst dich doch aus. Was muss Karo wissen?«

»Hast du was zu schreiben?«, fragte Nils.

»Ja, warte mal«, sagte Saskia. Sie robbte unter das Bett, bis ihr Körper nur noch vom Hinterteil abwärts zu sehen war.

Ich erwischte Nils dabei, wie er interessiert auf Saskias Po starrte.

»Wehe, ihr guckt mir auf den Arsch!«, kam es dumpf unter dem Bett hervor.

»Machen wir doch gar nicht«, log Nils.

Ich sah ihn mit hochgezogenen Augenbrauen an, doch er wich meinem Blick schnell aus.

Kurz darauf kam Saskia wieder hervor, mit hochrotem Kopf und einer Magnet-Standtafel in der Hand. »Hiermit habe ich als Referendarin immer unterrichten geübt«, erklärte sie, während sie aus einer Schreibtischschublade einen dicken Filzschreiber hervorkramte und sich damit an die Tafel stellte. *Eintracht Hamburg*, schrieb sie als Überschrift. »Schieß los, Nils.«

»Okay. Also, die Eintracht ist der dritte große Verein in Hamburg, neben dem HSV und St. Pauli, und erst seit ein paar Jahren durchgängig in der ersten Liga dabei. Bislang haben sie immer richtig gut abgeschnitten, immerhin so gut, dass sie Patrick Weidinger verpflichten konnten.«

»Ach, der spielt bei Eintracht Hamburg?«, fragte ich überrascht.

Nils nickte. »Ja. Aber das nützt ihnen momentan auch nichts. In dieser Saison läuft es nämlich ganz beschissen. Die haben noch kein Spiel gewonnen, sind momentan Zweitletzter.«

Saskia notierte eifrig die Eckdaten auf der Tafel.

»Die Spieler bringen überhaupt nichts«, fuhr Nils fort. »Nicht mal Weidi.«

»Echt? Bei der WM war er doch noch einer der Besten.« Ich wollte auch mal etwas von meinem äußerst beschränkten Fachwissen beisteuern.

»Ja, aber jetzt nicht mehr. Stattdessen geht er lieber in schicke Szene-Bars und säuft«, meckerte Nils. »Den Führerschein musste er auch abgeben, wegen wiederholter Raserei.«

»Und *der* war bei der WM dabei?«, fragte Saskia, nachdem sie *Weidinger: säuft, Lappen weg* an die Tafel geschrieben hatte.

»Ja, so ein Großer mit mittelblonden Haaren«, erklärte ich. »Kam immer ganz nett rüber. Sexy Figur.«

Saskia fügte auf der Tafel hinter *Lappen weg* noch *groß, sexy* hinzu und sagte dann: »Kenn ich nicht.«

»Doch, den kennst du«, behauptete ich. »Der war doch mit dieser Tussi mit der Mörder-Oberweite zusammen, die andauernd im Fernsehen ist, aber keiner weiß, warum. Im Playboy hat sie sich auch schon nackig gemacht. Nina Dornfelder.«

»Ach ja! Hat sie ihn nicht direkt nach der WM für diesen Formel-1-Fahrer sitzenlassen? Üble Geschichte. Kein Wunder, dass er abgesackt ist.«

Ich zuckte mit den Achseln. »Tja. Diese Promi-Beziehungen gehen doch nie gut. Selbst schuld, wenn man sich auf einen einlässt. Und Möchtegern-Promis sind die Schlimmsten.«

Nils verdrehte die Augen. »Typisch Frauen.« Er referierte noch eine Weile über Eintracht Hamburg. Ich wurde immer aufgeregter – ich im Teammanagement eines Fußball-Bundesligavereins, was für eine Chance! Gut, es würde eine ziemliche Herausforderung sein, und ich hätte einiges zu lernen. Aber aus genau diesem Grund hatte ich doch studiert. Um einen Job zu bekommen, der mich täglich aufs Neue herausforderte.

Trotz meiner positiven Grundeinstellung war ich reichlich nervös, als ich mich am nächsten Tag auf den Weg zum Vorstellungsgespräch machte. Die Geschäftsstelle befand sich in einem Glaskasten an der Rückseite des Stadions, und spätestens, als ich meinen Blick über den überlebensgroßen Slogan *Ein Leben. Eine Liebe. Eintracht Hamburg* schweifen ließ, fragte ich mich, was in Gottes Namen ich hier eigentlich zu suchen hatte. Doch dann straffte ich die Schultern, reckte das Kinn und ging entschlossen die letzten Schritte auf das Gebäude zu. Die Empfangsdame führte mich in einen großen Besprechungsraum, von dem aus man das Trainingsgelände überblicken konnte, auf dem die Mannschaft offenbar gerade Elfmeter übte.

Meine Hände waren eiskalt und feucht, und mir war übel. Als ich kurz davor war, vor Nervosität in Tränen auszubrechen, öffnete sich endlich die Tür, und zwei Männer und eine Frau betraten den Raum. Ein kleiner, untersetzter Herr mit Halbglatze reichte mir die Hand, und ich war erleichtert, dass er ein ebensolches Schweißproblem zu haben schien wie ich. »Guten Tag«, begrüßte er mich mit dröhnend lauter Stimme. »Ich bin Hermann Dotzler.«

Als Nächstes stellte sich ein sportlich aussehender Mann in den Vierzigern als Andreas Koch vor. Dank Nils wusste ich, dass er der Teammanager war. Schließlich reichte mir die Dame die Hand. Ein anderer Begriff als »Dame« wäre mir für sie im Traum nicht eingefallen. Sie war um die fünfzig, und alles an ihr saß am rechten Fleck, angefangen bei ihrem dunkelroten Hosenanzug über ihr dezentes Make-up bis hin zu ihrer bereits leicht ergrauenden Kurzhaarfrisur. »Ich bin Sigrid von Boulé«, stellte sie sich mit angenehm tiefer Stimme vor.

»Frau von Boulé ist unsere Teampsychologin«, dröhnte Herr Dotzler, als befände ich mich im Nebenzimmer und nicht einen halben Meter von ihm entfernt.

Teampsychologin? Was hatte die denn hier verloren?

Die drei nahmen ihre Plätze mir gegenüber ein, und Herr Dotzler zog ein paar DIN-A4-Seiten aus einer Klarsichthülle, die ich als meine Bewerbungsunterlagen wiedererkannte. »So, Frau, äh...«, er warf einen kurzen Blick auf meinen Lebenslauf, »... Maus. Also Sie sind aus Bochum hergezogen?« Er sah von meinem Lebenslauf auf und schien mich mit seinem Blick geradezu zu durchbohren.

»Ja, genau. Ich habe gerade mein Studium der Wirtschaftswissenschaft abgeschlossen, und das war für mich der Anlass, noch mal richtig durchzustarten.«

»Mhm, mhm.« Herr Dotzler studierte erneut meinen Lebenslauf. »Das war ja so ein Fernstudium«, sagte er. Es klang herablassend, und es schwang ganz deutlich ein »nur« in seinen Worten mit.

Nun mischte sich Frau von Boulé ein. »Für ein Fernstudium muss man sehr diszipliniert sein.«

»Das stimmt. Man muss es wirklich unbedingt wollen, sonst schafft man es nicht.« Mir fiel plötzlich auf, dass ich mit übereinandergeschlagen Beinen dasaß. Irgendwo hatte ich gelesen, dass man das in Bewerbungsgesprächen auf gar keinen Fall tun sollte. Ich änderte schnell meine Sitzposition. »Aber wenn ich etwas anfange, ziehe ich es auch durch. Ich finde es wahnsinnig wichtig, ein Ziel zu haben und alles dafür zu tun, es zu erreichen.« Gott, wie hörte ich mich denn an? So redete ich doch sonst nicht!

Nun meldete sich das erste Mal Herr Koch zu Wort. »Und wie sieht es mit Ihrer Durchsetzungsfähigkeit aus?«

»Oh, ich bin sehr durchsetzungsfähig. In meinem alten Job habe ich mich für viele Verbesserungen im Arbeitsablauf stark gemacht, und die wurden auch alle umgesetzt.« Dass es sich dabei lediglich um Flüssigseifenspender und Lufterfrischer auf den Damentoiletten oder ein Radio im Pausenraum gehandelt hatte, wollten sie bestimmt gar nicht so genau wissen.

Die drei schwiegen eine Weile. Herr Dotzler starrte auf meinen Lebenslauf, Frau von Boulé musterte mich eingehend, und Herr Koch rieb sich nachdenklich das Kinn. Er sah aus dem Fenster in Richtung des Fußballfeldes. Unvermittelt drehte er sich zu mir. »Haben Sie ein Auto?«

»Ja, habe ich. Einen Mercedes. E-Klasse«, fügte ich hinzu.

Herr Koch nickte anerkennend.

»Ich denke wir haben genug gehört«, sagte Herr Dotzler.

Was, jetzt schon? Das konnte nichts Gutes heißen.

»Eine Frage hätte ich noch«, sagte Frau von Boulé. »Wie sieht es privat bei Ihnen aus? Leben Sie in einer festen Beziehung?«

Das ging sie überhaupt nichts an! Ich wusste ganz genau, dass ich diese Frage nicht beantworten musste. Aber ich wollte diesen Job, ich *brauchte* diesen Job. Und es war sicherlich erwünscht, in einer Beziehung zu sein. Damit ich die Finger von den Spielern ließ. »Ja, ich habe einen Freund. Das war einer der Gründe, warum ich nach Hamburg gezogen bin. Wir wohnen jetzt zusammen«, log ich ohne rot zu werden.

Die Reaktion meiner Gegenüber gab mir recht. Sie sahen sehr zufrieden aus.

»Könnten Sie bitte kurz draußen auf dem Flur warten, während wir uns beraten?«

»Äh, okay.« Dieses Bewerbungsgespräch war ja wirklich ziemlich schräg. Ich erhob mich von meinem Stuhl und ging auf den Flur. Zum Glück musste ich nicht lange warten, denn Frau von Boulé steckte bereits nach fünf Minuten den Kopf durch die Tür. »Kommen Sie doch bitte wieder herein.«

Ich setzte mich auf meinen Platz und knetete meine Hände. Dass sie ziemlich zitterten, war von der anderen Tischseite hoffentlich nicht zu sehen.

Herr Dotzler lehnte sich in seinem Stuhl zurück. »Frau ... äh ...«

»Maus«, half ich.

»Richtig. Maus. Wir möchten Ihnen den Job gerne anbieten. Sie können morgen früh um neun Uhr anfangen.«

Echt jetzt? So einfach? Was hatten die denn hier für ein seltsames Bewerbungsverfahren? Aber egal, ich hatte einen Job! Gerade noch rechtzeitig! Fast wäre ich im Armenhaus gelandet! »Das ist ja toll!«, rief ich, während mir ein Stein vom Herzen purzelte. »Aber ... um was für einen Job handelt es sich denn eigentlich genau?« Ich rutschte auf meinem Stuhl ein paar Zentimeter nach vorne und sah erwartungsvoll in die Runde.

»Es handelt sich um eine Tätigkeit von essenzieller Bedeutung im Bereich des Spielermanagements«, erklärte Herr Dotzler mit gewichtiger Miene.

Ja, Wahnsinn! Ich, Karoline Maus, würde im *Spielermanagement* eines Bundesligavereins tätig sein. Ich würde als Frau die Fußballwelt revolutionieren, jawohl! Heute war es Eintracht Hamburg, in ein paar Jahren die Nationalmannschaft, und von da war es nicht mehr weit bis zum ... Weltverein, Weltverband, zur Weltherrschaft, wie auch immer.

»Sie sollten sich darüber im Klaren sein, dass alles, was wir im Folgenden besprechen, der absoluten Verschwiegenheit unterliegt. Das wird natürlich auch noch vertraglich geregelt«, warf Herr Koch ein.

Meine Neugier steigerte sich ins Unermessliche. Fast wagte ich nicht, zu atmen. »Das ist doch selbstverständlich.«

Dotzler nickte zufrieden. »Gut. Also ganz konkret geht es um Patrick Weidinger.«

Hä? Um nur einen Spieler? Meine Management-Tätigkeit bezog sich auf nur *einen* Spieler?

»Patrick Weidinger ist der wichtigste und beste Spieler, den wir im Kader haben«, erklärte Herr Koch. »Aber wie Sie sicherlich mitbekommen haben, gibt es in letzter Zeit leider Probleme mit ihm.«

»Seit Saisonbeginn ist er mental blockiert«, sagte Frau von Boulé. »Körperlich ist alles okay, aber seine Leistung hat deutlich nachgelassen. Ich habe mehrfach versucht, mit ihm zu reden, aber er lässt niemanden an sich heran.«

Herr Koch blickte bekümmert drein. »Er hat ein Disziplin- und ein Autoritätsproblem. In letzter Zeit ist er immer wieder bis spätnachts in Clubs unterwegs, selbst wenn am nächsten Tag ein Spiel anliegt. Am Sonntag hat er auf einem Sponsorenevent diverse Gläser Champagner getrunken und ist noch vor dem offiziellen Ende von dort verschwunden – mit der Tochter des Sponsors im Schlepptau! Wir haben ihn mehrfach abgemahnt und ihm Geldbußen auferlegt, aber es hilft alles nichts. Daher haben wir uns dazu entschlossen, den Druck deutlich zu erhöhen und drastische Maßnahmen zu ergreifen, um ihn wieder in den Griff zu bekommen.«

»Ich verstehe«, sagte ich, obwohl ich in Wahrheit überhaupt nicht verstand, was zur Hölle *ich* mit Patrick Weidingers Disziplinproblemen zu tun haben könnte. »Und ... wie sieht nun meine Aufgabe konkret aus?«

Herr Dotzler trommelte ungeduldig mit den Fingern auf der Tischplatte. »Frau Schatz ...«

»Maus«, korrigierte ich.

»Ach ja, richtig. Wir brauchen jemanden, der auf ihn aufpasst«, erklärte Dotzler. »Der ihn zum Training fährt und wieder nach Hause bringt. Jemanden, der ihn auf Sponsorenevents und Pressetermine begleitet und darauf achtet, dass er sich benimmt.«

›Tuuuut!‹, machte der große fünffachsige LKW namens Realität, als er auf mich zuraste, und ›Platsch‹ hörte ich eine Sekunde später mein Ego, als es überrollt wurde. Also *das* war die ›Tätigkeit von essenzieller Bedeutung im Bereich des Spielermanagements‹? Verzweifelt hoffte ich, dass das alles hier ein Riesenmissverständnis war.

»Offiziell werden wir Sie im Verein als Praktikantin führen, denn wir wollen Ihre tatsächliche Funktion natürlich nicht an die große Glocke hängen«, sagte Herr Koch.

Praktikantin. Ich hatte das Gefühl, sämtliches Blut wäre aus meinem Kopf gewichen, so leer fühlte er sich an. Ein fieser Geschmack breitete sich in meinem Mund aus. Der bittere Geschmack der Enttäuschung. »Und was mache ich, wenn Weidinger trainiert?«

»In der Geschäftsstelle gibt es verschiedene administrative Aufgaben für Sie. Sie könnten zum Beispiel der Pressestelle zuarbeiten«, sagte Herr Koch. »Der Vertrag ist bis zum Saisonende befristet. Also bis zum 31. Mai. Und das hier wäre Ihr Gehalt.« Er schob einen Zettel zu mir rüber, auf dem eine ansehnliche Summe stand. Ich würde mehr verdienen als in der Zulassungsstelle oder sogar als Trainee bei dem Kriminellen.

»Und? Nehmen Sie das Angebot an?«, fragte Herr Dotzler.

›Nein, ums Verrecken nicht!‹, wollte ich rufen. Dieser Job war ein Witz, und *dafür* hatte ich mir ganz sicher nicht acht

Jahre lang den Hintern aufgerissen! Doch dann dachte ich an meine diversen erfolglosen Bewerbungen und an mein Bankkonto, auf dem sich genau vierundachtzig Euro befanden. Außerdem war es albern, dass ich mich in meinem Ego beleidigt fühlte. Es war vollkommen üblich, nach dem Studium für eine Weile Praktika zu machen. Vielleicht konnte ich hier wirklich etwas lernen, und immerhin handelte es sich um Eintracht Hamburg. Wie der Mann von der Jobvermittlung schon gesagt hatte, würde sich das im Lebenslauf sehr gut machen. Genauso wie die Kohle auf meinem Konto. Ich wäre vermutlich die bestbezahlte Praktikantin, die es je gegeben hatte. »Ja, ich nehme den Job an«, sagte ich schließlich und kam mir dabei vor, als würde ich meine Seele an den Teufel verkaufen. »Nur eine Frage noch: Was ist abends und nachts? Fällt das auch in meinen Zuständigkeitsbereich?«

»Wir haben einen Privatdetektiv abgestellt, der die Nachtschicht übernimmt«, antwortete Dotzler und knackte mit den Fingerknöcheln. »Aber das darf Weidinger auf gar keinen Fall wissen, und auch sonst niemand, denn arbeitsrechtlich befinden wir uns hier sowieso schon auf ... Jedenfalls: Sobald Weidinger aus der Spur tanzt, werden Sie von dem Privatdetektiv informiert. Sie greifen dann den flüchtigen Spieler auf, bringen ihn nach Hause und machen uns sofort Meldung.«

Interessant. Dann würde ich zukünftig also als Babysitter und Petze in Personalunion fungieren. »Aber in dem Moment, in dem das passiert, weiß Weidinger doch, dass er ...«

»Dann denken Sie sich irgendeine Geschichte aus!«, donnerte Dotzler. »Dafür werden Sie schließlich mehr als gut bezahlt!«

»Alles klar«, antwortete ich matt und hasste den Job schon jetzt.

4.

*Bei einem Fußballspiel
verkompliziert sich allerdings alles
durch die Anwesenheit der
gegnerischen Mannschaft.*
Jean-Paul Sartre

»Gut, dann werden wir jetzt Herrn Weidinger holen, damit wir ihn informieren und Sie beide sich kennenlernen können«, sagte Herr Dotzler und griff nach dem Telefon.

Kurz darauf klopfte es an der Tür, und ohne auf ein ›Herein‹ zu warten, platzte Patrick Weidinger höchstpersönlich grußlos in den Raum. Er trug einen Eintracht-Trainingsanzug und Sportschuhe. Seine Stirn war in tiefe Falten gelegt und sein Mund zu einer missmutigen, schmalen Linie zusammengepresst. »Was ist?«, fragte er kurzangebunden.

»Es gibt ein paar Neuerungen dich betreffend«, sagte Dotzler. »Darüber möchten wir gerne mit dir reden.«

Weidingers Blick blieb an mir hängen, und er sah aus, als überlege er, ob er mich kennen müsste.

Kurz entschlossen stand ich auf und ging auf ihn zu. Ich streckte meine Hand aus und lächelte ihn freundlich an. »Wahnsinn, Sie sehen ja genauso aus wie im Fernsehen!«, entfuhr es mir, woraufhin ich mir am liebsten eine Ohrfeige verpasst hätte, da es a) eine Lüge war, denn im Fernsehen kam er viel netter rüber, und b) war das ja wohl überhaupt das Dämlichste, was ich hätte sagen können.

Patrick Weidinger schien das ebenfalls so zu sehen, wie sein ungläubiger Gesichtsausdruck verriet. Meine ausgestreckte Hand ignorierte er geflissentlich. »Wer ist *das* denn?«, fragte er Herrn Koch.

»Da wären wir auch schon beim Thema«, sagte der. »Das ist Karoline Maus, sie ist eine neue Praktikantin, und in erster Linie wird es ihre Aufgabe sein, sich um dich zu kümmern.«

Nun schienen alle im Raum die Luft anzuhalten und der Reaktion des großen Stars entgegenzufiebern.

Zunächst reagierte er gar nicht, sondern starrte Koch nur an. Dann mich. Dann wieder Koch. Schließlich schüttelte er den Kopf. »Sich um mich ... zu *kümmern*?«

»Ja, in letzter Zeit ist das doch alles ein bisschen viel geworden mit deinen Terminen, und darüber hinaus hast du ja nun auch keinen Führerschein mehr. Frau Maus wird dich also fahren und zu Terminen begleiten.«

Weidinger tippte sich an die Stirn. »Wollt ihr mich eigentlich alle verarschen? Die soll meinen Anstandswauwau spielen, so sieht's doch aus!«

Sieh mal einer an, der war ja anscheinend gar nicht so blöd, wie es Fußballern oftmals nachgesagt wurde.

Keiner der Anwesenden äußerte sich zu diesem Vorwurf.

»Da mach ich nicht mit«, verkündete Weidinger mit fester Stimme. »Wenn ihr mir nicht vertraut, dann ...«

»Was dann?«, bellte Dotzler. »Wir haben dich mehrfach ermahnt, jetzt ist Schluss! Wenn du nur noch ein einziges Mal aus der Reihe tanzt, ist es mit Geldstrafen nicht mehr getan, kapiert? Dann landest du für den Rest der Saison auf der Bank oder besser noch, wir verschenken dich gleich an den USC Paloma Hamburg! Haben wir uns verstanden?!«

Es war bewundernswert, wie gelassen Weidinger blieb. Er

hielt Dotzlers bohrendem Blick stand und sagte ganz ruhig: »Ja, alles klar.«

Dotzler nickte zufrieden. »Gut.«

»Okay, wenn wir uns einig sind, können wir *sie* ja wieder nach Hause schicken.« Dabei deutete er auf mich.

»Nein!«, polterte Dotzler. »Frau Schatz bleibt!«

»Maus!«, korrigierte ich. »Ich heiße Maus, nicht Schatz!«

Weidinger sah nun mit eiskalten, blauen Augen Frau von Boulé an. »Was sagen Sie denn eigentlich dazu, so als Psychotante? Finden Sie das etwa in Ordnung?«

»Sie sind momentan in einer ganz miesen Verhandlungsposition«, erwiderte sie ruhig. »Sie sollten sich mit der Situation abfinden und versuchen, das Beste daraus zu machen.«

Weidinger stand stocksteif da, die Hände tief in den Taschen seiner Trainingshose vergraben. Unter seinem linken Auge zuckte ein Muskel, und ich hätte schwören können, dass beim Ausatmen Rauch aus seinen Nasenlöchern strömte. Nein, wirklich, im Fernsehen kam er ganz eindeutig charmanter rüber. Schließlich lachte er kurz und bitter auf. »Ich fass es nicht. Dass ihr mir einen Wachhund an den Hals hetzt, ist echt unter aller Sau!« Er warf mir einen hasserfüllten Blick zu und stürmte dann hinaus.

Na, das konnte ja heiter werden.

Für ein paar Sekunden starrten wir stumm die Tür an, die Weidinger soeben mit Karacho zugeknallt hatte.

»Sind Sie mit dem Auto da?«, fragte Dotzler unvermittelt in die Stille hinein.

»Ja, bin ich.«

»Wunderbar. Dann können Sie Weidinger ja gleich nach Hause bringen. Und morgen früh kommen Sie zu mir, damit wir die Formalitäten erledigen können.«

Ich fand das nicht mal ansatzweise ›wunderbar‹, doch mir

blieb nichts anderes übrig, als mit gespielter Motivation und einem Lächeln, das wehtat, zu erwidern: »Super! Ich freu mich.«

Wenig später stand ich auf dem Parkplatz des Trainingsgeländes und wartete auf Weidinger. Er kam als einer der letzten Spieler aus dem Flachdachgebäude, in dem sich die Umkleide befand. Die Trainingssachen hatte er abgelegt und gegen Jeans, eine dunkelblaue Jacke und Sneakers ausgetauscht. Über der Schulter trug er eine Sporttasche. Obwohl ich es eigentlich gar nicht wollte, starrte ich ihn an. Er war zwar kein Schönling, aber trotzdem auf seine ganz eigene Art attraktiv. Der Dreitagebart stand ihm hervorragend, die Nase war etwas schief und sah aus, als wäre sie schon mal gebrochen gewesen. Seine Augen waren tiefblau und jetzt gerade zu schmalen Schlitzen verengt. »Kommst du immer noch nicht drüber weg, dass ich wie im Fernsehen aussehe?«

Ich straffte die Schultern, um mich größer zu machen. »Von mir aus können wir los«, sagte ich statt einer Antwort.

Suchend sah er sich um. »Nehmen wir einen Wagen vom Verein?«

»Nein, meinen. Er steht da hinten.« Ich deutete auf Karlheinz, der auf dem Parkplatz vor sich hin blitzte und glänzte. Gut, dass ich ihn gestern noch gewaschen hatte, er sah so schick aus!

Weidingers Brauen wanderten Richtung Haaransatz. »*Das* ist dein Auto?«

Irritiert realisierte ich, dass er offenbar alles andere als beeindruckt war. »Ja, der Mercedes«, sagte ich, um etwaige Missverständnisse aus dem Weg zu räumen. »Das ist eine E-Klasse!«

Wir standen nun direkt vor Karlheinz, und Weidinger musterte ihn kritisch. »Hast du den vom Schrottplatz geholt?«

»Nein, den hat meine Oma unserem Nachbarn abgekauft und mir geschenkt!«, rief ich empört. »Er ist vielleicht nicht mehr der Neueste, aber tipptopp in Schuss! Der hat Klimaanlage, elektrische Fensterheber, allen Zipp und Zapp!«

Er lachte ungläubig. »Tipptopp in Schuss? Sieht so aus, als hätte jemand deine Oma ganz schön verarscht. Der steht doch kurz vorm Exitus.«

Nur ein extrem schlechter Mensch konnte so über Karlheinz reden! »Würden Sie jetzt bitte einsteigen? Es sei denn, dieses Auto ist unter Ihrem Niveau, dann können Sie natürlich auch gerne zu Fuß gehen.«

Weidinger sah mich an, als hätte ich nicht alle Tassen im Schrank. »*Sie?* Die ganze Nation duzt mich, also fang jetzt bitte nicht an, mich zu siezen, das irritiert mich total.«

Nachdem wir eingestiegen waren, hielt ich ihm meine Hand hin. »Okay, also ich bin Karo.«

»Patrick«, erwiderte er und schüttelte sie kurz. »Sollen wir jetzt Brüderschaft trinken, oder was?«

»Nein, ich denke, es geht auch so. Ich kann dich übrigens auch Weidi nennen, wenn dir das lieber ist.«

Er verdrehte die Augen. »Ich kann dich auch Frau Schatz nennen, wenn dir das lieber ist.«

»Nicht wirklich.« Unter anderen Umständen hätte ich über diese Retourkutsche vielleicht lachen können, aber ich sah es überhaupt nicht ein, diesem unfreundlichen Miesepeter auch nur einen Hauch von Anerkennung zu zollen.

Stattdessen fragte ich Patrick nach seiner Adresse, gab sie in mein Navi ein, und wir machten uns schweigend auf den Weg. Das Radio war kaputt, und ich wollte nicht, dass er die *Best-of-90ies*-Mixkassette hörte, also ließ ich die Anlage aus. Die Stille war mir unangenehm, dabei waren wir gerade erst losgefahren. Nach zwei Minuten hielt ich es nicht mehr aus. »Du kommst auch nicht aus Hamburg, oder?«, erkundigte ich mich.

»Nein. Aus München.«

»Ah, hab ich mir doch gedacht, dass du aus Bayern kommst. Ein bisschen hört man das. Also du redest nicht megakrass bayerisch, nur ...«

»Ja, wir Hinterwäldler können tatsächlich auch so etwas Ähnliches wie Hochdeutsch sprechen, wenn wir uns anstrengen«, unterbrach er mich. »Außerdem lebe ich da schon seit sechs Jahren nicht mehr.«

Ich bemühte mich, höflich zu bleiben. »Und seitdem bist du in Hamburg?«

»Nein, ich habe vorher in Stuttgart und Leverkusen gespielt.«

Wieder trat Stille ein. Er hatte zwar nicht danach gefragt, trotzdem sagte ich: »Ich komme übrigens aus Bochum. Bin erst vor ein paar Wochen hierhergezogen.«

Statt eine Antwort zu geben, beugte er sich vor und schaltete den Kassettenrekorder an. In ohrenbetäubender Lautstärke erklang Angelo Kellys Stimme, genau an der dramatischsten Stelle des Liedes *An Angel*: »Danger's in the air, trying so hard to give us a scare, but we're not afraiaiaiaiaid«, schluchzte er, und Patrick drückte hastig den Aus-Knopf. »Oh mein Gott.«

»Das ist nicht meine Kassette, die hat der Vorbesitzer im Auto gelassen. Ich steh überhaupt nicht auf die Kelly Family«, sagte ich, in dem verzweifelten Versuch, meine Würde zu bewahren. »Also zumindest schon ziemlich lange nicht mehr.«

»Wie auch immer«, meinte er gleichgültig.

Den Rest der Fahrt verbrachten wir in angespanntem Schweigen. Es überraschte mich nicht besonders, dass Harvestehude, der Stadtteil, in dem Patrick lebte, sich als überaus schick erwies. Die Straßen waren von großen Bäumen und altehrwürdigen Villen gesäumt, an den Straßenrändern parkten Limousinen, und die wenigen Menschen, die ich herumlaufen sah, waren mehrheitlich zu stark geschminkte Damen mit vor Botox starren Gesichtszügen und aufgespritzten Lippen, die einen übergewichtigen Mops an der Leine führten. Wir hielten vor einer wunderschönen, weißen Jugendstilvilla, in deren Auffahrt ein Jaguar, ein Porsche Cayenne und ein Mini Cooper standen. Ich pfiff leise durch die Zähne. »Ganz schön viel Platz für einen alleine, was? Gehören die Autos alle dir?« Es passte zu ihm, dass er seine ganze Kohle für schnelle Flitzer verprasste.

Er folgte meinem Blick. »Da muss ich dich leider enttäuschen. Im Haus gibt es außer meiner noch drei andere Wohnungen, und die Autos gehören den anderen Mietern. Meins steht in der Garage.«

Patrick stieg aus, und weil ich höflich sein wollte, tat ich es ihm gleich. »Okay, dann wünsch ich dir einen schönen Abend. Wann soll ich morgen hier sein? Um acht?«

»Ja, ist gut. Ciao.« Damit marschierte er Richtung Haustür. Dort angekommen drehte er sich noch mal um und musterte mich mit finsterer Miene. »Kontrollierst du jetzt, ob ich auch tatsächlich reingehe?«

»Quatsch!«, log ich.

Er fuhr sich durch die Haare, und ich hörte ihn leise fluchen, dann kam er mit energischen Schritten auf mich zu. Ich wich zurück, stieß aber gleich ans Auto, sodass mein Fluchtweg versperrt war. Patrick blieb dicht vor mir stehen. Erst jetzt wurde mir bewusst, wie groß er war. Seine Augen erinnerten an Eis, und mir lief ein Schauer über den Rücken. »Also gut, dann wollen wir mal eins von vornherein klarstellen: Ich habe nicht vor, mir irgendetwas sagen oder vorschreiben zu lassen! Grundsätzlich nicht, und schon gar nicht von irgendeiner Praktikantin, die kaum übers Lenkrad gucken kann und bei der ich mich die ganze Zeit frage, ob sie überhaupt schon Auto fahren darf.« Er trat noch einen Schritt auf mich zu und beugte sich zu mir herab. Sein Gesicht war nur noch wenige Zentimeter von meinem entfernt. Wie paralysiert stand ich da und starrte ihn an.

»Klar soweit?«, fragte er schließlich.

»Äh...«, setzte ich an, doch mir waren die Worte ausgegangen.

»Gut«, sagte er schließlich und ging zurück zum Haus.

Kaum hatte er sich von mir entfernt, konnte ich wieder atmen. »Ich bin achtundzwanzig und somit ein Jahr älter als du, soweit ich weiß!«, rief ich ihm nach, doch er ging unbeeindruckt weiter. »Ach ja, und noch was!«, fügte ich hinzu. »Deine kleine Ansage gerade war echt total furchterregend, aber mich wirst du trotzdem nicht los!«

Er blieb stehen und legte den Kopf in den Nacken, als wolle er den Herrgott im Himmel um Beistand anflehen. Dann setzte er sich ohne ein weiteres Wort wieder in Bewegung, schloss die Tür auf und verschwand im Haus.

Mannomann. Der war ja mal ein richtiger Kotzbrocken!

Ich wollte gerade ins Auto einsteigen, als ich einen leisen Pfiff hörte. »Hey du«, raunte eine männliche Stimme.

Ich hob den Kopf. »Wer, ich?«

»Ja, genau du!«, rief das körperlose Etwas.

War das hier die Sesamstraße? Bestimmt würde gleich ein dubioser Typ mit Hut auftauchen, seinen Trenchcoat öffnen und mich fragen, ob ich ein A oder wahlweise ein unsichtbares Eis kaufen wollte. Neugierig sah ich mich um und entdeckte schließlich einen Mann, der dicht an die Hecke von Patricks Nachbarhaus gedrängt stand und mich zu sich herüberwinkte.

»Was ist denn?«, fragte ich, als ich vor ihm stand.

»Du musst Karoline sein.«

Ich musterte den Mann misstrauisch. Er war kaum größer als ich und etwa um die fünfzig. Seine Haut war blass, und er trug eine getönte Brille, allerdings keinen Trenchcoat, sondern einen braunen Anzug. »Lutz. Lutz Maskow«, sagte er und hielt mir die Hand hin. »Ich bin die Nachtschicht.«

»Ach so, der Privatdetektiv!« Endlich war der Groschen gefallen.

»Ganz genau. Wir müssen unsere Handynummern austauschen. Damit ich dich kontaktieren kann, wenn die Zielperson die Wohnung verlässt.«

Ich nannte ihm meine Handynummer, woraufhin er mich anrief, sodass ich auch seine hatte.

»Wir dürfen hier nicht so lange zusammen herumstehen.« Maskow sah rüber zu Patricks Haus. »Nicht, dass wir auffallen und Weidinger Verdacht schöpft.« Er hob mahnend den Zeigefinger. »Diese Operation muss vollkommen unentdeckt ablaufen. Die Zielperson darf unter keinen Umständen merken, dass sie observiert wird, merk dir das bitte. Dieser Fall ist immens wichtig für mich, verstehst du? Immens wichtig!«

Wann genau war mein Leben eigentlich zu einem schlechten Scherz geworden? »Ähm ... Okay, alles klar. Ich werd dann mal.« Zum Abschied nickte ich ihm kurz zu und machte mich endlich auf den Weg nach Hause.

In der WG schmiss ich im Flur meine Handtasche neben die Eingangstür und kickte meine schicken blauen Ballerinas achtlos in die Ecke. »Saskia?«, rief ich, in der Hoffnung auf etwas moralischen Beistand.

»Hier!«, kam es aus der Küche.

Ich öffnete die Tür und blieb noch auf der Schwelle wie angewurzelt stehen. Der Anblick, der sich mir bot, überwältigte mich. Nils saß am Küchentisch und sägte mit der Laubsäge etwas aus Sperrholzplatten aus – hoch konzentriert, mit der Zunge im Mundwinkel. Bei näherem Hinsehen erkannte ich, dass es sich um kleine Engel handelte, die Saskia mit Goldlack ansprühte. Über dem Küchentisch hing der Prototyp dessen, was die beiden da offensichtlich gerade bastelten: ein furchtbar kitschiges Engel-Mobile.

»Was in Gottes Namen macht ihr da?«

Saskia wirkte nicht im Mindesten verlegen. »Ich will die Mobiles an Weihnachten mit den Kindern in der Schule basteln. Und Nils hilft mir dabei. Er kann ja richtig gut mit der Säge umgehen.«

»Weil ich Tischler bin«, erklärte Nils ernsthaft. »Dafür kann Saskia supertoll malen.«

Ich schüttelte den Kopf, holte mir ein Bier aus dem Kühlschrank und setzte mich zu ihnen. »Ihr habt echt eine ziemlich kranke Beziehung, wisst ihr das?«

Sowohl Nils als auch Saskia erröteten zart und vermieden es, einander anzusehen.

»Quatsch«, murmelte Saskia und stellte die Dose mit dem Goldlack beiseite. »Jetzt erzähl mal. Wie ist es gelaufen?«

»Scheiße!« Mit einem lauten Plopp öffnete ich mein Bier. »Kippis«, sagte ich, wie ich es von Pekka gelernt hatte, und trank einen großen Schluck.

»Oh je. So schlimm?«, fragte Saskia mitleidig.

»Schlimmer.« Verzweifelt verbarg ich mein Gesicht in den Händen. »Also: Ich habe den Job gekriegt, aber er ist das Letzte! Wollt ihr wissen, worum es bei der ›Verstärkung des Teammanagements‹ geht?«

Saskia und Nils nickten.

»Ihr werdet es nicht glauben, aber vor euch seht ihr die neue ... tadaaaa ... Babysitterin und Fahrerin von Patrick Weidinger.«

Den beiden entglitten die Gesichtszüge. »Die *was?*«

»Ja, ihr habt richtig gehört. Super, oder? Offiziell bin ich allerdings als Praktikantin tätig!«

»Ach du Schande!«, rief Saskia entsetzt. »Wie willst du denn davon leben?«

»Oh, ich werde schon ganz gut bezahlt.«

Ihr Gesicht war ein einziges Fragezeichen. »Als Praktikantin?«

»Ja, denn meine Hauptaufgabe ist es, Weidinger zu betütern. Praktikantin bin ich nur nach außen, denn es darf ja keiner wissen, dass ...« Ich schlug mir die Hand vor den Mund. »Oh verdammt. Versprecht mir, dass ihr keiner Menschenseele davon erzählt! Es gibt da diese Verschwiegenheitsklausel, die ich unterzeichnen muss.«

Nils nahm mir das Bier aus der Hand, trank einen Schluck und gab es mir anschließend zurück. »Das ist ja der Hammer! Weidinger kriegt 'ne Nanny.«

»Ja, und das wird alles andere als ein Spaß! Patrick Weidinger, der nette Typ aus dem Fernsehen, ist nämlich ein totales Arschloch!«, motzte ich, und meine Stimme schwoll immer mehr an. »Ein arroganter, mies gelaunter, unhöflicher, CSU-wählender, weißwurstfressender *Bazi!*« Ich sprang auf, sodass mein Stuhl auf den Boden krachte. »Der hat sich über Karlheinz lustig gemacht!«

»Oha«, sagte Saskia.

Wild gestikulierend redete ich auf die beiden ein. »Ich sage euch, mein neuer Job ist die HÖLLE, er ist ein stinkender, widerlicher Haufen SCHEISSE, und Patrick Weidinger ist wirklich der *allerletzte* Mensch auf der Welt, mit dem ich ...«

»Hey, was ist das hier?«

Ich fuhr herum und sah Pekka in der Tür stehen, mit nichts bekleidet als einem Handtuch, das er sich um die Hüften geschlungen hatte. Seine Haare waren verwuschelt, und seinen Hals zierte ein dicker fetter Knutschfleck. Ein Schatten der Erkenntnis glitt über sein Gesicht. »Ah, ich sehe schon. Nervous Breakdown. Das ist die Situation, die wir hier haben, richtig?«

»Karo hatte einen echt miesen Tag«, erklärte Saskia.

Doch Pekka verließ ohne ein Wort den Raum.

»Wieso fragt er, wenn es ihn sowieso nicht interessiert?« Ich hob meinen Stuhl auf, ließ mich wieder darauf fallen und trank noch einen Schluck Bier.

Wenige Sekunden später tauchte Pekka wieder auf, immer noch nur mit dem Handtuch bekleidet, dafür aber mit einer Flasche Wodka bewaffnet. Er nahm ein paar Gläser aus dem Schrank und schenkte großzügig ein. »Hier«, sagte er. »Trink, dann es geht dir besser.«

Erst wollte ich ablehnen, griff dann aber doch nach dem Glas und stieß es mit einem lauten Knall gegen Pekkas. »Kippis.«

»Kippis«, erwiderte er, und wir tranken unsere Gläser auf ex aus. »Und, ist besser jetzt?«, wollte er wissen.

Ich horchte in mich hinein. Meine Kehle und mein Magen brannten, und mein Kopf fühlte sich an, als wäre er mit Watte gefüllt. Das miese Gefühl war jedoch immer noch da. »Nein. Und ich glaube, es wird auch nie mehr besser«, sagte ich duster. »Oh Mann, ich wollte doch Unternehmensberaterin werden! Ich war so verdammt nah dran, aber dann ...«

»Gehen Sie direkt ins Gefängnis. Gehen Sie nicht über Los. Ziehen Sie nicht 4000 Euro ein«, sagte Pekka breit grinsend.

»Sehr witzig«, murrte ich. »Ich spiel nie wieder Monopoly mit dir.«

Saskia stieß mich in die Seite. »Ach komm, Karo. Mein Gott, dein Job ist scheiße. Was soll's? Immerhin verdienst du Kohle.«

Ich schaute sie missmutig an. Jetzt war überhaupt kein guter Moment für positives Denken.

»Und einen anderen hast du ja nun mal nicht«, fuhr Saskia fort. »Richtig?«

»Nein! Nur, weil dieser dämliche Thiersen sich erwischen lassen hat. Hätte er nicht besser aufpassen können?«

»Das meinst du doch nicht ernst«, sagte sie tadelnd. »Du musst diesen Job ja nicht bis zur Rente machen, sondern nur, bis du einen besseren gefunden hast.«

Ich griff nach der Wodkaflasche und schenkte mir und Pekka nach. »Er ist eh nur bis Ende Mai befristet, und außerdem bleibt mir sowieso nichts anderes übrig. Ich hatte mir halt nur eingebildet, das ganz große Los gezogen zu haben, und nichts ist so bitter wie enttäuschte Hoffnungen.« Dieses Mal hielt ich mich nicht mit finnischen Trinksprüchen auf, sondern kippte den Inhalt des Glases ohne weitere Verzögerung hinunter.

»Sag mal, Pekka«, mischte Nils sich ein. »Würde es dir etwas ausmachen, dich anzuziehen? Ich finde es ziemlich unhygienisch, dass du hier mit quasi blankem Hintern rumsitzt.«

Pekka hob abwehrend die Hände. »Lohnt sich nicht, mich anzuziehen, ich gehe wieder in mein Zimmer. Ist Besuch da.« Er erhob sich. »Karo, ich wünsche dir alles Gute«, sagte er, klopfte mir auf die Schulter und verschwand.

Saskia schüttelte den Kopf. »Der Typ ist echt ein Irrer.«

Sie und Nils packten ihre Bastelsachen zusammen und kochten ein köstliches Abendessen. Saskia hatte ihre »Ich esse nichts, was mehr als hundert Kalorien auf hundert Gramm hat«-Diät aufgegeben, daher gab es Spaghetti in einer wunderbar fettigen Käse-Sahne-Sauce.

Nach dem Essen rief ich meine Eltern an, um ihnen die Neuigkeit mitzuteilen. »Ich habe einen Job gefunden«, verkündete ich.

»Na, Gott sei Dank. Dat is ja großartig, Karo!«, rief meine Mutter. »UWE! OMMA!«

Ich zuckte zusammen und hielt den Hörer ein paar Zentimeter von meinem Ohr weg.

»Kommt doch mal, unsere Karo is dran, die hat 'ne Arbeit gefunden!«, brüllte sie. In normaler Lautstärke fuhr sie fort: »Und was is das für ein Job?«

»Ich mache ein bezahltes Praktikum bei Eintracht Hamburg. In der Verwaltung. Pressestelle und so was«, sagte ich und musste mich sehr darauf konzentrieren, mich nicht auch vor ihr zu verquatschen, was meine Tätigkeit als Fußballer-Nanny anging.

Für eine Weile blieb es still am anderen Ende der Leitung.

»Wie, bei Eintracht Hamburg?«, hakte sie schließlich nach. »Bei dem Fußballverein? Da hast du doch gar keine Ahnung von. Und wieso Presse, du wolltest doch immer wat mit Zahlen machen?«

Im Hintergrund hörte ich meinen Vater. »Wat is mit der Eintracht?«

»Die Karo arbeitet da jetzt.«

Ich konnte mir bildlich vorstellen, wie er große Augen machte. »Wat willse denn *da*? Gib mir mal den Hörer«, sagte er, und kurz darauf hatte ich ihn an der Strippe. »Püppi! Is das dein Ernst? Eintracht *Hamburg*?«

Mein Vater war eingefleischter VfL-Bochum-Fan, er war sogar Dauerkartenbesitzer. War ja klar, dass er das persönlich nahm. »Ja, Papa. Das ist eine riesengroße Chance für mich und macht sich wirklich gut im Lebenslauf.«

»Ja, aber muss dat denn ausgerechnet bei der Eintracht

sein?« Er klang geradezu verzweifelt. »Dat hättste doch auch bei uns haben können. Gut, der VfL is nich inner ersten Liga, aber ... Eintracht Hamburg, Püppi! Dat kannste doch nich machen!«

»Immerhin ist es nicht Bayern München«, betonte ich, denn ich wusste, dass dies die größtmögliche Beleidigung für ihn wäre.

»Na, dat wär's ja auch noch! Bayern München! Wenn du mir das antust, dann ...« Hilflos brach er ab.

»... bin ich nicht mehr deine Tochter?«, erkundigte ich mich.

»Ach Quatsch! Aber dann fall ich tot um! Tot um fall ich dann!« Er seufzte. »Na ja, immerhin hast du einen Job gefunden. Dat is wirklich toll, Püppi. Auch wenn's bei der Eintracht is.«

Nach dem Telefonat stellte ich mich unter die Dusche und ließ eiskaltes Wasser auf mich herabprasseln. Als mir bewusst wurde, was ich gerade tat, lachte ich bitter auf. Eine kalte Dusche. Das passte ja perfekt zum heutigen Tag.

5.

Eigentlich bin ich ein Supertyp.
Aber ich kann wohl auch ein richtiger Arsch sein.
Mario Basler

Am nächsten Morgen klingelte um halb sieben mein Wecker. Für ein paar wunderbare Sekunden schwebte ich im ahnungslosen Dämmerschlaf-Nirwana und hatte keine Ahnung, wo ich war, wer ich war oder was ich heute vorhatte. Ich hatte wieder von dem geigespielenden Schwein geträumt und von zahmen Rehkitzen auf einer wunderschönen Blumenwiese. Doch mein seliges Lächeln verschwand augenblicklich, als Patrick Weidinger auf der Wiese erschien, dem Schwein die Geige wegnahm und dem Kitzlein mit seinem Stollenschuh böse lachend in den Rehhintern trat.

Für einen Moment zog ich ernsthaft in Erwägung, mir die Decke über den Kopf zu ziehen und so zu tun, als hätte es den gestrigen Tag nie gegeben. Doch schließlich stieß ich das tiefste Seufzen meines bisherigen Lebens aus und quälte mich aus dem Bett. Ich hatte diesen Job angenommen und würde mich jetzt nicht davor drücken! Während Karlheinz und ich durch die Straßen zuckelten, legte ich mir eine Taktik zurecht. Es lag mir nicht, lange mit meinem Schicksal zu hadern. Wenn dir das Leben eine Zitrone gibt, mach Limonade daraus, so hieß es doch. Weidinger hatte gestern mehr als deutlich gemacht, dass er auf meine Anwesenheit überhaupt keinen Wert legte. Aber ich würde seine Antipathie einfach ignorieren! Seine miese Laune, sein Gemecker und seine Unfreundlichkeit würde ich an mir abprallen lassen und ihm nur mit Freundlichkeit und Charme begegnen. Ich würde ihn um den kleinen Finger wickeln, auf diese Art und Weise Zugang zu ihm finden und ihn ganz schnell auf den richtigen Weg zurückbringen. Darüber hinaus würde ich die Aufgaben, die ich ansonsten zu erledigen hatte, so dermaßen gut lösen, dass Dotzler gar nicht anders konnte, als mich von der Praktikantin zum ernstzunehmenden Teammitglied zu machen. Ich hatte einen Fuß in der Tür, das war doch fantastisch. Dieser Job konnte eine echte Chance für mich sein, und selbst wenn er momentan noch eine Zitrone war – ich würde Limonade daraus machen. Soweit der Plan.

»Du bist ganz schön spät dran«, meckerte Patrick, kaum dass er die Autotür geöffnet hatte.

Ich strahlte ihn breit an. »Dir auch einen guten Morgen. Ja, danke, ich habe gut geschlafen. Und du?«

»Du hast vor allem lang geschlafen!« Er schnallte sich an und musterte mich ungehalten.

»Stimmt, heute ist ganz besonders schönes Wetter. Die Luft ist so klar, findest du nicht?«

Patrick verdrehte die Augen. »Können wir jetzt endlich losfahren oder soll ich dir erst noch was ins Poesiealbum schreiben?«

›Einundzwanzig, zweiundzwanzig, dreiundzwanzig. Gaaanz ruhig bleiben, Karo.‹ Betont langsam bereitete ich die Abfahrt vor. Ich ließ den Motor an, setzte den Blinker, kontrollierte fünf Mal, ob die Straße frei war, und parkte so kompliziert aus, wie es nur eben ging.

Wir quälten uns schweigend durch den morgendlichen Berufsverkehr. Immer wieder versuchte ich, ein Gespräch in

Gang zu bringen, doch Patrick gab entweder gar keine oder nur einsilbige Antworten, bis er mich schließlich anblaffte: »Mein Gott, raffst du eigentlich wirklich nicht, dass du nervst? Oder willst du es nicht raffen?«

Als wir auf dem Spielerparkplatz vor dem Trainingsgelände hielten, war meine Unterlippe wahrscheinlich schon blau vom Draufbeißen, aber ich hatte mich nicht provozieren lassen! Überfreundlich sagte ich: »Ich wünsch dir einen ganz tollen Tag. Trainier schön fleißig und mach sie alle platt! Go, Weidi, go!« Um meinen Worten Nachdruck zu verleihen, ballte ich die Hände zu Fäusten.

»Ich halt das nicht aus«, sagte Patrick leise, als wäre ich überhaupt nicht da. »Ganz ehrlich, keiner kann von mir verlangen, dass ich das aushalte. Ich rede noch mal mit Dotzler.«

Sollte er doch. Ich war mir hundertprozentig sicher, dass den das nicht im Mindesten interessieren würde.

Die nette Empfangsdame führte mich in Dotzlers Büro. Er saß an einem überdimensionalen Schreibtisch vor einem Fenster mit bestem Blick auf das Trainingsgelände. Als ich eintrat, sah er von einer Unterschriftenmappe auf. »Ah, Frau äh ... guten Morgen. Und, wie ist es mit Weidinger gelaufen?«

»Super«, antwortete ich mit erzwungener Fröhlichkeit.

»Sehr schön«, sagte Dotzler. »Ich hatte schon befürchtet, dass er seinen Unmut an Ihnen auslassen würde.«

Ich räusperte mich. »Nun, selbst wenn: Ich bin extrem taff und lasse mir keinesfalls auf der Nase herumtanzen.« Angesichts dieser dicken Lüge gelang es mir nicht, meinem neuen Chef in die Augen zu sehen.

»Richtig so.« Er schob ein mehrseitiges Dokument zu mir rüber. »Das ist Ihr Arbeitsvertrag mit der Verschwiegenheitsklausel. Sie können ihn gerne mit nach Hause nehmen und in Ruhe durchlesen.«

Ich ließ den Vertrag in meiner Handtasche verschwinden. Dotzler musterte mich nachdenklich aus seinen Triefaugen, als überlege er, was er nun mit mir anfangen sollte. »Dann kommen Sie mal mit«, sagte er schließlich, stand auf und öffnete eine Tür, die nicht auf den Gang, sondern in ein anderes Büro führte. Beim Eintreten ertappte ich eine sehr gepflegte Mittvierzigerin mit roten Haaren und einer Spur zu viel Make-up im Gesicht dabei, wie sie hastig *Gala.de* wegklickte.

Herr Dotzler deutete auf mich und erklärte: »Das ist Frau Schatz, die neue Praktikantin.«

»Maus«, korrigierte ich. »Wie die Katze. Ganz einfach.«

Aus ihren Smokey Eyes musterte die Frau mich eingehend. »Praktikantin?«, fragte sie erstaunt. »In welcher Abteilung denn?«

Dotzler machte eine ungeduldige Handbewegung. »Sie wird überall mal reinschnuppern. Aber in erster Linie wird sie Weidi fahren und zu Auswärtsterminen begleiten.«

Man konnte förmlich sehen, wie sich die Erkenntnis in ihr ausbreitete. »Ah, ich verstehe.«

»Würden Sie sie bitte zu Herrn von Ansbach bringen? Bis auf Weiteres kann sie ihm unter die Arme greifen, während Weidi trainiert.« Er bellte uns noch einen kurzen Abschiedsgruß zu und verschwand in seinem Büro.

Die Rothaarige kam hinter ihrem Schreibtisch hervor und reichte mir die Hand. »Ich bin übrigens Geli Schultz, die Assistentin von Herrn Dotzler«, sagte sie freundlich. »Wollen wir uns nicht duzen?«

»Gerne«, strahlte ich. »Ich bin Karo.«

Geli deutete mit dem Kopf zur Tür, durch die Dotzler soeben verschwunden war. »Nimm das nicht persönlich. Er hat ein extremes Namensproblem. Mich hat er drei Jahre lang Frau Meier genannt.«

Ich lachte. »Okay, dann bin ich ja beruhigt.«

»Na, dann komm mit, ich liefere dich bei Felix ab.«

Es gibt ja Menschen, da weiß man instinktiv, noch bevor man auch nur ein einziges Wort mit ihnen gewechselt hat, dass man sie nicht mag und auch niemals mögen wird. So ging es mir, als ich kurz darauf das erste Mal in Felix von Ansbachs hellgraue Augen sah. Er war ein paar Jahre jünger als ich und erinnerte mich stark an einen blutleeren Aristokraten, den ich mal auf einem Gemälde im Schloss Neuschwanstein gesehen hatte. Trotzdem beschloss ich, mir Mühe zu geben. Ich hatte zwar keine Ahnung, welche Funktion er im Verein hatte, aber ich konnte sicherlich eine Menge von ihm lernen. Und wenn ich schon einen arroganten, selbstverliebten Fußballer durch die Gegend kutschieren musste, wollte ich wenigstens meine Bürostunden voll auskosten.

»Moin Felix, das ist Karoline Maus«, stellte Geli mich vor. »Sie soll dir zuarbeiten.«

Er riss die Augen auf und verzog seine dünnen Lippen zu einem Lächeln. »*Mir* zuarbeiten? Wer sagt das?«

»Dotzler.«

»Ah. Ja, klar.« Er drückte seinen Rücken durch und reckte sein Kinn ein paar Zentimeter in die Höhe. Ich konnte ihm beim Wachsen förmlich zusehen. »Schön, dass du mich unterstützt, ich weiß schon gar nicht mehr, wo mir der Kopf steht. Dann bist du auch Praktikantin?«

Moment. *Auch?* Felix von Ansbach war Praktikant? Damit war ich dann also Fußballer-Nanny und Praktikantin des *Praktikanten?!* Es dauerte ein paar Sekunden, bis ich mich einigermaßen von diesem Schock erholt hatte. »Ja, bin ich«, presste ich schließlich hervor.

»Was hast du studiert?«, wollte Felix wissen.
»Wirtschaftswissenschaft. Bachelor. Und du?«
»Auch. Mit 1,4 abgeschlossen!«, prahlte er.
»1,3.« ›Sticht‹ hätte ich fast hinzugefügt.
»An welcher Uni hast du studiert?«
»Hagen.«

Er hob eine Augenbraue. »Ach, an der Fernuni? Wow. Was ist schon Oxford gegen Hagen? Ist bestimmt megaschwer, da einen Abschluss zu bekommen.«

Ich spürte, wie ich rot anlief. Ja, es *war* schwer, und es war ein hartes Stück Arbeit gewesen, verdammt noch mal!

»Wie geht es eigentlich deinem Vater, Felix?«, mischte Geli sich ein, wobei sie mir von der Seite einen verschwörerischen Blick zuwarf. »Meinst du, er wird dieses Jahr wieder in den Aufsichtsrat gewählt?«

Nun war es an Felix, rot anzulaufen.

»Ach, dein Vater ist Mitglied des Aufsichtsrats?«, fragte ich. »Wow. Unter diesen Umständen ist es bestimmt megaschwer, hier an einen Praktikumsplatz zu kommen.«

Geli grinste über das ganze Gesicht. »So, dann werde ich euch mal alleine lassen. Viel Spaß!«

Felix und ich standen ein paar Sekunden stumm da. »Okay, dann wollen wir mal«, sagte er schließlich. »Ich habe momentan unheimlich wichtige Dinge um die Ohren, aber auch die kleinen Aufgaben müssen erledigt werden, nicht wahr? Gut, dass ich dafür jetzt dich habe.«

Er führte mich in eine winzige fensterlose Kammer, die auch dadurch nicht heimeliger wurde, dass entlang der Wände bis zur Decke Umzugskartons aufgestapelt waren.

Felix öffnete einen Karton, der mit *01/1994* beschriftet war. »Wir haben hier die *Kicker*- und *Sport-Bild*-Ausgaben der letzten zwanzig Jahre gesammelt. Du gehst die Zeitschriften durch und schneidest alles aus, was mit der Eintracht zu tun hat. Die entsprechenden Artikel packst du in Klarsichthüllen und heftest sie chronologisch aufsteigend ab.« Er hob einen Zeigefinger. »Es ist total wichtig, dass das chronologisch *aufsteigend* ist! Also angefangen im Januar 1994, dann Februar 94, März 94 und so weiter, bis Oktober 2014. Verstehst du?«

»Danke für die Belehrung, aber ich weiß, was aufsteigend bedeutet«, sagte ich mürrisch.

»Okay.« Felix lächelte übertrieben freundlich. »Das muss unbedingt zeitnah erledigt werden, die Pressestelle braucht das ganz dringend. Büromaterial kriegst du bei Geli. Wir sehen uns.«

Und damit ließ er mich in diesem zwei Quadratmeter großen Raum zurück, der nur von einer spärlichen Glühbirne beleuchtet wurde. Ich fing an, die Kartons zu zählen, doch bei zwanzig gab ich entnervt auf. Ach, Herr Thiersen, warum, *warum* nur sind Sie kriminell geworden?

Auf der Suche nach Geli irrte ich durch die Geschäftsstelle, bis ich sie in einem Raum fand, der offenbar als Kaffeeküche und Aufenthaltsraum zugleich diente. Sie stand an einem riesigen Gastronomie-Kaffeevollautomaten und sah ihm geradezu zärtlich dabei zu, wie er ihre Koffeindröhnung zubereitete. »Hey Karo. Die Maschine ist der Hammer, oder? Willst du auch einen?« Sie drückte mir einen rot-grün gestreiften Kaffeebecher mit dem Vereinswappen und dem allgegenwärtigen Slogan *Ein Leben. Eine Liebe. Eintracht Hamburg* in die Hand, und ich ließ mir einen Latte Macchiato aufbrühen. »Sag mal, Geli, kannst du mir zeigen, wo ich Schere, Klarsichthüllen und Ordner bekomme?«

»Au weia«, rief sie bestürzt. »Du sollst die Artikel ausschneiden?! Davor drücken wir alle uns schon seit Monaten.«

Ich nickte.

»Komm, jetzt trinken wir erst mal in Ruhe Kaffee, und dann führ ich dich rum«, sagte sie und stieß mich freundschaftlich in die Seite.

Ich weiß nicht, wie viele Hände ich an diesem Vormittag geschüttelt und wie viele Namen ich gehört und sofort wieder vergessen habe. Es waren mindestens ebenso viele wie die Kartons, deren freudloser Inhalt mich erwartete. Nach unserem Rundgang durch die Büros ließ Geli mich einen kurzen Blick ins Stadion werfen und brachte mich zu guter Letzt zum Trainingsgelände. Zu meinem Erstaunen gab es etliche Zuschauer, darunter nicht wenige Frauen. Vornehmlich junge Frauen. Kiebitze wurden die Zaungäste genannt, wie Geli mir erklärte.

Ich suchte den Platz nach Patrick ab. Er stand etwas abseits an der Seitenlinie und drehte einen Ball in seinen Händen, während ein drahtiger Mann in Sportklamotten heftig gestikulierend auf ihn einredete. Patricks Gesichtsausdruck verriet deutlich, dass er sich nur mit Mühe beherrschte und dem Typen am liebsten eine reinhauen würde. »Ist das der Trainer?«, fragte ich und deutete in die Richtung des Mannes.

»Ja, Reinhard Bergmann. Er und Weidi kommen nicht besonders gut miteinander klar.«

Patrick fiel seinem Trainer mitten im Vortrag mit einer kurzen Entgegnung ins Wort und ließ ihn dann einfach stehen.

»Ja, sieht ganz danach aus.«

Wir sahen noch ein paar Minuten beim Training zu, doch dann meldete sich mein Pflichtgefühl. »Komm, lass uns wieder reingehen, damit ich endlich ans Schnibbeln komme.«

Den Rest des Tages verbrachte ich in meinem fensterlosen Kabuff damit, die Sportzeitschriften durchzublättern, Artikel auszuschneiden und in Ordner abzuheften. Bis Feierabend hatte ich mich ins Jahr 1998 vorgearbeitet. Der Preis, den ich dafür zahlte, war allerdings hoch, denn meine Finger taten weh, und mir schwirrte der Kopf von all den Bildern und Schlagzeilen, die ich in den letzten Stunden überflogen hatte. Ich war schon fast froh, als es an der Zeit war, Patrick vom Training abzuholen.

Der bayerische Sonnenschein wartete bereits auf mich. Zwei weibliche Fans leisteten ihm dabei freundlicherweise Gesellschaft, himmelten ihn an und kicherten um die Wette. Eins der Mädchen drückte Patrick einen Stift in die Hand und hielt ihm einladend ihre Brust entgegen, damit er auf ihrem T-Shirt ein Autogramm hinterlassen konnte. Auf die Entfernung war ihm nicht anzusehen, ob er das Ganze peinlich fand oder genoss. Allerdings unterschrieb er im weitestmöglichen Abstand zur Brust des Mädchens, irgendwo in Schlüsselbeinnähe.

Ich hatte mich währenddessen an Karlheinz gelehnt und räusperte mich lautstark, um auf mich aufmerksam zu machen. Patrick deutete in meine Richtung und sagte etwas, woraufhin die Mädchen ihre Handys herausholten, um Fotos von sich und ihm zu machen. Nachdem das erledigt war, winkte er ihnen zum Abschied kurz zu und kam im Laufschritt zum Auto.

Kaum waren wir eingestiegen, motzte er: »Ich hab keinen Bock, ständig auf dich zu warten! Sei gefälligst pünktlich!«

Mir lag schon eine schnippische Antwort auf der Zunge, doch dann rief ich mir meinen guten Vorsatz in Erinnerung: Freundlich und charmant sein! »Hallo Patrick. Wie war das Training?«

»Wie soll es schon gewesen sein? Wie immer.«

»Ich habe gehört, du bist in letzter Zeit nicht so gut in Form?«, fragte ich betont beiläufig.

»Ich habe nicht die geringste Lust, meine Leistung oder sonst irgendetwas mit dir zu bequatschen, okay? Also, wenn ich dich schon ums Verrecken nicht loswerde, dann kutschier mich in Gottes Namen herum, aber halt ansonsten deine Klappe.«

»Das ist echt blöd, weil im Klappehalten bin ich gar nicht gut.«

Er ließ seinen Kopf gegen die Rückenlehne fallen. »Was du nicht sagst.«

Für eine Weile war es still im Auto. Patrick starrte aus dem Fenster, und ich versuchte, mich auf den Verkehr zu konzentrieren, wobei ich mir überflüssigerweise immer mal wieder durch die Haare fuhr oder mich an der Nase kratzte. Ich konnte mich nicht daran erinnern, mich jemals in der Gesellschaft eines Menschen derart unbehaglich gefühlt zu haben. Dieses Schweigen machte es nur noch schlimmer.

»Seit wann spielst du denn eigentlich Fußball?«

Patrick starrte weiterhin aus dem Fenster, antwortete mir aber gnädigerweise. »Seit ich laufen kann. Mit neun Jahren bin ich dann ins Bayern-München-Nachwuchszentrum gekommen.«

»Krass. Wie kriegt man das denn alles auf die Reihe? Ich meine den Sport, die Schule, Freunde und all das?«

Es dauerte ein paar Sekunden, bis er antwortete. »Man muss halt Prioritäten setzen. Die Trainingszeiten waren mit der Schule abgestimmt. Und Freunde ... na ja. Ich war nicht so der Partylöwe.«

Wir hielten an einer roten Ampel, und ich sah zu ihm rüber. »Aber dafür bist du es jetzt, was? Ich meine, man liest ja so einiges in den Zeitungen.«

Verächtlich musterte er mich mit seinen Eisaugen, ließ meinen Kommentar jedoch unbeantwortet stehen. Schließlich deutete er nach vorne und sagte: »Es ist grün, Mäuschen. Wenn es dir nichts ausmacht, würdest du dann bitte losfahren? Ich und die Autofahrer hinter dir wären dir sehr dankbar.«

Wie zur Bestätigung hupte der Fahrer des Kleintransporters hinter mir, und ich setzte den Wagen wieder in Bewegung.

»Und das nächste Spiel, wo ist das?«, fragte ich in dem verzweifelten Versuch, das Gespräch nicht abreißen zu lassen. Knapp drei Minuten noch, dann konnte ich ihn endlich vor seiner Schickimicki-Wohnung absetzen und durchatmen.

»In Köln.«

»Wird das ein schweres Spiel?«

Patrick lachte leise. »Wie kommt man eigentlich an so einen Job, wenn man von Fußball keine Ahnung hat?«

Mein Griff um das Lenkrad wurde fester. »Ich habe durchaus Ahnung, und um Praktikantin in einem Fußballverein zu sein, muss man wohl kaum die Fachkenntnis eines Jogi Löw besitzen.«

»Das vielleicht nicht, aber ein ganz kleines bisschen Fachkenntnis könnte durchaus hilfreich sein, meinst du nicht auch?«

Dieser Typ stellte meine Geduld und Freundlichkeit wirklich auf eine verdammt harte Probe! »Wird das nun ein schweres Spiel oder nicht? Warum beantwortest du nicht einfach meine Frage?«

»Weil das eine bescheuerte Frage ist, und ich muss auch ohne dich schon mehr als genug bescheuerte Fragen beantworten! Wir sind auf dem zweitletzten Tabellenplatz, Mäuschen, für uns ist jedes Spiel schwer! Okay?«

»Hör auf, mich Mäuschen zu nennen!«

»Mit Vergnügen! Wenn du die Klappe hältst!«

»Mit Vergnügen! Wir sind nämlich da!« Ich bremste hart, sodass wir beide in unseren Sitzen ein Stückchen nach vorne ruckelten.

»So schnell schon? Erstaunlich, wie die Zeit rast, wenn man sich amüsiert!«, ätzte er. »Gott sei Dank sehen wir uns in ein paar Stunden schon wieder!«

»Ich kann es auch kaum erwarten! Oh, Moment! Bitte, bitte gib mir ein Autogramm, damit ich wenigstens einen kleinen Teil von dir mitnehmen kann.«

»Wohin hättest du es denn gern? Auf die linke oder auf die rechte Brust?« Er starrte ungeniert auf meine Oberweite.

Empört schnappte ich nach Luft. »Weder noch! Ich habe nicht vor, mit dir über meine Brüste zu sprechen!«

»Kann ich verstehen«, erwiderte er und schnallte sich ab. »Das würde ja wohl auch ein sehr kurzes Gespräch werden.« Dann stieg er aus, knallte die Tür zu und stapfte davon.

»Arschloch!«, schrie ich ihm hinterher, doch er konnte mich nicht mehr hören oder tat zumindest so.

Ich hatte das Gefühl, als würde in meinem Magen ein Kessel Teer über einem glühend heißen Feuer vor sich hin kochen. Ich schloss die Augen, ballte die Hände zu Fäusten und atmete ein paarmal tief ein und aus, bis mich das Klingeln meines Handys erschrocken zusammenfahren ließ. Schnell fischte ich es aus meiner Handtasche.

»Hey Karo, hier ist Lutz. Blauer Golf. Straßenrand, schräg hinter dir.«

Ich drehte mich um, sah ihn allerdings nirgends.

»Nicht umdrehen!«, zischte er. »Verhalt dich unauffällig und guck in den Rückspiegel!«

»Du bist ja ein Meister der Tarnung, was?«

»Ich bin Profi«, sagte er schlicht. »Du sahst gerade ein bisschen psychomäßig aus. Da dachte ich, ich ruf mal lieber an, um einen Mord an der Zielperson zu verhindern.«

»Du kannst echt froh sein, dass du nie direkten Kontakt zu diesem Typen hast.«

»Dann sieh mal zu, dass du nach Hause kommst. Ich halte hier die Stellung. Und denk immer daran, dass er ein Job ist. Du musst die nötige Distanz wahren!«

Distanz – nichts lieber als das! Es war nur leider extrem schwierig, Distanz zu wahren, wenn man ständig auf engstem Raum zusammengepfercht war und dann auch noch so dermaßen unhöflich und mies behandelt wurde. Noch schwieriger war es, bei alldem nett zu bleiben, und ich hatte keine Ahnung, wie ich das weiter durchziehen sollte.

Meine Mitbewohner waren wie so häufig in der Küche versammelt, als ich nach Hause kam. Saskia und Nils spielten Karten, während Pekka am Herd stand und in einem Topf rührte, in dem eine milchige Gemüsesuppe vor sich hin blubberte. »Das ist *Kesäkeitto*«, erklärte er. »Sommersuppe. Ist köstlich!« Er küsste seine Fingerspitzen.

Ich tauchte einen Löffel in den Topf und probierte. »Mmh. Das ist echt lecker.«

Pekka strahlte. »Ist genug für alle da, ich teile das mit euch.«

Ich holte vier Teller aus dem Schrank und stellte sie auf den Tisch.

»Für mich nicht«, sagte Saskia. Sie nahm sich ein Stück rohen Kohlrabi aus einem Schüsselchen mit geschnittenem Gemüse. »Ich muss in nicht mal mehr zwei Wochen noch fünf Kilo abnehmen.«

Nils sah von seinen Karten hoch. »Wieso das denn?«

»Weil ich dann ein Date habe.«

Er brummelte etwas vor sich hin und räumte die Karten weg.

»Mit wem?«, fragte ich.

Saskia winkte ab. »Ach, so'n Typ von der Dating-Plattform. Dreiunddreißig, Skorpion, Sinn für Humor, treu, Versicherungskaufmann.«

»Idiot«, fügte Nils hinzu.

Pekka lachte.

»Wie kommst du darauf, dass er ein Idiot ist?«, fragte Saskia gereizt.

»Weil sie alle Idioten sind«, erwiderte Nils.

Pekka stellte den Topf auf den Tisch. »Das stimmt«, sagte er, während er die Teller füllte. »Seit ich hier wohne, hattest du ein Idiot nach den anderen. Es waren seehr viele.«

Missmutig griff Saskia nach einer Babykarotte. »Ja und? Was soll ich machen, der Richtige wird schon irgendwann dabei sein!«

Nils, Pekka und ich machten uns über unsere Suppe her. Eine Weile war es bis auf die klappernden Löffel und Saskias Möhrenknabbern still im Raum.

»Willst du wirklich nicht probieren?« Pekka stieß Saskia in die Seite. »Das ist nur Gemüse! Und Butter und Sahne.«

»Ich finde sowieso, du musst nicht abnehmen«, sagte Nils, ohne Saskia dabei anzusehen. »Du siehst doch ... ganz okay aus.«

»Oh. Danke schön.« Auf Saskias Gesicht erschien eine feine Röte. Sie schwieg einen Moment und fügte dann hinzu: »Das ist wirklich nett, aber ›ganz okay‹ reicht leider nicht.«

Pekkas und mein Blick kreuzten sich. Pekka deutete mit dem Kopf unmerklich auf Nils und grinste. Ich zuckte mit den Achseln und erwiderte das Grinsen.

Nach dem Essen stand Pekka auf. »So, ich gehe auf eine Party.«

»Musst du eigentlich nie lernen?«, fragte ich, während ich die Teller zusammenräumte.

»Ach«, er winkte ab. »Man muss Prioritäten setzen. Außerdem ich kann alles.« Und schon war er verschwunden.

»Du, Karo, hast du Zeit, meine Klamotten mit mir durchzugehen?«, fragte Saskia. »Ich weiß nicht, was ich zu dem Date anziehen soll.«

»Klar.«

»Und was ist mit dem Abwasch?« Nils zeigte anklagend auf die Teller und auf den Herd, der deutliche *Kesäkeitto*-Spuren trug. »Laut Plan bist du dran, Karo, und du hast es letztes Mal schon nicht gemacht.«

»Mach ich morgen. Versprochen«, sagte ich und zog Saskia mit mir aus der Küche.

In ihrem Zimmer warf ich mich auf ihr Bett und setzte ihren alten Teddybären auf meinen Schoß.

Saskia holte einen dunklen Hosenanzug aus ihrem Schrank. »Was hältst du hiervon?«

»Nein. Es sei denn, du betrachtest das Date als offizielles Bewerbungsgespräch. Dann würde es passen.«

»Und die hier? Mit einer Jeans und einer Bluse?« Nun hatte sie eine Strickjacke in der Hand, die fast bis auf den Boden reichte.

»Spinnst du? Dieses Monster kannst du frühestens anziehen, wenn ihr drei Jahre zusammen seid.«

»Aber die kaschiert meinen dicken Hintern so schön.«

»Du hast keinen dicken Hintern!«

»Du hast gut reden«, sagte Saskia. »So dünn wie du bist.«

»Ach, hör auf mit dem Quatsch. Glaubst du, es ist toll, wenn man andauernd für minderjährig gehalten wird?« Ich dachte an Patricks charmante Bemerkung über meine Oberweite.

Saskia hielt ein blaues, schlichtes Kleid hoch.

»Ja, das ist hübsch. Zieh mal an«, forderte ich sie auf. »Apropos hübsch. Sag mal ... was war das eigentlich vorhin mit Nils?«

»Was meinst du?«

»Na ja, er hat doch auf seine ganz typische Nils-Art gesagt, dass er dich hübsch findet. Ist dir denn noch nie der Gedanke gekommen, dass er dich mögen könnte?«

Saskia ließ vor Schreck das Kleid fallen. »Hä? Spinnst du?«
»Nein!«, beteuerte ich. »Das Gefühl habe ich wirklich. Und du magst ihn doch auch. Ihr seht euch auf eine ganz spezielle Art an, und wie ihr miteinander umgeht ... Ihr würdet so gut zusammenpassen!«

Sie bückte sich und hob das Kleid auf. »Ach komm, hör auf, Karo. Wir wohnen schon seit Jahren zusammen, wir sind Freunde. Ich mag Nils, ja. Wer würde ihn auch nicht mögen? Er ist süß, lieb und hilfsbereit und überhaupt einer der nettesten Typen, die ich kenne. ABER«, sagte sie schnell, um mir zuvorzukommen, »ich stehe nun mal auf etwas ... coolere Männer. Zwischen mir und Nils ist nichts. Gar nichts. Nada. Niente. Nothing. Rien.«

»Süße, in je mehr Sprachen du das sagst, desto unglaubwürdiger wird es.«

Saskia zog eine Grimasse, und wir fingen beide an zu lachen.

»So, ich ziehe jetzt dieses Kleid an, und du sagst mir, ob es das Richtige für mein Date ist«, sagte sie schließlich. »Und dass Nils und ich nur Freunde sind, ist Fakt. Glaub mir.«

Ich hatte da so meine Zweifel, hielt mich aber mit weiteren Kommentaren zurück.

Mark Fischer, den Pressesprecher, und Lars Hansen, den Marketingreferenten der Hamburger Eintracht, hätte man glatt für Zwillinge halten können. Sie trugen beide Pullunder, Hemden, Chinos, Bootsschuhe und schwarze Hornbrillen, selbst ihre Haare waren auf dieselbe Art adrett gegelt und gescheitelt. Sie sahen aus, als wären sie einem Ralph-Lauren-Katalog entsprungen. Fasziniert starrte ich die beiden an. Nach nur einer Woche hatte ich mein Zeitschriftenprojekt erfolgreich abgeschlossen, und Felix hatte mich den beiden aufs Auge gedrückt, da sie dringend Unterstützung benötigten.

Ich war so intensiv damit beschäftigt, sie miteinander zu vergleichen, dass ich mich zunächst gar nicht auf das konzentrieren konnte, was sie mir sagten. Doch irgendwann hörte ich den Namen Weidinger und schreckte auf. »Bitte? Entschuldigung, das habe ich nicht richtig mitgekriegt.«

Mark Fischer hob eine perfekt geschwungene Augenbraue. Ob er sie zupfte? »Es ist wichtig, dass du konzentriert bei der Sache bist. Wenn du deinen Job nicht ernst nimmst, dann ...«

»Doch«, beeilte ich mich zu versichern. »Natürlich nehme ich meinen Job ernst!«

»Na schön.« Mark Fischer nickte gnädig, wobei sich sein Scheitel nicht einen Millimeter bewegte. Absolut faszinierend. »Also, Paul Reiter, der sich normalerweise um diese Sache kümmert, ist dauerkrank, und ansonsten hat keiner von uns Zeit dazu. Wir sind momentan alle megabusy.«

Mir schwante, dass das nichts Gutes bedeuten konnte. Nichts, was auch nur im Entferntesten mit Weidinger zu tun hatte, konnte gut sein.

Nun mischte sich Lars Hansen ein. »Es ist so, dass wir keine Autogrammkarten von Patrick mehr haben.« Er holte einen Karton hervor und drückte ihn mir in die Hand.

Der Karton war verdammt schwer, und zu allem Überfluss grinste mir daraus auch noch Patricks Konterfei schleimig entgegen. Und zwar millionenfach. Gefühlt. Ratlos sah ich die Zwillinge an. »Und was soll ich damit machen?«

»Na, du sollst sie unterschreiben«, sagte Lars Hansen genervt. »In seinem Namen natürlich.«

Der Karton wog immer schwerer in meiner Hand. »Wie bitte? All diese Karten? Das müssen Hunderte sein!«

»Es sind exakt Zweitausendfünfhundert«, belehrte mich

Mark Fischer. »Und anschließend schickst du einen Standardbrief mitsamt Autogrammkarte an jeden Vollpfosten, der sie haben will. Es hat sich so einiges angestaut an Fanpost, das betrifft übrigens nicht nur Weidi. Aber das Gute ist, dass wir die Karten der anderen Spieler noch unterschrieben vorrätig haben, das macht es natürlich wesentlich easier für dich. Wir bringen dir die Wannen an deinen Platz.«

Die *Wannen*? Fassungslos starrte ich ihn an.

Mark Fischer legte eine von Patrick (oder wem auch immer) unterzeichnete Autogrammkarte auf den Karton. »Hier ist ein Prototyp.« Bevor ich etwas entgegnen konnte, schob er mich aus dem Raum. »Du, wir haben jetzt leider keine Zeit mehr. Vielen Dank für deine Unterstützung. Bist echt ein Teamplayer.«

Schon stand ich auf dem Flur, und die Tür wurde hinter mir zugeschlagen. Hörte ich die beiden etwa lachen? Ich schüttelte den Kopf und ging Patrick Weidinger auf den Händen tragend in mein Büro. Immerhin hatte ich jetzt eins, dank Geli. Oder zumindest einen Arbeitsplatz, denn sie hatte dafür gesorgt, dass ich am Schreibtisch einer Buchhalterin sitzen konnte, die momentan in Elternzeit war. Ich hatte also ein Büro ganz für mich allein *und* einen PC *und* einen eigenen E-Mail-Account: maus@eintracht-hamburg.de. War das cool, oder was?

In meinem E-Mail-Eingang befand sich eine Nachricht von Mark Fischer, die den Standardbrief enthielt. Ich war gerade dabei, mir das Schreiben durchzulesen, als er und Lars Hansen mit zwei Wäschekörben hereinkamen. »Es wäre super, wenn du das zeitnah erledigen könntest, Karo«, sagte Lars. »Wie gesagt, da hat sich schon einiges angestaut.« Was grinste der denn so blöd?

Als sie das Büro verlassen hatten, wandte ich mich den bis zum Rand mit Briefen und Postkarten gefüllten Wäschekörben zu. Ich hatte große Lust, sie mit Benzin zu übergießen und anzuzünden. Wahllos und wenig motiviert zog ich einen Umschlag heraus, in dem sich ein krakelig geschriebener Brief befand.

Lieber Weidi,
ich wollte nur sagen, das du super Fusball spilst. Ich spile auch Fusball und will so gut werden wie du. Ich spile bei Blau Weis Lohne. Hier sint alle Jungs Werder oder Bayern Fäns aber Papa sagt das darf ich nicht. Aber Eintracht Hamburg finnt ich auch wohl gut. Ich hab ein Bilt von dir gemahlt. Ich heise Timo Sieverding und bin acht Jare allt.
Dein Timo Sieverding

Ach, wie süß. Das Bild war gar nicht so schlecht. Es zeigte einen blonden Hünen im Eintracht-Hamburg-Trikot, der einen Fußball unterm Arm trug und dümmlich aus der Wäsche blickte. Ziemlich gut getroffen, Timo. Der Brief war beim Posteingang gestempelt worden – das Datum lag bereits drei Monate zurück. Der arme Junge wartete bestimmt sehnlichst auf eine Antwort.

Genervt griff ich nach dem Autogrammkarten-Prototyp und studierte Patricks Unterschrift. Kaum lesbar, das war schon mal gut. Energische, schwungvolle Buchstaben, ich musste beim Schreiben also möglichst ungeduldig vorgehen. So, als hätte ich eigentlich gar keine Zeit dazu. Als hätte ich eigentlich gar keine Lust darauf. Na, das würde mir mit Sicherheit nicht schwerfallen. Nach etwa dreißig Minuten hatte ich Patricks Unterschrift so gut drauf, dass ich mich an die Autogrammkarten wagte.

Dreihundert Karten später tat mir die Hand weh, und in meinem Bauch grummelte es ganz gewaltig. Ich warf den Stift in die Ecke und schob den Karton mit den Karten weg. Das konnten die mit mir nicht machen! Ich ließ mir ja vieles bieten, aber *das* nicht!

Als Patrick zwei Stunden später zu mir ins Auto stieg, schreckte er bei meinem Anblick leicht zurück. »Was ist mit dir denn los?«

»Da!« Ich drückte ihm Timos Brief in die Hand. »Lies das!«

Patrick öffnete den Mund, schloss ihn jedoch wieder, als ich meine Augen zu engen Schlitzen zusammenzog. Er nahm den Brief aus dem Umschlag und las ihn. Zunächst lächelte er, und an zwei Stellen lachte er auf. Dann betrachtete er das Bild. »Hey, gut getroffen«, lobte er. »Und wo genau liegt jetzt dein Problem?«

Ich zeigte auf den Brief. »Dass dieser Junge dir scheißegal ist, da liegt mein Problem! Dass du dir zu geil vorkommst, deine Fanpost zu lesen und vielleicht auch hier und da mal zu beantworten! Stattdessen soll *ich* das jetzt machen! Okay, kein Problem, aber weißt du was?« Ich kniete mich auf den Sitz, holte den Karton mit den Autogrammkarten nach vorne und drückte ihn Patrick auf den Schoß. »*Die* hier unterschreibe ich nicht!«

Verdattert sah er auf den Karton und holte eine der Karten heraus. »Hat dir jemand den Auftrag gegeben, mein Autogramm zu fälschen?«

»Jetzt tu doch nicht so, als ob dich das überrascht! Aber das kannst du schön selber machen!«

»Ich soll mein Autogramm selber fälschen?«

Ich spürte, wie ich knallrot vor Wut anlief. »Du blöder ... blöder ...«

Patrick blieb ganz ruhig. »Ja? Du blöder was denn nun?«

»Weiß ich nicht, mir fällt grad nichts ein!«

Für den Bruchteil einer Sekunde glaubte ich, so etwas wie ein Lächeln auf seinem Gesicht zu sehen. »Okay, dann komm mal wieder runter. Meine Autogrammkarten werden mitsamt Unterschrift *gedruckt*. Das hier«, dabei hielt er eine der Karten hoch, »ist ganz offensichtlich ein Fehldruck, und ich werde meine Zeit ganz sicher nicht damit verschwenden, diese Scheißdinger zu unterschreiben. Und dir kann ich nur ganz dringend raten, dich nicht verarschen zu lassen, sondern neue Karten zu bestellen!«

Ich saß wie angenagelt da. »Die haben mich verarscht?«

Patrick sah mich an, und zum ersten Mal lag weder Abneigung noch Wut oder Ironie in seinem Blick. »Sieht so aus.«

Mark und Lars hatten also tatsächlich über mich gelacht! Plötzlich fühlte ich mich wie damals mit dreizehn, als ich meinem heimlichen Schwarm Nico in einem Brief meine Liebe gestanden und er ihn anschließend vor der ganzen Klasse laut vorgelesen hatte – immer wieder unterbrochen von gespielten Würgeanfällen. Alle hatten sich halbtot gelacht, und ich hatte mich in Grund und Boden geschämt.

Ich spürte, wie mir heiße Tränen in die Augen stiegen, und wandte mich eilig ab. Patrick sollte sie auf keinen Fall sehen, und so konzentrierte ich mich darauf, den Wagen zu starten. Schweigend fuhren wir durch Hamburg, und dieses Mal war ich so sehr damit beschäftigt, mich selbst zu bemitleiden, dass mir sogar die Stille und seine Gegenwart egal waren.

»Hast du einen Stift?«, fragte er unvermittelt.

»In dem Karton müsste einer sein.«

Aus den Augenwinkeln beobachtete ich, wie er nach dem Stift kramte und etwas auf eine der Autogrammkarten kritzelte. Als wir vor seiner Wohnung ankamen, drückte er mir die Karte in die Hand. »Hier.«

Ich warf einen Blick darauf. »*Für Timo, alles Liebe! Patrick Weidinger*« hatte er darauf geschrieben.

»Hinten steht auch noch was«, sagte Patrick.

Ich drehte die Karte um. »*Lieber Timo, vielen Dank für deinen Brief und das schöne Bild, worüber ich mich sehr gefreut habe. Natürlich freue ich mich auch darüber, dass du Eintracht-Fan bist. Lass dich nicht unterkriegen! Dein Patrick*«

»Das ist ja richtig ... nett«, sagte ich.

»Ach, Schwachsinn.« Patrick winkte ab. »Mit Nettigkeit hat das überhaupt nichts zu tun, dabei geht es nur um ... Geld.«

»Hä? Was bitte hat das denn mit ...«

»Karo, du weißt ja, wie gerne ich ein Pläuschchen mit dir halte«, unterbrach Patrick mich. »Aber leider habe ich jetzt einen dringenden Termin mit meiner Playstation, also entschuldige mich bitte.«

Verdutzt sah ich ihm nach, während er auf das Haus zuging. War es ihm etwa peinlich, dass ich ihn gewissermaßen auf frischer Tat beim Nettsein erwischt hatte? Ich schüttelte den Kopf. Was für ein Blödmann.

6.

Fußball ist nur schön,
wenn du hinterher einen Verband hast
und nicht nach zehn Minuten geföhnt bist.
Klaus Augenthaler

Schon am Samstag war ich davon überzeugt, dass ich mich in Bezug auf Patricks Nettigkeit geirrt hatte. Obwohl er bislang zu meiner Verwunderung kein einziges Mal nachts ausgebüxt war und sich auch bei offiziellen Terminen tadellos benommen hatte, teilte Dotzler mir mit, dass ich ihn an Heimspieltagen selbstverständlich auch fahren musste. Und das konnte ich beim besten Willen nicht nett finden, Autogramme für Timo Sieverding und tadelloses Benehmen hin oder her! Die Nacht vor einem Spiel verbrachte die Mannschaft zwar immer im Hotel, aber nach dem Spiel war es wie üblich meine Aufgabe, Patrick nach Hause zu bringen. Das bedeutete, dass ich mein Wochenende alle vierzehn Tage auf dem Fußballplatz vergeuden musste.

Am Samstagnachmittag begutachtete ich im Spiegel den Sitz meiner Frisur, während Saskia in der Badewanne lag und sich auf ihr Date mit dem Online-Typen vorbereitete. Ein Berg Schaum thronte auf ihrem Kopf, und sie rasierte sich die Beine. »Ich glaube, du bist allmählich hübsch genug fürs Stadion«, meinte sie grinsend, als ich den Pferdeschwanz, den ich mir gebunden hatte, wieder auflöste.

»Ich werde eh nicht reingehen«, sagte ich. »Ich hab mir ein Buch mitgenommen und warte vorm Ausgang.«

»Ach, liest du den neuen Dan Brown, den ich dir geliehen habe?«

»Nein, *Unternehmensbewertung und Kennzahlenanalyse* von Nicolas Schmidlin.«

Saskia richtete den Blick gen Himmel beziehungsweise Badezimmerdecke. »Oh Mann, das glaub ich einfach nicht. Dein Studium ist *vorbei!* Kannst du dich nicht einfach mal amüsieren?«

»Das interessiert mich nun mal«, protestierte ich. »Und wenn ich bei meinem Praktikum schon nichts lerne, will ich das wenigstens in meiner Freizeit tun.«

»Das ist doch alles nur graue Theorie.«

»Ich mag Theorien.«

»Du bist echt ein komischer Kauz«, sagte Saskia kopfschüttelnd.

Ich parkte Karlheinz vorm Spielereingang an der Rückseite des Stadions. Die zweite Halbzeit hatte gerade erst begonnen, ich war also viel zu früh dran. Gut, dass ich mein Buch dabei hatte. Ich machte es mir im Auto bequem und fing an zu lesen, doch es dauerte nicht lang, bis ich wieder aufblickte. Der Duft von Bratwurst wehte durch das geöffnete Fenster zu mir herüber, und ich hörte die Pfeife des Schiedsrichters, die Stimme des Stadionsprechers und die Schlachtrufe der Fans. Wie es wohl stand? Unschlüssig starrte ich mein Buch an und hatte plötzlich keine Lust mehr auf Kennzahlenanalyse. Ich stieg aus, zeigte der Security meinen Mitarbeiterausweis und betrat die Katakomben. Durch die Mixed Zone gelangte ich in den Spielertunnel, an dessen Ende ich den Rasen sehen konnte. Mich beschlich ein seltsames Gefühl, als ich dem Spielfeld immer näher kam und die Geräusche immer lauter wurden. Unwillkürlich schlug mein Herz schneller. Bislang hatte ich nur einen Blick in das leere Stadion geworfen, und da war es mir schon groß erschienen. Doch jetzt, wo es bis auf den letzten Platz ausverkauft war, wirkte es riesig. Der Anzeigetafel entnahm ich, dass die Eintracht 0:1 hinten lag. Ich war zwar absoluter Fußball-Laie, aber trotzdem war mir schon nach wenigen Minuten klar, dass die Jungs grottig spielten. Allen voran Patrick. Er versemmelte eine dicke Torchance, gewann keinen einzigen Zweikampf und spielte einen Fehlpass, der seinen eigenen Torwart ganz schön in Bedrängnis brachte. Das Publikum brach in ein gellendes Pfeifkonzert aus.

Je länger das Spiel dauerte, desto wütender wurden die Fans, und je wütender die Fans wurden, desto aggressiver spielte die Mannschaft. Ständig musste das Spiel unterbrochen werden, weil mal wieder ein Wolfsburger von den Beinen gebolzt wurde. Das Pfeifkonzert wurde immer lauter, und irgendwann waren deutliche »Bergmann raus«-Rufe zu hören, unter denen Wolfsburg das 0:2 schoss. Danach war endgültig alles vorbei. Patrick grätschte einem Gegenspieler derart aggressiv in die Beine, dass es nach reiner – böser – Absicht aussah. Der Schiedsrichter winkte ihn zu sich und zeigte ihm in herrischer Geste die rote Karte, woraufhin er völlig ausrastete und auf den Schiedsrichter einbrüllte. Seine Mitspieler hatten Mühe, ihn zurückzuhalten und wegzuziehen. Schließlich riss er sich los und ging in langen Schritten und vor sich hin schimpfend vom Feld. Am Spielfeldrand trat er so heftig gegen eine Flasche Wasser, dass sie laut platschend an die Bande knallte. Bergmann rief ihm etwas zu, doch Patrick war so in Rage, dass er offenbar nichts und niemanden wahrnahm und ohne eine Reaktion im Tunnel verschwand. Ich konnte ihn fluchen hören, und wie immer, wenn er sich aufregte, klang seine bayerische Herkunft deutlicher heraus als sonst. Ich hatte ihn zwar nicht gerade als fröhlichen Menschen kennengelernt, aber dass er so dermaßen aus der Rolle fallen konnte, hätte ich nicht gedacht. Seine Frustration war geradezu greifbar.

Das Spiel endete 0:3, und die Fans zogen unter wütendem Protestgeschrei aus dem Stadion. Ich ging zurück zum Auto und wartete auf Patrick.

Als er und seine Teamkollegen nach einer halben Ewigkeit endlich herauskamen, brach eine Horde Fans, die sich am Ausgang versammelt hatte, in Buhrufe und wüste Beschimpfungen aus. Mit ihren geradezu hasserfüllten Mienen wirkten sie so aggressiv, dass mir mulmig wurde. Die Security hatte alle Mühe, sie zurückzuhalten, und ich hatte Angst, dass es ihnen gelingen würde, über die Absperrung zu klettern, um die Mannschaft an Ort und Stelle zu lynchen.

Patrick zog wie die anderen Spieler wortlos an dem Mob vorbei und stieg schnurstracks ins Auto. »Schnell weg hier, Karo, bitte!« Er lehnte sich zurück und verdeckte seine Augen mit der Hand.

Für kein Geld der Welt wollte ich in seiner Haut stecken, und plötzlich spürte ich den Impuls, ihn zu trösten, ihm durchs Haar zu streichen und zu sagen, dass alles wieder gut werden würde. Himmel, wo kam das denn auf einmal her? Eilig wandte ich den Blick ab und ließ den Motor an. Ich überlegte krampfhaft, was ich sagen könnte. Was sagte man denn in so einer Situation? Irgendetwas Weises vielleicht? So etwas wie »Weißt du, Patrick, es ist doch so: Wer kämpft, kann verlieren. Wer nicht kämpft, hat schon verloren.« Nein, Schwachsinn. Okay, dann etwas Heiteres, Aufmunterndes? Aber was? Was denn bloß? Verdammt, wieso fiel mir denn nichts ein, das konnte doch nicht so schwer sein! Schließlich sagte ich: »Das war ja wirklich mal ein mieses

Spiel, was? Na ja, wenigstens haben eure Rugby-Einlagen für Unterhaltung gesorgt. Vielleicht solltet ihr eure Gegner zukünftig mit Helm spielen lassen.« Ich lachte gekünstelt.

Er sagte kein Wort, sondern drehte sich zu mir und starrte mich durchdringend an.

Fahrig wischte ich mir eine Haarsträhne aus der Stirn. »Okay, ich gebe zu, das war nicht gerade ein Brüller. Aber was hätte ich sonst sagen sollen?«

Er hob die Augenbrauen. »Gar nichts vielleicht?«

Ich presste die Lippen zusammen, und wir fuhren eine Weile schweigend vor uns hin. Patrick saß inzwischen wieder reglos da, die Augen geschlossen, und ich kam nicht gegen das Gefühl des Mitleids an. Verdammt, er sollte mir nicht leidtun! Selbst wenn er nicht mehr feiern ging – auf dem Platz hatte er sich heute wie der letzte Neandertaler benommen, und er war selbst für seine miese Leistung verantwortlich. »Also eins zumindest hat das heutige Spiel doch ganz klar bewiesen«, platzte es aus mir heraus.

Patrick stöhnte auf. »Die Stille war so schön.«

Unbeirrt fuhr ich fort: »Du hast wirklich ein großes Problem mit deiner Disziplin *und* mit deiner Selbstbeherr...«

»Ist das nicht dasselbe?«, unterbrach er mich barsch.

Ich stutzte kurz. »Wie auch immer, du musst daran arbeiten, und zwar dringend.«

»Weißt du, was ich wirklich gerne mal machen würde? Ich würde das dumme Gelaber, das ich mir den ganzen Tag anhören muss, gerne mal aufnehmen, dich irgendwo festbinden und es dir in Endlosschleife vorspielen! Dann könntest du vielleicht ansatzweise nachvollziehen, wie es mir so geht!«

Ich bog in die Einfahrt vor Patricks Wohnung, machte den Motor aus und wandte mich ihm zu. »Ich will dir doch nur helfen!«

»Blödsinn. Ich bin dir völlig egal. Du machst das ausschließlich deshalb, weil du Kohle dafür kriegst und weil du dich profilieren willst. Auf deine ›Hilfe‹«, dazu malte er mit den Fingern Anführungszeichen in die Luft, »kann ich sehr gut verzichten!« Mit diesen Worten stieg er aus und knallte die Tür zu.

In der WG war es dunkel und ruhig, nur durch den Spalt unter Saskias Zimmertür schien Licht hervor. Ich klopfte leise an.
»Wer ist da?« Ihre Stimme klang nicht gerade einladend.
»Karo. Darf ich reinkommen?«
»Von mir aus.«
Saskia saß mit finsterem Gesichtsausdruck auf ihrem Bett, den Rücken an die Wand gelehnt. Sie trug eine alte Jogginghose und ein T-Shirt mit der Aufschrift *Don't mess with me*. Auf ihrem Bett lag ein Pizzakarton in 36er Größe, aus dem sie ein fetttriefendes Stück hervorzog. Außerdem entdeckte ich eine Riesen-Toblerone, Lakritz, Kartoffelchips und einen, jawohl, einen *ganzen* Käsekuchen. Sie schaute *Drei Nüsse für Aschenbrödel* auf DVD. Bemerkenswert fand ich, dass Saskia ihren geliebten alten Teddybären, den ich in dieser ganz offensichtlich kritischen Situation an ihrer Seite vermutet hätte, aus dem Bett befördert hatte. Ich hob ihn auf und setzte mich neben sie.
»Das Date war wahrscheinlich nicht so der Knaller, oder?«
Sie biss von ihrer Pizza ab. »Ich werde für immer Single bleiben«, sagte sie mit vollem Mund und ohne den Blick vom Bildschirm abzuwenden. Sie zeigte auf den Fernseher. »Von nun an wird sich mein Leben ausschließlich dort abspielen. Denn die Welt da draußen ist schlecht.«
Ich setzte Saskia ihren Teddy auf den Schoß, doch sie griff nach ihm und schmiss ihn gegen die Wand. »Mit dem will ich nichts mehr zu tun haben!«

»Spinnst du?«, fragte ich, völlig entsetzt über so viel Grausamkeit. »Was kann denn Bobo dafür?« Ich stand auf und holte ihn zurück, versteckte ihn aber sicherheitshalber hinter mir.

Nun sah Saskia mich zum ersten Mal direkt an. Ihre Stirn war von tiefen Furchen durchzogen, und ihre Augen strahlten blanken Hass aus. »Ich hatte heute ein Date mit ... dem Teddy-Mann!«

»Bitte? Was heißt das denn?«

Sie zauberte eine Flasche Rotwein vom Fußboden hervor, zog den Korken heraus und trank einen großen Schluck.

»Schwör mir, dass das unter uns bleibt. Kein Wort zu Pekka und Nils! Die würden mich für den Rest meines Lebens damit verarschen.«

»Also gut. Ich schwöre.«

»Das ist das Peace-Zeichen!«, meckerte Saskia. »So geht das.« Sie hob drei Finger.

»Okay, also ich schwöre«, sagte ich und ahmte ihre Geste nach. »Und jetzt erzähl endlich!«

Saskia nahm noch einen tiefen Schluck aus der Flasche. »Es ging schon damit los, dass das Profilbild auf seiner Dating-Seite ganz offensichtlich nicht von ihm war. Ich hatte einen dreiunddreißigjährigen, normal aussehenden Typen erwartet, aber als ich in das Café kam, saß dort ein Mann jenseits der fünfzig! Mit Halbglatze!« Sie machte eine Pause, in der sie sich ein Stück Schokolade in den Mund schob.

»Und was hat das mit Bobo zu tun?«, wollte ich wissen.

Saskia holte tief Luft. »Nach etwa einer halben Stunde hat er in seinen Rucksack gegriffen und gesagt: ›Ich möchte dir gerne jemanden vorstellen.‹ Und dann ...« Sie brach ab und stopfte sich noch ein Stück Schokolade in den Mund. »Dann hat er einen Teddy hervorgeholt. Einen Teddy!«

Die Kinnlade fiel mir herunter, und ich riss entsetzt die Augen auf. »Nein!«

»Doch! Er sah so ähnlich aus wie Bobo! Und dann hat er gesagt: ›Das ist Fiete, mein bester Freund. Fiete, das ist Saskia. Sag Saskia ›Guten Tag.‹ Und dann hat er mir zugewinkt, das heißt, *Fiete* hat mir zugewinkt und ›Hallo Saskia‹ gesagt!« Sie verbarg ihr Gesicht in den Händen. »Oh Gott, ich mag gar nicht mehr daran denken! Dann hat er gesagt ...«

»Wer, der Teddy-Mann oder Fiete?«, unterbrach ich sie und musste gegen das aufsteigende Lachen ankämpfen.

»Der Teddy-Mann! Er hat gesagt: ›Saskia, willst du Fiete nicht auch Hallo sagen?‹ Und dann hat Fiete mir die Hand hingehalten, also ich meine, seine Tatze ...«

Mit meiner Selbstbeherrschung war es vorbei, und ich platzte mit dem Lachen heraus. »Das ist nicht dein Ernst!«

»Sehe ich etwa aus, als würde ich Witze machen?! Ich habe ihm also die Tatze geschüttelt und ›Hallo Fiete‹ gesagt.«

Ich krümmte mich vor Lachen. »Hast du nicht!«, japste ich.

»Oh doch, das habe ich«, sagte sie düster. »Und ich verstehe wirklich nicht, was daran *lustig* sein soll.«

»Entschuldige, ich hab's gleich im Griff.« Ich presste meine Lippen zusammen, und es gelang mir tatsächlich mich zu beruhigen.

»Weißt du, was das Schlimmste ist?«, fuhr Saskia fort. »Nach einer Stunde hat er gesagt, also der Teddy-Mann, dass er jetzt dringend los muss, weil er noch eine Verabredung hat. Das wäre *mein* Text gewesen! Dann ist er abgehauen, und ich musste auch noch die Rechnung bezahlen!«

»Oh Mann, du Arme.« Mitleidig strich ich ihr über den Oberschenkel. »Aber sieh es mal so, das Date war zwar ein Reinfall, aber mit dieser Story bist du auf jedem Mädelsabend der absolute Hit!«

»Pff, toll!«

»Okay, ich sehe ein, dass das ein traumatisches Erlebnis für dich war. Aber dass du ihn hier«, ich holte ihren Teddy hervor, »deswegen nicht mehr lieb hast, kann ich einfach nicht glauben. Los, Bobo, sag Hallo.« Nun ließ ich Bobo winken und ›Hallo Saskia‹ sagen.

Saskia sah mich zunächst grimmig an, fing dann aber doch an zu lachen und nahm Bobo in den Arm. »Ich will nicht wie der Teddy-Mann sein! Glaubst du, dass ich auch langsam wunderlich werde?«

Ich schüttelte heftig den Kopf. »Nein. Ganz sicher nicht. Es wird erst verrückt, wenn man seinen Teddy mit auf ein Date nimmt.«

Saskia seufzte und drückte Bobo noch fester an sich. »Ich will nie wieder ein Date haben. Nie wieder.«

»Na, umso besser!«, sagte ich und nahm mir ein Stück Pizza. »Vorhang auf für Nils, deinen wahren Prinzen!«

Nachdenklich blickte Saskia zum Fernseher, wo Aschenputtel und der Prinz Hand in Hand durch eine verschneite Landschaft ritten und sich verliebt ansahen. »Prinzen gibt's doch gar nicht.«

»Doch, klar gibt's die!«, behauptete ich. »Sie sehen heutzutage nur anders aus, und sie benehmen sich auch anders. Wir sind schließlich auch nicht mehr die Prinzessinnen von damals. Ein moderner Prinz ist ein Typ, der für dich da ist, der dich unterstützt und der den Wahnsinn des Alltags mit dir durchsteht. Der mit dir Mobile-Prototypen für die Schule bastelt, dir Hühnersuppe kocht, wenn du krank bist und dich auch dann noch anziehend findet, wenn du eine Jogginghose anhast und für zwölf frisst. Einer, mit dem du ein Bier trinken kannst. Der dich zum Lachen bringt. Und so jemanden gibt es, direkt vor deiner Nase. Nils!«

Saskia sah mich nachdenklich an. »Man kann den Schalter nun mal nicht einfach von Freundschaft auf Liebe umlegen, nur, weil es gut passen würde.«

Meine Gedanken schweiften zu Markus. »Wem sagst du das.«

Schließlich war er auch so ein Prinz gewesen, und ich hatte ihn ziehen lassen, weil auch ich nicht in der Lage gewesen war, den Schalter wieder auf Liebe umzulegen. Es war schon jahrelang eher Freundschaft und Gewohnheit zwischen uns gewesen, und hätte ich mich nicht von ihm getrennt, wäre unsere Beziehung früher oder später sowieso im Nichts verlaufen.

Ich stopfte mir eine Handvoll Chips in den Mund. Momentan sah es definitiv nicht danach aus, als wäre einer dieser modernen Prinzen, für die ich eben noch eine glühende Rede gehalten hatte, auch nur ansatzweise in meiner Nähe. Na ja, sei's drum. Ich wollte ja sowieso keinen. Noch lange saßen wir auf Saskias Bett, futterten Süßkram und Pizza, tranken Rotwein und schauten Märchenfilme.

Am nächsten Tag wachte ich mit leichter Übelkeit und Magenschmerzen auf. Ich kam mir vor wie ein Bär, der sein Eigengewicht in Lachs verputzt hatte, um sich anschließend zum Winterschlaf in seine Höhle zu verkrümeln. Ächzend rollte ich mich auf die Seite und griff nach meinem Handy, um zu sehen, wie lange ich geschlafen hatte. Ein Blick auf das Display zeigte mir, dass es fast zwölf Uhr mittags war und außerdem, dass ich frühmorgens drei Anrufe von Lutz Maskow verpasst hatte. Mit meiner Post-Fressorgien-Winterschlafträgheit war es augenblicklich vorbei. Ich rief ihn sofort zurück, und er meldete sich schon nach dem ersten Klingeln: »Wir haben Scheiße gebaut, Karo«, rief er aufgeregt. »Richtige Scheiße!«

»*Wir?* Wieso wir? Ich lag in meinem Bett und habe geschlafen!«

»Das ist ja das Problem! Du sollst rund um die Uhr erreichbar sein, so lautet der Deal. Sonst ist die ganze Operation doch vollkommen sinnlos!«

Das ungute Gefühl in meinem Magen verstärkte sich und kam nun eindeutig nicht mehr ausschließlich von der Fresserei.

»Lutz, jetzt beruhig dich erst mal. Also, was war los?«

»Nicht nur du hast gepennt, ich bin auch eingeschlafen! Das ist mir in meiner ganzen Laufbahn noch nie passiert! Okay, vielleicht ein- oder zweimal. Egal. Heute Morgen um fünf Uhr bin ich aufgewacht, und rate mal, wer da an meinem Wagen vorbei in seine Wohnung getorkelt ist!«

»Oh, verdammt.« Ich stand auf und fuhr mir durch meine verstrubbelten Haare. »Das darf doch wohl nicht wahr sein, dieser blöde ...«

»Motzen nützt uns jetzt nichts«, unterbrach er mich. »Du musst Dotzler anrufen und ihm Bescheid sagen.«

»Was? Das kann ich doch nicht machen, der schmeißt uns sofort raus!« Ich tigerte in meinem Zimmer auf und ab und versuchte, wieder einen klaren Kopf zu kriegen. »Was, wenn wir es einfach drauf ankommen lassen und so tun, als wäre nichts passiert? Vielleicht haben wir ja Glück, und es kommt nicht raus?«

»Ich weiß nicht, Karo«, kam es zögernd vom anderen Ende der Leitung.

Es schien die einfachste Lösung zu sein. Aber auf der anderen Seite war so etwas gar nicht meine Art. Ich hielt viel von Ehrlichkeit und wusste nicht, ob ich Dotzler jemals wieder in die Augen blicken könnte, wenn ich das vor ihm verheimlichte.

»Lass mich eine Weile drüber nachdenken. Ich melde mich später bei dir, okay?«

Fingernägelkauend saß ich auf der Bettkante und versuchte einen Plan zu schmieden, doch in mir tobte eine geradezu übermächtige Wut auf Patrick. Unfassbar, dass ich vor noch nicht einmal vierundzwanzig Stunden so etwas wie Mitleid mit ihm gehabt hatte! Dass ich etwas Nettes sagen und ihn aufmuntern wollte! Ich hatte sogar ein schlechtes Gewissen gehabt und mich darüber geärgert, dass ich ihn nicht einfach in Ruhe gelassen hatte. Dieses Gefühl war jetzt so was von *komplett* verschwunden!

In meinem Zimmer hielt ich es nicht mehr aus, also ging ich in die Küche, wo meine Mitbewohner am Frühstückstisch saßen. Genau genommen meine Mitbewohner und Florence, ERASMUS-Studentin aus Lyon, die Pekka auf einer Party kennengelernt und abgeschleppt hatte.

»Ich brauch mal eure ehrliche Meinung«, sagte ich.

Jeder Mensch wurde ja gerne nach seiner Meinung gefragt, aber Pekka liebte es geradezu. Er rückte seinen Stuhl näher an den Tisch, legte sein Kinn in die Hände und betrachtete mich. »Ich finde, du siehst mit offenem Haar besser aus als mit diesem Heuhaufen auf den Kopf, und deine Pfannkuchen sind scheiße. Du kannst gar nicht kochen. Gar nicht.«

»Du sagst immer, dass du abwaschen willst, machst es aber nie«, fügte Nils hinzu. »Und apropos Haare: Ständig verstopfen deine langen Haare die Abflüsse im Bad, das ist widerlich.«

»Ich liebe dich wirklich von ganzem Herzen, Karo«, sagte Saskia. »Aber es nervt, dass du immer recht haben willst. Du bist eine furchtbare Besserwisserin.«

Alle Augen richteten sich auf Florence, doch die zuckte nur mit den Achseln. »Deine T-Shirt iest 'ässlisch.«

Ich schaute an mir herab auf das quietschgelbe ›Wir bleiben Bochum‹-T-Shirt, das ich bekommen hatte, als ich mit meinem

Vater auf eine Demonstration gegen die Schließung des Opel-Werks gegangen war. »Vielen Dank, aber ich wollte nicht eure ehrliche Meinung zu *mir*«, stellte ich klar. Ich schilderte ihnen die Lage und erhielt am Ende ein 2:2-Votum. Pekka und Florence waren für ›Nichts sagen und hoffen, dass es niemals rauskommt‹ und Nils und Saskia für ›Beichten und hoffen, dass du noch mal mit einem blauen Auge davonkommst‹.

Das half mir nicht weiter, da es nun inklusive meiner eigenen Meinung 2,5:2,5 stand. Nach langem Ringen entschied ich mich schließlich für die Wahrheit.

Als ich nach dem Handy griff, um Dotzler anzurufen, wäre es mir vor Schreck fast aus der Hand gefallen, denn in diesem Moment fing es an zu klingeln. Mein Chef höchstpersönlich war dran. »Ich habe soeben eine interessante E-Mail bekommen«, bellte er ins Telefon, ohne sich großartig mit Begrüßungsfloskeln aufzuhalten. »Es ist hilfreich, wenn man einen guten Draht zur Presse hat, denn deswegen weiß ich heute schon, was morgen als dicke Schlagzeile im Hamburg Kurier stehen wird: *Weidi feiert letzten Tabellenplatz!*«

Verdammter Mist!

»Ihnen ist offensichtlich entgangen, dass Weidinger es heute Nacht in einem Club auf der Reeperbahn hat krachen lassen!«

»Ähm, also das ist, ich meine ...«

»Sie und Maske! In meinem Büro! Morgen um neun!« Damit beendete er das Gespräch.

Geschockt stand ich da, das Handy immer noch an mein Ohr gedrückt. Wie es aussah, würde ich mir einen neuen Job suchen müssen.

»Servus«, grüßte Patrick, als er am nächsten Morgen zu mir ins Auto stieg.

Normalerweise blaffte ich ihn immer an, dass er gefälligst Hochdeutsch mit mir reden sollte. Doch heute sagte ich gar nichts.

»Okay. Dann vielleicht *Griaß di?*«

Obwohl es mir wirklich schwerfiel, ruhig zu bleiben, würdigte ich ihn keines Blickes und fuhr los.

»Hast du schlecht geschlafen?«

Ich zuckte nur mit den Achseln. Schlecht geschlafen hatte ich übrigens tatsächlich.

»Aha«, sagte Patrick schließlich. »Du hast also die Zeitung gelesen.«

Schweigend fuhr ich weiter.

Er kippte seinen Sitz etwas zurück und faltete die Hände hinter dem Kopf. »Aaah, diese Stille. Herrlich!«

Ich biss mir so fest auf die Unterlippe, dass es wehtat. Die Fahrt von Patricks Wohnung ins Stadion dauerte, wenn man gut durchkam, rund zwanzig Minuten. Patrick genoss die ›herrliche Stille‹ genau neun Minuten, dann beugte er sich vor und stellte den Kassettenrekorder an.

»Sometimes I wish I were an angel, sometimes I wish I were you«, trällerten die Kellys. Verdammt!

»Du hast es wirklich mit der Kelly Family, was?«, wollte Patrick wissen. »Und in wen warst du verliebt? In Paddy oder Angelo?«

›Du scheinst dich ja gut auszukennen mit der Kelly Family‹, wollte ich sagen. Außerdem hätte ich ihn gerne darauf aufmerksam gemacht, dass ich seinerzeit acht Jahre alt und mein Interesse an den Kellys fast ausschließlich musikalischer Natur gewesen war. Doch beide Kommentare verkniff ich mir.

»Ich wette, es war Paddy. Meine ältere Schwester war in Paddy verliebt«, plauderte Patrick weiter. »Ein Jahr lang hat sie nichts anderes gehört. Es war die Hölle!« Mit hoher, verstellter Stimme sang er den Refrain mit, und zu meinem Ärger musste ich mich schwer zusammenreißen, um nicht zu lachen.

»So, du bist also aus Bochum hierhergezogen? Und was hat dich nach Hamburg verschlagen? Der Job?«

Keinerlei Reaktion meinerseits. Mir war schon klar, was für eine Nummer er gerade abzog: Er drehte den Spieß um. Er wusste genau, dass ich keine Lust hatte, mit ihm zu reden, also textete er mich erst recht voll. So wie ich es sonst immer bei ihm machte.

»In Bochum soll es ja sehr gute Currywurst geben, hab ich mir sagen lassen.«

Statt einer Antwort drückte ich auf die Hupe, um meinen Vordermann zum Weiterfahren zu animieren.

»Starlight Express!«, rief Patrick plötzlich. »Läuft das eigentlich immer noch in Bochum?«

Dieser Typ konnte einen wirklich reizen bis aufs Blut!

Gott sei Dank erreichten wir in diesem Moment das Stadion. Patrick schnallte sich ab. »Vielen Dank fürs Herbringen, liebe Karo, war wie immer nett, mit dir zu plaudern. Dann bis heute Abend. Ich freu mich schon total!«

»Du kannst mich mal!«, explodierte ich.

»Hey, du redest ja doch noch mit mir.«

»Weißt du, was mich tierisch aufregt? Dass du hier über Belanglosigkeiten plauderst und so tust, als wäre nichts passiert! Du hast schon mehrere Abmahnungen wegen Disziplinmangels bekommen, deine Mannschaft steht auf dem letzten Platz, du hast absolut grottig oberbeschissen gespielt, bist zu Recht vom Platz geflogen, und was machst du? Du gehst feiern! *Willst* du rausgeschmissen werden oder was? Ist es das? Hast du einfach keinen Bock mehr?«

Patrick saß nur da und sah mich an. Schließlich zuckte er mit den Achseln und sagte: »Ich hätte es wissen müssen. Die Stille hat mir besser gefallen.«

Das war mal wieder *so* typisch. Erst brachte er mich dazu, mein Schweigen zu brechen, und anschließend drehte er mir einen Strick daraus. Vor meinem inneren Auge sah ich eine besonders fiese Szene aus *Tom und Jerry*: Jerry, der erstaunlicherweise in meiner Vorstellung ein bisschen so aussah wie ich, legte den Arm des selbstzufriedenen Katers Tom aka Patrick zwischen zwei Baguettehälften, garnierte ihn mit Salatblättern, Tomaten und Mayonnaise und hielt das fertige Sandwich anschließend dem Hund Spike zum Fraß hin. Und zu all dem trällerte Udo Jürgens *Vielen Dank für die Blumen*. In der Realität sah ich Patrick nur mit einem, wie ich hoffe, mörderischen Blick an und zeigte auf die Autotür.

Fünf Minuten später betrat ich das Büro meines Chefs. Lutz Maskow saß bereits vor Dotzlers riesigem Schreibtisch und wirkte noch kleiner, als er ohnehin schon war. Statt einer Begrüßung deutete Dotzler mit dem Kopf auf den zweiten, noch freien Stuhl. Sobald ich saß, hielt er eine Ausgabe des Hamburg Kuriers hoch. »Was haben Sie dazu zu sagen?«

Als erstes stach mir die Schlagzeile ins Auge: *Weidi feiert letzten Tabellenplatz*. Dann fiel mein Blick auf ein verwackeltes, pixeliges Foto, das Patrick zeigte, der sich an der Theke eines Clubs eine Flasche Sekt oder Champagner an den Mund hielt. Den freien Arm hatte er um eine Blondine gelegt, die verzückt zu ihm aufsah.

»Ich erwarte eine Erklärung!« Dotzler faltete seine Hände, wobei seine ausgestreckten Zeigefinger auf uns zielten wie eine Waffe..

Ich schielte rüber zu Maskow, doch der saß wie erstarrt da.

Also musste ich mir wohl die geforderte Erklärung aus den Fingern saugen. Immerhin hingen wir irgendwie beide hier drin, und ans Messer liefern wollte ich Lutz auch nicht. »Es gab da ein paar Abstimmungsschwierigkeiten«, sagte ich vage.

»Abstimmungsschwierigkeiten?! Was denn für Abstimmungsschwierigkeiten? Meine Bef... äh, Anweisungen waren doch mehr als eindeutig, oder etwa nicht?!«

Lutz und ich nickten zerknirscht.

»Oder etwa nicht?!«, brüllte Dotzler.

»Ja«, murmelten wir. Fast wäre mir ein ›Jawohl, Herr General‹ herausgerutscht.

»Wenn Sie nicht in der Lage sind, diese schlichten Anweisungen auszuführen, müssen wir wohl jemand anderen einstellen!«

»Nein!« Nun erwachte Lutz zum Leben. »Ich verspreche Ihnen, dass wir das zukünftig hinkriegen! Frau Maus und ich haben einen Fehler gemacht, dafür entschuldigen wir uns. Es wird nicht wieder vorkommen.«

»Ich bin menschlich schwer enttäuscht von Ihnen beiden!«, rief Dotzler. »Schwer enttäuscht!«

Erneut entschuldigte Maskow sich ausschweifend, wobei er etwas von ›Frau‹, ›Kinder‹, ›große Chance‹ murmelte.

Dotzler musterte uns eindringlich aus seinen Triefäuglein. »Na schön«, sagte er schließlich. »Ich gebe Ihnen noch eine letzte Chance, aber ich möchte eines ganz unmissverständlich klarstellen: Wenn das noch einmal vorkommt, dann sind Sie beide! Fristlos!! Gefeuert!!!« Die letzten drei Wörter begleiteten kräftige Hiebe auf den Tisch. »Haben wir uns verstanden?«

»Ja«, erwiderte ich.

»Jawohl!«, sagte Lutz.

Im Herausgehen hörten wir, wie Dotzler in den Telefonhörer bellte: »Weidinger, Bergmann und Koch in mein Büro! Sofort!«

Auf dem Flur stieß Lutz einen Schwall Luft aus und wischte sich den Schweiß von der Stirn. »Das ist ja gerade noch mal gut gegangen! Wir müssen uns von jetzt an voll in diese Operation reinknien, Karo!« Er ballte seine Hände zu Fäusten. »Wir müssen voll da sein, immer wachsam, total professionell! Das nächste Mal wird er uns nicht entwischen! Okay?«

Wenn ich nur auch mit so viel Elan an diesen Job herangehen könnte. »Ist gut, Lutz.«

Als wir die Glastür in Richtung der Trainingsplätze passierten, traten gerade Bergmann und Patrick ein. Patrick musterte Lutz kurz mit gerunzelter Stirn. Schließlich trafen sich unsere Blicke, und er hob fragend eine Augenbraue. Ich zuckte gleichgültig mit den Achseln, und dann waren er und Bergmann auch schon an uns vorbeigezogen. ›Hoffentlich wird dein Anschiss so richtig übel‹, dachte ich, als ich ihm nachsah. ›So richtig Tom-und-Jerry-mäßig!‹ Doch so, wie ich ihn einschätzte, würde das ohnehin an ihm abprallen wie der Regen an seiner Gore-Tex-Trainingsjacke.

Ein Blick in meinen E-Mail-Eingang zeigte mir, dass Felix mir eine Mail geschrieben hatte, in der er mich bat, doch bitte umgehend zu ihm zu kommen. Fluchend machte ich mich auf den Weg zu seinem Arbeitsplatz, wo er mit zwei Fingern auf die Tastatur seines Rechners einhämmerte.

»Hallo Felix«, sagte ich laut und deutlich.

Ohne aufzublicken hob er eine Hand, murmelte »Moment noch« und tippte weiter. Eine halbe Ewigkeit ließ er mich blöd rumstehen, bis er sich schließlich wie erschlagen in seinem Schreibtischstuhl zurücklehnte. »Sorry, Karo. Aber ich muss einen Artikel für die Stadionzeitung fertigschreiben, und du weißt ja, die Jungs von der Pressestelle hätten alles gern bis vorgestern. Dann auch noch die ganzen Stellungnahme-Anfragen wegen Weidis neuester Eskapade... Ich weiß gar nicht, wo mir der Kopf steht. Und du so?« In gönnerhafter Geste deutete er auf den Stuhl, der vor seinem Schreibtisch stand. »Setz dich doch. Wie kommst du mit dem Fälschen von Weidis Autogrammkarten zurecht?«

Möglichst elegant setzte ich mich und schlug die Beine übereinander. »Oh, das mache ich gar nicht. Ich habe neue Karten drucken lassen«, sagte ich von oben herab. Was er konnte, konnte ich schon lange.

»Ach.« Felix runzelte die Stirn. »Soso. Gut, weswegen ich dich hergebeten habe, ist Folgendes: Im Gegensatz zu mir hast du noch ausreichend Kapazitäten frei, um im Fanshop bei der Inventur auszuhelfen. Nur für zwei, drei Tage. Danach kannst du selbstverständlich wieder Autogrammkarten eintüten.« Er lachte.

Ich spürte, wie ich hochrot anlief, doch mein Gehirn war wie leergefegt, und mir wollte beim besten Willen keine Antwort einfallen. Diese Runde hatte ich verloren. Mal wieder. Oh, wie ich diesen Typen hasste!

»Prima.« Felix grinste über das ganze Gesicht. »Dann geh mal gleich rüber. Die warten schon auf dich.« Und schon machte er sich wieder daran, seinen superwichtigen Artikel weiterzuschreiben.

Ich verbrachte meinen Tag damit, Eintracht-Hamburg-Devotionalien und ausgerechnet Patrick-Weidinger-Poster zu zählen. Na toll. Nichts an diesem Job brachte mich in irgendeiner Art und Weise weiter, und ich fragte mich ernsthaft, wie ich das noch bis Ende Mai aushalten sollte. Fast wünschte ich mir, Dotzler hätte mich vorhin doch gefeuert.

Nachmittags wartete ich geschlagene fünfundvierzig Minuten darauf, dass der bayerische Superstar sich endlich bequemte, die Umkleidekabine zu verlassen. Als ich die A-Seite meiner Mixkassette komplett durchgehört hatte und in der Zwischenzeit alle Spieler außer Patrick an mir vorbei- und zu ihren Autos gegangen waren, fragte ich mich, ob er überhaupt noch hier war oder ob er wie angedroht in einer Hauruck-Aktion an den USC Paloma Hamburg verscherbelt worden war. Okay, das war nicht sehr wahrscheinlich, aber trotzdem... Ich stieg aus, um mich auf die Suche zu machen.

Auf dem Trainingsplatz entdeckte ich ihn schließlich, wie er mutterseelenallein – abgesehen von ein paar weiblichen Teenies, die hinter dem Zaun herumlungerten – mit Karacho Bälle auf das Tor drosch. Selbst aus der Entfernung konnte ich erkennen, dass er übel gelaunt war.

Heftig winkend versuchte ich, auf mich aufmerksam zu machen, doch Patrick reagierte nicht. »Hey!«, rief ich. »Was ist, kommst du mal langsam?«

Er sah kurz zu mir rüber, machte jedoch keine Anstalten, auf mich zu hören, sondern schoss unbeirrt weiter auf das Tor – beziehungsweise fünf Meter daneben.

Ich wollte die Pforte zum Platz öffnen, doch sie war verschlossen.

»Kann ich helfen?«, hörte ich jemanden hinter mir fragen. Ich drehte mich um und erblickte einen circa sechzigjährigen Mann in Eintracht-Hamburg-Trainingsklamotten.

»Ja, es wäre nett, wenn Sie mich reinlassen könnten. Ich will zu ihm.« Dabei deutete ich auf Patrick.

Der Mann lachte. »Das wollen viele.«

»Schon klar, aber ich bin kein Fan. Ich mache ein Praktikum bei der Eintracht und na ja, ich bin gewissermaßen seine... Fahrerin.«

»Ach! Du bist das also. Wegen dir wird er von seinen Kollegen ganz schön auf die Schippe genommen.« Er streckte mir schmunzelnd seine Hand entgegen. »Ich bin Eckard Müller. Der Zeugwart.«

Ich ergriff seine Hand. »Karoline Maus. Er wird wegen mir verarscht?«

Eckard Müller winkte ab. »Die Jungs machen sich nur einen Spaß daraus, dass Weidi jetzt eine Sonderbehandlung bekommt.«

»Oh.« Bestürzt blickte ich zu Patrick, der sich gerade einen Ball zurechtlegte. »Was macht er da eigentlich?«

»Dampf ablassen. Hatte keinen guten Tag. Der Trainer hat ihm die Kapitänsbinde entzogen. Und er muss für eine Weile mit der zweiten Mannschaft trainieren. Das ist ein derber Schlag ins Gesicht.«

Wieder schoss Patrick einen Ball weit neben das Tor, und es schepperte ganz gewaltig, als er gegen die Bande krachte.

Müller beugte sich näher zu mir. »Wenn du mich fragst«, er senkte die Stimme, »liegt es nicht nur an der Feierei. Es ist auch was Persönliches zwischen ihm und dem Trainer. Weidi mischt sich zu oft ein, gibt zu viele Widerworte. Das kann Bergmann nicht leiden.«

»Verstehe«, sagte ich nachdenklich.

Eckard Müller zog einen Schlüsselbund aus seiner Jackentasche und schloss die Pforte auf. »Dann geh mal rein. Die Mädels schick ich nach Hause. Sollen lieber für die Schule lernen.«

Ich betrat den Platz und stellte mich an die Bande hinter dem Tor, auf das Patrick schoss. »Können wir bitte nach Hause fahren?«, rief ich. »Ich warte schon seit fast einer Stunde auf dich, mir reicht's.«

»Dann such dir halt einen anderen Job!« Ein Ball landete mit so viel Karacho im Netz, dass er mich fast berührte.

Vorsichtshalber ging ich ein paar Meter zur Seite. »Ich weiß ja, dass du einen Scheißtag hattest, aber meiner war auch nicht gerade toll. Tut mir übrigens leid, dass du nicht mehr Kapitän bist. Aber die hätten dich auch rausschmeißen können, also insofern... Sei froh, dass du nicht zum USC Paloma musst.«

Zur Antwort gab er ein höhnisches Schnauben von sich und schoss. Der Ball knallte an die Latte und brachte das Tor bedenklich zum Wanken.

Mir war klar, dass Patrick keine Lust auf einen Vortrag von mir hatte. Aber ich musste die Gelegenheit nutzen. Vielleicht war das ja meine Chance, ihn endlich zu erreichen. Zumal ich die Entscheidung des Trainers durchaus auch nachvollziehbar fand. »Ich meine, versuch doch mal, das Ganze ins Positive umzuwandeln. Nimm es doch zum Anlass, dein Verhalten zu überdenken. Was deine Disziplin angeht, zum Beispiel.«

KAWUMM, krachte es an die Bande. »Du laberst mal wieder genauso eine Scheiße wie Bergmann!«

Meine Güte, wieso konnte dieser Typ denn nicht einsehen, dass ich recht hatte? Und Bergmann ganz offensichtlich auch. »Ja und? Es stimmt doch! Ein Kapitän sollte Vorbild sein, aber du benimmst dich wie der letzte Penner!«

Der nächste Ball flog in hohem Bogen über das Tor. Patrick fasste sich mit beiden Händen in die Haare und stieß ein paar derbe bayerische Flüche aus.

»Denk doch mal an die Kinder und Jugendlichen! An den kleinen Timo zum Beispiel. Du hast Verantwortung und solltest dich auch entsprechend benehmen.«

»Verflucht noch mal, Karo, halt die Klappe!« Patricks Gesicht und Haare waren schweißnass, seine Augen sprühten Funken.

Doch ich hatte mich inzwischen so richtig in Fahrt geredet und war noch lange nicht am Ende mit meinem Vortrag.

»Nein! Denn wenn du ehrlich zu dir bist, weißt du doch ganz genau, dass du deine Energie besser wieder ins Training stecken solltest statt in irgendwelche Kneipentouren und Weibergeschichten und ...«

RRRRRUMMMMMS, dröhnte es, als der nächste Ball mit voller Wucht an meine Stirn knallte. Vor meinen Augen tanzten ein paar Sternchen, und dann wurde es schwarz um mich.

Von weit, weit entfernt hörte ich, wie eine Stimme meinen Namen rief. Ich öffnete langsam die Augen. Offenbar lag ich auf dem Boden, doch mein Kopf dröhnte so sehr, dass es mir schwerfiel, mich zu orientieren. Verschwommen sah ich, dass sich jemand über mich beugte. Die Gestalt nahm nach und nach Konturen an und wurde schließlich zu Patrick.

»Alles okay?«, fragte er und sah aufrichtig besorgt aus.

»Weiß nicht, ich ... War ich bewusstlos, oder was?«

Patrick nickte und hielt drei Finger vor mein Gesicht. »Wie viele Finger sind das?«

»Drei.« Ich setzte mich vorsichtig auf. »Aber wieso ...« Mühsam versuchte ich mich zu erinnern und sah schließlich einen Ball mit Hochgeschwindigkeit auf mich zufliegen. »Du warst das!«, zischte ich. »Das hast du mit Absicht gemacht!«

»Nein, habe ich nicht!«

»Hast du wohl!«

Patrick war ziemlich blass um die Nase. »Nein! Das wollte ich nicht, Karo, ehrlich!«

»Pff, klar!« Ich fasste mir an die Stirn, dorthin, wo es am meisten wehtat. »Aua«, sagte ich kläglich.

Patrick griff nach meiner Hand und zog sie weg. »Lass mal sehen.« Er betrachtete prüfend meine Stirn. »Oh Mann, ich glaub, das gibt 'ne dicke Beule.«

»Na super.«

»Tut dir noch etwas anderes weh?«, fragte er und fing an, meinen Arm abzutasten.

Ich schüttelte ihn ab. »Nein«, log ich.

»Wirklich nicht? Schwindel, Übelkeit? Gar nichts?« Er musterte mich zweifelnd. »Wir sollten besser ins Krankenhaus fahren.«

»Nein!«, sagte ich entschieden und versuchte aufzustehen.

»Warte, ich helfe dir.« Patrick zog mich hoch. »Kannst du stehen?«

»Ja, Herrgott noch mal!« Meine Knie waren ziemlich wackelig, die Stelle an meinem Rücken, auf die ich anscheinend gefallen war, tat furchtbar weh, ganz zu schweigen von meinem Kopf, aber ich würde deswegen nicht ins Krankenhaus fahren! Langsam setzte ich einen Fuß vor den anderen, bis Patrick einen Arm um meine Taille legte und mich eng an sich zog. Augenblicklich blieb mir die Luft weg. »Was machst du denn da?«

»Dich stützen.«

»Vielen Dank, aber ich bin durchaus in der Lage, allein zu gehen!«

»Okay«, sagte er und ließ mich los, blieb allerdings dicht neben mir. »Aber du musst das wenigstens kühlen.«

Er führte mich in einen großen hellen Raum, der den Spielern offenbar als Aufenthaltsraum diente. Sofas und Sessel aus Leder standen grüppchenweise vor den bodentiefen Fenstern, es gab einen riesigen Flachbildfernseher, einen Kicker- und einen Billardtisch. Ich setzte mich auf eines der Sofas. »Ihr habt's ja nicht schlecht hier, was?«

»Könnte schlimmer sein.« Mit einem Kühlakku in der Hand kam er zu mir, setzte sich neben mich und hielt ihn mir vorsichtig an die Stirn.

Ich schloss die Augen und spürte, wie die Kälte sich angenehm ausbreitete.

»Besser?«, fragte Patrick leise.

»Mhm«, machte ich. Eine Weile saß ich still da, während er meine Stirn mit dem Akku kühlte.

»Entschuldige, Karo«, sagte er schließlich zerknirscht. »Ich hätte besser aufpassen müssen, das war echt saudämlich. Glaub mir, ich würde dir nie im Leben ...«

»Schon gut«, unterbrach ich ihn und öffnete meine Augen. »Das war mein Fehler, ich meine, was stelle ich mich auch fünf Meter neben das Tor, wenn Patrick Weidinger darauf schießt. Hätte ich mich *rein*gestellt, wäre nichts passiert.«

Im ersten Moment sah er beleidigt aus, doch dann schüttelte er den Kopf und lachte. »Dir geht's anscheinend wirklich schon besser.«

»Sag ich doch.«

»Okay, dann kannst du den hier ja jetzt selbst festhalten«, sagte er lächelnd und drückte mir den Akku in die Hand. »Ich zieh mich schnell um. Bis gleich.«

Ich legte mich hin, drückte mir den Kühlakku an die Stirn und schloss wieder die Augen. Zehn Minuten später kam Patrick zurück. Offensichtlich hatte er es geschafft, in der kurzen Zeit auch noch zu duschen, denn ich nahm den Duft seines Duschgels wahr. Ich erhob mich vorsichtig vom Sofa. »Können wir?«

»Ja. Ich ruf uns ein Taxi.«

»Wieso das denn?«

Patrick deutete auf meine Stirn. »Du kannst in deinem Zustand ja wohl kaum Autofahren. Und ich darf nicht.«

»Aber wie soll ich dich dann morgen abholen?«

»Gar nicht. Ich werde auch morgen früh ein Taxi nehmen. Und du gehst zum Arzt.«

Zuhause begutachtete ich die Ausmaße der Katastrophe im Badezimmerspiegel und stellte fest, dass eine hässliche dicke Beule auf meiner Stirn prangte, über der sich ein blauer Fleck ausgebreitet hatte. Durch intensives Studium von *Dr. House*, *Grey's Anatomy* und *Doctor's Diary* hatte ich mir ein beträchtliches medizinisches Halbwissen angeeignet und konnte so mithilfe einer Differenzialdiagnose feststellen, dass ich mir lediglich ein bisschen den Rücken verrenkt und ordentlich eins auf die Fresse gekriegt hatte und dass es überhaupt keinen Grund gab, morgen nicht zur Arbeit zu gehen. Ich verordnete mir zwei Ibuprofen und vor allem Kühlung. Der Akku, den Patrick mir für den Heimweg mitgegeben hatte, war allerdings inzwischen aufgetaut, und in unserem Eisfach befand sich nichts außer einer Tüte Tiefkühlbohnen. Seufzend zog ich sie heraus und verkrümelte mich damit ins Bett.

7.

*Es hängt alles irgendwo zusammen.
Sie können sich am Hintern ein Haar ausreißen,
dann tränt das Auge.*
Dettmar Cramer

Obwohl Patrick in den darauffolgenden Tagen selbst für seine Verhältnisse phänomenal schlechte Laune hatte, nahm er sich mir gegenüber sehr zurück. Doch je länger er mit der zweiten Mannschaft trainieren musste, und je weniger von meiner Beule zu sehen war, desto unfreundlicher wurde er, bis schließlich alles wieder beim Alten war und wir uns entweder anmotzten oder anschwiegen. Während meiner Bürostunden sah es auch nicht rosiger aus. Nach wie vor bestand meine Hauptaufgabe darin, die Fanpost zu bearbeiten, wenn nicht gerade Felix, Lars oder Mark irgendeinen anderen Deppenjob für mich auf Lager hatten.

Nach einem besonders miesen Tag traf ich zu Hause in der Küche auf Saskia, die über einen Riesenstapel Schulhefte gebeugt saß. Die Haare standen ihr wild vom Kopf ab, so als hätte sie sie sich schon diverse Male gerauft. Neben ihr stand eine dampfende Tasse, und es roch nach einem ihrer künstlich überaromatisierten Kuschelwonne-Liebeszauber-Tees.

»Hey«, grüßte ich sie. »Wie sieht's aus?«

Sie klappte das Heft zu und legte es zurück auf den Stapel. »Rechtschreibung ist nicht so das Ding meiner Schüler. Und wie war dein Tag so?«

»Das übliche. Patrick und ich hassen uns, und Felix gibt mir einen Dreckjob nach dem anderen. Ich weiß ja, dass ich als Praktikantin nicht erwarten kann, das Controlling zu übernehmen, aber mal ganz ehrlich: Dieser Job bringt mir außer Kohle überhaupt nichts!«

»Es ist doch nur bis Ende Mai. Und wenn du es gar nicht mehr aushältst, bewirbst du dich halt woanders und brichst ab.«

»Nein, ich zieh das jetzt durch! Wobei der Gedanke wirklich verlockend ist. Ich kann Patrick einfach nicht mehr ertragen! Er ist arrogant, unfreundlich, und wenn er mir nahe kommt, dann stellen sich mir die Nackenhaare hoch, ich krieg Gänsehaut und kann nicht mehr atmen!«

»Hm. Sag mal, kann es sein, dass du ziemlich auf ihn abfährst?«, fragte Saskia grinsend.

Ich starrte sie entsetzt an. »Bitte? Ich habe doch gerade eben gesagt, dass ich ihn nicht ertragen kann!«

Bedächtig wiegte Saskia ihren Kopf hin und her. »Aber du kannst ja trotzdem scharf auf ihn sein. Rein körperlich.«

»Du spinnst doch!«, erwiderte ich und holte mir ein Bier aus dem Kühlschrank. »Dieser Typ macht mein Berufsleben zur Hölle!«

»Ist ja gut. War ja nur so ein Gedanke.«

»Also echt jetzt!«, schimpfte ich und nahm einen Schluck. »Das ist eine Beleidigung für mich!«

»Ist ja gu-hut!«, wiederholte Saskia lachend und griff nach meiner Flasche. »Ich bitte vielmals um Entschuldigung.« Sie trank einen Schluck. »Darf ich mir noch eine klitzekleine Bemerkung erlauben?«

Ich runzelte die Stirn. »Worüber?«

»Über Patrick. Es ist nur ...« Sie brach ab und schien nach Worten zu suchen. »Okay, er mag arrogant und unfreundlich sein, aber er kann doch gar nichts dafür, dass du Autogrammkarten verschicken und Zeitungsartikel ausschneiden musst. Und dafür, dass Felix ätzend ist, kann er auch nichts. Vielleicht solltest du ihn nicht für *alles* verantwortlich machen, was dich nervt.«

»Und wieso nicht? Er *ist* doch für alles verantwortlich! Gäbe es Patrick Weidinger nicht, wäre ich jetzt nicht der Depp vom Dienst!«

»Man kann es auch so sehen: Gäbe es Patrick Weidinger nicht, wärest du jetzt möglicherweise immer noch arbeitslos und außerdem pleite.«

Darauf fiel mir nichts ein. Mit vor der Brust verschränkten Armen saß ich da und ließ mir ihre Worte durch den Kopf gehen. Wohl oder übel musste ich zugeben, dass sie möglicherweise nicht ganz unrecht hatte. »Ach Saskia, das ist doch alles Mist. Wie sehr habe ich mir gewünscht, einen tollen Job zu kriegen und Verantwortung zu übernehmen, und jetzt schieben die einfach jede Aufgabe auf mich ab, auf die sie keine Lust haben. Am liebsten würde ich mich krankmelden.« Trübe starrte ich ins Leere.

»Ach komm.« Saskia stupste mich aufmunternd an. »Das kauft dir doch keiner ab. Du bist selbst mit 'ner halben Gehirnerschütterung zur Arbeit gegangen. Jetzt gönn dir noch ein paar Minuten Selbstmitleid, und dann ist es auch wieder gut, okay?«

Ich stieß noch einmal einen tiefen Seufzer aus und setzte mich dann aufrecht hin. »Okay. Und hey, wenn ich schon in einem Fußballverein arbeite, kann ich auch ein paar passende Floskeln raushauen.« Ich streckte die geballten Fäuste in die Luft. »Ab jetzt gehe ich in die Offensive! Angriff ist die beste Verteidigung! Ich habe *nicht* fertig! Noch lange nicht!«

Saskia lachte und gab mir einen High Five. »Jawohl!«, rief sie. »Das ist die Karo, die ich kenne!«

Ich holte noch zwei Bier aus dem Kühlschrank, mit denen wir uns auf den Balkon setzten. Es war einer dieser milden Oktoberabende, an denen die Sonne alles in ein klares, goldenes Licht tauchte. Ich legte meine Beine auf das Balkongeländer und genoss die Aussicht auf die Rotklinkerbauten und die großen Bäume, deren Laub sich bereits verfärbte, und verstand nicht, wie man diese Gegend nicht schön finden konnte.

Auf der Straße beobachtete ich unsere Nachbarin Frau Gantenberg, die ihren unglaublich fetten Dackel sein Geschäft mal wieder mitten auf dem Gehsteig verrichten ließ und sich wie üblich nicht darum scherte, den Mist hinterher wegzumachen. »Apropos Offensive, damit ist jetzt auch Schluss«, sagte ich zu Saskia und beugte mich über die Balkonbrüstung. »Hey, Frau Gantenberg!«, rief ich.

Sie zuckte zusammen, und sowohl sie als auch ihr Dackel blickten zu mir rauf.

»Warten Sie mal kurz!« Ich lief in die Küche, um einen Müllbeutel zu holen, und hastete damit die Treppe hinunter. Außer Atem blieb ich vor unserer Nachbarin stehen, hielt ihr den Müllbeutel entgegen und lächelte sie übertrieben freundlich an. »Sie haben anscheinend wieder Ihre Häufchenbeutel vergessen. Aber kein Problem, ich helfe gerne aus.«

Sie presste ihren ohnehin schon immer missmutig verkniffenen Mund zu einer noch schmaleren Linie zusammen und schien nach einer Antwort zu suchen. Nach einer Weile riss sie mir wortlos den Müllbeutel aus der Hand. Ich hatte schon die Befürchtung, dass sie ihn mir rechts und links um die Ohren hauen würde, doch zu meinem Triumph bückte sie sich, um das Häufchen ihres Hundes aufzusammeln.

»Schönen Abend noch, Frau Gantenberg«, sagte ich strahlend.

»Sie mich auch«, erwiderte sie, machte auf dem Absatz kehrt und zog ihren Hund hinter sich her.

»Das war der Hammer!«, rief Saskia, als ich zurück auf den Balkon kam.

»Ja, allerdings«, sagte ich reichlich selbstzufrieden. »Mit mir legt sich keiner mehr an!«

Als ich später im Bett lag, malte ich mir aus, wie ich eines Tages auf dem Chefsessel der Maus Consulting Group sitzen würde. Felix von Ansbach und Patrick Weidinger waren so unwichtige und lästige Zwischenstationen auf meinem Weg, dass ich sie bis dahin schon längst vergessen haben würde. Oh, wie freute ich mich darauf! Ich befand mich gerade auf dem wunderbar kuscheligen Weg ins Reich der Träume, als mein Handy klingelte und mich jäh zurück in die Realität holte. Ich knipste das Licht an und warf einen Blick auf das Display. Es war Lutz.

»Der Adler hat das Nest verlassen!«, rief er aufgeregt in den Hörer.

»Was? Welcher Adler?« Schlaftrunken rieb ich mir die Augen.

»Na, Weidinger! Er ist seit fünf Sekunden in der CIU' Bar, Ballindamm 14. Du weißt, was du zu tun hast.«

Augenblicklich war ich hellwach. »Okay, bin auf dem Weg.« Ich sprang aus dem Bett und schlüpfte in die erstbesten Klamotten, die mir in die Quere kamen. Keine Zeit zum Zähneputzen, stattdessen kramte ich mir ein Kaugummi aus der Handtasche und stopfte es mir in den Mund. Von der Kommode im Flur klaubte ich die Autoschlüssel und mein Navi, stürmte die Treppen runter und machte mich mit quietschenden Reifen auf den Weg. Ich würde Patrick umbringen! Ja, das würde ich tun, und zwar kaltblütig lächelnd! Und anschließend würde ich ihn bei Dotzler anscheißen und dafür sorgen, dass er nie wieder auch nur eine Minute in der Bundesliga spielen durfte! Mir war klar, dass meine Gedanken einer gewissen Logik entbehrten, aber ich war zu wütend, mir darum einen Kopf zu machen.

Ich parkte Karlheinz im absoluten Halteverbot in zweiter Reihe direkt vor der CIU' Bar. Schon durch die großen Frontfenster entdeckte ich Patrick. Der Laden war an diesem Montagabend um elf Uhr nicht besonders voll, sodass ich freien Blick auf die Theke hatte, an der er sich angeregt mit einer Blondine unterhielt.

Kaum hatte ich die Bar betreten, wurde ich von einem Mann in schwarzem Anzug aufgehalten, der ungefähr doppelt so groß und dreimal so schwer war wie ich.

»Geschlossene Gesellschaft«, behauptete er und musterte mich abschätzig von oben bis unten.

In dem Moment wurde mir bewusst, dass mein Aufzug ganz und gar nicht in dieses Ambiente passte. Zwischen all den Anzügen, Kostümen und kleinen Schwarzen war ich in abgewetzten Jeans, meinem *Wir-bleiben-Bochum*-Opel-T-Shirt, Strickjacke und Sneakers hier so fehl am Platz wie eine Ziege im Vier Jahreszeiten. Trotzdem ließ ich mir meine Unsicherheit nicht anmerken. Ich straffte die Schultern und sah zu dem Riesen auf.

»Ach ja? Wo steht denn das?«

»Hier«, erwiderte er und tippte an seine Stirn. »Also, wenn du jetzt bitte abhauen würdest?«

»Nein«, sagte ich stur, traute mich aber nicht, an ihm vorbei- und Richtung Theke zu gehen, denn ich war mir doch relativ sicher, dass er stärker war als ich und sich im Zweifelsfall nicht davor scheuen würde, mich am Kragen zu packen und rauszuwerfen. Im wahrsten Sinne des Wortes. Einer spontanen Eingebung folgend änderte ich meine Taktik. »Hör mal, ich bin Psychotherapeutin, und der Typ da hinten«, dabei deutete ich auf Patrick, »ist heute Abend aus der psychiatrischen Klinik Ochsenzoll ausgebüxt. Er hat eine ausgeprägte multiple Persönlichkeitsstörung und hält sich für Patrick Weidinger. Ich muss ihn dringend zurück in die Geschlossene bringen, verstehst du?«

Nun sah der Riese eindeutig verwirrt aus. Er blickte über seine Schulter zu Patrick und dann wieder zu mir. »Das ist gar nicht Patrick Weidinger?«

»Nein! Überleg doch mal! Würde ein Leistungssportler etwa an einem Montagabend um diese Zeit in einer Bar rumhängen?«

Mein Gegenüber schien angestrengt nachzudenken. »Nee, wahrscheinlich nicht«, sagte er schließlich. »Oh Mann, sieh zu, dass du den Typen hier rausschaffst!«

Entschlossen ging ich zur Theke. Patrick war nach wie vor in ein intensives Gespräch mit der hübschen Blondine vertieft, die, wie ich im Näherkommen bemerkte, einen äußerst kurzen Rock und schwindelerregend hohe High Heels trug. Patrick selber sah auch nicht schlecht aus, wie ich zugeben musste. Er hatte schwarze Jeans und ein schwarzes Hemd an, und sein Gesichtsausdruck war so freundlich, wie ich ihn noch nie gesehen hatte. Nun, das würde sich wohl in wenigen Sekunden dramatisch verändern, denn immerhin war *ich* im Anmarsch.

Ich tippte Patrick, der gerade über eine Bemerkung der Blondine lachte, an die Schulter. Er drehte sich zu mir, und bei meinem Anblick sanken seine Mundwinkel herab, und seine

Augen weiteten sich entsetzt. Ganz wie erwartet. Betont heiter sagte ich: »Hallo Sportsfreund. Zeit nach Hause zu gehen.«

Fassungslos schüttelte er den Kopf. »Hast du sie noch alle? Was zur Hölle machst du hier?«

»Sollten wir uns nicht viel eher fragen, was zur Hölle *du* hier machst?«, flötete ich.

»Wer ist das denn, Patrick?«, wollte die Blondine wissen.

»Oh je. Hat er dir erzählt, dass er Patrick Weidinger ist?«, fragte ich sie mitleidig. Ich legte meine Hand auf seinen Arm und redete mit ihm wie mit einem Kleinkind: »Ich dachte, wir hätten das im Griff, Tommy. So, nun fahren wir schnell zurück nach Ochsenzoll, damit wir unsere Medizin nehmen können. Hm? Na komm.«

Die Blondine rückte ein Stückchen von Patrick ab und sah ihn verunsichert an. »Das ist gar nicht Patrick Weidinger?«

»Doch, natürlich!«, rief er.

»Ja, Tommy, das wissen wir doch. Aaalles ist gut«, sagte ich mit meiner Kleinkindberuhigungsstimme. Der Blondine raunte ich zu: »Er denkt zumindest, dass er es ist. Mach dir nichts draus, andere sind auch schon drauf reingefallen. Er sieht ihm ja echt erstaunlich ähnlich.«

Patrick schien ernsthaft an meinem Verstand zu zweifeln. »Geht's jetzt völlig mit dir durch, oder was?«

»Mit mir?«, fragte ich, immer noch betont ruhig. »Nein, mit mir nicht. Aber sag mal, Tommy, was glaubst du, wird Dr. *Koch* von dieser Sache halten?« Ich durchbohrte ihn förmlich mit meinem Blick.

›Tommy‹ stand ganz offensichtlich kurz vor der Explosion. Seine Augen schossen wütende Pfeile in meine Richtung, und er wollte gerade etwas erwidern, doch in dem Moment tauchte der Barmann auf und stellte einen Cocktail vor der Blondine ab.

»Wow!«, entfuhr es mir. So einen riesigen, wunderschön verzierten Cocktail hatte ich noch nie gesehen. Ein halber Obstkorb war kunstvoll um den Rand des Glases drapiert. Mir lief das Wasser im Mund zusammen.

Patrick erhob sich von seinem Barhocker. »Wenn wir nicht zurück nach *Ochsenzoll* müssten, würde ich dir ja auch einen spendieren, Karo«, zischte er. Dann holte er sein Portemonnaie hervor, legte einen Zwanzig-Euro-Schein auf den Tresen, packte mich am Arm und zog mich zum Ausgang.

Als wir am Türsteher vorbeikamen, stellte der sich uns in den Weg. »Macht er etwa Probleme?«, fragte er und deutete auf Patrick, der mich immer noch am Arm festhielt.

»Nein, alles okay«, sagte ich. »Ich hab ihn im Griff.«

»Das sieht aber eher umgekehrt aus. Lass mal die Dame los, mein Freund«, sagte der Riese mit drohendem Unterton.

Zu meiner Genugtuung gehorchte Patrick. »Ihr seid doch alle nicht mehr ganz dicht«, murrte er und stürmte aus der Bar.

»Haha, na, das sagt der Richtige, was?«, sagte ich zu meinem Retter und folgte Patrick auf die Straße.

»Was war das denn bitte für 'ne Nummer?«, empfing er mich wutschnaubend.

»Mach jetzt keine Szene, ja?«, erwiderte ich und deutete in Richtung *CIU*', wo nicht wenige Gäste uns durch die großen Fenster so gebannt anglotzten, als würden sie das Fußball-WM-Finale im Fernsehen verfolgen. »Mein Auto steht da vorne. Ich bring dich nach Hause.«

»Und ich bring dich gleich um!«, rief Patrick erbost. »Ich fasse es nicht, echt nicht!« Er ging in langen Schritten auf Karlheinz zu und wartete, dass ich aufschloss. Beim Einsteigen knallte er die Tür so heftig zu, dass das Auto wackelte. Es tat mir in der Seele weh.

»Hey! Karlheinz kann nichts dafür, dass du mies drauf bist, also lass deine schlechte Laune nicht an ihm aus!«

»*Karlheinz?!*«

Upps. »Ja, ähm ... Das Auto heißt so.« Ich startete den Wagen.

Patrick rieb sich die Stirn, als hätte er Kopfschmerzen. »Mein Gott! Du bist echt vollkommen irre! Wenn hier einer nach Ochsenzoll gehört, dann du!«

Das fand ich eigentlich nicht, aber ich äußerte mich nicht dazu.

»Was hattest du in der Bar zu suchen?«, fragte Patrick in herrischem Tonfall.

Möglichst beiläufig sagte ich: »Na, was schon? Ich wollte einen Cocktail trinken.«

»In dem Aufzug? Du siehst aus, als kämst du direkt von der Couch!«

»Ich glaube nicht, dass Therapeuten so spät noch Sitzungen halten«, erklärte ich möglichst würdevoll.

»Ich meine die Couch im Wohnzimmer!«, rief Patrick.

»So laufe ich in meiner Freizeit nun mal rum. Ich erkläre mich solidarisch mit den Mitarbeitern des Opel-Werks in Bochum, das Ende des Jahres geschlossen wird. Ich weiß, in Bayern kennt man solche Probleme nicht, aber nördlich des Weißwurst-Äquators kommt so etwas nun mal vor.«

»Aha. Also du gehst nachts um halb zwölf ganz alleine im solidarischen Gewerkschafts-Schlabberlook rein zufällig in genau die Cocktailbar, in der ich mich seit zwanzig Minuten aufhalte?«

»Tja. Die Welt ist ein Dorf, was?« Zum Glück war das CIU' nur zwei Kilometer von seiner Wohnung entfernt, sodass wir inzwischen bei ihm angekommen waren und ich mich der Inquisition entziehen konnte. »So, da wären wir«, sagte ich. »Wir sehen uns morgen.«

Doch Patrick rührte sich nicht und fixierte mich mit seinem Blick. »Du glaubst doch nicht ernsthaft, dass dieses Gespräch schon beendet ist, oder?«

»Doch, eigentlich schon.«

»Nein, das ist es ganz sicher nicht! Du bist mir ein paar Erklärungen schuldig, also komm mit rein! Ich hab keinen Bock, ständig mit dir in dieser Karre eingepfercht zu sein!« Damit stieg er aus und schlug die Tür hinter sich zu. Dieses Mal allerdings vorsichtiger, wie ich feststellen musste.

Vor meinem inneren Auge tauchte eine fette Zeitungsschlagzeile auf: *OH WEI OH WEI, WEIDI! BUNDESLIGA-PROFI ERMORDET PRAKTIKANTIN IN SEINER WOHNUNG!*

Immerhin hatte er vorhin noch behauptet, mich umbringen zu wollen. Gut, so ganz glaubte ich ihm das zwar nicht, aber man konnte ja nie wissen. Abgesehen davon fiel mir für mein Auftauchen in der Bar einfach keine andere Erklärung als die Wahrheit ein – und die durfte ich ihm nicht sagen.

In dem Moment öffnete er die Fahrertür. »Verdammt noch mal, Karo! Komm mit rein!«

Widerwillig schnallte ich mich ab, stieg aus und folgte ihm. Wir stiegen die Treppen in die erste Etage hinauf, wo Patrick seine Wohnung aufschloss. Im Flur fiel mir sofort der glänzende Parkettboden auf, die hohen, stuckverzierten Decken und schließlich der riesige Kronleuchter. »Krass!«, rief ich aus. »Das ist ja wie im Buckingham Palace!«

Patrick folgte meinem Blick zur Decke. »Der hing hier schon«, sagte er achselzuckend.

Wir betraten einen Raum, der mindestens so groß sein musste wie die komplette untere Etage unseres Reihenhauses in Bochum und der sich als Wohnzimmer mit integrierter offener Küche entpuppte. Vor dem Tresen standen zwei Barhocker, ansonsten gab es lediglich ein schwarzes Ecksofa aus Leder und eine TV-Bank mit Flachbildfernseher. An einer Wand reihten sich ein paar Kartons, in denen sich offenbar Bücher befanden, und auf dem Boden stand eine Stereoanlage, neben der ein paar CDs verstreut lagen.

»Seit wann wohnst du hier noch mal?«

Patrick holte zwei kleine Flaschen Wasser aus dem Kühlschrank und reichte mir eine davon. »Seit etwas mehr als zwei Jahren.

Ich deutete um mich. »Sieht so aus, als wärst du gerade erst eingezogen. Wo sind denn deine Sachen? Möbel, Fotos und so was? Das ist alles so unpersönlich.«

Er zuckte mit den Achseln. »Ich bin noch nicht dazu gekommen auszupacken.«

»In zwei Jahren?«

»Karo, hör auf abzulenken!«, rief Patrick und knallte seine Wasserflasche auf den Tresen. »Ich will wissen, was das vorhin für eine Aktion war! Spionierst du mir nach?«

»Nein!« Das war nicht mal *ganz* gelogen, denn nachts schnüffelte ja nicht ich, sondern Lutz hinter ihm her.

Patrick trat einen Schritt auf mich zu und blieb dicht vor mir stehen, sodass ich den Kopf heben musste, um ihn anzusehen. »Wenn ich eins nicht ausstehen kann, dann ist das, angelogen zu werden«, sagte er leise.

Sofort hatte ich den Drang, für größere Distanz zwischen uns zu sorgen, doch ich schaffte es, seinem Blick standzuhalten und keinen Millimeter zurückzuweichen. Krampfhaft suchte ich nach einer plausiblen Erklärung, aber mir fiel einfach keine ein. Und in dem Moment wurde mir bewusst, dass ich Patrick gar nicht anlügen *wollte*, selbst wenn ich damit gegen ein Grundgesetz meines Jobs verstieß. »Du hast recht, ich war nicht zufällig in dieser Bar«, sagte ich leise. »Der Verein hat einen Privatdetektiv auf dich angesetzt, der dich nachts beschattet und mir Bescheid sagt, wenn du wieder auf Tour gehst. Ich soll dich dann einkassieren und Dotzler informieren.« Mein Gott, wie sich das anhörte! Zum ersten Mal sah ich meinen Job durch seine Augen, und was der Verein sich da leistete, war wirklich das Letzte.

Patrick trat zwei Schritte von mir weg. »Was?! Mein *Arbeitgeber* lässt mich nachts überwachen? Der Arbeitgeber, der mir schon vorschreibt, was ich essen und trinken soll, um wieviel Uhr ich ins Bett zu gehen habe und wieviel Sport ich während meines Urlaubs treiben muss?«

»Ist doch nur konsequent, oder?«, sagte ich in dem kläglichen Versuch, locker zu klingen.

Patrick zeigte mit dem Finger auf mich. »Das heißt, du bist so eine Art Spitzel? Du kriegst Geld dafür, dass du mich anschwärzt?«

Ich spürte, wie ich rot anlief, und kam mir durch und durch schäbig vor. Gerade wollte ich anfangen mich zu rechtfertigen, als mir ein Gedanke kam: Wie war das doch gleich? Angriff ist die beste Verteidigung? »Sei lieber froh, dass ich *Spitzel* dich aus der Bar rausgeholt habe, bevor dieses Blondchen ein Foto mit ihrem Smartphone machen und an den Hamburg Kurier schicken konnte!«

»Es ist mir vollkommen egal, was die schreiben!«

»Wie kann dir das alles egal sein, Patrick, das will einfach nicht in meinen Kopf! Die Fans, die ihr sauer verdientes Geld ins Stadion tragen, um dich spielen zu sehen. Timo Sieverding, für den du ein Vorbild bist! Deine Eltern, die es bestimmt ganz toll finden, wenn die Eskapaden ihres Sohnes ständig in der Presse breitgetreten werden! Hauptsache, du kannst dein Ding durchziehen und allen beweisen, dass du dir von niemandem etwas sagen lässt.«

»Du weißt doch überhaupt nicht, wovon du redest!«, rief er aufgebracht. »Ich habe weder darum gebeten ein Vorbild zu sein noch in der Öffentlichkeit zu stehen! Wenn du gut bist, ja, dann ist alles ganz toll, dann lieben dich alle! Aber wenn nicht, lassen sie dich schneller fallen als du *Abseits* sagen kannst und ziehen dich durch den Dreck, und mit dieser Scheiße muss ich tagtäglich leben!« Patrick fuhr sich mit beiden Händen durch die Haare. »Glaubst du, es ist leicht, auf Knopfdruck Leistung zu bringen und ständig die Erwartungen zu erfüllen, die alle in dich haben? Bei mir läuft *nichts* mehr, und ich habe keine Ahnung, warum! Ich liege nachts wach, und es schnürt mir die Luft ab, wenn ich daran denke, dass es möglicherweise vorbei ist! Etwas anderes als Fußball spielen kann ich nicht, und jetzt kann ich nicht mal mehr das!«

In seinen Augen standen Wut und Verzweiflung, und ob ich wollte oder nicht, seine Situation ging mir nahe. »Also ist es das, was du in den Bars und Clubs auf dem Grund einer Champagnerflasche suchst?«, fragte ich ruhig. »Deine alte Form? Glaubst du, da findest du sie?«

»Nein, natürlich nicht! Es macht diesen Wahnsinn aber erträglicher, wenn ich auch mal Dinge wie ein völlig normaler Mensch tun kann! Seit ich neun Jahre alt bin, stehe ich unter Druck, mein komplettes Leben wird von meinem Job beherrscht, und manchmal hasse ich das alles!« Er ließ sich aufs Sofa fallen, verbarg den Kopf in seinen Händen und sah zu Boden.

Ich hatte eine Antwort à la »Immerhin kriegst du einen Haufen Kohle dafür, also tu gefälligst, wofür du bezahlt wirst« im Sinn, doch kein Wort verließ meine Lippen, denn ich dachte nicht wirklich so. Stattdessen konnte ich plötzlich nachvollziehen, wie er sich fühlen musste. Ich ging zu ihm rüber und setzte mich neben ihn. Meine Hand machte sich selbstständig und berührte ihn leicht an der Schulter, doch als mir bewusst wurde, was ich tat, zog ich sie so hastig zurück, als hätte ich mir die Finger verbrannt. Ich ließ mir seine Worte noch mal durch den Kopf gehen. Schließlich sagte ich: »Ich weiß, dass du auf meine Meinung keinen gesteigerten Wert legst, aber du kennst mich wohl inzwischen gut genug, um zu wissen, dass ich sie dir trotzdem sagen werde.«

Patrick seufzte und richtete sich wieder auf. »Na, da bin ich ja mal gespannt.«

»Ich verstehe vollkommen, dass du das alles manchmal hasst. Ehrlich. Und wenn du es nicht mehr aushältst, dann hör auf. Niemand zwingt dich dazu, Fußballer zu sein. Aber ich glaube einfach nicht, dass du nicht mehr Fußball spielen *kannst*. So ein Talent verliert man doch nicht von heute auf morgen. Es läuft momentan nicht bei dir, das macht dir Angst, und je mehr Angst du davor hast, dass es nicht läuft, desto weniger läuft es. Ergibt das irgendeinen Sinn?«

Er lächelte schief. »Ja, klar.«

Ermutigt davon, dass ich nicht sofort wieder auf Ablehnung gestoßen war, sprach ich weiter. »Wenn du aber weitermachen *willst*, dann wird dir wohl nichts anderes übrig bleiben, als dieses Leben so zu akzeptieren, wie es ist. Und vielleicht solltest du die Möglichkeit in Betracht ziehen, dass an dem ›dummen Gelaber, das du dir den ganzen Tag anhören musst‹, etwas dran sein könnte. Warum lässt du dir nicht helfen? Sigrid von Boulé hat bestimmt bessere Ratschläge parat als ich.«

Patrick lehnte sich zurück und starrte an die Decke. Es war unmöglich zu sagen, was er empfand, seine Miene war wie versteinert, und er schien geistig an einem vollkommen anderen Ort zu sein.

Nach einer Weile stand ich auf. »Es ist spät. Ich mach mich mal besser auf den Weg.«

Patrick löste sich aus seiner Erstarrung und folgte mir zur Tür. »Wirst du es Dotzler sagen?«

Gute Frage. Ich konnte nicht leugnen, dass sich alles in mir dagegen sträubte, Patrick anzuschwärzen. Denn wenn ich es tat, wäre das Gespräch, das wir gerade geführt hatten, vollkommen sinnlos gewesen. Dann würde Dotzler mit Sicherheit ernstmachen, und wenn er die angedrohten Konsequenzen durchzog, war Patricks Karriere aller Wahrscheinlichkeit nach vorbei. Aber wenn ich es nicht sagte und die Sache herauskam, dann war *meine* Karriere bei der Eintracht vorbei, noch bevor sie auch nur ansatzweise begonnen hatte.

Patrick musterte mich so intensiv, als würde er versuchen, meine Gedanken zu lesen.

Ich wich seinem Blick aus. »Mir bleibt gar nichts anderes übrig. Ich *muss* es Dotzler sagen. Ich bin ein Spitzel, das ist mein Job.« Genau das war es. Patrick Weidinger war ein Job, mehr nicht, und egal, wie sehr es mir auch widerstrebte – Mitleid hatte in meinen beruflichen Entscheidungen nichts zu suchen.

Als ich am nächsten Morgen die Augen aufschlug, spürte ich sofort, dass irgendetwas nicht stimmte. Und mit einem Schlag wurde es mir bewusst: Ich war nicht von meinem Wecker wach geworden! Hektisch griff ich nach meinem Handy und stellte fest, dass ich vor fünf Minuten bei Patrick hätte sein müssen. Ich sprang aus dem Bett, organisierte ihm ein Taxi, machte mich im Affenzahn fertig und heizte zur Arbeit.

Mit einer Dreiviertelstunde Verspätung traf ich am Stadion ein. Vor lauter Hektik hatte ich völlig vergessen, was mir bevorstand, und als ich endlich am Schreibtisch saß und die Fanpost öffnete, fiel es mir siedend heiß wieder ein. Ich musste Dotzler berichten, was gestern passiert war! Unschlüssig blieb ich auf meinem Platz sitzen und starrte auf das Mannschaftsposter, das gegenüber an der Wand hing. In einem Anfall von Wut hatte ich vor ein paar Tagen Patricks Konterfei mit Teufelshörnern verziert.

›Er hat es nicht anders verdient‹, dachte ich. ›So lautet nun mal die Job-Beschreibung, und Patrick Weidinger ist ein Job, ist ein Job, ist ein Job.‹

Ich atmete noch einmal tief durch und ging zu Dotzler, der sich in seinem Büro mit Reinhard Bergmann unterhielt.

»Guten Morgen, Herr Dotzler. Haben Sie mal fünf Minuten? Ich muss etwas mit Ihnen besprechen.«

»Nur zu. Setzen Sie sich.«

Ich nahm Platz und sah unschlüssig zwischen ihm und Bergmann hin und her.

»Soll Bergmann gehen?«, fragte Dotzler mit überraschend viel Einfühlungsvermögen.

Ich schüttelte den Kopf. »Nein, es betrifft Sie beide.« Nervös wippte ich mit dem Bein und versuchte, das ungute Gefühl in meinem Magen zu ignorieren.

Für ein paar Sekunden herrschte Stille im Raum. Ich spürte die Blicke der beiden Männer auf mir.

Dotzler klopfte mit seinem Kuli auf die Schreibtischplatte. »So, und worum geht es nun?«

»Ähm ...« Verdammt noch mal, wieso fiel mir das so schwer? Patrick hatte Mist gebaut, und er hatte genau gewusst, welche Konsequenzen das haben würde. »Es geht um ...«

›Er ist ein Job, er ist ein Job, er ist ein Job!‹

»... Felix von Ansbach«, hörte ich mich sagen. Ich konnte es nicht. Ich konnte es einfach nicht.

»Und inwiefern betrifft mich das?«, fragte Bergmann irritiert.

Oh, verdammt. »Ähm, na ja, ich dachte da an ... Schnittstellenmanagement. Weil Sie als Trainer doch die Schnittstelle zwischen dem Team auf dem Platz und dem Team hinter den Kulissen sind«, improvisierte ich. »Und da ich ja in gewisser Weise für ein Mitglied Ihres Teams auf dem Platz verantwortlich bin, ist es doch sicher auch für Sie von Interesse, was ich ... was so in mir vorgeht. Und im Team. Also im Team hinter den Kulissen.« Hilflos brach ich ab und war mir sicher, dass mein Gesicht inzwischen mindestens so rot war wie die Trikothosen der Eintracht. Was faselte ich denn da?

Bergmann starrte mich an, als wäre ich nicht mehr ganz dicht in der Birne. Womit er vermutlich auch recht hatte.

Schnell wandte ich mich an Dotzler und versuchte, möglichst selbstsicher zu klingen. »Also zusammenfassend gesagt, in der Pressestelle fühle ich mich fehl am Platz. Daher wollte ich Sie fragen, ob ich ins ...«, verzweifelt kramte ich in meinem leergefegten Gehirn nach einer passenden Abteilung, »... Sponsoring wechseln darf.«

Dotzler spielte mit dem Kuli in seiner Hand. »Ihnen ist aber schon klar, dass das hier kein Kindergarten mit offenem Konzept ist, in dem jeder machen darf, worauf er gerade Lust hat, oder?«

Ich nickte. »Natürlich. Aber im Sponsoring kann ich viel besser anwenden, was ich während meines Wirtschaftsstudiums gelernt habe. Das wäre also auch für Sie von Vorteil«, behauptete ich.

»Na ja, was soll's«, sagte er und warf den Kuli auf den Tisch. »Ist ja letzten Endes auch egal, an welchen *Schnittstellen* wir Sie beschäftigen, während Weidi trainiert. Gut, dann wechseln Sie also ab morgen zu Frau Reimann. Und mit Weidi läuft alles?«

»Ja, alles super«, sagte ich und sah knapp an ihm vorbei auf ein Bild an der Wand. »Vielen Dank, dass Sie mir diese Chance geben, Herr Dotzler.« Mit wackligen Beinen stand ich auf. In mir herrschte das reinste Chaos, und ich sehnte mich nach meinem Büro, in dem ich für mich sein und in Ruhe darüber nachdenken konnte, wieso zur Hölle ich soeben für Patrick Weidinger sowohl Lutz' als auch meinen Job aufs Spiel gesetzt hatte.

Diese Ruhe war mir allerdings nicht vergönnt, denn als ich Dotzlers Tür hinter mir schloss, lief ich zu allem Übel ausgerechnet dem Verursacher dieser Katastrophe in die Arme.

»Karo! Wo zum Teufel warst du heute Morgen?«, fragte Patrick.

»Ich habe verschlafen, sorry. Wieso bist du nicht auf dem Platz?«

»Weil ich dich suche!«

»Jetzt hast du mich ja gefunden.« Damit wollte ich mich umdrehen und flüchten, doch er hielt mich am Arm zurück.

»Warum hast du nicht angerufen und mir Bescheid gesagt, dass du nicht kommst?«

»Ich hab deine Nummer doch gar nicht!«

In diesem Moment kam Bergmann aus Dotzlers Büro.

Schnell ließ Patrick meinen Arm los, und ich trat zwei Schritte von ihm weg.

Bergmann warf mir einen schrägen Blick zu, bevor er zu Patrick sagte: »Es ist offenbar immer noch nicht bei dir angekommen, aber auch die zweite Mannschaft fängt pünktlich mit dem Training an. Also beweg gefälligst deinen überbezahlten, faulen Arsch auf den Platz! Und zwar sofort!« Damit stapfte er davon.

Patrick sah ihm kurz nach, dann wandte er sich wieder mir zu. »Und? Hast du es ihnen erzählt?«

»Nein. Habe ich nicht.«

Seine Gesichtszüge entspannten sich, und er atmete hörbar aus.

Aber so einfach würde er mir nicht davonkommen! »Freu dich mal lieber nicht zu früh.« Ich senkte meine Stimme, denn ich wollte nicht, dass irgendjemand sonst mitkriegte, was ich ihm zu sagen hatte. »Hiermit zeige ich dir die gelbe Karte, Weidinger, und wenn so etwas noch mal vorkommt, bin ich schneller bei Dotzler, als du *Ersatzbank* sagen kannst. Ich hoffe, dir ist klar, dass ich für dich meinen Job riskiere.«

»Ja, ich weiß, und ich...«

»Du bist mir etwas schuldig«, unterbrach ich ihn, immer noch flüsternd. »Das mit dem Privatdetektiv hätte ich dir nicht erzählen dürfen. Also behalt es bitte für dich, egal, wie schwer es dir auch fällt. Okay?«

Er nickte. »Okay.«

Ich drehte mich um und ging eilig in mein Büro.

Dort angekommen rief ich als Erstes Lutz an, um ihn zu informieren, dass ich Dotzler nichts gesagt hatte und auch nicht vorhatte, das noch zu tun.

»Was?!«, rief er. »Wieso das denn nicht? Das ist unser Job!«

»Ja, ich weiß!« Mein Gott, in was hatte ich mich da nur hineingeritten. All diese Lügen und Heimlichkeiten! »Aber... Ich finde, Patrick verdient noch eine letzte Chance.«

»Der Typ hat doch schon zwanzig letzte Chancen bekommen! Und wenn das rauskommt, sind wir am Arsch.«

»*Ich* bin dann am Arsch«, beteuerte ich. »Ich reiß dich da nicht mit rein. Versprochen.«

Am anderen Ende der Leitung blieb es für ein paar Sekunden still. »Also gut«, sagte Lutz schließlich. »Frauen! Ich wusste, dass nichts Gutes dabei herauskommen kann, wenn so ein junges, hübsches Ding wie du diesen Job übernimmt. Du hast dich von Weidinger einwickeln lassen. Das ist höchst unprofessionelles Verhalten, Karo! Höchst unprofessionell!« Damit legte er auf.

»Ich weiß«, murmelte ich.

Am Abend machte ich mir in der WG ein Brot und gesellte mich damit zu Saskia und Pekka, die *Das perfekte Dinner* schauten. Ich bekam wenig davon mit, was in der Glotze passierte, denn die Ereignisse der letzten vierundzwanzig Stunden lasteten schwer auf mir, und ich war vollauf damit beschäftigt, meine Gedanken und Gefühle zu sortieren. Es fiel mir schwer, den beiden nicht mein Herz auszuschütten, aber zum einen durfte ich ihnen schon allein aufgrund der Verschwiegenheitsklausel nicht erzählen, was passiert war, und zum anderen war das, was Patrick mir anvertraut hatte, so persönlich, dass ich es sowieso niemals herumtratschen würde.

Nur am Rande bekam ich mit, dass Nils das Zimmer betrat und Pekka ein Paket in die Hand drückte. Erst als der begeistert »Salmiakki!« rief und eine Flasche mit schwarzer Flüssigkeit hochhielt, nahm ich wieder an meiner Umgebung teil.

»Was ist das?«, fragte Saskia und betrachtete die Flasche neugierig.

»Salmiaklikör! Der beste! Wartet, wir teilen das.«

Für Salmiakki ließ Pekka sogar *Das perfekte Dinner* links liegen, das er sonst mit geradezu hingebungsvoller Aufmerksamkeit studierte. »Ich hole Gläser.« Und schon war er auf dem Weg in die Küche.

Nils blieb unschlüssig im Raum stehen, die Hände in den Hosentaschen. Er trat von einem Fuß auf den anderen.

»Was ist los?«, fragte Saskia.

»Ähm, ich hätte da ein Anliegen. Aber das ist relativ ... persönlich.«

»Worum geht es denn?«, wollte sie wissen.

Nils setzte sich auf ihren Schreibtischstuhl. »Also, es ist so, ich ...«

Er wurde von Pekka unterbrochen, der mit vier Gläsern zurückkam, jedem eins in die Hand drückte und einschenkte. »*Kippis!*« Pekka trank seinen Schnaps und schloss genüsslich die Augen. »Mmh, köstlich!«

Ich nippte vorsichtig. »Wahnsinn, der schmeckt ja wirklich toll!«

»Ja, oder?« Er schenkte uns beiden nach.

Nils und Saskia schnupperten nur an dem Getränk und beäugten es misstrauisch, ohne zu probieren. »Was wolltest du uns denn nun eigentlich fragen, Nils?«, hakte Saskia nach.

Er drehte das Glas in seiner Hand und schien nach Worten zu suchen. »Ihr beide seid doch ... Frauen. Oder?«

Ich spürte, wie Saskia neben mir sich verspannte. Da sie nicht antwortete, sagte ich: »Das ›oder‹ tut echt weh, Nils.«

»Gut, also Folgendes. Ich brauch eure Hilfe. Es gibt da diese Frau, die ich sehr mag. Sie arbeitet in der Tischlerei im Büro. Tanja.«

Hä? TANJA? Wo zur Hölle kam die denn auf einmal her?

Saskia saß stocksteif neben mir und schien darauf zu warten, dass Nils weitersprach.

»So, du magst sie«, sagte Pekka. »Und nun? Komm zum Punkt.«

»Okay, es ist so: Ich habe schon ziemlich lange eine Pechsträhne. Jedes Mal, wenn ich eine Frau angesprochen habe, habe ich eine Abfuhr kassiert. Ich weiß einfach nicht mehr, was ich noch machen soll. Ich dachte, vielleicht habt ihr Mädels ja eine Idee.«

Saskia hob ihr Glas und kippte den Inhalt in einem Zug runter.

»Ausgerechnet diese Blindfische?«, rief Pekka und wies mit dem Daumen auf Saskia und mich. »Saskia hat ein mieses Date nach das andere und Karo hat seit hundert Jahren gar kein Date! Die wissen gar nichts! Du fragst nicht mich? *Ich* bin der Experte *und* dein Freund! Das ist gar kein kluger Feldzug.« In dramatischer Geste legte er sich die Hand auf das Herz.

»Schachzug«, korrigierte ich automatisch.

Nils zog die Nase kraus. »Pekka, ich will Tanja nicht aufreißen und flachlegen, ich will mit ihr zusammenkommen.«

Jetzt redete er schon von einer *Beziehung* mit dieser Tanja? Dabei hätte ich schwören können, dass er auf Saskia stand.

Die löste sich endlich aus ihrer Erstarrung. »Ist gut, Nils. Wir können uns ja morgen mal zusammensetzen, und dann besprechen wir das ganz in Ruhe.«

Er erhob sich von seinem Stuhl. »Super, vielen Dank! Das ist echt nett von dir«, sagte er und ging raus.

Pekka sprang auf und folgte ihm auf den Fersen. »Überleg es dir noch mal«, rief er. »Ich weiß, wie Frauen...« Damit schlug er die Tür zu, und Saskia und ich blieben allein zurück.

Sie starrte stumm auf ihr leeres Glas. »Tanja«, sagte sie schließlich wie zu sich selbst. »Klingt nach einer ziemlichen Zicke, oder?«

»Ich weiß nicht. Er hat doch gar nichts über sie erzählt.«

»Auch wieder wahr.« Sie lachte auf und schüttelte den Kopf. »Und du hast gedacht, dass Nils mich mag.«

»Ja, das glaube ich auch immer noch.«

»So ein Blödsinn! Wir sind nur Freunde, das habe ich dir immer gesagt. Du hast doch überhaupt keine Ahnung! Sieben Jahre lang warst du mit einem Typen zusammen, der im Grunde genommen nur ein guter Kumpel für dich war, und jetzt glaubst du, das sei der Maßstab für jede Beziehung.«

Ihre Worte waren wie ein Schlag in die Magengrube. »Wow«, sagte ich. »Das hat gesessen.«

Saskia atmete laut aus und fuhr sich durch das Haar. »Tut mir leid, Karo. Das war echt fies. Ich meine, ich selbst hab's ja auch nicht gerade drauf, was Männer angeht.«

Ich nickte stumm und schluckte den dicken Kloß runter, der sich in meinem Hals gebildet hatte.

Vorsichtig stieß sie mich in die Seite. »Verzeihst du mir?«, fragte sie kleinlaut.

»Ach, komm schon her, du Spinnerin«, sagte ich und zog sie in meine Arme. Sie hatte ja recht. Wer war ich eigentlich, anderen Ratschläge in Liebesangelegenheiten geben zu wollen? Zukünftig würde ich schön meine Klappe halten. Meinem Urteil die Gefühle von Männern betreffend sollte ich besser nicht mehr trauen.

8.

Unbekanntermaßen sind Fußballer auch Menschen.
Mehmet Scholl

Als ich am nächsten Morgen bei Patrick ankam, saß er bereits auf den Stufen vor der Eingangstür und wartete auf mich. Erschrocken sah ich auf die Uhr, doch ich war nicht zu spät.

»Hör mal, Karo«, sagte er statt einer Begrüßung, als er zu mir ins Auto stieg. »Ich habe nachgedacht.«

»Wow«, erwiderte ich in gespieltem Erstaunen. »Sowas machst du?«

Er schnitt eine Grimasse, wurde jedoch schnell wieder ernst. »Ja, gelegentlich. Also.« Nachdem er noch einmal tief Luft geholt hatte, fuhr er fort. »Ich möchte mich bei dir bedanken. Dafür, dass du mich nicht verpfiffen hast. Ganz ehrlich. Danke. Mir ist klar, dass du für mich ein großes Risiko eingegangen bist, und ich weiß das wirklich sehr zu schätzen.«

Ich schüttelte den Kopf. »Reden wir nicht mehr darüber.«

»Doch«, sagte er ruhig. »Das ist nämlich wichtig. Du hattest mit vielem, was du vorgestern gesagt hast, recht. Niemand zwingt mich dazu, Fußballer zu sein. Es ist ganz allein meine Entscheidung, und die lautet: Ich will spielen. Und deswegen habe ich Sigrid von Boulé angerufen und einen Termin mit ihr ausgemacht.«

Völlig überrumpelt von seiner plötzlichen Ernsthaftigkeit starrte ich ihn an. »Okay«, sagte ich schließlich. »Gute Entscheidung.«

Patrick lächelte leicht. »Danke. Eins noch: In den letzten Wochen habe ich mich dir gegenüber wie der letzte Depp verhalten. Zugegeben, du hast schon ein ausgesprochenes Talent, mir auf den Keks zu gehen, aber du bist weder verantwortlich für meine miserable Leistung noch für die Situation im Verein, und ich hätte meine schlechte Laune nicht an dir auslassen dürfen. Es tut mir leid, dass ich so bescheuert zu dir war.« Er zog ein kleines Päckchen heraus und hielt es mir hin. »Und deshalb habe ich ein Geschenk.«

Was war denn heute nur los mit ihm? Erst bedankte er sich bei mir, dann entschuldigte er sich, und jetzt hatte er auch noch ein *Geschenk*?!

Als ich mich nicht rührte, fuhr Patrick fort: »Ähm, strenggenommen ist es für Karlheinz, bei dem ich mich hiermit übrigens auch in aller Form entschuldigen möchte.«

»Entschuldigung angenommen. Von uns beiden«, sagte ich lächelnd und griff nach dem Päckchen. »Hübsch verpackt«, meinte ich, als ich das Zeitungspapier betrachtete, das mit einem Schnürsenkel zusammengebunden war.

»Ja, ich hab mir alle Mühe gegeben.«

Als ich das Päckchen öffnete, kam ein kleines Wackel-Hulamädchen aus Plastik zum Vorschein, original mit Kokosschalen-BH, Blumenkette und Bastrock. »Wahnsinn, ist die schön!«, rief ich lachend. »Vielen Dank! Auch im Namen von Karlheinz.«

»Ich dachte mir, dass sie ihm gefallen könnte.«

»Total. Der alte Haudegen steht auf den exotischen Typ.« Ich hängte das Hulamädchen an den Rückspiegel. »Steht ihm. Lässt ihn gleich zehn Jahre jünger aussehen.«

Wir fuhren los, und für eine Weile hingen wir schweigend

unseren Gedanken nach. Das Hulamädchen tanzte fröhlich am Rückspiegel und brachte mich jedes Mal zum Lächeln, wenn ich es ansah.

»Mir tut es übrigens auch leid«, sagte ich in die Stille hinein.

Ich spürte seinen Blick auf mir. »Was denn?«

»Na ja, ich weiß, dass ich ziemlich penetrant war und dass ich dir Vorträge gehalten habe, die du wahrscheinlich schon zehnmal am Tag von anderen Leuten hörst. Und dass ausgerechnet eine frischgebackene Absolventin der Wirtschaftswissenschaft, die von Fußball zugegebenermaßen nicht so richtig viel Ahnung hat, dir Vorträge hält, ist doch bescheuert, oder nicht?«

»Ja, ist es«, sagte er mit einem Lachen in der Stimme. »Wie bist du eigentlich an diesen miesen Job gekommen?«

»Tja, das hatte ich mir auch anders vorgestellt. Eigentlich wollte ich Unternehmensberaterin werden. Ich hatte sogar schon eine Trainee-Stelle gefunden, weswegen ich auch nach Hamburg gezogen bin. Aber als ich da an meinem ersten Arbeitstag auftauchte, wurde ich von der Kripo begrüßt.«

»Von der Kripo? Wieso das denn?«

»Die haben das Büro gefilzt, weil der Chef wegen des Verdachts auf Betrug und Steuerhinterziehung im Knast saß«, sagte ich, während ich Karlheinz vor dem Eingang zum Trainingsgelände zum Stehen brachte.

»Oh.« Patrick blieb zunächst ernst, doch dann zuckte es um seine Mundwinkel. »Okay, dann verstehe ich, dass du bei der Eintracht gelandet bist. In Sachen Unterschriftenfälschung und Missbrauch von Berufsbezeichnungen hast du ja schon einiges gelernt.«

Mir lag schon eine bissige Antwort auf der Zunge, doch dann kam mir diese Thiersen-Geschichte plötzlich so absurd vor, dass ich sie selbst nicht mehr ernstnehmen konnte.

Patrick und ich lachten uns an, und zum ersten Mal fühlte ich mich in seiner Gegenwart nicht angespannt oder unwohl. Fast schien es, als wäre ein Sturm über uns hinweggefegt, der all die negativen Schwingungen zwischen uns aufgewirbelt und mit sich davon getragen hatte.

In der Ferne knallte ein Ball gegen den Torpfosten und zerstörte den friedlichen Moment.

Patrick sah auf seine Uhr. »Ich muss los. Bis später, Karo.« Er stieg aus, doch bevor er die Tür zuschlug, steckte er noch einmal den Kopf herein. »Apropos Missbrauch von Berufsbezeichnungen. Deine Ochsenzoll-Nummer...«, ein Grinsen breitete sich auf seinem Gesicht aus, »... die war gar nicht so schlecht, das muss ich dir lassen.«

»Danke«, antwortete ich. »Ich hoffe, es macht dir nichts aus, dass du dich nie wieder in dieser Bar blicken lassen kannst.«

»Ich?« Sein Grinsen wurde breiter. »Nee Karo. *Du* kannst dich da nie wieder blicken lassen. Schade eigentlich, denn sonst hätte ich dich als kleines Dankeschön vielleicht irgendwann mal auf einen Cocktail dorthin eingeladen. Immerhin hat der gestern ja ziemlich Eindruck auf dich gemacht.«

Bevor ich etwas erwidern konnte, schlug er die Tür zu und ging in Richtung Umkleide.

Ich blieb verwirrt zurück und fragte mich, ob das eben wirklich Patrick Weidinger gewesen war oder nicht doch eher Tommy aus Ochsenzoll. Mein Blick wanderte zu dem Hulamädchen. Eins stand fest: Irgendwie war dieser Tommy gar nicht so schlecht.

Ich wollte mich gerade auf den Weg zu Nadja Reimers (nicht Reimann, wie Dotzler behauptet hatte) machen, als ich im Flur auf Felix traf. »Du, Karo, ich komme einfach nicht dazu, die

Handouts für die Pressekonferenz zu kopieren. Also, wenn du das für mich machen könntest ...« Er hielt mir ein paar DIN-A4-Zettel hin.

Ich betrachtete die Zettel und dann Felix. Schließlich zuckte ich mit den Achseln und sagte: »Du, Felix, es tut mir total leid, aber ich habe mich ins Sponsoring versetzen lassen und jetzt überhaupt keine Zeit mehr für deinen Scheiß.« Ich rauschte an ihm vorbei. Seinen tödlichen Blick konnte ich förmlich im Rücken spüren, und ein Grinsen machte sich auf meinem Gesicht breit. Mann, das hatte Spaß gemacht!

Nadja Reimers machte auf den ersten Blick den Anschein, als wäre sie hoffnungslos überfordert. Auf ihrem Schreibtisch tummelten sich Papiere, Prospekte und Mappen in einem wilden Durcheinander. Aus ihrer Hochsteckfrisur hatten sich ein paar dunkle Strähnen gelöst.

»Hallo, ich bin Karoline Maus«, begrüßte ich sie. »Herr Dotzler hat gesagt, dass ich Ihnen zukünftig unter die Arme greifen soll.«

Sie musterte mich verwirrt. »*Wer* bist du?«

»Karoline Maus, ich bin die neue Praktikantin und ...«

»Ach, du bist die Kleine, die Weidi kutschiert.« Sie friemelte mit fahrigen Bewegungen eine Haarsträhne zurück in den Knoten, doch sie fiel sofort wieder heraus. »Hast du schon mal etwas in Sachen Sponsoring oder Hospitality gemacht?«

Ich schüttelte den Kopf.

»Eventmanagement?«

Erneutes Kopfschütteln. »Nein, leider nicht.«

»Wär ja auch zu schön gewesen«, seufzte sie. »Aber egal, ich kann Hilfe mehr als gut gebrauchen. Früher waren wir zu dritt, aber jetzt ist eine Kollegin in Elternzeit, und die andere hat einen Burnout. Also: Wir koordinieren die Buchungen für die VIP-Logen und betreuen die Gäste an Spieltagen«, erklärte sie und unterstrich ihre Worte mit hektischen Bewegungen. »Und darüber hinaus organisieren wir Veranstaltungen für und mit den Sponsoren, wie zum Beispiel Firmen-Fußballturniere oder Charity-Events. In anderen Vereinen gibt es dafür drei Abteilungen, aber in unserer kleinen, chronisch unterbesetzten Klitsche mache ich nun alles alleine.« Sie schielte auf ihren Monitor, auf dem sich gerade mit einem »Pling!« eine E-Mail angekündigt hatte. »Okay, ich muss gleich los auf einen Termin, aber ab morgen kannst du mir bei der Organisation der Fußballturniere helfen. Und dich um die VIP-Logen-Buchungen kümmern. Wenn du dafür Zeit hast, meine ich. Du hast ja auch noch Weidi am Hals.«

Obwohl ich ganz cool bleiben wollte, strahlte ich sie an. Das klang doch endlich mal nach einer interessanten Aufgabe! »Klar habe ich Zeit! Das mach ich gerne!«

Es störte mich nicht mal, an diesem Tag ein letztes Mal Patricks Fanpost zu beantworten.

»Saskia, bist du da?«, rief ich, während ich die Wohnungstür hinter mir zuschlug und meine Tasche in die Ecke feuerte.

»Ja-ha«, hörte ich ihre Stimme aus der Küche.

Dort stand sie an ihrer weißen Magnetstandtafel, während Nils mit hochrotem Kopf und konzentrierter Miene am Küchentisch saß. Auf der Tafel entdeckte ich mehrere Begriffe, unter anderem das Wort ›Blumen‹, das jedoch durchgestrichen war. So wie es aussah, erteilte Saskia Nils eine Nachhilfestunde in Sachen »Was Frauen wollen«.

»Oh«, sagte ich. »Entschuldigt, ich wollte nicht stören.«

»Macht nichts«, winkte Saskia ab. »Setz dich doch dazu. Okay, Nils, wo waren wir stehengeblieben? Ach ja. Frauen stehen auf ...«, sie drehte sich zur Tafel und unterstrich mehrmals einen Begriff, »... Bad Boys. Wie zum Beispiel Patrick Weidinger.«

Was sollte das denn jetzt? »Also soo schlimm ist Patrick nun auch wieder nicht!«

»Doch, er ist der klassische Bad Boy. Hält sich nicht an Regeln, ist eiskalt und arrogant.« Sie notierte die letzten Wörter auf der Tafel. »Ab und zu lässt er mal ein Fünkchen Menschlichkeit aufblitzen, verhält sich aber ansonsten dominant und leicht aggressiv. Und zeigt somit was für Qualitäten?«

»Hast du sie noch alle? Er hat sich bei mir entschuldigt, und wenn man ihn näher kennt, ist er wirklich ...«

»Alphamännchen-Qualitäten!«, unterbrach Saskia mich unbeirrt. »Und das ist es, worauf Frauen stehen.« Sie schrieb das Wort an die Tafel und machte ein Ausrufezeichen daneben, wobei sie mit dem Punkt fast die Tafel umschmiss. Anschließend drehte sie sich wieder zu uns um. »Traurig, aber wahr. So sind wir Frauen. Zweihundert Jahre Emanzipationsgeschichte, aber nach wie vor sind es Bad Boys und Alphamännchen, die unsere Knie weich werden lassen.«

Nils zeigte auf, und obwohl ich mehr als fassungslos war, entfuhr mir ein Kichern.

»Ja, Nils?«, sagte Saskia.

»Heißt das also, dass ich Tanja scheiße behandeln soll?«

»Nein, natürlich nicht!« Saskia schüttelte heftig den Kopf. »Sei einfach nicht immer so nett und lieb, zeig Alphamännchen-Qualitäten. Frauen stehen auf coole Typen, so ist das nun mal. Also solltest du dich Tanja gegenüber wie verhalten?«

»Cool?«, fragte Nils.

»Genau! Deine Idee, ihr Blumen zu schenken oder sie auf ein Bier einzuladen, die kannst du jedenfalls vergessen. So läuft das nicht.«

Nun hob ich ebenfalls meine Hand. »Darf ich auch etwas

dazu sagen? Ich halte diese Theorie für äußerst fragwürdig!«

»Also, ich kann das nicht«, sagte Nils zögernd. »Ich kann nicht eiskalt zu einer Frau sein, die ich mag. Das bring ich einfach nicht!«

Saskias Blick wurde weich. Schnell wandte sie sich wieder der Tafel zu und sagte: »Wenn du diese Tanja wirklich willst, dann musst du schon über deinen Schatten springen. So wie du jetzt bist, kriegst du sie jedenfalls nie.«

Ungläubig starrte ich Saskia an. »Hör mal, Nils, das ist echt Blödsinn, ich glaube nicht, dass ...«

»Nimm dir ein Beispiel an Patrick Weidinger«, fiel sie mir erneut ins Wort.

Abrupt stand ich vom Tisch auf und holte mir ein Bier aus dem Kühlschrank.

Nils war ebenfalls aufgestanden. »Okay, dann muss ich das wohl mal versuchen. Vielen Dank für deine Hilfe, Saskia.«

Mir entfuhr ein Schnauben.

»Gern geschehen«, erwiderte sie, hatte aber wenigstens den Anstand, ihm dabei nicht in die Augen zu sehen.

Nils verließ den Raum, und kurz darauf hörten wir, wie seine Zimmertür ins Schloss fiel.

Saskia steckte den Stift zurück in die Kappe und warf ihn auf den Küchentisch.

»Was in Gottes Namen sollte diese Alphamännchen-Nummer?«, fragte ich. »Wie kannst du Nils so einen bescheuerten Tipp geben? Glaubst du das wirklich selbst?«

Saskia hielt sich die Stirn, als hätte sie Kopfschmerzen. »Ich weiß es nicht. Es gibt viele Frauen, die auf etwas machohafte Typen stehen.«

»Ja, aber so ist er nun mal nicht! Nur, weil du nicht auf Nils stehst, heißt das doch nicht, dass es auch keine andere tut. Was, wenn diese Tanja ihn nicht will, *weil* er plötzlich das Arschloch raushängen lässt? Du musst ihm sagen, dass du ihm Blödsinn erzählt hast.«

Saskias Augen schossen wütende Blitze auf mich ab. »Ich muss überhaupt nichts!«

»Dann sage *ich* es ihm.«

»Ach, und ich dachte, du bist meine Freundin.«

»Bin ich ja auch! Aber Nils ist auch mein Freund!«, rief ich. »Und ich finde es scheiße, was du ihm da eben gesagt hast! Oh, und was ich übrigens auch scheiße finde, ist, wie du über Patrick redest. Du kennst ihn doch überhaupt nicht.«

Saskia ließ sich auf einen Stuhl fallen und sackte in sich zusammen wie ein Häufchen Elend. »Ach verdammt. Es tut mir so leid. Ich weiß nicht, was mit mir los ist.«

Mein Herz wurde weich, als ich sie da so gekrümmt sitzen sah. »Kann es sein, dass du gar nicht willst, dass aus Tanja und Nils was wird?«

»Nein!«, protestierte sie. »Es ist nur ... Nils hatte schon so lange keine Freundin mehr, und jetzt, wo diese Tanja auf einmal da ist, fühlt es sich so an, als würde sie ihn mir wegnehmen. Mir ist ja klar, dass das kindisch und egoistisch ist, aber ... ich bin einfach so durcheinander. Karo, sag ihm nichts, okay? Bitte?« Sie sah mich mit Hundeblick an.

Ich atmete laut aus. »Na schön. Ich halt mich da raus. Es gibt schon so viele Dinge, die ich niemandem erzählen darf, dass es auf diese eine Sache auch nicht mehr ankommt.«

»Danke.« Saskia schwieg für einen Moment, dann sagte sie: »Sag mal, wo kommt eigentlich dein Beschützerinstinkt für Patrick auf einmal her?«

»Beschützerinstinkt? Quatsch. Ich lerne ihn nur immer besser kennen und muss feststellen, dass er ... doch gar kein so schlechter Mensch ist.«

»Mhm«, machte sie. »Gar kein so schlechter Mensch. Interessant.«

Ich wich ihrem Blick aus. »Sag mal, Saskia? Hast du Lust, zu Costa zu gehen? Ich hab Hunger.«

Costa und Naresh versorgten uns mit Souflaki und Ouzo, während wir an der Theke zusammen Fußball guckten – ein Spiel der zweiten griechischen Liga. Ich beschloss, am Samstag mal zum Eintracht-Spiel vorbeizukommen. Es konnte ja nicht schaden zu sehen, wie die Jungs sich auswärts so machten.

Von nun an wurden sowohl Patrick als auch mein Job bei der Eintracht um einiges erträglicher. Ich zog von meinem Behelfsarbeitsplatz um in Nadjas Büro, und es machte mir Spaß, mich in die neuen Aufgaben reinzufuchsen. Die Tage des Artikelausschneidens und Kaffeebecherzählens waren endgültig vorbei, und darüber war ich heilfroh.

Auch die Zeit, die ich mit Patrick verbrachte, erlebte ich jetzt als wesentlich angenehmer. Nachdem er zwei Wochen lang mit der zweiten Mannschaft trainiert hatte, wurde er zurück in die Erste zitiert, und auch seine Rotsperre war inzwischen aufgehoben. Wenn ich ihn auf Termine begleitete, bestand meine einzige Aufgabe nach wie vor meist darin, Fotos von ihm und seinen Fans zu machen. Ansonsten hielt ich mich im Hintergrund, stopfte Fingerfood in mich rein und wartete darauf, dass Patrick mit der Autogrammstunde, dem Interview oder dem Besuch im Kinderkrankenhaus fertig war.

Den meisten Menschen gegenüber verhielt er sich wirklich nett und charmant, was mich anfangs immer sehr gewundert hatte. Doch nun hatte er auch mir gegenüber seine ablehnende und unfreundliche Art gänzlich abgelegt. Je näher wir uns kennenlernten, desto besser kamen wir miteinander aus, bis ich mich irgendwann dabei erwischte, dass ich mich regelrecht darauf freute, ihn zu sehen. Wir verquatschten die Autofahrten oder hörten Musik. Meine *Best-of-90ies*-Kassette kannte er mittlerweile in- und auswendig, und zu dem Lied *An Angel* hatten wir sogar eine kleine Choreographie entwickelt, in der er Paddys Part übernahm, während ich den Angelo gab. Inzwischen hatte ich ihm sogar gestanden, was es bei mir mit der Kelly Family auf sich hatte. »Du hast mich mal gefragt, ob ich in Paddy oder in Angelo verliebt war«, sagte ich, als wir nach einer gemeinsamen *An-Angel*-Darbietung vor Patricks Haus im Auto saßen. »Es war keiner von beiden. Aber als Achtjährige wollte ich unbedingt von den Kellys adoptiert werden.«

Patrick lachte. »Au weia. Wieso denn das?«

»Na ja, sie sind durch die Welt gereist, haben Musik gemacht, hatten Erfolg. Ihr Horizont war so viel weiter als meiner. Ich kannte nichts als Bochum und Grömitz an der Ostsee. Da sind wir in den Sommerferien immer hingefahren. Ich meine, nichts gegen Bochum. Im Ruhrgebiet ist es nicht so schlecht, wie alle immer denken, selbst wenn mein Vater sagt, dass dort nach und nach die Lichter ausgehen.«

Patrick deutete unbestimmt auf seine Brust. »Das Opel-T-Shirt, das du neulich anhattest ...«

»Das habe ich von ihm. Mein Vater ist Opelaner. Und zwar mit Leib und Seele. Am Tag, als er erfahren hat, dass das Werk dichtgemacht wird, hat er geheult wie ein Schlosshund. So habe ich ihn noch nie gesehen.« Vor meinem inneren Auge sah ich meinen Vater wieder wie ein Häufchen Elend am Küchentisch sitzen.

»Schöne Scheiße«, sagte Patrick.

»Ja, kann man wohl sagen. Und was ist mit dir?«, fragte ich. »Hast du dir früher auch manchmal eine andere Familie gewünscht?«

Patrick sah nachdenklich aus dem Fenster. Schließlich sagte

er: »Nein. Ich habe mir nur ab und zu gewünscht, eine Niete im Fußball zu sein.«

»Aber es muss doch irre gewesen sein, damals schon für Bayern München gespielt zu haben. Sowas macht doch bestimmt Eindruck bei den Münchner Madln.«

Er zuckte gleichgültig mit den Achseln. »Ja, vielleicht. Nur leider nicht bei den Richtigen.«

»Ach komm, du kannst doch jede haben. Ich meine, du ...«

›... bist süß und nett, und du kannst einen um den Finger wickeln, ohne dass man es will oder überhaupt mitkriegt‹, wäre es fast aus mir herausgeplatzt, doch im letzten Moment biss ich mir auf die Zunge. Was waren das denn plötzlich für abstruse Gedanken?

Patrick sah mich abwartend an.

Schließlich sagte ich: »Weißt schon. Diese Promisache. Weltmeister und so.«

»Genau das ist doch das Problem«, sagte er seufzend. »Ich hab die Schnauze voll von Frauen, die nur an mir interessiert sind, weil ich Fußballer bin. Ich will eine, die *mich* mag, nicht den Typen auf dem Platz oder im Fernsehen.«

Er wirkte in diesem Moment so einsam und verloren, dass ich ihn am liebsten in den Arm genommen hätte. »Redest du von Nina Dornfelder?«

Eingehend betrachtete er seine Fingernägel. Nach einer Weile sah er auf. »Unter anderem. Diese Beziehung war auf jeden Fall der totale Griff ins Klo. Ich habe keine Ahnung, was mich da geritten hat. Hattest du nie so einen beziehungsmäßigen Totalausfall?«, wollte er wissen.

Vor meinem inneren Auge erschien Markus. Ich schüttelte den Kopf. »Nein, ich war der beziehungsmäßige Totalausfall für jemand anderen. Im Juni haben wir uns getrennt. Oder genauer gesagt, ich habe mich getrennt.«

»Und wieso?«

Ich lehnte meinen Kopf an und betrachtete die Decke des Wagens. »Weil ich ihn nicht mehr geliebt habe. Das ist das Schlimme daran. Ich habe ihn sitzenlassen, nach sieben Jahren. Dabei hatten wir schon vom Heiraten gesprochen.«

»Wäre es denn besser gewesen, wenn du mit ihm zusammengeblieben wärst, nur aus einem Gefühl der Verpflichtung?«

»Nein, aber trotzdem habe ich ihm das Herz gebrochen. Ich bin die Böse, verstehst du? Und damit muss ich jetzt leben.«

»Die Böse?«, hakte Patrick nach.

»Ja. Wenn Markus' und meine Geschichte ein Film wäre, würden alle Zuschauer mich hassen.«

»Die Zuschauer können dir doch völlig egal sein. Und er wird darüber hinwegkommen. Eines Tages wird er sein Happy End schon finden und dir dankbar sein, glaub mir.«

Ich warf einen Blick auf die Uhr, und mir fiel auf, dass wir nun schon fast eine Stunde vor Patricks Haus im Auto saßen und quatschten. So langsam wurde das wirklich zur Gewohnheit – kaum zu glauben, wenn ich daran dachte, wie wir in den ersten Wochen miteinander umgegangen waren.

Am nächsten Nachmittag stand ein Sponsorentermin an, zu dem ich Patrick wie üblich begleiten musste. Die Wolf Holding GmbH war der Hauptsponsor der Hamburger Eintracht. Prominentestes Produkt des Hauses war unbestritten der Wolf Powerriegel (*Sei wild! Sei Wolf!*) und ebendieser zierte auch die Trikots der Mannschaft. Heute hatte die Firma einhundertelf Jungs aus ganz Hamburg ins Nachwuchszentrum des Vereins eingeladen, wo sie mit ihren Stars trainieren und darauf hoffen durften, entdeckt zu werden. Patrick als Nationalspieler hatte an diesem Termin natürlich Einsatz, ebenso wie sein Kollege

Moritz Degenhardt, der aus dem Eintracht-Hamburg-Nachwuchs kam. Bislang hatte ich mit Moritz noch nicht viel zu tun gehabt. Alles, was ich wusste, war, dass er fast ebenso viele Liebesbriefe bekam wie Patrick, was ich, als er live vor mir stand, durchaus verstehen konnte.

»Hallo, ich bin Moritz«, sagte er lächelnd und hielt mir die Hand hin. »Du musst Karoline sein.« Mit seinen dunklen, gewellten Haaren und den grauen Augen war er wirklich ziemlich attraktiv. Und diese Lippen! Schnell rief ich mich zur Ordnung und schüttelte die mir dargebotene Hand. »Ja, genau. Karo. Wo ist Patrick?«

»Der kommt gleich, hat noch eine Unterredung mit dem Coach. Mal wieder.« Er deutete auf Karlheinz. »Cooles Auto.«

Mann, war der nett!

Wie selbstverständlich setzte Moritz sich auf den Beifahrersitz, und ich überlegte für einen Moment, ob ich ihn darauf hinweisen sollte, dass das Patricks Platz war. Doch dann kam mir das albern vor, und ich setzte mich kommentarlos ans Steuer.

»Ich hab mir gerade einen Porsche Carrera gekauft«, erzählte er. »Total geiles Teil.«

»Wow«, sagte ich. Er war noch so jung, Anfang zwanzig vielleicht!

»Willste mal mitfahren?«

»Ich würde ihn gerne mal fahren. Ob du dabei bist oder nicht, ist mir egal.«

Moritz musterte mich verwirrt, doch als ich ihn breit angrinste, brach er in Gelächter aus.

In diesem Moment wurde die Beifahrertür aufgerissen, und Patrick ranzte Moritz an: »Ab nach hinten, das ist mein Platz.«

Moritz verdrehte genervt die Augen, trollte sich jedoch tatsächlich auf den Rücksitz. Damit war wohl eindeutig klar, wer hier der Leitwolf war.

Patrick war auf dem Weg schweigsam und nachdenklich. Ich hätte ihn gerne gefragt, worum es bei der Unterredung mit Bergmann gegangen war, doch inzwischen wusste ich, wann es besser war, ihn in Ruhe zu lassen. Und jetzt war definitiv so ein Moment. Also unterhielt ich mich stattdessen mit Moritz. Er war zwei Jahre lang an Schalke ausgeliehen gewesen, und so hatten wir gleich ein gemeinsames Gesprächsthema: das Ruhrgebiet.

»Die Leute dort gefallen mir«, sagte er. »Fußballtechnisch gesehen sind das alles Irre, aber ich mag ihre Ehrlichkeit. Sie sind auf eine ganz spezielle Art nett. Und sehr redselig.«

»Das kann ich bestätigen«, mischte Patrick sich mit einem Seitenblick auf mich ein.

Moritz und ich ignorierten ihn.

»Warst du eigentlich auch mal in Bochum?«, erkundigte ich mich bei ihm.

»Ja, ich war da mit ein paar Freunden Currywurst essen. War echt lecker.«

»Mmh«, meinte ich mit stolzgeschwellter Brust. »In Bochum gibt es die beste Currywurst der Welt.«

»Und schöne Frauen gibt es dort«, sagte Moritz und beugte sich etwas nach vorn. »Dafür bist du ja das beste Beispiel.«

Ich schob mir eine Haarsträhne aus der Stirn. »Oh. Dankeschön.«

Patrick schüttelte den Kopf. »Wenn ich störe, sagt Bescheid.«

»Du störst«, meinte Moritz.

»Soll ich mir vielleicht ein Taxi nehmen?«

»Das wäre super«, sagte Moritz unschuldig. »Selber fahren darfst du ja leider nicht.«

Patrick drehte sich zu ihm um und wollte etwas erwidern, doch ich kam ihm zuvor. »Ist doch sowieso egal, wir sind in fünf Minuten da.«

Vor dem Nachwuchszentrum wurden Moritz und Patrick von einer Meute kleiner Jungs in Sportklamotten begrüßt, die sie mit Autogrammwünschen belagerten und aufgeregt durcheinanderschnatterten. Ich gab den beiden fünf Minuten, sich in ihrem Ruhm zu sonnen – immerhin waren so kritiklose Fans in letzter Zeit selten geworden. Schließlich machten wir uns auf den Weg in das Verwaltungsgebäude, wo wir von zwei Mitarbeitern der Wolf-Marketingabteilung, Lars Hansen und dem Chef-Nachwuchstrainer der Eintracht in Empfang genommen wurden. Und damit war mein Teil des Jobs wie üblich erledigt.

Ich nahm mir zwei Wolf-Powerriegel, die überall in großen Schalen herumstanden, stellte mich an die Bande und schaute beim Training zu. Patrick schien voll in seinem Element zu sein. Er beobachtete die Jungen sehr aufmerksam und nahm immer mal wieder einen zur Seite, redete mit ihm, gab ihm ein paar Tipps und schickte ihn mit einem Schulterklopfen zurück aufs Feld. Sie hingen geradezu an seinen Lippen, und ich hatte Patrick noch nie so ernst, konzentriert und gleichzeitig mit so viel Spaß bei einer Sache erlebt. Da bekam ich ja fast Lust, selber Fußball zu spielen und von ihm trainiert zu werden.

»Glauben Sie, einer der Jungs hat eine echte Chance?«, fragte unvermittelt ein Mann neben mir.

Ich fuhr erschrocken zusammen und verschluckte mich prompt an meinem Powerriegel.

»Geht's?«, fragte der Mann und klopfte mir hilfreich auf den Rücken. Er entpuppte sich als untersetzter Herr um die sechzig mit Glatze und Nickelbrille. »Ja. Entschuldigung«, japste ich, als ich mich einigermaßen beruhigt hatte.

Mein Gesprächspartner deutete auf das Spielfeld. »Und was meinen Sie? Hat einer der Jungs eine echte Chance, Profi zu werden?«

Mein Blick wanderte über die Nachwuchsspieler, blieb jedoch an Patrick hängen. »Keine Ahnung. Ich arbeite zwar für die Eintracht, aber zum Talentscout tauge ich leider nicht.«

Nachdenklich blickte er auf das Spielfeld. »Aus keinem von denen wird ein Profi. Es ist brutal, wenn Sie mich fragen. Den Jungs wird nur unnötig Hoffnung gemacht.«

Ich zuckte mit den Achseln. »Man kann nie wissen, oder? Was ich mich viel eher frage, ist, wieso hier nur Jungs mitmachen dürfen. Es gibt so viele Mädchen, die Fußball spielen, die hätten bestimmt auch Lust gehabt. Und die Damenmannschaft der Eintracht spielt in diesem Jahr ganz oben mit. Davon können Weidinger und Degenhardt nur träumen.«

Der Mann sah mich nachdenklich an. »Da haben Sie nicht ganz unrecht.«

»Wissen Sie, es regt mich einfach auf, dass nur die Jungs- und Herrenmannschaften so stark gefördert werden. Das fängt in der Jugend an und zieht sich durch sämtliche Ligen durch, bis in die Bundesliga.« Allmählich redete ich mich in Rage. »Da könnten doch diese Wolf-Leute hier mal anfangen, einen Unterschied zu machen und wenigstens bei solchen Veranstaltungen die Mädchen nicht vergessen. Ganz abgesehen davon, dass das ein nicht unerheblicher Beitrag zur Imageförderung wäre, und darum geht es im Sponsoring doch auch.«

Der Mann starrte mich entgeistert an, und mir wurde bewusst, dass ich mich hier gerade um Kopf und Kragen redete. »Aber das nur unter uns«, beeilte ich mich zu sagen. »Ich meine, ich bin Praktikantin, was weiß ich schon? Erzählen Sie den Leuten von Wolf lieber nichts davon, wenn Sie sie sehen.«

Der Mann lachte. »Keine Angst. Oh, darf ich mich übrigens vorstellen, mein Name ist Martin Wolf«, sagte er vergnügt und hielt mir die ausgestreckte Hand hin.

Augenblicklich wünschte ich mir, der Boden möge sich

unter meinen Füßen auftun, und ich spürte, wie ich hochrot anlief. »Oh Gott, wenn ich gewusst hätte ... Ich wollte nicht ... Es tut mir leid«, stammelte ich, nicht in der Lage, einen ganzen Satz auf die Reihe zu kriegen.

»Macht doch nichts.« Der Mann winkte ab. »Und Ihr Name ist?«

Oh je, er würde sich bestimmt bei Dotzler über mich beschweren. Und dann wäre ich meinen Job los! Wie sollte Patrick dann ins Stadion kommen, und überhaupt, ich würde ihn nie wiedersehen, und das wäre ... ja, schon irgendwie scheiße.

»Sie können mir Ihren Namen ruhig verraten«, riss mich Herr Wolf aus meinen wirren Gedanken.

»Entschuldigung. Karoline Maus.«

»Und Sie machen ein Praktikum bei der Eintracht?«

»Ja, im Marketing. Also, genauer gesagt, Hospitality und, ähm ... Sponsoring«, sagte ich verlegen. »Und ansonsten fahre ich Weidinger.«

Er musterte mich nachdenklich. »Soso«, sagte er. »Und was haben Sie vorher gemacht?«

Ich schilderte ihm kurz meinen Werdegang.

»Interessant«, sagte er, als ich geendet hatte. »Wissen Sie, ich selbst habe als kleiner Bäcker angefangen, der sich eigenhändig etwas aufgebaut hat. Mir gefallen Leute, die etwas aus sich machen. Übrigens haben Sie da gerade ein paar sehr interessante Punkte angesprochen. Auch Mädchen essen Powerriegel, nicht wahr?«

»Auf jeden Fall.«

Für eine Weile beobachteten wir stumm das Training, wobei mein Blick immer wieder zu Patrick wanderte. Er führte ein paar Ball-Kunststückchen vor und ließ sich anschließend von den Jungen ihre Dribbelkünste zeigen. Ich lachte leise, als ein süßer, aber ziemlich ungeschickter kleiner Junge mit Feuereifer und Karacho in Patrick hineinlief, als er ihn umspielen wollte. In dem Moment sah er auf, und unsere Blicke trafen sich. Er grinste mich breit an, und mein Herz setzte einen Schlag aus, während sich gleichzeitig ein heftiges Kribbeln in meinem Bauch ausbreitete.

›Ach du Schande, was soll das denn jetzt?‹, dachte ich. ›Lass das, Karo!‹

Aber es war mir schlichtweg unmöglich, ihn *nicht* anzulächeln oder woanders hinzusehen. Ein paar Sekunden lang grinsten wir uns über den Platz hinweg an, bevor Patrick sich wieder den Nachwuchsspielern zuwandte. Der Moment war so schnell verschwunden, wie er gekommen war.

»Werden Sie in Ihrem Praktikum denn richtig gefordert?«, fragte Martin Wolf, dessen Existenz mir in den letzten paar Sekunden völlig entfallen war.

»Ja, sehr«, beeilte ich mich zu sagen. »Ich lerne eine ganze Menge.«

Herr Wolf lächelte. »Also gut, Frau Maus. Ich muss weiter. War nett, Sie kennenzulernen.«

»Hat mich auch gefreut.«

Wir gaben uns zum Abschied die Hand, und er stapfte über den Sportplatz davon.

Gegen sieben Uhr konnten wir uns endlich auf den Heimweg machen. »Soll ich dich eigentlich nach Hause bringen oder zurück zum Stadion?«, erkundigte ich mich bei Moritz, der brav seinen Platz auf dem Rücksitz eingenommen hatte.

»Zurück zum Stadion, da steht mein Porsche. Aber bring erst Patrick weg, damit du ihn dir ganz in Ruhe ansehen kannst.« Den letzten Teil des Satzes sagte er in eindeutig anzüglichem Tonfall.

»Schwachsinn, wenn sie erst zu mir fährt und dann zum Stadion, würde sie doch völlig deppert kreuz und quer durch die Stadt gurken«, sagte Patrick.

»Ja, aber wir wären dich los«, meinte Moritz. »Stimmt's, Karo?«

Ich war wirklich neugierig darauf, einmal in meinem Leben Porsche zu fahren. Aber dennoch sagte mein Bauch mir ganz eindeutig, dass ich Patrick gar nicht loswerden wollte. »Das Navi hat entschieden. Erst geht es zum Stadion«, sagte ich bestimmt.

»Schade.« Im Rückspiegel konnte ich erkennen, dass Moritz eine Miene machte wie ein übermütiger Hundewelpe, der von seinem Frauchen zur Ordnung gerufen worden war. Wider Willen musste ich lachen.

»Hast du dich in Hamburg schon eingelebt?«, wollte Moritz wissen.

Ich ließ mir Zeit mit der Antwort. Bislang hatte ich, abgesehen von meinen Mitbewohnern, noch keine Freunde gefunden. Oftmals war ich allein und las Wirtschaftsbücher oder -zeitschriften. Auch an die distanzierte norddeutsche Art hatte ich mich noch nicht gewöhnt. Nicht selten hatte ich das Gefühl, einfach nicht dazuzugehören und ständig anzuecken. In Bochum war es völlig normal, in einem Aufzug oder in einer Warteschlange ein Gespräch mit den anderen zu beginnen – hier wurde man schon schräg angeguckt, wenn man ein einfaches »Super Wetter heute, was?« in die Runde warf. Neulich hatte ich einer Frau im Supermarkt, die die Packung einer Enthaarungscreme studierte, von meinen schlechten Erfahrungen mit diesem Produkt berichtet. In Bochum ein durchaus willkommenes Vorgehen, die Hamburgerin hingegen hatte sich offenbar belästigt gefühlt und schnell das Weite gesucht (die Enthaarungscreme hatte sie übrigens trotzdem gekauft).

»Hallo? Bist du noch da?«, riss Moritz mich aus meinen Gedanken.

Ich setzte schnell ein Lächeln auf, obwohl mir gerade gar nicht danach zumute war. »Entschuldige. Ja, ich habe mich sehr gut eingelebt.«

Moritz beugte sich vor und legte seinen Arm auf meinen Sitz. »Warst du schon mal in Blankenese? Im Treppenviertel?«

Ich schüttelte den Kopf. »Ist es schön da?«

»Ja. Sehr romantisch. Da gibt es ein kleines Café mit dem besten Käsekuchen der Welt.«

»Ha!«, rief ich aus. »Ich *liebe* Käsekuchen, dafür würde ich sterben! Woher wusstest du das?«

»Tja, ich kenn mich aus mit Frauen«, behauptete Moritz und zwinkerte mir im Rückspiegel zu. »Was ich dir übrigens die ganze Zeit schon sagen wollte: Du hast echt tolle Augen. Wie flüssige Schokolade.«

Patrick stöhnte genervt auf. »Karo, fährst du bitte mal rechts ran? Ich muss mich kurz übergeben.«

»Hältst du es noch bis zum Stadion aus?«, fragte ich gespielt unschuldig. »Wir sind in zehn Minuten da.« Insgeheim musste ich ihm allerdings recht geben, das war auch mir eine Nummer zu viel. Allmählich kam es mir vor, als würde Moritz sämtliche Standard-Aufriss-Sprüche abspulen, die er sich im Laufe seines Lebens angeeignet hatte. Bevor er ausstieg, sagte er: »Das Café im Treppenviertel ... Soll ich es dir mal zeigen?«

»Ähm ... vielleicht irgendwann mal«, erwiderte ich ausweichend.

»Okay«, sagte Moritz. »Jederzeit. Du weißt ja, wo du mich findest. Ciao Karo.«

Mit langen Schritten lief er auf seinen Porsche zu. »Der war ja ... nett«, sagte ich.

»Geht so. Ich kann dir nur den freundschaftlichen Rat geben, sein Geschleime nicht allzu persönlich zu nehmen. Der baggert alles an, was sich bewegt.«

»Oh, keine Angst, ich würde natürlich niemals auf die Idee kommen, dass mir jemand ein ernstgemeintes Kompliment machen könnte.«

»Gut«, sagte Patrick, ohne eine Miene zu verziehen. »Du bist so schon nervig genug, und mit Liebeskummer würdest mir mit Sicherheit noch mehr auf den Sack gehen.«

»Lieb, wie du dich um mich sorgst«, sagte ich in ätzendem Tonfall.

»Ja mei, so bin ich halt.«

»Hömma Treckergesicht, dat Bazi-Gelaber lass getz ma stecken, sonst kriechste so dermaßen wat anne Omme, dattu die Glocken läuten hörn tust!«

Patrick lachte. »Geh, Karo, des is a Wahnsinn, wie sexy des klingt.«

Den Rest der Fahrt pöbelten wir uns zum Spaß in unseren Heimatdialekten an und wurden dabei immer übermütiger, bis wir kein Wort mehr von dem verstanden, was der andere sagte. Wir alberten herum, bis wir vor Patricks Haus angekommen waren. Die ausgelassene Stimmung ebbte allmählich ab, und schließlich saßen wir still da und lächelten uns an. Ich nahm Grübchen in seinen Wangen wahr, die ich vorher noch nie an ihm bemerkt hatte, und seine Augen erinnerten gar nicht mehr an Eis. Sondern viel eher an ... warmen Sommerregen.

›An warmen Sommerregen?‹, dachte ich entsetzt. ›Drehst du jetzt völlig durch, oder was?‹

Schon bald hatten wir die regulär zulässige Zeit eines harmlosen Blickkontakts weit überschritten. Einer von uns musste dringend etwas sagen oder wegsehen! Ich räusperte mich. »Okay, also dann. Bis morgen.«

Patrick rührte sich nicht vom Fleck. »Karo?«
»Was?«
»Du hast Heimweh, oder?«
Oh nein. An seine sensible Ader hatte ich mich immer noch nicht ganz gewöhnt, und sie machte es mir auch nicht gerade leichter, das Kribbeln in meinem Bauch im Zaum zu halten. »Wie kommst du darauf?«

Er zuckte mit den Achseln. »Die Art, wie du von Bochum redest, vom Ruhrgebiet allgemein und von deiner Familie. Ich glaube dir nicht, dass du dich super hier eingelebt hast.«

Ich knibbelte mit dem Fingernagel am Lenkrad herum. »Es war genau die richtige Entscheidung, aus Bochum wegzuziehen.«

»Das heißt doch nicht, dass du dein Zuhause nicht vermissen darfst.«

»Soso. Und du weißt also, was in mir vorgeht, ja?«

Er ließ sich ein paar Sekunden Zeit, bevor er leise sagte: »Ja. Mit Heimweh kenne ich mich nämlich aus.«

Bevor ich etwas erwidern konnte, schnallte er sich ab und öffnete die Tür. »Aber vielleicht habe ich ja auch einfach nur ›*ein besonderes Gespür für Frauen*‹«, fügte er grinsend hinzu. »Also, bis morgen. Schlaf gut.«

Wider Willen musste ich lächeln. »Du auch. Bis morgen.« Ich sah ihm nach und realisierte, dass es einen Teil in mir gab, der nicht wollte, dass Patrick ging. Dieser klitzekleine Teil von mir hätte gerne noch länger mit ihm geredet. Es gab anscheinend viele Seiten an ihm zu entdecken, und ich konnte nicht leugnen, dass dieser klitzekleine Teil von mir jede einzelne kennenlernen wollte. Auf dem Nachhauseweg fuhr ich schneller als sonst, fast schon, als wäre ich auf der Flucht.

9.

*Es ist oft die Entwicklung,
dass du aus einer unglücklichen
in eine schwierige Situation kommst.*
Axel Hellmann

Inzwischen war es November, und ich war seit drei Monaten nicht mehr zu Hause gewesen. Jedes zweite Wochenende hatte ich Dienst, denn an Heimspieltagen fuhr ich Patrick und unterstützte inzwischen auch Nadja bei der Betreuung der Gäste in den VIP-Logen. An meinen freien Wochenenden war ich oft zu müde, um mich auf den Weg nach Bochum zu machen, und so telefonierte ich lediglich häufig mit meiner Familie und meinen Freunden. Patrick hatte durchaus recht: Ich hatte Heimweh. Es war alles andere als einfach, in Hamburg Anschluss zu finden. Ich hatte Nadja gefragt, ob wir nach der Arbeit mal etwas unternehmen wollten, doch sie hatte mich mit der Begründung abgewimmelt, dass sie keine Zeit hätte. Mit Geli verstand ich mich zwar gut, aber nach Nadjas Abfuhr traute ich mich nicht mehr, sie zu fragen. Als ich Saskia von meinem Erlebnis erzählte, meinte sie nur, das sei eben Hamburg, und ich solle das nicht persönlich nehmen, denn hier dauere es mindestens zwei Jahre, bis die Einheimischen sich auf neue Leute einließen. Ich fühlte mich oft, als würde ich in einer Art luftleerem Raum schweben.

Und so wurden meine Mitbewohner immer wichtiger für

mich, und, was mich zunehmend mit Sorge erfüllte, auch Patrick. Fußballtechnisch lief es allmählich besser bei ihm. Seit einiger Zeit fuhr ich ihn zweimal in der Woche zu Sigrid von Boulé. Ich nannte sie seinen »Mentalcoach«, Patrick bezeichnete sie schnöde als »Deppenärztin«. Es geschah kein Wunder, aber er fand nach und nach zu seiner alten Form zurück, und dies wirkte sich auch auf die Mannschaft aus. Die Eintracht verlor immerhin nicht mehr *jedes* Spiel.

Allmählich entwickelte ich mich regelrecht zu einer Fußball-Expertin. Bei Heimspielen war ich im Stadion dabei, Auswärtsspiele verfolgte ich bei Costa, zusammen mit Naresh und Klaus, einem Herrn mittleren Alters, der eigentlich immer an der Theke saß und kaum ein Wort sprach. Von den dreien hatte ich eine ganze Menge über Fußball gelernt und interessierte mich – zu meinem eigenen Erstaunen – inzwischen wirklich für diesen Sport.

Ende November gab Patrick in einem großen Sportbekleidungsgeschäft eine Autogrammstunde. Wie üblich hielt ich mich im Hintergrund und machte gar nichts, wenn nicht gerade ein Fan mir seine Kamera oder sein Handy hinhielt, damit ich ihn und Patrick fotografierte. Normalerweise wurde ich kaum beachtet, doch heute sprach mich eine junge Frau an. Sie war ungefähr in meinem Alter und erinnerte mich stark an Heidi Klum.

»Hallo«, sagte sie und zeigte mir ein strahlendes Zahnpastalächeln. »Dich sieht man ja in letzter Zeit öfter mal. Du arbeitest für die Eintracht, oder?«

»Ja, ich bin Praktikantin. Sorry, aber du bist mir noch nie aufgefallen.«

Sie machte ein zerknirschtes Gesicht und wirkte dabei so niedlich, dass ich sie am liebsten auf den Schoß genommen hätte. »Entschuldige, du musst mich für eine irre Stalkerin halten.« Sie hielt mir ihre ausgestreckte Hand hin. »Jana Stelter. Ich arbeite für den Hamburg Kurier.«

»Karoline Maus«, sagte ich und schüttelte ihre Hand.

»Ist gar nicht so einfach als Frau in dieser Fußball-Männerwelt, was?«, fragte sie.

Ich zuckte mit den Achseln. »Es geht. In der Geschäftsstelle arbeiten viele Frauen.«

Aus ihren blauen Manga-Augen musterte sie mich neugierig. »Du scheinst Weidi ja gut im Griff zu haben. Das finde ich echt bewundernswert.«

Ah, okay. Um ihn ging es hier also. »Er ist kein Kleinkind«, sagte ich ausweichend.

»Nein, natürlich nicht«, beeilte sie sich zu sagen. »Ich meine ja nur, ihm eilt doch ein gewisser Ruf voraus.« Sie lachte und stieß mich spielerisch mit dem Ellenbogen in die Seite. »Du kriegst doch alles mit, was bei ihm so läuft. Seine wilden Partys und Exzesse.«

Ich antwortete darauf nicht. Exzesse? So schlimm war Patrick nun auch wieder nicht gewesen, und mal ganz abgesehen davon: Seit dem Abend im CIU' verhielt er sich so vorbildlich, dass ich manchmal sogar regelrecht Angst um meinen Job bekam. Auch Lutz musste sich inzwischen bei seiner Nachtschicht zu Tode langweilen.

»Stimmt es eigentlich, dass er wieder was mit dieser Nina Dornfelder am Laufen hat?«, bohrte Jana Stelter weiter.

»Keine Ahnung.« Ich warf demonstrativ einen Blick auf meine Uhr. »Tut mir leid, ich muss mal langsam für Aufbruchsstimmung sorgen.«

»Klar.« Sie kramte in ihrer Umhängetasche und hielt mir ihre Karte hin. »Hier. Wenn du mal Bock hast zu schnacken, ruf mich gerne an, dann können wir einen Cocktail zusammen trinken gehen. Ich wohne noch nicht so lange in Hamburg und könnte ein paar Freunde gut gebrauchen.«

Sah man mir etwa an der Nasenspitze an, dass ich mich manchmal einsam fühlte? Ich ließ ihre Karte unbeachtet in meiner Hosentasche verschwinden. »Wenn ich mal Bock habe, über Patrick Weidinger zu schnacken, meinst du? Du musst echt ein bisschen subtiler werden, wenn du wirklich etwas aus den Leuten rausquetschen willst.« Damit ließ ich sie stehen.

Später auf der Rückfahrt ging mir das Gespräch nicht aus dem Kopf. Wie kam diese Jana darauf, ich wäre so dumm und illoyal, dass ich mit ihr über Patricks Privatleben plaudern würde? Und vor allem: Wie kam sie darauf, dass er wieder etwas mit Nina »am Laufen« hatte? Ich hatte davon nicht das Geringste mitgekriegt und Lutz sicher auch nicht, sonst hätte er es mir gegenüber längst erwähnt.

»Ich habe gesehen, dass du dich mit Jana Stelter unterhalten hast«, riss Patrick mich aus meinen Gedanken.

»Kennst du die etwa?«

»Flüchtig. Ich war mal mit ihr essen.«

Angewidert verzog ich das Gesicht. »Was? Wieso das denn?«

Statt einer Antwort hob Patrick nur eine Augenbraue.

Hastig richtete ich meinen Blick wieder auf die Fahrbahn. »Sie wollte mich über dich ausquetschen.«

Er verdrehte die Augen. »War ja klar.«

Den Rest der Fahrt verbrachten wir schweigend. Der Gedanke, dass das mit Patrick und Nina stimmen könnte, ließ mich einfach nicht los. Falls ja, dann war er ein noch viel größerer Idiot, als ich mir jemals hätte träumen lassen! Diese blöde Kuh hatte ihn damals nur ausgenutzt, und genauso würde es auch jetzt wieder ablaufen. Oder ging es dabei nur um Sex? Eine schnelle Nummer ab und zu? Ich meine, nicht, dass es mich etwas anging. Es konnte mir vollkommen egal sein. War es ja auch.

Als wir vor seiner Haustür hielten und er gerade aussteigen wollte, hielt ich es nicht mehr aus. »Jana Stelter hat gefragt, ob es stimmt, dass du wieder was mit Nina am Laufen hast«, platzte es aus mir heraus.

Patrick ließ sich zurück in seinen Sitz fallen. »Oh nein, bitte nicht«, stöhnte er.

»Hast du?«

Sein Gesicht zeigte keine Regung. »Wieso willst du das wissen?«

»Nur so. Rein interessehalber.« Eigentlich hätte ich jetzt meine Klappe halten sollen, doch das war ja leider noch nie meine Stärke gewesen. »Ich meine, Vergangenes soll man ja schließlich ruhen lassen, und wir machen alle mal Fehler. Nina tut es bestimmt aufrichtig leid, wie sie dich behandelt hat. Und dass sie das Ganze dann auch noch für ihre Zwecke genutzt und in der Öffentlichkeit breitgetreten hat ... ja mei. Man muss auch verzeihen können.«

Patrick lachte.

»Was ist daran bitte witzig?«, fragte ich eingeschnappt.

»Nichts, du hast nur ›ja mei‹ gesagt.«

Irritiert runzelte ich die Stirn. »Habe ich nicht.«

»Doch, hast du.«

»Ja mei, das ... hör auf!«, rief ich, als Patrick noch lauter lachte. »Das ist wie ein Virus, es schleicht sich einfach ein, und es gibt keine Medizin dagegen!«

»Entschuldige«, sagte Patrick, als er sich beruhigt hatte. »Es ist echt rührend, dass du so viel Verständnis für Nina zeigst. Wolltest du mir sonst noch etwas zu diesem Thema sagen, das dich eigentlich überhaupt nichts angeht?«

»Nein. Ich wünsche euch alles Glück der Welt, sie ist bestimmt ein herzensguter Mensch. Und so hübsch! Bildhübsch ist sie, wirklich. Eine richtige Schönheit. Und mein lieber Schwan, ist die sexy!«

»Sie hat's dir ja sehr angetan. Soll ich dir ihre Nummer geben?«

»Pff! Gib sie lieber Jana Stelter. Die beiden würden super zusammen passen.«

Er musterte mich nachdenklich. »Kannst du mir mal bitte erklären, wieso du so sauer bist?«

»Bin ich doch gar nicht«, log ich.

»Ookay«, sagte er gedehnt. »Um deine Frage zu beantworten: Nina kommt in letzter Zeit ab und zu bei mir vorbei, und wir ...«

Reflexartig hielt ich mir die Ohren zu und rief: »Nein, nein, nein, nein, nein, keine Details bitte!« Plötzlich hätte ich lieber zwanzig Fußbälle von ihm an den Kopf gekriegt als zu hören, wie er es mit dieser dämlichen Kuh trieb. Ich ließ meine Hände sinken, als ich seinen befremdeten Blick bemerkte. »Ähm, ich meine, du hast schon recht, es geht mich überhaupt nichts an.«

Patrick sah mich immer noch an, als hätte ich nicht mehr alle Tassen im Schrank. Schließlich sagte er: »Du bist echt die durchgeknallteste Frau, die ich je kennengelernt habe.«

Ich bemühte mich um ein Pokerface. »Ja, und ich habe noch nie einen Mann kennengelernt, der so häufig hässliche Jogginganzüge trägt wie du, und dabei komme ich aus dem Pott.«

Leise lachend schüttelte er den Kopf. »Servus, Karo. Bis morgen.«

»Servus. Ich meine, Schüsskes!«

Ich ging früh ins Bett, obwohl ich genau wusste, dass ich ohnehin nicht einschlafen würde. Und so wälzte ich mich die ganze

Nacht hin und her und versuchte, das Bild zu verdrängen, das immer wieder vor meinem inneren Auge auftauchte: Patrick und Nina, die sich auf einem runden Wasserbett unter einer Satindecke im Leopardenlook wälzten und leidenschaftlichen Sex hatten. Keine Ahnung, wieso Patricks Bett in meiner Fantasie aussah wie der Set eines drittklassigen Pornos, aber diese Vorstellung wurde ich einfach nicht los.

Wenn ich nicht daran dachte, dann überlegte ich, wieso ich plötzlich etwas empfand, das sich verdammt nach Eifersucht anfühlte. Mann! Es war alles so viel einfacher gewesen, als Patrick noch fies gewesen war und ich ihn nicht ausstehen konnte! Aber er mit seiner blöden Verletzlichkeit und seinem Hulamädchen und seinem Nettsein und Zuhören und Mich-zum-Lachen-bringen musste mich ja unbedingt dazu zwingen, ihn zu mögen! Es war alles seine Schuld!

Irgendwie musste ich da wieder rauskommen. Ich verhielt mich vollkommen unprofessionell. Es gab keinen einzigen vernünftigen Grund dafür, etwas anderes als einen Job in Patrick zu sehen! Auf Vernunft hatte ich immer sehr viel Wert gelegt, und dabei sollte es auch bleiben!

So drehten sich meine Gedanken die ganze Nacht im Kreis, bis mir, zehn Minuten, bevor mein Wecker klingelte, endlich die Augen zufielen.

In der nächsten Zeit gab es im Büro zum Glück einiges zu tun, sodass ich von meinen verwirrenden Gefühlen für Patrick abgelenkt war: Die Weihnachtsfeier der Eintracht stand an – ein äußerst schniekes Fest im Atlantic Hotel, das traditionell am letzten Spieltag vor der Winterpause stattfand. Nadja, die sowieso schon dauergestresst war, stand kurz vorm Nervenzusammenbruch.

Wir trafen uns beinahe täglich zu Planungs-Meetings mit Lars Hansen und Felix, und ich gab mir äußerste Mühe etwas Konstruktives beizutragen und zu zeigen, was in mir steckte. Als es um das Menü ging, zog ich einen Zettel hervor, den ich zu Hause vorbereitet hatte. »Also, ich habe mir dazu schon ein paar Gedanken gemacht. Was haltet ihr von Tomate-Mozzarella-Spießen als Vorspeise? Auf der Hochzeit meiner Cousine kamen die total gut an.«

Die drei sahen mich mit vor Entsetzen geweiteten Augen an, und ich überlegte fieberhaft, ob ich, ohne es zu merken, Affenhirn statt der Spieße vorgeschlagen hatte.

»TOMATE-MOZZARELLA?!«, rief Nadja entsetzt. »Wie provinziell ist das denn?! Da können wir auch gleich einen *Brunch* machen! In deiner beschränkten Bochumer Currywurstwelt mag das ja der letzte Renner sein, aber hier in Hamburg, bei der Eintracht, spielen wir in einer anderen Liga!«

›Ja, bald in der zweiten, wie es aussieht‹, dachte ich, sagte jedoch nichts. Da hatte ich mich ja nun voll in die Nesseln gesetzt. Aber wer hätte denn auch ahnen können, dass Tomate mit Mozzarella heutzutage eine kulinarische Todsünde darstellte? Und was bitte stimmte mit Brunchen nicht? Ich war froh, dass ich nichts von den Hackbällchen gesagt hatte, und beschloss meine Ideen zukünftig gründlich auf Schickimicki-Tauglichkeit zu überprüfen, bevor ich sie öffentlich äußerte.

Als ich abends nach Hause kam, war die Wohnung leer – abgesehen von einem Riesenberg schmutzigen Geschirrs in der Küche, auf dem ein Zettel lag. In Nils' Handschrift stand mit rotem Edding in Großbuchstaben darauf geschrieben: *KARO!!! LETZTE VERWARNUNG!!!*

Na toll. Auch das noch! Genau so hatte ich mir meinen Freitagabend vorgestellt. Für ein paar Sekunden betrachtete ich mit gerümpfter Nase den Berg aus Tellern und Töpfen mit angetrockneten Essensresten und – was ich am meisten hasste – die ungefähr acht Millionen Messer, Gabeln und Löffel. Seufzend ließ ich Wasser über das Geschirr laufen, quetschte etwas Spülmittel darüber aus und wusch ab. Das saubere Geschirr ließ ich auf dem Abtropfbrett stehen, strich auf Nils' Zettel das Wort »KARO« durch und schrieb »PEKKA« darüber. Sollte er auch was davon haben, schließlich hielt er sich genauso wenig an den Putzplan wie ich. Ermattet sank ich auf einen Küchenstuhl und gönnte mir aus einem der vier Adventskalender, die Saskia aufgehängt hatte, mein heutiges Schokoladenstück.

Wenig später kamen Nils und Saskia herein, schwer beladen mit Tüten. »Hey Karo.« Saskia lud Unmengen an Mehl, Butter, Eiern, quietschbuntem Verzierwerk und Blockschokolade auf die Arbeitsfläche.

»Was wird das denn?«, wollte ich wissen.

»Übermorgen ist Backtag«, verkündete sie fröhlich. »Ich habe doch neulich diesen Roman gelesen, *Mein zuckersüßer Himbeermuffin-Sommer*, und jetzt bin ich total inspiriert.«

»Aha«, meinte ich nur, denn weder das Backen noch Romane, in denen es eine Rolle spielte, hatten mich jemals besonders interessiert. »Und was backst du? Himbeermuffins, nehme ich an?«

»*Wir*«, verbesserte Nils. »Das ist eine WG-Aktion. Steht doch schon seit zwei Wochen am Schwarzen Brett.«

Beim ›Schwarzen Brett‹ handelte es sich um eine Tafel im Flur, auf der meistens so etwas wie »Pekka Müll raus« oder »Karo Mama zurückrufen« stand. Ab und zu kündeten Nils und Saskia dort jedoch auch eine »WG-Aktion« an, bei der wir alle gemeinsam etwas unternahmen. Ich hatte die Tafel in letzter Zeit kaum beachtet und die Info zum kommenden Backtag somit verpasst. »Also, was backen *wir* so?«, korrigierte ich mich.

Saskia nahm einen uralten Rezeptordner aus dem Regal, der vor Ausdrucken aus dem Internet und handgeschriebenen Notizzetteln überquoll. »Vanillekipferl und einfache Ausstechplätzchen, würde ich sagen.«

Ich dachte an mein Tomate-Mozzarella-Fiasko. »Ist das nicht viel zu provinziell?«

»Provinziell? Was bitte soll daran *provinziell* sein? Und außerdem, nichts für ungut, aber wenn du dabei bist, sollten wir uns sowieso besser nicht zu hoch hinauswagen.«

»Hey! Was soll das denn heißen?«

»Karo, du lässt doch sogar Wasser anbrennen«, erklärte Saskia geduldig.

»Hm«, brummte ich, musste aber einsehen, dass sie recht hatte. Am Herd war ich tatsächlich eine Null, schon immer gewesen.

Nils, der mittlerweile die letzten Mehltüten ins Regal geräumt hatte, setzte sich zu uns an den Tisch. »Keine Angst, Karo. Mit Saskia kriegen wir das schon hin«, sagte er und sah sie geradezu stolz an. »Sie ist ein echtes Genie in der Küche.«

Also, *das* war mir bislang auch noch nicht aufgefallen, aber angesichts ihres freudigen Lächelns hielt ich meine Klappe.

»Oh übrigens, Nils, morgen läuft im Metropolis *Wir sind keine Engel*«, sagte Saskia. »Wie sieht's aus, du und ich und Humphrey Bogart, wie jedes Jahr?«

Nils Ohren färbten sich leicht rötlich. »Eigentlich sehr gerne, aber morgen ist die Weihnachtsfeier von der Tischlerei, und da will ich unbedingt hin. Tanja ist auch da.«

»Oh. Okay.« Saskia wandte den Blick ab und schaute angestrengt in ihren Rezeptordner. »Wie läuft es denn eigentlich so mit ihr?«, fragte sie übertrieben beiläufig.

Ein freudiges Lächeln erschien auf seinen Lippen. »Dein Tipp war super. Seit ich Tanja die kalte Schulter zeige, scheint sie sich viel mehr für mich zu interessieren. Verrückt, oder?«

Saskia schlug unvermittelt den Ordner zu. »Ja. Irgendwie schon.«

»Ich meine, so ganz kriege ich es nicht hin, den Bad Boy zu spielen«, fuhr Nils fort. »Aber ich bin viel cooler als vorher und bringe ihr auch nicht mehr unaufgefordert Kuchen vom Bäcker mit.«

»Ooh, das hast du gemacht?«, entfuhr es mir. »Wie süß!«

Saskia funkelte mich wütend an. »Es ist Viertel vor acht, musst du nicht zu Costa, um Patrick beim Verlieren zuzugucken?«

Erschrocken sah ich auf meine Uhr und sprang auf. »Verdammt, du hast recht. Bis später!«, rief ich und lief rüber zu Costa, der bereits mit Klaus die Vorberichterstattung schaute und seine Gäste sträflich vernachlässigte. Auch Naresh kam immer mal wieder aus der Küche, um das Spiel anzusehen. Es war wirklich keine besonders gute Idee, zum Essen zu Costa zu gehen, wenn die Eintracht spielte – es sei denn, man mochte angebranntes Souflaki und legte keinen großen Wert auf Getränkenachschub.

»Hey Jungs.« Ich schälte mich aus meiner Jacke und setzte mich an die Theke. »Und, was tippt ihr? Hoffenheim ist nicht schlecht, oder?«

»Sie verkacken«, sagte Klaus, und viel mehr würde er für den Rest des Abends aller Wahrscheinlichkeit nach auch nicht sprechen.

Bislang hatten wir bei Auswärtsspielen tatsächlich eher selten Grund zur Freude gehabt, doch heute lief es super. Die Eintracht gewann! Und Patrick spielte großartig, fast schon wie zu WM-Zeiten. Er lieferte die Vorlage zum ersten Tor, und das zweite machte er sogar selbst! Ich hatte ihn noch nie ein Tor schießen sehen – zumindest, seit ich ihn persönlich kannte –, und es fühlte sich fast so an, als hätte ich es selbst gemacht. Ich sprang von meinem Hocker auf, reckte die Fäuste in die Höhe, hüpfte auf und ab wie ein Flummi und zwang den völlig verdatterten Naresh dazu, mit mir ein Tänzchen aufzuführen.

Im Gegensatz zu mir machte Patrick keine peinlichen Gesten, sondern lief einfach nur strahlend über das Spielfeld und ließ sich von seinen Mannschaftskollegen feiern. Wie gerne wäre ich jetzt genau dort gewesen, auf dem Platz, um ihm um den Hals zu fallen. Ohne weiter darüber nachzudenken machte ich ein Bild von Naresh, Costa, Klaus und mir, wie wir die Daumen hoch hielten und einer breiter grinste als der andere. Ich schickte es Patrick und schrieb dazu: *Du hast ein Tor geschossen! Ganz Hamburg ist aus dem Häuschen!*

Kaum hatte ich auf *Senden* gedrückt, bereute ich es auch schon. Patrick und ich hatten zwar schon vor ein paar Wochen unsere Nummern getauscht, damit wir im Notfall erreichbar füreinander waren, aber wir hatten uns noch nie geschrieben. So etwas machten wir einfach nicht. Wir schrieben uns weder Briefe, E-Mails, SMS, Nachrichten über WhatsApp noch Haftnotizen! Wir telefonierten nicht miteinander, gingen nicht zusammen ins Kino oder machten sonst irgendetwas, das nicht ausschließlich beruflicher Natur war. Und das war auch gut so! Okay, wir redeten miteinander, stundenlang, und zwar fast ausschließlich über Dinge, die *nicht* beruflicher Natur waren. Aber trotzdem. Jetzt plötzlich so eine Nachricht, das war so ... aufdringlich. Ein flaues Gefühl breitete sich in meinem Magen aus, fast so, als müsste ich vor fünfhundert Leuten eine Rede halten. Er würde bestimmt nicht antworten. Ob er die Nachricht schon gesehen hatte? Im selben Moment schlug ich mir gedanklich an die Stirn, denn natürlich hatte er sie noch *nicht* gesehen. Immerhin lief er genau jetzt über das Fußballfeld und drosch beherzt einen Gegenspieler von den Beinen.

»Taktisches Foul«, kommentierte Costa. »Gut gemacht.«

Konnte man WhatsApp-Nachrichten wieder zurückrufen? Ich googelte schnell, kam jedoch zu keinem Ergebnis, und dann war es mir sowieso wichtiger, mich weiter auf das Spiel zu konzentrieren.

Es blieb beim 2:0, und wenn die anderen Abstiegskandidaten morgen brav verloren, hatte die Eintracht sich damit auf den sechzehnten Tabellenplatz hochgearbeitet. Den Relegationsplatz. Immerhin.

Mein Handy ließ ich für den Rest des Abends nicht aus den Augen, doch es gab keinen Mucks von sich, und spätestens, als ich im Bett lag, war mir klar, dass Patrick nicht antworten würde. Inzwischen müsste er die Nachricht wirklich schon längst gesehen haben. Oder? Ich schaute schnell nach. Unter seinem Namen stand: »zul. online heute um 18:22«. Oh Mist, fast wäre es mir lieber gewesen, er *hätte* sie schon gelesen. Frustriert warf ich mein Handy aufs Kopfkissen. Verdammt noch mal, ich benahm mich wie eine Sechzehnjährige! Schluss damit! Ich machte das Licht an und griff nach meinem Buch *Sponsoring: Der Leitfaden für die Praxis*. Gerade, als es mir einigermaßen gelang, mich in den Inhalt zu vertiefen, verkündete mein Telefon mit einem Dreiklang, dass eine Nachricht eingegangen war. In der Stille der Nacht klang es so laut, dass ich befürchtete, das ganze Haus könnte davon wach werden. Ich zuckte zusammen, und mein Herz raste, als hätte ich soeben einen Sprint über zweihundert Meter hingelegt. Mit zitternder Hand griff ich nach meinem Telefon. Es war Patrick.

Keine Ahnung, wie ich das hingekriegt habe, schrieb er. *Cooles Foto übrigens. Sind das deine Mitbewohner?*

Ich lachte, und meine Daumen flogen über das Display.

Nein, das sind Costa, Naresh und Klaus, meine Fußball-Gang. Die wissen schwer Bescheid. Costa sagt, dein taktisches Foul war super.

Costa ist in Ordnung, antwortete Patrick. *Du bist also in einer Gang. Interessant. Und, seid ihr noch unterwegs? Leute anpöbeln und so?*

Nein, wir sind schließlich nicht die Hell's Angels. Ich bin ganz brav zu Hause und ...

... lenke mich davon ab, dass ich nicht schlafen kann, wollte ich eigentlich schreiben. Doch dann würde er möglicherweise fragen, warum nicht. Und dass ich nicht schlafen konnte, weil ich einem gewissen Patrick Weidinger eine Nachricht geschrieben und mich anschließend völlig bekloppt deswegen gemacht hatte, konnte ich ihm ja wohl kaum sagen.

... lese ein Buch, schrieb ich schließlich.

Klingt, als wäre dein Nachtleben genau so aufregend wie meins. Noch bevor ich antworten konnte, schickte er eine weitere Nachricht: *Dann will ich dich mal nicht länger vom Lesen abhalten.*

Schon gut. Seid ihr schon im Hotel?

Nein, auf dem Weg dahin. Ich wusste übrigens gar nicht, dass du dir die Auswärtsspiele anschaust.

Doch, ich guck immer zu.

Mit deiner Gang?

Klar.

Cool. Gefällt mir irgendwie. Vielleicht poste ich das Bild auf meiner Facebook-Seite.

Spinnst du?! Das machst du nicht!

Ich hab schon seit zwei Monaten nichts mehr gepostet, ich muss mal wieder.

Dann mach so ein albernes Selfie von dir im Kraftraum oder was weiß ich!

Das interessiert doch keinen.
Costa, Naresh, Klaus und ich auch nicht.
Doch, ihr seht lustig aus.
Du im Kraftraum auch, behauptete ich, und automatisch baute sich das Bild vor meinen Augen auf. ›Lustig‹ war es allerdings nicht. Mist, diese Unterhaltung lief eindeutig in die falsche Richtung.

Es dauerte eine Weile, bis Patrick antwortete. Ich befürchtete schon, er könnte sich von mir belästigt fühlen, doch dann schrieb er: *Bin jetzt im Hotel, sorry, hat etwas gedauert.*
Kein Problem. Also dann, schlaf gut.
Ich bin aber überhaupt noch nicht müde!
Dann unterhalte dich doch mit Moritz über seinen Porsche.
Nein, das ist langweilig. Ich unterhalte mich lieber mit dir.
Ein Strahlen breitete sich auf meinem Gesicht aus. *Das hörte sich vor ein paar Wochen aber noch ganz anders an.*
Da wollte ich dich und Karlheinz ja auch noch doof finden. Also los, erzähl mir mehr von deiner Gang, schrieb er weiter. *Seid ihr wirklich nicht gefährlich?*
Patrick? Es ist ein Uhr. Gute Nacht.
Na schön. Also gute Nacht. Bis Montag.
Bis dann.

Ich ging offline und erwischte mich dabei, dass ich wie eine Irre mein Handy angrinste, als wäre es Orlando Bloom höchstpersönlich. Das war doch eindeutig ein Handy-Flirt gewesen, oder nicht? Hatte ich jetzt völlig den Verstand verloren? Was sollte das denn auf einmal, wo kamen diese Schmetterlinge und das Kribbeln im Bauch her? Ich wollte mich doch voll und ganz auf *mich* konzentrieren, darauf, beruflich voranzukommen – nichts war wichtiger als das! Und ich würde mich ganz bestimmt nicht in einen Fußball-Promi verlieben, der in einer völlig anderen Welt lebte als ich und der allem Anschein nach sowieso immer noch mit seiner beknackten Ex herumhampelte!

Am Sonntagmorgen um Punkt zehn Uhr trommelte Saskia mich aus dem Bett und ließ mich zum Backen antanzen. Den Samstag hatte ich fast ausschließlich damit verbracht, meine WhatsApp-Konversation mit Patrick wieder und wieder durchzulesen und zu analysieren, ob das nun ein Handy-Flirt oder ein rein freundschaftlicher Austausch gewesen war. Ich war mir immer noch nicht sicher und wirklich froh, dass Saskias Keksback-Aktion mich auf andere Gedanken bringen würde. Als ich geduscht und angezogen in die Küche kam, knetete sie bereits den ersten Teig, und Nils legte Backpapier auf die Bleche.

»Und, wie war deine Weihnachtsfeier gestern?«, erkundigte ich mich bei ihm.

Ein Lächeln erschien auf seinem Gesicht. »Gut. Doch, ja. Sehr nett.«

»Geht es auch etwas detaillierter?«, hakte ich nach. »Wie war es mit Tanja?«

»Wo bleibt Pekka eigentlich?«, fragte Saskia unwirsch. Tanja war offensichtlich nicht ihr bevorzugtes Gesprächsthema.

»Ich glaube, der ist erst heute Morgen um sechs von einer Party zurückgekommen«, sagte Nils. »Soll ich ihn wecken?«

»Nein, lass. Ich mach das«, bot ich an. Ich klopfte an seine Zimmertür, doch nichts rührte sich, also trat ich ein. Pekka lag laut schnarchend im Bett, einen Fuß hatte er auf dem Boden abgestellt. »Guten Morgen!«, rief ich ihm direkt ins Ohr.

Er setzte sich im Bett auf. Eine widerliche Alkoholfahne wehte mir entgegen. »Was ist los?«, fragte er verwirrt, dann fasste er sich an den Kopf. »Oh, *perkele*«, stöhnte er und ließ sich wieder in sein Kissen fallen.

Ich schob energisch die Vorhänge auseinander und öffnete das Fenster, um Licht und frische Luft hereinzulassen. »Ist gestern spät geworden, was?«, fragte ich in Dotzler-Lautstärke.

Pekka verzog schmerzvoll das Gesicht. »Lass mich schlafen, Karo. Bitte.«

»Ach, Pekka, ich würde ja so gerne! Aber leider, *leider* musst du jetzt aufstehen und mit uns Plätzchen backen. Also hoch mit dir!«

Er rührte sich nicht, sondern blieb reglos liegen, die Augen geschlossen, eine Hand an der Stirn.

»Ich warte!«

Wie ein Greis richtete Pekka sich im Bett auf und blickte mich aus zusammengekniffenen Augen an. »Du bist der Teufel!«

Bei seinem Anblick musste ich lachen. »Mhm, genau. Wir sehen uns in zehn Minuten.«

Ich kehrte in die Küche zurück, wo Saskia verzweifelt versuchte, des riesigen Teigklumpens vor ihr Herr zu werden. Sie hatte die Ärmel hochgekrempelt und war hochrot im Gesicht. »Das ist echt ganz schön viel, oder?«, schnaufte sie. »Aber ich dachte mir, wir machen gleich ein bisschen mehr, immerhin sind wir zu viert, und wir wollen ja alle etwas zu tun haben.«

Ich war mir da nicht so sicher. Pekka wäre heute sicherlich ganz zufrieden damit gewesen, aufgabenlos durch den Tag zu kommen. »Soll ich schon mal mit dem zweiten Teig anfangen?«, fragte ich Saskia.

Sie musterte mich kritisch. »Du? Hm, ich weiß nicht so recht. Vielleicht wäre es besser, wenn Nils ...«

»Ach Quatsch«, wehrte ich ab. »Das kriege ich schon hin.«

Ich nahm mir das von Saskias Mutter handgeschriebene Vanillekipferl-Rezept vor. Klang doch ganz einfach. Fast schon langweilig, da konnte ich doch mal meine Kreativität ausleben und das Rezept geschmacklich etwas aufpimpen. Fröhlich experimentierte ich am Teig herum. Backen war wirklich total easy. Im Gegensatz zum Kochen hatte ich das echt drauf!

Während Saskia und ich vor uns hin kneteten und Nils bei den Nachbarn weitere Backbleche zusammenlieh, tauchte Pekka auf. »Ihr Deutschen könnt nie stillsitzen!«, meckerte er. »Immer Arbeit, Arbeit, Arbeit, fleißig sein, und das am Sonntag so früh!« Er schenkte sich Kaffee ein und plumpste auf einen Küchenstuhl. Nachdem er sich noch eine Weile beschwert hatte, ließ er sich dann aber doch dazu herab, mir beim Kipferlformen zu helfen.

Eine Stunde später war die erste Ladung Plätzchen im Ofen und die zweite in Arbeit. In der Küche breitete sich köstlicher Keksduft aus, im Radio dudelten leise Weihnachtslieder, und alles war ganz wunderbar friedlich. Saskia meckerte nicht mal, als wir die Vanillekipferl aus dem Ofen holten und sie aus mir völlig unerfindlichen Gründen total missraten waren. Die filigranen Kipferl, die Pekka und ich so mühsam geformt hatten, konnte man nur noch mit viel gutem Willen erahnen – stattdessen glotzten uns dicke, unförmige Hörnchen entgegen.

Mit spitzen Fingern nahm Pekka eins vom Blech. »Das sieht scheiße aus.« Er biss ab, nur um es sofort wieder auszuspucken. »Schmeckt auch scheiße.«

»So schlimm wird es schon nicht sein.« Saskia brach ein Stückchen ab und verzog bald darauf angewidert das Gesicht. »Was hast du da denn dran getan?«

»Nur Zimt, etwas Kreuzkümmel und einen Hauch Chili. Um dem Ganzen etwas mehr Exotik zu verpassen.« Ich biss in eins der Kipferl. »Also, ich finde die lecker«, log ich.

»Na dann ist doch alles gut«, meinte Saskia. »Weiter geht's.«

»Exotische Weihnachtsplätzchen«, murrte Pekka. »Das macht Sinn.«

Die riesigen Teigberge wollten und wollten einfach nicht kleiner werden, und nach mehreren Stunden war unsere Stimmung deutlich gesunken. Nils pinselte ziemlich unmotiviert Schokolade sowie blauen oder grünen Zuckerguss auf die Plätzchen, während ich mir alle Mühe gab, sie optisch ansprechend zu gestalten und kleine Kunstwerke zu kreieren. Ich war ganz verliebt in meine Plätzchen, kam allerdings nur sehr langsam voran, was bei den anderen für Unmut sorgte.

»So macht man das«, sagte Pekka. Er klatschte roten Zuckerguss auf ein Plätzchen und kippte bunte Streusel drüber. »Fertig.«

»Ja, aber das sieht blöd aus«, meinte ich und deutete auf einen meiner Schneemänner. »Meine sind viel schöner.«

»Ist doch egal. So wie du arbeitest, sitzen wir morgen früh noch hier. Außerdem frage ich mich, warum die so komische Krümel auf die Köpfe haben.«

»Das sind Schokostreusel-Hüte!«

»Sieht aus wie eine Strickmütze mit Löcher. Da kriegt dein Schneemann kalte Ohren.«

»Jetzt hört mal auf«, mischte Saskia sich ein, die dabei war, die Arbeitsfläche mit Mehl zu bestäuben. »Das letzte Blech ist gleich im Ofen, dann können wir zu viert verzieren. Macht doch Spaß.«

Wir anderen tauschten einen Blick. Spaß machte es schon lange nicht mehr, und nur mein Perfektionismus hielt mich davon ab, es Pekka und Nils gleichzutun.

Nils räusperte sich. »Ähm, es ist gleich sieben, und ich hätte nicht gedacht, dass das hier so lange dauert.«

Pekka, der sich etwa jeden dritten Keks unverziert in den Mund stopfte, sagte mit vollen Backen: »Keiner hätte das gedacht.«

»Um ehrlich zu sein, muss ich gleich los«, sagte Nils.

Saskia drehte sich abrupt um, und auch ich hörte damit auf, meinem Mond ein glückliches Gesicht zu verpassen.

»Wieso?«, fragte sie misstrauisch.

»Ich bin mit Tanja verabredet. Das ist quasi ... ähm, ein Date.«

Die Mehltüte fiel Saskia aus der Hand und zerplatzte auf dem Boden. Wie vom Donner gerührt stand sie da und starrte ihn durch eine weiße Wolke an.

»Ein Date?« Pekka klopfte Nils auf die Schulter. »*Onnea*, mein Freund.«

Nils machte sich daran, das Chaos vom Boden zu beseitigen. »Wir saßen gestern bei der Weihnachtsfeier nebeneinander, und da hat sie mich gefragt, ob ich Lust habe, mich heute mit ihr zu treffen. Ist das nicht der Hammer? Dein Tipp war echt Gold wert, Saskia!«

Die war über und über mit Mehl bestäubt und rührte sich nach wie vor nicht vom Fleck.

Mit dem Zeigefinger strich Nils ihr über die Wange und hinterließ eine dunkle Spur in ihrem mehligen Gesicht. »Du siehst aus, als würdest du schimmeln«, sagte er lächelnd.

Da kam endlich Leben in Saskia. Sie schob seinen Finger energisch weg. »Das hier ist eine WG-Aktion!«, fuhr sie Nils an. »Du kannst doch nicht einfach abhauen!«

Nils war offenbar genauso verdattert wie Pekka und ich. »Entschuldige, aber ein Date ist doch wohl wichtiger als so eine blöde WG-Aktion.«

Pekka nickte zustimmend. »Auf jeden Fall.«

»Blöde WG-Aktion, na, das fängt ja gut an«, schnaubte Saskia. »Kaum hast du dein erstes Date mit dieser Tussi, sind deine Freunde dir egal.«

Nils schüttelte verständnislos den Kopf. »Hä? Was hast du denn auf einmal für ein Problem? Wir haben den ganzen Tag lang miteinander gebacken! Ich werde mich jetzt mit Tanja treffen, und es ist mir völlig egal, was du davon hältst!«

»Na Bravo!«, sagte sie, und ich konnte Tränen in ihren Augen erkennen. »Ist das dein neues Bad-Boy-Image, oder was?«

Nils trat einen Schritt näher an sie heran. »Und wenn schon. Das habe ich doch von dir, denn nette Jungs bringen es deiner Meinung nach ja nicht.« Damit verließ er die Küche, und wenig später hörten wir die Wohnungstür mit einem lauten Rumms ins Schloss fallen.

Saskia zuckte heftig zusammen. »Scheiße!«

»Alles okay, Süße?«, fragte ich.

»Ja, alles bestens«, sagte sie mit zitterndem Kinn und wischte sich fahrig durchs Gesicht. »Na schön, dann ist diese verschissene Backaktion ja wohl offensichtlich beendet.« Sie stürmte aus der Küche, und kurz darauf knallte ihre Zimmertür.

»Was hat *die* denn?«, fragte Pekka verdutzt.

»Keine Ahnung«, sagte ich, obwohl ich mir ziemlich sicher war, was Saskia so wütend machte.

Pekka schüttelte den Kopf. »Frauen. Ich gehe jetzt auf eine Party.«

»Hey!«, rief ich. »Wir können das doch nicht einfach so halb fertig hier liegenlassen!«

Er zuckte mit den Achseln. »Schmeiß das doch weg.«

Essen wegschmeißen? Es gab viele Dinge, die mir von klein auf eingebläut worden waren und die so fest in mir verankert waren, dass ich sie nicht loswurde. Im Winter verließ ich das Haus niemals, ohne ein Unterhemd zu tragen. Ich ging nie direkt nach dem Essen schwimmen, und wenn ich Obst aß, trank ich kein Wasser dazu, weil man davon Bauchschmerzen bekam. Und ich warf unverdorbenes Essen niemals weg. Das konnte ich einfach nicht.

Pekka hielt das jedoch für ganz allein mein Problem, und so

fand ich mich letzten Endes alleine in der Küche wieder. Ich legte ein paar Kekse auf einen Teller, goss ein Glas Milch ein und ging damit zu Saskia. Sie lag auf ihrem Bett, zusammengekrümmt wie ein Embryo, ihren Teddy Bobo im Arm.

»Hey«, flüsterte ich und stellte Kekse und Milch auf ihren Nachttisch. »Willst du drüber reden?«

»Nein«, sagte sie kaum hörbar. »Ich will alleine sein, okay?«

Vorsichtig strich ich ihr übers Haar. »Okay. Aber wenn du mich brauchst ... Ich bin nebenan.«

Sie nickte nur, sagte aber nichts.

In der Küche machte ich mich daran, den restlichen Teig zu verarbeiten. Mit der Hand formte ich runde Kekse, die ich nach dem Backen mit weißem Zuckerguss überzog. Wie so häufig in letzter Zeit wanderten meine Gedanken zu Patrick. Schon am nächsten Sonntag würde er in den Weihnachtsurlaub nach München aufbrechen, und unmittelbar danach flog die Mannschaft ins Trainingslager nach Gran Canaria. Das bedeutete, dass wir uns vier Wochen lang nicht sehen würden. Der Gedanke behagte mir ganz und gar nicht, also schob ich ihn schnell zur Seite. Was Patrick wohl gerade machte? Hatte er den heutigen Tag allein verbracht oder mit einem seiner Mannschaftskollegen? Oder mit Nina Dornfelder? Oh Mann. Dieser Gedanke gefiel mir noch viel weniger! Mit dunkler Kuvertüre malte ich ein Fußballmuster auf die weißen Plätzchen. Als mir bewusst wurde, was ich da gerade tat, schüttelte ich den Kopf. »Ernsthaft, Karo?«, sagte ich zu mir selbst. »Fußballkekse? So weit ist es also schon gekommen?«

Um halb zwei war ich endlich fertig. In der Küche tummelten sich Berge von Plätzchen in allen Farben des Regenbogens, die dank silberner und goldener Zuckerkügelchen teils sogar glitzerten. So ähnlich musste es in einem Traum von Prinzessin Lillifee aussehen.

Am nächsten Morgen klopfte ich als allererstes an Saskias Zimmertür, doch es rührte sich nichts. Ich überlegte, ob sie vielleicht verschlafen hatte. Doch dann entschied ich mich, sie in Ruhe zu lassen. Möglicherweise hatte sie ja urplötzlich einer dieser »24-Stunden-Viren« überfallen und sie wollte heute zu Hause bleiben.

In der Küche schlug mir ein betörender Keksduft entgegen, und angesichts der riesigen Plätzchenberge wurde mir erst jetzt richtig bewusst, wie unglaublich produktiv wir gewesen waren. Nie im Leben würden wir das alles aufessen können!

Aber wen sollte man mit diesen zuckersüßen oder extravagant nach Kreuzkümmel schmeckenden Plätzchen beglücken? Vielleicht war es eine blöde Idee, aber es wäre doch eine nette Geste, wenn ich Patrick ein paar mitbringen würde. So wie ich ihn einschätzte, würde er die Kekse wahrscheinlich sogar lustig finden. Andererseits: Kam ich nicht ein bisschen Tante-Berta-mäßig rüber, wenn ich ihm Plätzchen schenkte? Ach, Blödsinn. Ich holte eine hübsche rote Keksdose mit weißen Punkten aus dem Regal und stellte eine Auswahl zusammen.

Patrick und ich erwähnten unsere freitagnächtliche WhatsApp-Konversation weder auf der Hin- noch auf der Rückfahrt. Offenbar wussten wir beide nicht so recht, wie wir damit umgehen sollten. Stattdessen beschränkten wir uns auf nette Plaudereien über Weihnachten und versuchten uns gegenseitig damit zu übertrumpfen, wessen Familie an den Feiertagen nerviger und anstrengender war.

Abends machte er sich mal wieder über den *Best-of-90ies*-Mix lustig. »In den letzten zweieinhalb Monaten habe ich MC Hammers *U can't touch this* mindestens hundert Mal gehört«, meckerte er. »Das ist eindeutig zu oft!«

»Lieder sind wie Menschen«, behauptete ich. »Bei manchen dauert es halt, bis man ihrem Charme erliegt. Lass MC einfach noch ein bisschen auf dich wirken.«

Er lachte. »Ich will ihn aber nicht auf mich wirken lassen. Bitte, bitte, besorg dir eine andere Kassette oder lass das Radio reparieren. Und wenn du schon mal dabei bist, solltest du Karlheinz mal durchchecken lassen. Er ist nicht so fit, wie du denkst.«

»Karlheinz geht es super! Woher willst du das überhaupt wissen? Dein Maserati hat doch garantiert niemals ein Wehwehchen.«

»Mein Vater arbeitet in einer Werkstatt. Da hing ich früher in meiner Freizeit ständig rum.«

»Dein Vater ist Kfz-Mechaniker?«, fragte ich überrascht. »Irgendwie dachte ich immer, du wärst in einer fetten Villa groß geworden, in der euer Butler zum Frühstück Eierspeisen auf einem Silbertablett serviert.«

Er schüttelte den Kopf. »Wie kommst du denn darauf? Ich bin in einem stinknormalen Einfamilienhaus in Germering aufgewachsen. Und übrigens fahre ich keinen Maserati. Bist du jetzt enttäuscht?«

»Nein«, sagte ich wahrheitsgemäß.

Patrick machte Anstalten, auszusteigen, doch da fielen mir die Plätzchen ein, die den ganzen Tag auf dem Rücksitz gelegen hatten. »Warte mal!«, rief ich, schnallte mich ab und holte die rot-weiße Dose nach vorne. »Hier. Für dich.« In dem Moment, als ich sie ihm hinhielt, war es mir auch schon unangenehm. Mit meiner freien Hand fuhr ich mir nervös durch die Haare. »Das sind Weihnachtsplätzchen.«

Verblüfft betrachtete er die Keksdose, als hätte er so etwas noch nie zuvor gesehen. »Du hast für mich gebacken?«

»Ja. Ich meine, nein«, beeilte ich mich hinzuzufügen. »Nicht direkt. Wir hatten gestern Backtag in der WG. Es sind Unmengen geworden, wir wissen gar nicht wohin damit, und da dachte ich mir, ich bring dir einfach ein paar mit. Aber ... du musst sie nicht essen oder so.«

Patrick sagte nichts, sondern griff nur nach der Dose und starrte mich an. Er fand es peinlich! Er fand es so peinlich, dass er gar nicht wusste, wie er reagieren sollte. »Ähm, das ist keine große Sache, ich meine, wir verschenken sie an Gott und die Welt. Costa, Naresh und Klaus kriegen auch noch welche und die Nachbarn und ...«

»Karo!« Er brach in Gelächter aus. »Jetzt mach es nicht wieder kaputt!« Vorsichtig öffnete er die Dose und warf einen Blick hinein. »Wahnsinn!«, rief er. »Die sehen ja toll aus!«

»Findest du?«, fragte ich zweifelnd.

»Ja, klar. Welche hast du gemacht?«

»Die Vanillekipferl.«

Patrick sah ratlos in die Dose.

Ich zeigte auf eines der Monster-Hörnchen. »Das sind die da. Aber ich habe etwas herumexperimentiert, deswegen sehen sie nicht wirklich aus wie Vanillekipferl. Sie schmecken auch nicht danach und ... na ja. Im Grunde genommen sind es gar keine Vanillekipferl mehr, und um ehrlich zu sein, kann ich nicht besonders gut backen.«

Er nahm eins heraus und biss beherzt davon ab. Gespannt beobachtete ich sein Gesicht, doch es gelang ihm, keine angewiderte Grimasse zu schneiden. Er kaute vor sich hin und sah dabei eigentlich ganz zufrieden aus. »Stell mal dein Licht nicht so unter den Scheffel. Die schmecken super.«

»Ist das dein Ernst?«

Zum Beweis biss er gleich noch mal ab. »Mmmh«, machte er und rieb sich den Bauch.

»Du spinnst«, lachte ich.

»Das ist doch mal was anderes«, sagte er, als er runtergeschluckt hatte. »Welche sind noch von dir?«

»Ich habe die Schneemänner und die Monde verziert.«

Patrick hielt einen der Fußballkekse hoch. »Und von wem sind die?«

»Auch von mir. Ähm ... Also, die habe ich schon für dich gemacht. Gewissermaßen.«

Er strahlte mich an, und in seinen Wangen erschienen wieder diese Grübchen. »So etwas hat mir noch nie jemand geschenkt.« Patrick betrachtete einen Mond und nahm sich dann einen Schneemann aus der Dose. »Deine sehen übrigens eindeutig am schönsten aus. Du hast überall lachende Gesichter drauf gemacht. Das finde ich irgendwie ... sehr süß.« Er stopfte ihn sich in den Mund und sagte: »Deine schmecken auch am besten.«

Er freute sich wirklich über diese bescheuerten Plätzchen, und wenn es etwas gab, das süß war, dann ja wohl bitteschön das! Oh Gott, da waren sie wieder, die doofen Schmetterlinge! Konnten die nicht mal stillhalten? ›Ich werde mich nicht in einen Promi verlieben, ich werde mich nicht in einen Promi verlieben‹, betete ich mir vor.

»Vielen Dank, Karo!« Patrick beugte sich vor, legte eine Hand in meinen Nacken und zog mich zu sich heran. Augenblicklich fing mein Herz an zu rasen. Er wollte mich auf die Wange küssen, doch wie von unsichtbaren Fäden gezogen drehte ich meinen Kopf, sodass sein Mund auf meinem landete. Sein Atem schmeckte nach Plätzchen, und seine Lippen waren so weich und köstlich, dass ich gar nicht anders konnte, als ihn zu küssen. Zunächst rührte er sich nicht, anscheinend völlig überrumpelt, doch dann erwiderte er meinen Kuss, und es fühlte sich an, als würden die Schmetterlinge in meinem Bauch plötzlich wilde Loopings fliegen. Alles, was ich anfangs als Zeichen der Abneigung interpretiert hatte, die Schauer, die Gänsehaut und die Funken, die zwischen uns schlugen, traten nun hundertfach auf und entpuppten sich als Zeichen dafür, dass ich komplett und total verrückt nach ihm war. Wir küssten uns intensiver, und unsere Lippen wurden fordernder, doch gerade, als ich mich noch näher an ihn drücken wollte, zog er seinen Kopf zurück. Seine Pupillen waren geweitet, und sein Atem ging schneller, doch gleichzeitig wirkte er eindeutig belustigt. Er schüttelte den Kopf und grinste schief. »Das hatte ich so jetzt eigentlich nicht geplant.«

Oh. Mein. Gott! War ich soeben tatsächlich über Patrick hergefallen?! Peinlicher und unangemessener ging es ja wohl gar nicht mehr! »Nein, ich auch nicht. Keine Ahnung, was das war.«

»Na, ein Kuss«, erklärte Patrick mit funkelnden Augen. »Ein ziemlich guter, nebenbei bemerkt.«

»Ähm, ja«, murmelte ich. »Wie gesagt, ich weiß nicht, was da in mich gefahren ist, ich meine, schließlich bist du mein Job.«

»Dein Job, ja richtig«, wiederholte Patrick nachdenklich. »Mach dir mal keine Sorgen, ich werde bestimmt nicht bei Dotzler petzen. Immerhin hast du einen gut bei mir.«

Er musterte mich so intensiv, dass mir ein Schauer über den Rücken lief. »Danke.«

»Kein Problem. Also dann ... Gute Nacht.«

Völlig fassungslos starrte ich ihm nach. Was in Gottes Namen hatte ich mir dabei gedacht, Patrick zu küssen? Ging's noch?! Hatte ich jetzt überhaupt keine Kontrolle mehr über mich, oder was? Sobald die Haustür hinter ihm zugefallen war, ließ ich meinen Kopf auf das Lenkrad sinken. »Verdammt«, murmelte ich. Wieder und wieder schlug ich meinen Kopf leicht gegen das Lenkrad, in dem Versuch, diesen Kuss aus meinem Gedächtnis zu verbannen. »Mist!«, rief ich bei jedem Rumms, »Mist! Mist! Mist! Du blöde Kuh!«

Ein Klopfen ertönte an der Fensterscheibe, und ich fuhr zusammen. Für einen Moment schloss ich meine Augen und biss mir auf die Lippen. Dann richtete ich mich auf und sah zögernd zur Seite. Es war keine besonders große Überraschung, dass niemand anderer als Patrick durch das Fenster blickte und sich ganz offensichtlich ein Lachen verkniff.

Ich straffte die Schultern und ließ das Fenster herunter. »War noch was?«, fragte ich und tat so, als hätte ich *nicht* gerade wie eine Geisteskranke meinen Kopf gegen das Lenkrad geschlagen und mich selbst beschimpft.

»Alles okay bei dir?«, fragte Patrick ebenso unschuldig, doch um seine Mundwinkel zuckte es verdächtig, und seine Augen blitzten amüsiert.

»Ja, bestens.«

»Na, dann ist ja gut. Ich wollte nur meine Kekse holen. Die habe ich doch glatt vergessen.« Er deutete auf das Armaturenbrett, auf dem die weißgepunktete Dose stand. Ich reichte sie ihm durch das offene Fenster. Patrick grinste mich noch ein letztes Mal an, drehte sich um und ging in schnellen Schritten zum Haus.

Obwohl ich große Lust und auch einen verdammt guten Grund gehabt hätte, meinen Kopf noch einmal auf das Lenkrad zu rummsen, ließ ich es bleiben. Stattdessen startete ich den Wagen und fuhr nach Hause.

In der Küche saß Saskia am Tisch. Vor ihr standen ein Teller Plätzchen und eine Tasse Tee, die sie aber beide offensichtlich noch nicht angerührt hatte.

»Hey«, sagte ich und setzte mich zu ihr. »Wie geht es dir?«

Die Frage war überflüssig, und wenn ich ihr Gesicht betrachtete, sogar eine Unverschämtheit. Sie war blass um die Nase, und dunkle Ringe lagen unter ihren Augen. Ihre Schultern hingen herab, als fiele es ihr schwer, sich aufrechtzuhalten.

»Total gut«, antwortete sie.

»Hast du Nils heute schon gesehen?«

Sie zerkrümelte langsam ein Plätzchen. »Ja. Ich habe mich bei ihm dafür entschuldigt, dass ich gestern so schnippisch war, er hat die Entschuldigung angenommen, und wir sind wieder die besten Freunde.«

»Aha. Und sein Date?«

»Oh, das war super. Er ist jetzt mit Tanja zusammen. Toll, oder?«

»Ehrlich gesagt machst du nicht gerade den Eindruck, als würde dich das freuen. Und gestern Abend warst du kreuzunglücklich wegen Nils. Willst du mir wirklich etwas vormachen, Sassi? Oder dir selbst?«

Saskia starrte auf die Kekskrümel, die vor ihr auf dem Tisch lagen. Als sie wieder hochblickte, schimmerten Tränen in ihren Augen. »Ich hab das nicht kommen sehen. Nils und ich waren so lange Freunde, er war immer Single und immer für mich da, und irgendwie war das alles so selbstverständlich für mich, dass ich es nie hinterfragt habe. Aber jetzt, wenn ich daran denke, dass er mit dieser bescheuerten Tanja zusammen ist, dass er sie küsst oder Sex mit ihr hat ... Ich könnte echt kotzen!« Fahrig wischte sie sich über die Augen, doch es kamen immer neue Tränen, bis sie schließlich laut aufschluchzte.

Ich ging zu ihr, nahm sie in die Arme und drückte sie ganz fest. Saskia kuschelte sich an mich und hielt sich an mir fest wie eine Ertrinkende. »Warum musste ich ihn denn erst verlieren, um zu merken, dass ich ihn will?«, schluchzte sie. »Ich meine, wie bescheuert und blind kann man denn sein?«

»Ach komm«, sagte ich und strich ihr über den Rücken. »Mach dir keine Vorwürfe.«

Saskia brach förmlich unter ihrem Kummer zusammen und konnte sich kaum beruhigen. Wieder und wieder wurde sie von heftigem Schluchzen geschüttelt. Hilflos hielt ich sie fest und versuchte, sie zu trösten, so gut ich konnte.

Saskias Tee dampfte schon lange nicht mehr, als sie sich von mir löste und sich ausgiebig die Nase putzte. Anschließend trank sie einen Schluck. »Bäh.« Mit angewidertem Gesicht schob sie die Tasse von sich weg. »Der ist ja kalt.«

»Ich mach dir einen neuen«, sagte ich. Es brannte mir unter den Nägeln, ihr von Patrick und dem Kuss zu erzählen, aber ich brachte es einfach nicht übers Herz. So unglücklich und aufgelöst wie sie war, hatte sie momentan mit Sicherheit überhaupt keinen Sinn für solche Geschichten.

In dem Moment fiel mir ein, dass es noch eine andere Person gab, die garantiert kein Verständnis für meine Knutscherei mit Patrick haben würde: Lutz! Oh mein Gott, was, wenn er es gesehen hatte? Er hielt mir ja sowieso schon immer vor, wie unprofessionell ich mich verhielt, und heute hatte ich meiner mangelnden Professionalität die Krone aufgesetzt. Schnell rief ich ihn unter einem Vorwand an, doch er sagte kein Wort über den Kuss. Also hatte er offenbar wieder gepennt. Immerhin etwas!

10.

*Der Dieter und ich haben uns überlegt,
dass wir von jetzt an nur noch Foul spielen,
wenn es unbedingt nötig ist.*
Jan Kocian

In den nächsten beiden Tagen taten Patrick und ich so, als hätte es den Kuss nie gegeben. Offenbar war auch er daran interessiert, dieses Thema nicht mehr anzusprechen. Alles war genauso, wie ich es haben wollte: freundschaftlich und höflich. ›Du kontrollierst deine Gefühle, deine Gefühle kontrollieren nicht dich‹, hieß mein neues Mantra. Ich hatte weder vor, noch mal über ihn herzufallen, noch würde ich mich in ihn verlieben. Besser gesagt, ich würde mich nicht *noch mehr* in ihn verlieben, denn dass es zu spät war, um mich gar nicht mehr in ihn zu verlieben, konnte ich wohl nicht länger leugnen.

Trotzdem fiel es mir am Donnerstag schwer, Patrick zum Stadion zu bringen. Die Mannschaft spielte morgen in Leverkusen und würde noch am Abend dorthin aufbrechen. Samstag würde ich ihn noch auf der Weihnachtsfeier sehen, bevor ich ihn dann am Sonntag zum Flughafen bringen musste.

Ich saß im Wagen in seiner Einfahrt und betete mir wieder und wieder mein Mantra vor. ›Du kontrollierst deine Gefühle, deine Gefühle kontrollieren nicht dich.‹ Meinen Körper interessierte das jedoch leider herzlich wenig, wie ich feststellte, als Patrick mit einer überdimensionalen Sporttasche bewaffnet aus dem Haus trat. Meine Mundwinkel verformten sich zu einem Lächeln, und die Schmetterlinge in meinem Bauch seufzten verzückt. Es waren ganz eindeutig Mädchen. So albern benahmen sich nur Mädchen, und Schmetterlingsmädchen schienen ganz besonders schwärmerisch veranlagt zu sein. Blöde Verräterinnen. Auf wessen Seite steht ihr eigentlich?

Patrick warf die Tasche auf den Rücksitz und stieg ein. »Grüß Gott, Frau Schatz«, sagte er fröhlich. »Pack ma's?«

»Wie oft muss ich es dir denn noch sagen: Kein Bayerisch am frühen Morgen.« Ich versuchte, muffelig auszusehen, doch seinem Lächeln konnte ich nicht widerstehen, und außerdem hatte ich bei seinem Anblick ja sowieso schon ganz von allein damit angefangen.

»Aber ich muss doch langsam wieder reinkommen. Immerhin fliege ich am Sonntag nach München.«

»Na dann. Schieß los. Aber erwarte nicht, dass ich antworte.« Ich lenkte den Wagen aus der Einfahrt auf die Straße. Patricks gute Laune war wirklich ansteckend, doch als wir am Stadion ankamen, verflüchtigte die gelöste Stimmung sich, und mit einem Mal wurde mir schwer ums Herz. Vier Wochen. Blödes Weihnachten. Und noch blöderes Trainingslager! Wer hatte sich das nur ausgedacht? Gran Canaria, was das kostete! Und dann auch noch dieser Klimawechsel, dadurch würden die Spieler sich doch nur erkälten. Sie konnten doch auch hier trainieren! Ich schluckte, um den dicken Kloß in meinem Hals loszuwerden. »Tja dann«, sagte ich in Richtung Lenkrad. »Wir sehen uns Samstag.«

»Mit wem redest du?«, fragte Patrick.

Ich zwang mich hochzublicken und wurde von seinen blauen Augen empfangen, die mich warm anlächelten. »Mit dir natürlich.«

»Ach so. Ja, bis Samstag dann. Oh, übrigens.« Er kramte in

seiner Jackentasche, zog ein Päckchen hervor und hielt es mir hin. »Das ist dein Weihnachtsgeschenk.«

Völlig perplex nahm ich das Päckchen entgegen. Wie schon das Hulamädchen war das Geschenk in Zeitungspapier eingewickelt, aber immerhin hatte er dieses Mal eine weihnachtliche rote Schleife statt eines Schnürsenkels darum gebunden. »Vielen Dank. Aber ...«, stammelte ich, »... ich habe überhaupt nichts für dich.«

»Hattest du wohl. Oder habe ich das mit den Plätzchen geträumt? Könnte natürlich sein, das war schon ein ziemlich abgefahrener Abend.«

Ich spürte, wie ich rot anlief. Hatten wir uns nicht stillschweigend darauf geeinigt, dieses Thema nicht anzusprechen? »Aber das waren doch nur Kekse! Deswegen brauchst du mir nichts zu schenken!«

»Ich fand die super«, behauptete er. »Und außerdem, keine Angst, da sind weder Juwelen noch der Schlüssel für einen Porsche drin.«

»Das ist aber echt nicht nötig.«

»Karo, wenn du nicht bald damit aufhörst, nehm ich es dir wieder weg«, sagte er und griff nach dem Geschenk.

»Nein!« Schnell zog ich meine Hand zurück und wollte schon anfangen, das Papier aufzureißen, doch Patrick packte meine Handgelenke und rief: »Hey! Das kannst du doch nicht jetzt schon aufmachen!«

Krampfhaft versuchte ich, das Kribbeln zu ignorieren, das seine Berührung auf meiner Haut verursachte. »Wieso nicht?«

»Weil das ein *Weihnachts*geschenk ist.« Er gab meine Hände wieder frei.

»Und warum gibst du es mir dann jetzt schon?«, fragte ich empört.

»Keine Ahnung.« In seinen Augen blitzte es auf. »Vielleicht, um dir eine Lektion zu erteilen, denn so wie es aussieht, bin ich hier nicht der einzige, der ein großes Problem mit ›Disziplin‹ und ›Selbstbeherrschung‹ hat«, sagte er in eindeutiger Persiflage auf meine Standpauke nach dem Wolfsburg-Spiel.

Ich lachte. »Ist das nicht dasselbe?«

»Wie auch immer. Du musst dringend daran arbeiten.« Patrick grinste mich herausfordernd an.

»Mhm. Und wie lange wartest du schon darauf, mir diesen Spruch aufs Brot zu schmieren?«

»Oh, schon sehr lange. Aber da *ich* an meiner Selbstbeherrschung gearbeitet habe, war das überhaupt kein Problem für mich.«

»Okay, diese Runde geht an dich.«

Für ein paar Sekunden saßen wir einfach nur da und lächelten uns an. Ich versuchte, seinen Anblick festzuhalten. Die blauen Augen, die blonden Strubbelhaare, die weichen Lippen.

Eins der Schmetterlingsmädchen hatte sich offenbar in meinen Kopf verflogen. ›*Du könntest ihn wieder küssen*‹, flüsterte sie mir zu. ›*Das wäre schön.*‹

›Nein!‹, fuhr ich sie innerlich an. ›Aus, kusch, ab zurück ins ... Wo auch immer du herkommst!‹

›*Ich mein ja nur.*‹ Beleidigt flatterte sie davon.

Aber dieses kleine Biest hatte es geschafft, meine Erinnerungen an den Kuss zu wecken. Ich konnte seine Lippen förmlich auf meinen spüren, seine Hände in meinem Haar.

Schließlich räusperte Patrick sich. »Ich gehe dann wohl mal.«

Ich nickte. »Okay. Viel Glück beim Spiel morgen.«

»Danke.« Er machte eine kleine Pause. »Schaust du wieder zu?«

»Klar. Immer.«

»Gut«, sagte er, als würde es ihm wirklich etwas bedeuten. »Also dann, bis Samstag, Karo.«

»Bis Samstag. Und Danke noch mal für das Geschenk.«

»Nichts zu danken.« Patrick nahm seine Tasche vom Rücksitz, winkte mir noch einmal zu und ging davon. Wie versteinert saß ich da und versuchte verzweifelt, mich an mein Mantra zu erinnern. Aber es war wie weggeblasen.

Ich gab mir wirklich alle Mühe, Patricks Geschenk nicht aufzumachen. Obwohl im Büro bei Nadja und mir zwei Tage vor der Weihnachtsfeier die Hölle los war, griff ich zwischendurch immer wieder in meine Tasche, um zu kontrollieren, ob es noch da war. Ich starb fast vor Neugier, schaffte es aber, mich zu beherrschen und es nicht auszupacken. Nachmittags mussten Nadja und ich zu einem Weihnachtsfeierplanungs-Rapport bei Dotzler antanzen. Nachdem er sich davon überzeugt hatte, dass alles zu seiner Zufriedenheit erledigt worden war, lehnte er sich in seinem Stuhl zurück und verschränkte die Hände über dem Bauch. »Sehr schön, Frau Reimann. Dann kann die Feier ja losgehen. Wollen wir mal hoffen, dass die Jungs morgen in Leverkusen gewinnen, damit wir es ordentlich krachen lassen können, was?«

Nadja war zwar zusammengezuckt, als Dotzler ihren Namen falsch sagte, nickte aber nur zustimmend.

»Ihre Partner sind am Samstag auch dabei, nehme ich an?«, fragte er uns.

»Ja, natürlich«, antwortete Nadja, während mir der Schreck in die Glieder fuhr. Partner?! Verdammt, ich hatte ja damals beim Vorstellungsgespräch behauptet, ich wäre wegen meines Freundes nach Hamburg gezogen! Das hatte ich vollkommen vergessen. »Ähm, ja. Mein Partner kommt auch«, hörte ich mich sagen und hätte mir am liebsten eine Ohrfeige dafür verpasst. Oh Mann. Wieso, *wieso* hatte ich das gesagt? Klar, jetzt, fünf Sekunden später, fiel die passende Antwort mir ein: »Wir haben uns getrennt, es war übrigens alles seine Schuld und *er* ist der Böse in dieser Geschichte.« Aber nein, stattdessen stand ich vor der schier unlösbaren Aufgabe, innerhalb von zwei Tagen einen Freund aus dem Hut zu zaubern. Na super!

›Okay, denk nach, Karo!‹, feuerte ich mich innerlich an, als ich wieder an meinem Schreibtisch saß. Mein erster Gedanke war, dass meinem Freund kurzfristig doch noch etwas dazwischenkommen könnte, was ich allerdings schnell wieder verwarf. Es würde einen hundsmiserablen Eindruck hinterlassen, wenn er so kurzfristig noch absagte, und so etwas machte er einfach nicht. Schließlich wusste er, was sich gehörte. Er war auch kein schwächlicher Typ, der so kurz vorher noch krank wurde. Alternativ könnte ich mir selber schnell bis übermorgen »eine Grippe einfangen«, doch auch das kam nicht infrage, denn die Feier im Atlantic wollte ich mir auf keinen Fall entgegen lassen. Es blieb also im Grunde nur eine Lösung: Irgendjemand musste meinen Freund spielen. Aber wer? Einen Escort-Service schloss ich aus, da mir das viel zu peinlich wäre. Blieben also nur die Männer aus meinem näheren Umfeld. Einen nach dem anderen ging ich meine Bekanntschaften durch. Costa: nein. Naresh: schon eher, aber ... nein. Klaus: no way. Pekka: auf gar keinen Fall! Nils: hm. Wieso eigentlich nicht? Nils war perfekt! Er redete nicht viel und konnte sich daher auch nicht verplappern, er war nett, höflich und absolut vorzeigbar. Ich schickte ihm eine Nachricht und erhielt schon nach wenigen Minuten eine Antwort. Er ließ mich abblitzen, weil er ein Date mit Tanja hatte. Pff, dämliche Tanja! Die nervte mich jetzt schon! Hier ging es um Leben und Tod, und er sah sich nicht in der Lage, sein Date um ein paar Stunden nach hinten zu verlegen? Also doch Pekka. Ach Mist, er würde sich bestimmt besaufen und mich bis auf die Knochen blamieren! Aber ich hatte keine Wahl. *Hast du Lust, am Samstag mit mir auf eine Party zu gehen?*, schrieb ich ihm.

Zehn Sekunden später kam seine Antwort: *Klar.*
Super, vielen Dank! 18 Uhr im Atlantic.
Atlantic?! Du sagtest PARTY!
Eine schicke Party. Bitte, Pekka! Es gibt reichlich zu essen und zu trinken, und alles für umsonst!
Ah. Gut, ich komme.

Ich schickte ihm ein ›Daumen hoch‹-Bildchen und einen Grinse-Smiley und versuchte, mich wieder auf die Arbeit zu konzentrieren. Doch das war angesichts Patricks Päckchen und der anstehenden Weihnachtsfeier mit meinem neuen finnischen Freund gar nicht so einfach.

Zu Hause platzierte ich das Geschenk auf meinem Nachttisch und schlug mein Sponsoring-Buch auf. Doch obwohl ich es hochinteressant fand, konnte ich mich nicht darauf konzentrieren. Anfangs lag das Päckchen noch ganz still und unschuldig da, doch mit der Zeit wurde es immer aufdringlicher. »Kaaaaroooo«, flüsterte es mir jedes Mal zu, wenn ich es ansah. »Kaaaaroooo, mach mich auf!« Aber ich riss mich zusammen, denn ich hatte *kein* Problem mit meiner Selbstbeherrschung! Ich war die Disziplin in Person! Jawohl!

Andererseits... Was sollte diese blöde Regel überhaupt, dass man Weihnachtsgeschenke erst an Heiligabend aufmachen durfte? So ein Unsinn! Nur weil Patrick ein alter Traditionalist war, konnte ich mich auf nichts anderes mehr konzentrieren, oder was? Es war ja nicht so, als würde ich mich jetzt weniger darüber freuen als an Weihnachten. Im Grunde genommen wäre es total unfair, das Päckchen erst Heiligabend aufzumachen, denn dann würde ich noch etliche andere Geschenke bekommen, und dagegen müsste dieses winzig kleine Ding hier erst mal anstinken. Es wäre gemein, es *nicht* jetzt schon zu öffnen. Patrick gegenüber, und auch dem Geschenk gegenüber. Mit mangelnder Disziplin und Selbstbeherrschung hatte das überhaupt nichts zu tun.

Entschlossen griff ich nach dem Päckchen, zog die Schleife runter und riss das Papier ab. Zum Vorschein kam eine Kassette. Auf das Cover hatte Patrick ein Bild geklebt, das eine endlos lange Straße in einer steppenartigen Gegend zeigte. In den blauen Himmel hatte er »Road Trip mit Karo« geschrieben und auf die Seitenlasche »Automix 2.0«. Lächelnd öffnete ich die Hülle und nahm die Kassette heraus. Auf der Rückseite des Covers hatte er die Titel notiert. Das erste Lied war *Driving Home for Christmas* von Chris Rea. Ich fühlte mich ertappt. Patrick hatte also genau gewusst, dass ich das Geschenk sofort aufmachen und die Kassette auf der Fahrt nach Bochum im Auto hören würde! Ich studierte die weiteren Lieder. Sie hatten alle etwas mit fahren, reisen, aufbrechen oder Autos zu tun. So ein Mist, dass es in der WG keinen Kassettenrekorder gab, ich konnte es kaum erwarten, diesen Mix zu hören.

Kurzerhand stand ich auf und zog mich an. Als ich auf dem Flur meine Jacke überstreifte, trat Saskia im Schlafanzug aus dem Bad. »Wo willst du denn jetzt noch hin?«

»Ins Auto. Musik hören.«

»Musik hören?« Saskias Blick fiel auf die Kassette in meiner Hand. »Was ist das denn?«

»Ein Mixtape. Hat Patrick mir zu Weihnachten geschenkt.«

»Aha!« Sie nahm die Kassette und zeigte darauf, als wäre sie eine Staatsanwältin, die der Angeklagten Beweisstück A unter die Nase hielt. »Und du setzt dich so spät am Abend noch ins

Auto, um eine Kassette zu hören, die Patrick dir gemacht hat? Dich hat's erwischt, Karo! Und zwar so richtig!« Ein Grinsen breitete sich auf ihrem Gesicht aus. »Also echt, der Typ verdient Millionen, aber dein Herz gewinnt er mit einem lumpigen Mixtape.«

»Quatsch! Ich meine, ja, ich mag ihn, aber ich werde ganz sicher nicht so blöd sein, mich auf einen Promi einzulassen. Man weiß doch, wie diese Beziehungen ausgehen, und außerdem ist es eine altbekannte Tatsache, dass Promis sowieso immer nur mit Promis zusammenkommen.« Nina Dornfelder erschien vor meinem inneren Auge.

»Da hast du leider recht.« Sie betrachtete die Kassette von allen Seiten und gab sie mir dann wieder. »Aber schade ist es schon. Ich meine, er hat sogar die Hülle selbst gebastelt, das ist doch süß. Die Bad Boys von heute sind auch nicht mehr das, was sie mal waren, was?«

»Apropos Bad Boy«, wechselte ich das Thema. »Hast du eigentlich vor, Nils zu sagen, was los ist?«

Ihre Miene verdunkelte sich. »Nein. Das würde alles nur noch schlimmer machen.«

Ich wusste nicht, was ich dazu sagen sollte, und so nahm ich Saskia nur in den Arm.

Sie erwiderte die Umarmung kurz, doch dann schob sie mich von sich weg. »Na los«, sagte sie mit einem Lächeln, das ziemlich angestrengt aussah. »Jetzt zisch schon ab. Ich muss ins Bett.«

Kurz darauf saß ich im Auto, schob Patricks Kassette in den Rekorder und lauschte der Musik. Der Mix war großartig! Ein paar Lieder stachen so deutlich von den anderen ab, dass Patrick sie nur aufgenommen haben konnte, weil er sie lustig fand, wie zum Beispiel *Cruisen* von Massive Töne, *Ich will Spaß* von Markus oder *Get Outta My Dreams, Get Into My Car* von Billy Ocean.

Bei einigen Songs bekam ich schon allein von den Melodien Lust, an einem warmen Sommertag mit offenem Fenster über die Autobahn zu düsen. Wie konnte man zum Beispiel *Starlight* von Muse oder *Don't Stop Me Now* von Queen hören, ohne dabei voll aufs Gaspedal zu treten? Andere Lieder kannte ich gar nicht, und das waren seltsamerweise genau die, in die ich mich sofort verliebte. *Leave* von R. E. M. ging mir durch Mark und Bein, und bei *Fast Car* von Tracy Chapman fing ich beinahe an zu weinen. Mein absolutes Lieblingslied war aber *Drive All Night*, mit dem genialsten Refrain aller Zeiten:

I swear I'll drive all night again
just to buy you some shoes
and to taste your tender charms

Inzwischen war es fast zwölf Uhr, und ich saß immer noch im Auto, denn ich konnte einfach nicht damit aufhören, mir Patricks Kassette anzuhören. Markus grölte zum wiederholten Mal: ›*Mein Maserati fährt 210, schwupp, die Polizei hat's nicht gesehen, das macht Spaß*‹ und brachte mich damit zum Lachen. Spontan schrieb ich Patrick eine Nachricht: *Du fährst also doch Maserati?!?! Aber bei dir HAT die Polizei es gesehen!*

Ich rechnete nicht wirklich mit einer Antwort, denn wahrscheinlich schlief er schon, immerhin stand morgen ein wichtiges Spiel an. Doch wenig später summte mein Handy, und ich grabschte hektisch danach, um die eingegangene Nachricht zu lesen.

Ich wusste, dass du es nicht bis Weihnachten aushältst.

Lachend erwiderte ich: *Du hast* Driving Home for Christmas *aufgenommen! Du wolltest doch, dass ich diese Kassette sofort höre!*

Nein, ich wusste, dass du sie so oder so hören würdest. Von wegen Disziplin und Selbstbeherrschung und so.

Jaja, schon klar. Egal, der Mix ist großartig!

Freut mich, dass er dir gefällt. Und ich fahre NICHT Maserati.

Porsche?

Nein.

Ferrari?

Nein!

Bugatti?

Karo!!!

Nein, warte! Ich weiß es! Ein Münchner Bub wie du fährt natürlich BMW!

Er ließ sich Zeit mit der Antwort, und ich kicherte, als er schließlich schrieb: *Es gibt schlechtere Autos.*

Was für einen?

Du hast es echt mit Autos, oder?

Ja, ich steh auf Autos, immerhin habe ich jahrelang in der Zulassungsstelle gearbeitet. Also, was für einen?

Einen 435i Gran Coupé.

Ich googelte schnell und sah mir ein paar Bilder an. *Schick! Farbe?*

Schwarz.

Hätt ich auch genommen! Hat der auch Klimaanlage und elektrische Fensterheber, so wie Karlheinz? ;-)

Ich sah ihn förmlich vor mir, wie er lachend seine Antwort tippte: *Nein, das hat er natürlich nicht.*

196 PS hat er wohl auch nicht?

306 PS, sticht!

Boah! Und wie fährt es sich so damit?

Man fährt leicht zu schnell und ist dann seinen Lappen los.

Ich lächelte mein Handy an und wäre am liebsten hineingekrochen, um auf der anderen Seite in Patricks Armen wieder herauszukommen. Schnell rief ich mich zur Ordnung. *Okay, um mal zum Thema Disziplin zurückzukommen: Ich lass dich besser schlafen, damit du morgen fit bist. Vielen Dank für die Kassette. Bisher mein bestes Weihnachtsgeschenk. :–)*

So neugierig wie du bist, sollte es eigentlich auch dein einziges bleiben.

Dann hättest du es mir halt nicht heute schon geben sollen, schrieb ich und streckte ihm virtuell die Zunge raus.

Das merk ich mir auf jeden Fall fürs nächste Jahr.

Fürs nächste Jahr?! Auf einmal wurde mir beim Gedanken daran, dass Patrick und ich uns möglicherweise auch nächstes Jahr Weihnachten etwas schenken würden, wohlig warm ums Herz. *Das werden wir ja noch sehen*, antwortete ich strahlend. *Gute Nacht. Und viel Glück morgen.*

Danke und gute Nacht. Wir sehen uns Samstag auf der Feier.

Ich starrte noch eine Weile auf das Display, um zu sehen, ob Patrick nicht doch noch etwas schrieb, aber es kam nichts mehr. ›Du kontrollierst deine Gefühle, deine Gefühle kontrollieren nicht dich‹, versuchte ich mich selbst zu überzeugen. Doch so wie es aussah, hatten ohnehin schon längst die Schmetterlinge das Kommando übernommen.

Am Samstagmorgen musste ich mich geradezu aus dem Bett quälen, denn bei Costa war es gestern spät geworden. Die Eintracht hatte Unentschieden gespielt und sich damit vor der Winterpause auf den fünfzehnten Tabellenplatz gerettet, und insofern war unsere anschließende Spielanalyse etwas ausgeufert. Nebenbei hatten Patrick und ich uns ein paar Nachrichten geschrieben, in denen er so lange rumgenervt hatte, bis ich ihm endlich ein weiteres Bild von mir und meiner »Fußball-Gang« geschickt hatte, von der er anscheinend völlig besessen war.

Am liebsten wäre ich heute einfach im Bett liegen geblieben, doch es nützte nichts. Ich hatte einiges zu tun. Den Vormittag verbrachte ich mit ausführlicher Körperpflege. Ich machte ein Gesichtspeeling und trug eine Ananas-und-Papaya-Peel-Off-Maske auf, die so lecker roch, dass ich sie am liebsten aufgegessen hätte. Noch in meiner alten Pyjamahose und meinem »Ich schmeiß alles hin und werd' Prinzessin«-T-Shirt ging ich in die Küche, um zu frühstücken. Meine Maske, die inzwischen angehärtet war, erwies sich dabei jedoch als hinderlich, denn ich konnte mein Gesicht nicht bewegen, ohne das Gefühl zu haben, dass mir die Haut abfiel. Also ließ ich meine Cornflakes notgedrungen matschig werden und kümmerte mich stattdessen um meine Fingernägel. Ich war gerade dabei, mit der Zunge im Mundwinkel die Nägel meiner rechten Hand zu feilen, als Pekka hereinkam.

»Morgen«, sagte er herzhaft gähnend.

»Morgen, mein Retter in der Not«, erwiderte ich und wollte lächeln, ließ es jedoch schnell bleiben, da die Maske auf meinem Gesicht zu bröckeln begann.

Pekka deutete auf die Cornflakes. »Isst du das nicht?«

»Nein.«

»Du siehst aus wie eine Schlange, die sich abhautet.«

»Häutet«, korrigierte ich.

»Abhäutet.« Er fing an, die Cornflakes in sich reinzuschaufeln. »Ich hatte vergessen, ich bin heute Abend schon verabredet«, sagte er mit vollem Mund. »Ich bring meine Freundin mit, ja?«

Vor Schreck fiel mir die Nagelfeile aus der Hand. »Nein, das geht nicht! *Ich* bin doch heute deine Freundin! Ich meine, ich habe doch beim Vorstellungsgespräch erzählt, dass ich einen Freund habe, den muss ich heute natürlich mitbringen. Und das ist dein Part.«

Pekka grinste. »Oh, verstehe. Das klingt lustig. Dann schlage ich deinen Fußballer, weil ich bin eifersüchtig!« Er machte eine finstere Grimasse und ballte die Hände zu Fäusten. »Du verbringst so viel Zeit mit ihm, das gefällt mir nicht!«

Oh mein Gott, Patrick! Ich hatte überhaupt noch nicht darüber nachgedacht, wie er es finden würde, wenn ich ihm plötzlich einen Freund präsentierte. Ich musste ihm die Geschichte dringend erklären, sobald wir für uns oder zumindest unbeobachtet waren.

»Nein, Pekka. Übertreib es nicht. Sei einfach du selbst, nur ein bisschen ... finnischer vielleicht. Um halb sechs müssen wir los. Denk dran, dich schick zu machen.« Damit verließ ich die Küche, um mich weiter auf Vordermann zu bringen.

Um Viertel nach fünf stand ich vor dem Spiegel im Flur und bewunderte mein Werk. Ich steckte in einem schwarzen, knielangen Kleid und dank meiner High Heels war ich um ganze sieben Zentimeter gewachsen. Meine Haare glänzten und fielen ausnahmsweise genau so, wie sie sollten, und die Krönung: Ich hatte es auf Anhieb hingekriegt, mir nur die Fingernägel und nicht die gesamten Fingerkuppen zu lackieren wie sonst immer. Kurzum, ich war sehr zufrieden mit mir und absolut Atlantic-tauglich. Einem rauschenden Fest stand nichts mehr im Wege – bis auf die Tatsache, dass ich mit einem erfundenen Freund dort auftauchen musste, was mir ganz und gar unangenehm war. Aber ich würde es Patrick erklären und nach der Feier schnellstmöglich mit Pekka Schluss machen.

Ich verrenkte gerade meinen Nacken, um zu überprüfen, ob

auch hinten alles saß, als Saskia aus ihrem Zimmer kam. »Wow! Du siehst toll aus!«

»Ja, nä?«, strahlte ich stolz, doch dann fiel mir ein, dass vornehmes Understatement immer besser ankam als selbstzufriedene Prahlerei. Ich schaltete mein Lächeln einen Gang runter und winkte ab. »Na ja, geht schon. Das hat mich fünf Stunden harter Arbeit gekostet. Was für ein Aufwand!«

»Hat sich aber gelohnt«, meinte Saskia. »Du bist auf jeden Fall tausendmal hübscher als Nina Dornfelder. Patrick ist doch nicht wirklich wieder mit der zusammen, oder? Ich meine, sonst würde er dir doch nicht so eine Kassette schenken.«

Ich zog mir gerade ein letztes Mal die Lippen nach und hielt mitten in der Bewegung inne. Von der Nina-Geschichte hatte ich ihr kein Wort erzählt. »Wie meinst du das?«

»Na, er hat doch angeblich wieder was mit ihr am Laufen. Hab ich gerade auf der Homepage vom Hamburg Kurier gelesen.«

Mein Herz setzte einen Schlag aus und fing dann an zu rasen. »Zeig mal.« Wir gingen in ihr Zimmer, wo der Artikel immer noch auf ihrem Laptop geöffnet war. Eine Schlagzeile sprang mir in fetten schwarzen Großbuchstaben entgegen: *ALTE LIEBE ROSTET NICHT*. Darunter ein Foto von Nina, die auf der Tribüne eines Fußballstadions saß, eine riesige Sonnenbrille auf der Nase. *In Leverkusen spornt Nina ihren Weidi zu Höchstleistungen an*, lautete die Bildunterschrift.

Ich las den Artikel, doch es war mir unmöglich, mehr als einzelne Satzfragmente aufzunehmen. ›... *wie eine Person aus Weidis engstem Kreis berichtet ... Weidi hat ihr verziehen ... wollen es geheim halten ... nächtliche Besuche ...*‹

Unter dem Artikel befand sich ein weiteres Bild. Etwas unscharf, aber doch erkennbar, sah man Nina aus Patricks Wohnhaus kommen. Das Foto war zwar im Dunkeln aufgenommen, aber ihre wasserstoffblonde Mähne war unverwechselbar. Hinter dem Artikel stand in Klammern JS. Jana Stelter.

»Karo?«, hörte ich Saskias Stimme wie aus weiter Ferne. »Alles okay?«

»Klar. Alles bestens.« Tränen stiegen mir in die Augen. Patrick war also tatsächlich wieder mit Nina zusammen. Sie war gestern im Stadion gewesen, »inkognito«, um *ihren* »Weidi« zu unterstützen! »Inkognito«, von wegen! Wer bei einem Flutlichtspiel eine derartig große Sonnenbrille trug, *wollte* doch wohl bitte schön Aufmerksamkeit erregen!

Saskia musterte mich besorgt. »Ich dachte, dass du eh schon davon weißt«, sagte sie leise.

»Ja, ich wusste es, aber nicht *so*. Ich meine, ich war mir nicht sicher.« Meine Hand wanderte zu meinem Mund, doch bevor ich anfangen konnte, an meinen lackierten Nägeln zu kauen, ließ ich sie sinken. »Ich hatte das Gefühl, dass wir uns in letzter Zeit ziemlich nahe gekommen sind. Neulich haben wir uns sogar geküsst. Besser gesagt, ich habe ihn geküsst. Und ab und zu erwische ich mich dabei, dass ich denke, wenn er kein Promi wäre, dann...« Ich ließ den Satz unvollendet in der Luft schweben.

Sie nickte langsam. »Verstehe.«

Das Chaos in meinem Kopf legte sich allmählich, und zurück blieb ein Gefühl der Wut. Wut auf Patrick, weil er dieses Spiel mit mir spielte, und Wut auf Lutz, weil ich vermutete, dass er Jana Stelter diese Information und vor allem das Foto gesteckt hatte.

»Hör mal, diese Story muss doch nicht stimmen«, sagte Saskia. »Vielleicht solltest du erst mal Patrick fragen, ob...«

»Nein!«, unterbrach ich sie. »Er hat mir selbst gesagt, dass sie in letzter Zeit ein paarmal bei ihm war, und wenn sie jetzt auch noch im Stadion auftaucht... Da braucht man doch nur eins und eins zusammenzählen.« Entschlossen sprang ich auf und ging ins Bad, wo ich an den Spiegel trat, um meine Haare in Ordnung zu bringen. Saskia, die mir gefolgt war, nahm auf dem Rand der Badewanne Platz und beobachtete mich.

»Wenigstens muss ich mir um Patrick Weidinger jetzt nicht mehr den Kopf zerbrechen. Und ich werde ihm mit Sicherheit *nicht* erzählen, dass Pekka nicht mein Freund ist, das kannst du mir glauben!« Ich stellte das Haarspray zurück in den Spiegelschrank und schlug die Tür heftig zu. »Wahrscheinlich ist es ihm sowieso egal.«

In dem Moment steckte Pekka seinen Kopf zur Tür herein. »Mussten wir nicht um halb sechs los? Ist schon gleich sechs.«

»Ja, ich komme.« Ich umarmte Saskia, die immer noch auf der Badewanne saß und ein so kummervolles Gesicht zog wie ein Hush Puppy. Nur nicht so triefäugig natürlich. »Danke, dass es dich gibt«, flüsterte ich ihr ins Ohr. »Und wenn ich wieder da bin, lästern wir in aller Ruhe über Nils und Tanja, okay?«

Sie lächelte schief. »Nichts lieber als das.«

11.

Wir sind extrem beschissen gestartet, zwischendrin war's okay, dann war's wieder beschissen, dann war's wieder bemüht, und dann war's noch mal beschissen.
Thomas Müller

Auf dem Weg ins Atlantic versuchte ich, Lutz zu erreichen, doch er ging nicht ran. Also sprach ich ihm nur kurz auf die Mailbox und verlagerte mich anschließend darauf, Pekka letzte Instruktionen zu geben. »Es ist extrem wichtig, dass du dich heute Abend benimmst. Das heißt: nicht auffallen, ganz ruhig im Strom mitschwimmen und vor allem: keinen übermäßigen Alkoholkonsum! Ich will unbedingt einen guten Eindruck hinterlassen!«

Pekka verdrehte nur die Augen. »Ja ja, ich bin ganz brav.«

Noch heute Morgen hatte ich mir mein Erscheinen auf der Weihnachtsfeier insgeheim so ausgemalt:

Ein prächtiger Saal voller Menschen, die tanzen, reden und lachen. Eine Kapelle spielt Wiener Walzer. Dann öffnen zwei Lakaien im Livree die Flügeltüren und dahinter komme ich zum Vorschein: wunderschön wie eine Prinzessin, hoheitsvoll und doch scheu lächelnd. Bei meinem Anblick hören die Musiker nach und nach auf zu spielen. Die Gespräche verstummen. Ich schreite durch die Menge, und die Umstehenden treten ehrfurchtsvoll beiseite. Schließlich stehe ich vor Patrick, der in seinem schwarzen Smoking verboten gut aussieht. Er mustert mich von Kopf bis Fuß, doch weil ich heute ebenfalls verboten gut aussehe, erkennt er mich nicht. »Wer bist du?«, fragt er, völlig hin und weg.

»Du musst es schon selbst erraten«, sage ich und lächle verschmitzt. »Ich gebe dir drei Hinweise: Ein Mercedes E 280, doch eine Millionärin ist es nicht. Ein Opel-T-Shirt und Turnschuhe, doch eine Opelanerin ist es nicht. Ein Ballkleid mit Schleppe und ein Krönchen im Haar, doch eine Prinzessin ist es nicht, mein holder Herr. Wer mag das sein?«

Zunächst schaut Patrick mich irritiert an, doch dann beginnt er zu verstehen, und sein Gesicht erhellt sich. »Die nervende Ziege, die mich immer herumkutschiert. Das bist *du*?«

Ich nicke.

»Und die Irre, die mich aus der Bar geholt und behauptet hat, ausgerechnet sie wäre meine Psychotherapeutin ... Das bist auch du gewesen?«

Erneut nicke ich.

Patrick lächelt mich zärtlich an und nimmt meine Hand.

Plötzlich bricht es aus einem der Umstehenden hervor: »Unsere Karo!«

Das Volk, äh, die Menge stimmt ein, und alle rufen: »Unsere Karo!«

Patrick führt meine Hand langsam zum Mund und sieht mir tief in die Augen. »Und auch meine ... Wenn du mich willst.«

Strahlend sage ich: »Ja!«, Patrick hebt mich hoch, wir drehen uns im Kreis, alle werfen ihre Hüte hoch und jubeln und jubeln und jubeln. Hach ...

Okay, ich hatte den Film *Drei Nüsse für Aschenbrödel* eindeutig zu oft gesehen, aber Saskia war geradezu süchtig danach, und im Dezember kam man ja auch sonst kaum daran vorbei. Mein tatsächliches Auftauchen auf der Weihnachtsfeier sah leider nicht mal ansatzweise so aus wie im Film, womit mal wieder bewiesen war, dass mein Leben nicht zum Märchen taugte, sondern einfach nur finstere Realität war. Bis zu einem gewissen Punkt stimmte es zwar: Der Saal war geradezu märchenhaft weihnachtlich geschmückt, eine Band spielte Swing-Weihnachtslieder und die Leute standen in Grüppchen zusammen, tranken Champagner, redeten und lachten. Tatsächlich interessierte sich jedoch kein Schwein dafür, dass Pekka und ich soeben den Raum betreten hatten, und von Prinz Patrick war weit und breit nichts zu sehen. Von Nina Dornfelder, der bösen Hexe, übrigens auch nicht.

»Gehen wir was trinken?«, fragte ich Pekka.

Wir bahnten uns unseren Weg durch die Menge (niemand trat ehrfürchtig zur Seite, aber das nur nebenbei) und stellten uns an die Theke, auf der ein paar Weihnachtssterne und silberne Schälchen mit Nüssen und kleinen Eintracht-Schokoladentäfelchen standen. Der Barmann begrüßte uns mit freundlichem Lächeln. »Was darf's denn sein?«

»Gibt es Wodka?«, erkundigte Pekka sich.

Möglichst unauffällig stieß ich ihm in die Seite. Kein Wodka vor dreiundzwanzig Uhr, lautete unsere Abmachung.

Ein kleiner Muskel in der Kinnpartie des Barmanns zuckte, ansonsten hielt er sein Lächeln aufrecht. »Tut mir leid, als Aperitif stehen zur Auswahl Manhattan, Martini, Rosé Champagner und X-mas Paranoia.«

»X-mas Paranoia?«, fragte Pekka. »Was ist das?«

»Das ist ein hausgemachter Glühwein von einem zweitausendachter Desiderio Merlot, verfeinert mit Navel Orange, Cassia-Zimt und einem Hauch Madagaskar-Vanille, der über Crushed Ice gegeben und mit einem Rosmarinzweiglein garniert wird. *Der* Szene-Drink der Saison, von Kampen bis Kitzbühel.«

Pekka und ich tauschten einen Blick, und es war offensichtlich, dass er, ebenso wie ich, nur Bahnhof verstanden hatte.

»Ja. Dann nehme ich einen Manhattan«, sagte Pekka.

»Und ich hätte gerne so einen X-mas Paranoia.« Ich wollte unbedingt *den* Szene-Drink! Schlimm genug, dass ich noch nie etwas von ihm gehört hatte und bei der Menüplanung im Büro immer so hatte tun müssen, als wüsste ich genau, was das ist. Ab heute konnte ich endlich mitreden!

Während wir auf unsere Getränke warteten, sah ich mich im Raum nach bekannten Gesichtern um. Dotzler unterhielt sich mit Koch, Bergmann und Herrn von Ansbach, Felix' Vater. Nach und nach entdeckte ich auch Lars Hansen, Mark Fischer und Felix. Alle neben sehr hübschen, überaus elegant gekleideten Frauen. Um einen Stehtisch gruppierten sich Geli, Regine, die Empfangsdame und Leonie, eine der Auszubildenden, nebst ihren Partnern. Sie schlürften Champagner und gackerten über irgendetwas. Geli winkte mir von Weitem zu, sah ein paarmal an mir hoch und runter und hob grinsend den Daumen. Ich winkte zurück und imitierte ihre Geste. Hier und da erblickte ich ein paar der Spieler, aber derjenige, nachdem ich eigentlich insgeheim die ganze Zeit Ausschau hielt, war entweder noch nicht da oder versteckte sich äußerst gut.

Ich drehte mich wieder zu Pekka um, der mit vollen Backen Erdnüsse futterte. Vor ihm lag das Papier von zwei Schokoladentäfelchen.

»Spinnst du? Das kannst du doch nicht essen!«

»Wieso nicht? Ist das verdorben? Schmeckt aber.«

»Nein, natürlich ist das nicht verdorben. Aber das steht nur da, damit man es anguckt. Sonst isst hier doch auch keiner.« Unruhig sah ich mich um und überprüfte, ob er bereits naserümpfend gemustert wurde.

Demonstrativ stopfte Pekka sich noch eine Handvoll Nüsse in den Mund. »Entspann dich mal«, sagte er, wobei mir ein paar Nusskrümel entgegenflogen.

Der Barkeeper stellte unsere Getränke vor uns ab, und ich bewunderte meinen Drink. Der Glühwein sah aus wie ein dunkelroter See, aus dem ein schneebedeckter Berg herausragte. Auf der Bergspitze thronte der Rosmarinzweig wie eine Tanne. Das sah wirklich toll aus. Pekka und ich stießen an, und ich nahm einen Schluck. Mmmh. Gar nicht so schlecht. Schmeckte ein bisschen wie ... Na ja. Kalter Glühwein.

Pekka hatte seinen Manhattan in null Komma nichts runtergestürzt und wandte sich wieder dem Barkeeper zu, um Nachschub zu ordern.

»Hallo Karo«, ertönte plötzlich Patricks Stimme hinter mir.

Ich fuhr herum und sah ihn unmittelbar vor mir stehen. Er trug einen grauen Anzug mit schwarzem Hemd und keine Krawatte, was cool aussah und auch irgendwie sexy. Seine Augen waren aus unerfindlichen Gründen noch blauer als sonst, und er lächelte mich an.

Es fiel mir wirklich nicht leicht, unbeteiligt und gelassen zu wirken, während ich innerlich vor Wut auf ihn kochte und ihn gleichzeitig anziehender fand als je zuvor.

Patricks Grübchen in den Wangen vertieften sich, als sein Lächeln breiter wurde. »Was ist? Hat's dir die Sprache verschlagen?«

Ich schüttelte den Kopf. ›Denk an Nina‹, ermahnte ich mich. Wobei er die offenbar zu Hause gelassen hatte, denn ich konnte sie nach wie vor nirgends entdecken.

»Hast wohl schon ein paar von diesen Dingern intus, was?«, fragte er und deutete auf meinen Cocktail.

Erneut schüttelte ich den Kopf. Vielleicht sollte ich langsam mal etwas sagen. »Nein.«

Er beäugte mein Getränk. »Was ist das überhaupt?«

Von oben herab sagte ich: »Na, das ist *der* Szene-Drink der Saison. Kennst du den etwa nicht?«

Patrick lachte. »Woher denn, ich darf doch gar nicht mehr in die Kneipe.« Er nahm mir den Drink aus der Hand, probierte davon und verzog das Gesicht. »Wieso ist kalter Glühwein *das* Getränk der Saison? Erklär es mir, du Szene-Guru.«

Ich verdrehte die Augen. »Das ist kein kalter Glühwein, sondern ein X-mas Paranoia!«

»Was ja aber auch nur eine andere Bezeichnung für kalten Glühwein ist.«

Statt einer Antwort eroberte ich mein Glas zurück und trank einen Schluck.

»Was ist los?«, fragte Patrick. »Du wirkst so angespannt.«

In diesem Moment drehte sich Pekka wieder zu uns, der auf einem Schokoladentäfelchen herumkaute. »Das sage ich ihr auch immer«, meinte er. »Sie muss sich mal lockerlassen!«

Patrick sah überrascht zwischen uns hin und her. Bevor er etwas sagen konnte, hielt Pekka ihm die Hand hin. »Hallo, ich bin Pekka.«

Er ergriff die dargebotene Hand und schüttelte sie. »Patrick«, sagte er, und ihm war deutlich anzumerken, dass er sich fragte, wer Pekka war und was er hier machte.

»Aaahhh«, sagte Pekka und ein Grinsen breitete sich auf seinem Gesicht aus. »Der Fußballer.« Nun war es an ihm, zwischen Patrick und mir hin- und herzuschauen.

Eine peinliche Stille breitete sich aus. Schließlich sagte Pekka: »Ich bin Karos Freund.«

Noch nie waren mir vier aneinandergereihte Worte so dermaßen falsch und absurd vorgekommen.

»Ihr ... *was?*«, brach es aus Patrick hervor.

»Ihr *Freund*«, betonte Pekka. »Ja, ich bin in sie verliebt. Sie ist sehr verklemmt und weiß immer alles besser, aber was soll ich machen? Sie ist mein *kullanmuru*.«

Mir kräuselten sich förmlich die Zehennägel. Ich hatte das

dringende Bedürfnis, mein Glas in einem Zug zu leeren, musste jedoch feststellen, dass nichts mehr drin war.

»Karo?«, fragte Patrick mit drohendem Unterton.

Widerstrebend sah ich ihn an. Sein Mund bildete eine schmale Linie, und seine Augen, die bis vor wenigen Sekunden noch fröhlich geblitzt hatten, funkelten mich nun wütend an.

Er hatte kein Recht, wütend zu sein! Ich hob das Kinn. »Was ist?«

»Würdest du mal bitte kurz mitkommen?«

Noch bevor ich eine Antwort geben konnte, legte er eine Hand auf meinen Rücken und dirigierte mich von der Theke weg. »Was soll diese Scheiße?«, zischte er. »Der Typ ist nicht dein Freund!«

»Ha! Das werde ich ja wohl besser wissen als du!«

Ein paar Meter weiter blieben wir stehen und stritten im Flüsterton. Wobei das Flüstern eigentlich überflüssig war, denn unsere Mimik und Gestik musste alle Umstehenden sowieso deutlich erkennen lassen, dass wir kein freundschaftliches Gespräch führten.

»Du glaubst doch nicht ernsthaft, dass ich dir diese Peter-Story abkaufe. Du hast diesen Typen mit keiner Silbe erwähnt! Für wie bescheuert hältst du mich eigentlich?«

»Willst du darauf jetzt wirklich eine Antwort? Übrigens, er heißt *Pekka!*«, sagte ich, wobei das eher wie ein Fluch klang.

»Es ist mir scheißegal, wie der heißt! Dein Freund ist er jedenfalls nicht!«

»Ach, und wieso nicht? Was stimmt denn nicht mit ihm? Nur, weil er die Knabberschälchen leer isst, keinen Anzug trägt und nicht in dieses piekfeine Ambiente passt?«

»Hä?« Patrick schüttelte den Kopf. »Er kann von mir aus sämtliche Knabberschälchen und noch die Weihnachtssterne dazu aufessen! Es geht einfach nur darum, dass *du* mit Sicherheit keinen Freund hast, und ich will wissen, was du hier abziehst!«

Eiskalte Wut kroch aus meinem Magen meine Kehle empor und vernebelte schließlich meinen Kopf. Was bildete dieser Typ sich eigentlich ein? *Ich* hatte mit Sicherheit keinen Freund? Weil ich so klein, unbedeutend und nicht liebenswert war, dass niemand mich wollte? Ich drehte mich auf dem Absatz um und stürmte auf Pekka zu, der sich an der Theke mit seinem Nebenmann unterhielt.

Ich tippte ihn an die Schulter. »Du musst mich küssen!«, raunte ich ihm energisch ins Ohr. »Jetzt!«

Pekka tippte sich an die Stirn. »Ganz sicher nicht.«

»Hör mal, es war abgemacht, dass du heute meinen Freund spielst, also küss mich gefälligst!«

»Aber ich will nicht!«, sagte Pekka und sah fast schon verzweifelt aus.

»Boah, Mann! Alles muss man selber machen!« Dann schlang ich meine Arme um seinen Hals, zog seinen Kopf zu mir herunter und küsste ihn. Pekka hielt seine Lippen zunächst zusammengepresst und rührte sich nicht, während ich mich an ihn ranschmiss und meine Hände durch sein Haar fahren ließ. Doch schließlich erwiderte er meinen Kuss halbherzig.

Noch nie hatte ich jemanden geküsst, den ich eigentlich gar nicht küssen wollte. Es fühlte sich alles so falsch an, und ich schämte mich so für diese unglaublich bescheuerte Nummer, dass ich am liebsten geheult hätte. Ich zog meinen Kopf zurück und ließ meine Hände sinken.

»Mann, Karo!« Pekka schüttelte den Kopf. »Versprich mir, dass wir das nie wieder machen.«

»Versprochen«, sagte ich leise. Nur mit äußerster Mühe gelang es mir, mich nicht sofort nach Patrick umzudrehen. Als ich es schließlich doch tat, war er verschwunden. Und das konnte ich ihm nicht einmal verdenken. Nichts wünschte ich mir mehr, als diese blöde Show ungeschehen zu machen. Ich spielte komische Spielchen, deren Regeln ich nicht kannte, und fühlte mich nicht mal ansatzweise wie ich selbst. Am liebsten hätte ich mich irgendwo versteckt, doch dieser Abend hatte gerade erst angefangen, und ich musste weiter und weiter lügen.

Aus dem Augenwinkel sah ich, wie Nadja nebst männlichem Begleiter Kurs auf Pekka und mich nahm. Sie trug ein wunderschönes tiefblaues Kleid, und ihre sonst immer so wirren Haare waren zu einer kunstvollen Hochsteckfrisur aufgetürmt. »Hey Karo! Na, dass du so rangehst, hätte ich nicht gedacht«, sagte sie, als sie vor mir stand.

Aus ihrem Blick sprach Anerkennung, aber freuen konnte ich mich darüber nicht. Ich lachte nervös. »Das kommt wohl von diesem X-mas Paranoia.«

»Der ist großartig, oder? Das hier ist übrigens mein Mann Till.« Sie deutete neben sich auf den mittelgroßen Typen mit beginnender Halbglatze und Brille, der uns freundlich anlächelte.

»Das ist Pekka. Mein Freund«, sagte ich, und dieses Wort auszusprechen bereitete mir beinahe körperliche Schmerzen. »Pekka, das ist meine Kollegin Nadja.«

Zu meinem Entsetzen nahm er ihre Hand und führte sie an seinen Mund – ganz wie Patrick in meiner kitschigen Aschenputtel-Fantasie, bloß mit dem Unterschied, dass es in der Realität einfach nur peinlich war. »Enchanté«, sagte Pekka galant.

Nadja starrte ihn völlig verdattert an, und ich wäre vor Scham fast im Boden versunken.

Pekka bestellte für Nadja und Till zwei Champagner und für mich »eins von diese ... wie heißt das, Paranoia-Szenedrink«, während ich den Saal mit den Augen nach Patrick absuchte. Ich entdeckte ihn etwas abseits mit Mark Fischer, auf den er eindringlich einredete. Ob es um den Artikel im Hamburg Kurier ging?

»Karo?«, hörte ich wie aus weiter Ferne. Ich zuckte zusammen und wandte mich wieder den anderen zu.

»Was?«

»Ich habe dich gefragt, ob wir uns setzen wollen. Das Essen fängt gleich an«, sagte Nadja.

Es gesellten sich noch Geli und ihr Mann Dirk, Herr Koch mit seiner Frau Sandra und der mexikanische Linksverteidiger Amando Rodriguez nebst Gattin Dolores zu uns an den Tisch.

»Schickes Kleid«, sagte Sandra Koch zu mir.

»Danke«, erwiderte ich geschmeichelt und strich meinen Rock glatt. »Das war ein totales Schnäppchen, nur neunundvierzig Euro bei C&A.«

Sandra Koch verzog keine Miene und brachte nur ein »Mhm« hervor, bevor sie sich einen Schluck Wein gönnte.

Nadja raunte mir ins Ohr: »Schätzchen, du kommst manchmal wirklich unglaublich prollig rüber. Tu dir bitte selbst einen Gefallen und sag so etwas nie wieder laut.«

Es fühlte sich an, als hätte sie mir eine Ohrfeige verpasst, doch es gelang mir, Haltung bewahren. Die Situation wurde dadurch entschärft, dass Sandra Koch uns Wein nachschenkte und fragte, was wir morgen noch so vorhatten.

Nadjas Blick hellte sich auf. »Ich werde backen.«

»Wie schön, ich liebe es zu backen«, sagte Sandra Koch.

»Na, ich doch auch!«, rief Nadja. »Es entspannt mich total und liegt außerdem voll im Trend. Ich habe sogar einen Blog: *Backen ist das neue Kochen.*«

Sandra schrieb sich gleich eine Notiz in ihr Handy, während ich mich wunderte, dass dieser Trend komplett an mir vorbeigegangen war, von Nadjas Blog ganz zu schweigen. Aber andererseits ... Ich hatte ja auch nicht gewusst, dass Tomate mit Mozzarella und Brunchen nicht mehr angesagt waren, ich kaufte Klamotten bei C&A, und von X-mas Paranoia hatte ich auch noch nie etwas gehört. »Backst du Weihnachtsplätzchen?«, erkundigte ich mich. »Vanillekipferl und so?«

Nadja lächelte. »Schon, aber total raffiniert und hip. Vanillekipferl und Zimtsterne sind doch voll Neunziger, so was mach ich ganz bestimmt nicht. Ich versuche mich dieses Jahr mal an Macarons mit Grapefruitcurd und Calisson-Creme, die sind toll zum Verschenken. Außerdem Christmas Morning Cinammon Swirl Muffins, aber die machen sich ja quasi von selbst. Und dann will ich noch an meinem Rezept für Quadruple Chocolate Soft Fudgy Pudding Cookies herumfeilen.«

»Ah«, sagte ich und gab mich gelassen, obwohl mir während ihres Vortrags fast die Kinnlade heruntergefallen wäre und ich mir nicht einmal ganz sicher war, in welcher Sprache sie soeben gesprochen hatte. »Klingt lecker. Stellst du die Rezepte auch online?«

»Klar.«

»Cool«, meinte ich. »Das ein oder andere werde ich sicher mal nachbacken.« ›In meinen Träumen‹, fügte ich in Gedanken hinzu.

Neben mir verschluckte sich Pekka an seinem Drink und wollte gerade protestieren, aber zum Glück servierte der Kellner in diesem Moment die Vorspeise. Statt der Tomate-Mozzarella-Spieße gab es nun »ein Dreierlei vom Maine-Hummer«, und ich musste zugeben, dass dieses kunstvolle Arrangement doch deutlich mehr hermachte.

Nach und nach wurden fünf Gänge aufgefahren und ein Gericht sah köstlicher aus als das andere. Trotzdem wusste ich hinterher nicht, was ich gegessen hatte, denn ich war viel zu sehr von Patrick abgelenkt, der am Nebentisch saß und sich offenbar angeregt mit Leonie und dem Zeugwart Eckard Müller unterhielt.

Nach dem Essen gab es Kurze – oder Digestifs, wie Nadja es nannte, und von da an nahm das Unheil seinen Lauf. Pekka bestellte gleich eine ganze Flasche Aquavit an unseren Tisch und überredete jeden dazu, mit ihm zu trinken, wobei er hauptsächlich in Dolores Rodriguez ein bereitwilliges Opfer fand. Er flößte ihr einen nach dem anderen ein, und die beiden wurden immer lustiger, bis er sie schließlich auf die Tanzfläche zog. Mir schwante Böses. Pekka kultivierte einen äußerst expressiven Tanzstil, und wenn er nicht gerade Luftgitarre spielte, sah es so aus, als wollte er ritualhaft den Frühling heraufbeschwören. Schon bald hatten er und Dolores die Aufmerksamkeit aller Umstehenden auf sich gezogen.

Ich versuchte immer wieder verzweifelt, ihn zur Ordnung zu rufen, vor allem, als ich Dotzlers und Herrn von Ansbachs befremdete Blicke bemerkte, doch er war außer Rand und Band und durch nichts und niemanden aufzuhalten. Er umarmte jeden, der ihm in die Quere kam, und baggerte zu allem Übel auch noch Dolores an, als gäbe es kein Morgen! Als sie gegen halb zwölf nach ihrem gefühlt zwanzigsten Aquavit rückwärts vom Barhocker kippte und Amando sie aus dem Saal tragen musste, strahlte Pekka mich selig an. »Deine Kollegen sind so cool, Karo! So cool!«

»Ja, ich weiß. Total cool. Aber ich will jetzt echt nach Hause, also lass uns endlich abhauen!«

»Nein, wir haben Spaß!«, rief er. »Das Leben ist heute! Wir wollen tanzen und trinken und feiern!« Er legte seinen Arm um Dotzler, der gerade an ihm vorbeiging. »Wir sind alle Freunde! Komm, trink mit mir! Was für eine abgefahrene Party!«, rief er und nahm einen tiefen Schluck direkt aus der

Flasche. Dann starrte er Dotzler an. Sein Blick wurde leer, und sämtliche Farbe schien aus seinem Gesicht zu weichen.

Ich zog ihn hastig am Ärmel. »Komm mit, wir gehen«, sagte ich, doch da erbrach Pekka sich schon auf die Schuhe meines Chefs.

Dotzler sprang zur Seite, blieb jedoch erstaunlich gelassen. »Na na, junger Mann. Vielleicht mal eine Wasser-Runde einlegen, was?«

Pekka richtete sich wieder auf und drückte Dotzler kurz an sich. »Sie sind ein wahrer Freund«, lallte er. Dann zeichnete er mit ausgestrecktem Arm einen weiten Bogen um sich. »Ihr alle«, rief er, »seid ein wahrer Freunde! Minä rakastan sinua.« Danach brabbelte er nur noch Finnisch und griff erneut nach der Aquavitflasche, die ich ihm allerdings energisch aus der Hand riss. »Jetzt komm endlich!« Ich legte meinen Arm um Pekkas Hüfte, und er stützte sich so schwer auf mir ab, dass ich unter seiner Last fast zusammenbrach.

»Ich helfe dir«, sagte Patrick, der plötzlich wie aus dem Nichts neben mir aufgetaucht war. Er nahm Pekkas Arm, legte ihn sich über die Schulter und umfasste seine Hüfte. »Kotz mich ja nicht an«, sagte er warnend, woraufhin Pekka nur undeutlich etwas murmelte.

Zu dritt wankten wir Richtung Ausgang, vorbei am Tisch des Aufsichtsrats und der Geschäftsführung, vorbei an sämtlichen Kollegen aus der Geschäftsstelle. Die angewiderten, peinlich berührten oder schadenfroh feixenden Blicke brannten sich wie Feuer in meine Haut. Sehnsüchtig dachte ich an meine *Drei-Nüsse-für-Aschenbrödel*-Fantasie, von der ich so weit entfernt war wie Pekka von null Promille.

Patrick und ich redeten kein Wort, während wir mit Pekka durch das Foyer gingen und auf die Straße traten. Durch die frische Luft kam er wieder zu sich. Er sah erst mich an und dann

Patrick. »Ich bin sehr eifersüchtig, weissu!«, nuschelte er. »Sehr! Ich sollte dich schlagen. Aber ... nicht heute.«

»Da hab ich ja noch mal Glück gehabt«, sagte Patrick trocken.

Wir steuerten auf ein Taxi zu. Patrick öffnete die Beifahrertür, doch der Fahrer sprang aus dem Wagen, zeigte auf Pekka und rief uns über das Autodach zu: »Nee, Leude! Nix für ungut, aber den da nehm ich nich mit! Der kotzt mir nur den Wagen voll, und das muss heude echt nich sein!«

Patrick wuchtete Pekka trotzdem auf den Beifahrersitz. »Falls er das macht, können Sie die Rechnung an die Eintracht schicken, und ein paar Freikarten gibt es auch dazu.«

Der Fahrer musterte Patrick eingehend und fing an zu grinsen, als er ihn erkannte. »Mensch, ich werd nicht mehr, der Weidi! Sag das doch gleich. Gutes Spiel gestern! Weißte, ich bin ja eigentlich Paulianer, aber absteigen sollt ihr ja nu auch nich unbedingt, nä? Immerhin seid ihr nich so schlimm wie der HSV.«

»Wir tun unser Bestes«, sagte Patrick. »Dann geht das also klar?« Mit dem Kopf deutete er auf den Beifahrersitz.

»Na schön«, meinte der Taxifahrer. »Aber nur, weil du's bist. Und nur, wenn er den Kopp aus'm Fenster hängen lässt.«

Patrick rüttelte Pekka an der Schulter. »Hey! Pass auf, du hältst deinen Kopf während der ganzen Fahrt aus dem Fenster. Abgemacht?«

Pekka hielt sich am Fensterrahmen fest und beugte seinen Kopf weit raus. »So?«

»Genauso. Und immer schön gegen den Fahrtwind spucken.«

»Bisssn echter Freund.« Pekka hielt sich an Patricks Unterarm fest. »Sehr nobel. Wie Sir Lancelot. Du bist Sir Lancelot.«

»Ja, das höre ich ständig«, murmelte Patrick, dann wandte er sich an den Taxifahrer, der die Szene beobachtet hatte. »Gut so?«

»Na ja, gut is was anderes, nä?«, sagte der Fahrer. »Wo müsst ihr denn hin?«

»Ich muss nirgends hin. Die beiden fahren alleine.« Dabei deutete Patrick auf Pekka und mich.

Der Fahrer sah mich neugierig an. Vertrauenerweckend sah er nicht gerade aus. Mit seinen langen Haaren und seinen abgeranzten Rockerklamotten erinnerte er stark an einen Hell's Angel. »Na denn«, sagte er und lächelte mich aufmunternd an. »Steig mal ein.« Er ging zu Patrick und gab ihm zum Abschied die Hand. »Du, Weidi, ich hab überlegt, wenn du mal den Verein wechseln willst oder so, ich mein, wenn dir die steifen Eintrachtler mal alle so richtich auf'n Sack gehen – bei Pauli is bestimmt noch'n Plätzchen für dich frei.«

Patrick lachte. »Super Idee. Sollte es jemals so weit sein, ruf ich auf jeden Fall dort an und sag, dass du mich empfohlen hast.«

»Jo, das mach man ruhig. Ich bin übrigens Knut. Hat mich sehr gefreut.« Der Fahrer schlug Patrick zum Abschied auf die Schulter und stieg ins Taxi.

Patrick und ich blieben vor dem Wagen stehen. Das Licht der Straßenlaternen erhellte sein Gesicht und ließ ihn älter erscheinen, als er war. Dunkle Schatten lagen unter seinen Augen.

»Vielen Dank, dass du mir mit Pekka geholfen hast, das war echt...«

»Nein, lass«, sagte er kopfschüttelnd. »Du musst keine große Sache daraus machen.«

Wir sahen uns stumm an, und obwohl wir dicht zusammenstanden, kam es mir vor, als wären wir meilenweit voneinander entfernt. Meine Wut war verraucht und stattdessen einer tiefen Traurigkeit gewichen. Mir wurde bewusst, dass wir wieder am

Anfang standen. Auf null. Das Vertrauen, der freundschaftliche Umgang, das Herumgealbere... All das war verschwunden und würde nie wieder zurückkehren. Wir waren einen Schritt zu weit gegangen und hatten es versaut. Alle beide.

Ich spürte einen dicken Kloß im Hals, und meine Augen füllten sich mit Tränen. Schnell wandte ich mich ab. »Gut, also dann, bis morgen.«

»Bis morgen«, sagte Patrick.

Ich stieg ins Taxi, und kaum hatte ich die Tür hinter mir geschlossen, drehte er sich um und ging zurück ins Hotel.

»Was für ein blöder Mist«, sagte ich, während ich ihm nachsah.

Knut drehte sich zu mir um. »Nich so'n guder Tach heude, wa?«

Ich schüttelte den Kopf.

»Und wer von euch dreien hat den Mist nu gebaut?«

»Wir alle«, sagte ich duster. »Aber den größten Mist habe ich gebaut.« Immerhin hatte Patrick mir nur etwas verschwiegen statt mich anzulügen.

»Hm«, machte Knut. »Weißte, du hast Glück, dass du mich als Fahrer erwischt hast. Ich hab 'n astreines Gespür, so fürs Zwischenmenschliche.«

»Ehrlich?« Er sah zwar nicht wirklich danach aus, aber zum einen konnte man jemandem sein Gespür fürs Zwischenmenschliche ja nicht vom Gesicht ablesen, und zum anderen war ich froh, keinen dieser steifen hanseatischen Taxifahrer erwischt zu haben, die während der ganzen Fahrt nur schweigen.

»Klar. Ich bin quasi der Amor unter Hamburgs Taxifahrern«, sagte er stolz und zündete sich eine Zigarette an. Zum

Glück stand das Fenster offen, aus dem Pekka immer noch brav seinen Kopf hängen ließ. »Wo soll's denn nu hingehen, junge Dame?«, wollte Knut wissen.

»In die Stockhausenstraße, bitte. Ich bin übrigens Karo.« Gleich darauf wurde ich im Sitz nach hinten gedrückt, als er den Wagen startete und in einem Affenzahn losbrauste. Pekka stöhnte gequält auf.

»Ich fahre auch so einen Mercedes wie du«, sagte ich. Vorsichtshalber zog ich meinen Sicherheitsgurt etwas straffer. »Aber einen Kombi.«

»Is'n gudes Audo«, sagte er anerkennend. »Aber ab 'nem gewissen Alder kriegen die ihre Wehwehchen, da musste aufpassen.« Ohne den Blinker zu setzen bog er scharf links ab, und ich hätte schwören können, dass der Wagen dabei in Schieflage geriet. Pekka gab ein klägliches Wimmern von sich und hielt seinen Kopf noch weiter aus dem Fenster.

»Hey!«, rief ich. »Denk an den Besoffenen neben dir.«

»Oha, da sachste auch was«, meinte er und verringerte das Tempo. »So, und nu pass mal auf. Mit dem da«, dabei deutete er auf Pekka, »wird das nix. Hab ich sofort gesehen. Der is die reine Zeitverschwendung. Weißte, ich kenn da so'n Mädel, die hat auch ewig mit dem falschen Typen rumgehampelt. Und ich sach noch zu ihr, Mädel, sach ich, der isses nich. Dass du mir bloß nix mit dem anfängst. Man kann sich nich aussuchen, in wen man sich verliebt.« Er drehte sich zu mir um und gestikulierte heftig mit dem Zeigefinger. »Das is die reine Wahrheit, von Anfang an hab ich gesacht, dass sie bloß nix mit dem anfangen soll!« Das Taxi schlingerte, und Knut blickte schnell wieder nach vorne.

»So oft, wie du das wiederholst, wirkt es irgendwie unglaubwürdig«, meinte ich.

Er räusperte sich. »Gut, mag sein, dass ich am Anfang ...

Aber der Punkt is doch folgender: Mit dir und diesem Heiopei da, das wird nix.«

»Ja, ich weiß«, sagte ich schlicht.

»Na denn is ja gut.« Er nickte zufrieden. »Siehste, da hab ich dich doch vor 'nem großen Fehler bewahrt.«

»Puh. Vielen Dank.«

»Da nich für.«

Ich mochte Knut, auch wenn er ein furchtbarer Autofahrer war. Durch das offene Fenster wehte eiskalter Wind herein, und ich zog meine Jacke enger um mich. »Hat dieses Mädel den Richtigen denn noch gefunden?«

»Klar. Und die hat auch Mist gebaut, unglaublich viel Mist, das kannste mir glauben. Nu is sie mit ihm verheiratet. Und mein Taxi war der Hochzeitswagen.«

Ich lächelte. »Schön, dass es auch im wahren Leben Happy Ends gibt.«

Knut musterte mich im Rückspiegel. »Mach dir mal keinen Kopp, für dich gibt's auch eins. Das hab ich im Gefühl, und mein Gefühl täuscht mich nie!«

Mir stiegen Tränen in die Augen. »Ich hab gerade nicht mal ansatzweise eine Ahnung davon, wie mein Happy End überhaupt aussehen könnte.«

Knut bremste scharf, und zu meinem Erstaunen waren wir schon vor unserem Haus angekommen. Er drehte sich zu mir um. »Is doch egal, Lüdde. Lass dich da nich von feddichmachen. Das Leben geht selten den geraden Weg, und Happy Ends sehen sowieso meistens völlig anders aus, als du es dir vorgestellt hast.«

Ich seufzte. »Na, das sind ja schöne Aussichten.« Nachdem ich bezahlt hatte, half Knut mir netterweise, Pekka rauf in die Wohnung und ins Bett zu hieven.

»Vielen Dank«, sagte ich, als wir uns vor der Tür voneinan-

221

der verabschieden. »Und viele Grüße an das Mädel mit dem Happy End.«

»Richte ich aus«, sagte Knut. Ein breites Grinsen erschien auf seinem Gesicht. »Und du grüß mir den Weidi.«

Verdutzt sah ich ihm nach, als er auf sein Taxi zuging und mit quietschenden Reifen davonbrauste.

Sobald ich am nächsten Morgen die Augen aufschlug, brach das gesamte Chaos des gestrigen Tages über mir zusammen. Am liebsten hätte ich mir die Decke über den Kopf gezogen, doch ich hatte etwas Dringendes zu klären. Ich quälte mich aus dem Bett und rief Lutz an, der mich natürlich nicht zurückgerufen hatte. Nach dem zweiten Klingeln meldete er sich. »Moin Karo, was ist los?«

»Hallo Lutz. Schön, dass ich dich endlich erreiche, ich habe nämlich etwas Wichtiges mit dir zu klären.«

»Oha. Ich höre.«

»Hast du zufällig gestern den Hamburg Kurier gelesen? Online?«

Er zögerte für einen winzigen Moment, dann sagte er: »Nein. Wieso?«

»Weil darin ein Artikel über Patrick steht. Darüber, dass er wieder mit Nina Dornfelder zusammen ist.«

»Aha. Und? Jetzt bist du eifersüchtig, oder was? Willst du dich jetzt bei mir ausheulen? Ich habe dir gleich gesagt, dass es unprofessionell ist, persönliche Gefühle für diesen Typen aufkommen zu lassen. Glaubst du, ich habe nicht gesehen, dass du mit ihm rumgeknutscht hast?«

Empört schnappte ich nach Luft. »Darum geht es doch überhaupt nicht! Ich will wissen, ob du es warst, der dem Hamburg Kurier diesen Tipp gegeben hat. Immerhin stehst du jede Nacht vor seinem Haus, und du weißt genau, wer dort ein- und ausgeht.«

Nach einer kurzen Pause sagte er: »Und wenn schon. Er ist eine Person des öffentlichen Lebens, der ist es doch gewöhnt, dass über ihn getratscht wird. Hätte er halt kein Promi werden dürfen.«

Wütend kickte ich einen Schuh weg, der auf dem Fußboden lag. »Das ist echt das Allerletzte, Lutz! Ist das etwa professionell? Gibt es nicht so etwas wie eine Schweigepflicht für Privatdetektive? Du wirst vom Verein dafür bezahlt, dass du ihn überwachst, und nicht dafür, dass du sein Privatleben an die Presse verkaufst, denn umsonst wirst du es ja wohl nicht gemacht haben. Du hast sein Vertrauen missbraucht!«

Lutz schnaubte. »Ich habe noch kein einziges persönliches Wort mit Patrick Weidinger gewechselt, dieser Typ ist mir scheißegal, und ich bin ihm scheißegal. Der hat Geld wie Dreck, ich hingegen habe einen Haufen Schulden am Hals!«

»Das ist doch nicht seine Schuld!«

»Nein, natürlich nicht. Aber mein Privatleben ist mir nun mal um einiges näher als seins. Und mir geht der Arsch auf Grundeis, das kannst du mir glauben!«

Ich setzte mich aufs Bett und spielte an einem Zipfel meines Kopfkissens herum. »Das tut mir wirklich leid. Aber *mir* ist nun mal Patricks Privatleben um einiges näher als deins. Und ich werde nicht zulassen, dass weiterhin jede Nacht jemand vor seiner Tür steht, dem ich nicht mehr trauen kann.«

»Ach, Karo, du naives, dummes Mädchen«, sagte Lutz herablassend. »Was willst du denn jetzt tun? Mich feuern? Du bist das kleinste Licht im Verein, und ganz abgesehen davon verpetzt du doch sowieso niemanden.«

Es fühlte sich an, als würde sich eine kalte Faust um mein Herz schließen. Ich richtete mich auf und reckte das Kinn.

»Weißt du was, Lutz? Den Fehler, mich zu unterschätzen, haben schon viele gemacht. Daran bin ich gewöhnt.« Damit beendete ich das Gespräch.

Ich ließ mich zurück auf das Bett fallen und starrte an die Decke. Wenn ich auch nur ansatzweise geahnt hätte, was für ein Riesenberg an Ärger, Problemen und Enttäuschungen auf mich zurollen würde – nie, niemals hätte ich diesen Job angenommen! Am liebsten hätte ich mein Bett gar nicht mehr verlassen, aber es nützte alles nichts. Ich musste Patrick zum Flughafen bringen.

Zwei Stunden später parkte ich meinen Wagen in Patricks Einfahrt. Lutz' blauer Golf stand am Straßenrand, und wir warfen uns durch das Fenster einen kurzen Blick zu. ›*Du naives, dummes Mädchen*‹, hörte ich ihn sagen. Und: ›*Er ist eine Person des öffentlichen Lebens. Hätte er halt kein Promi werden dürfen.*‹ Keiner von uns lächelte oder gab ein Zeichen des Erkennens. Nachdenklich kaute ich an meinem Daumennagel und kriegte kaum mit, dass Patrick aus dem Haus kam.

Ich zuckte zusammen, als er die Autotür öffnete. Wie Lutz hatte auch er kein Lächeln für mich übrig. Er presste nur ein mürrisches »Morgen« hervor, schnallte sich an und sah aus dem Fenster.

»Guten Morgen. Hast du gut geschlafen?« Nina Dornfelder und Pekka hin oder her, es musste doch möglich sein, höflich miteinander umzugehen.

»Ja, vielen Dank«, brummelte er, ohne mich anzusehen.

Fast die gesamte Fahrt verbrachten wir schweigend – ganz wie in alten Zeiten. Patrick saß mit verschränkten Armen da und strahlte so viel Kälte aus, dass ich fror, obwohl die Heizung auf Hochtouren lief. Ich musste das wieder hinkriegen!

Irgendwie musste ich ihm zeigen, dass ich ganz locker über der Tatsache stand, dass er wieder mit Nina zusammen war, während er wie ein bockiges Kleinkind darauf reagierte, dass ich einen Freund hatte. »Und? Wie geht es Nina?«, fragte ich im Plauderton.

»Wieso?«

»Nur so. Man nennt das höfliche Konversation oder Smalltalk.«

Seine Miene wurde noch finsterer als ohnehin schon. »Aha. Du bist aber momentan der letzte Mensch auf der Welt, zu dem ich höflich sein möchte.«

»Du hast überhaupt keinen Grund, sauer auf mich zu sein!«, rief ich. »Ist es wegen Pekka? Ja, ich habe dir nichts von ihm erzählt. Aber ich bin doch wegen Nina auch nicht sauer auf dich.«

»Warum zur Hölle solltest du ... Warte mal. Kann es sein, dass du diesen Hamburg-Kurier-Artikel gelesen hast?«

Ich spürte seinen Blick auf mir, starrte allerdings stur weiter auf die Straße. »Ja. Und?«

»Und du hast geglaubt, was drin stand?«

Ich zuckte nur mit den Achseln.

Er lachte humorlos auf. »Also, wenn *ich* dir etwas sagen will, hältst du dir die Ohren zu, aber was in der Presse über mich geschrieben wird, glaubst du einfach so?«

»Warum hätte ich es nicht glauben sollen? Du hast selbst gesagt, dass Nina bei dir war, und wenn sie dann auch noch in Leverkusen auf der Tribüne sitzt, ist ja wohl alles klar!« Inzwischen waren wir am Flughafen angekommen, und ich bremste hart.

Patrick schnallte sich mit ungeduldigen Bewegungen ab und ließ den Gurt an die Tür knallen. »Oh, ach so, dann ist alles klar!«, rief er sarkastisch. »Mann, Karo! Du solltest eigentlich wissen, dass in diesem Klatschblatt zu 95 Prozent nur Scheiße drin steht! Ich hatte keine Ahnung, dass Nina da war, und selbst *wenn* ich es gewusst hätte, wäre es mir egal gewesen! Außerdem war sie sowieso nicht wegen mir bei diesem Spiel!«

Verwirrt schüttelte ich den Kopf. »Was?«

»Ich habe nichts mit Nina! Die ist komplett irre! Sie war ein paarmal bei mir, um sich auszuheulen, weil sie Liebeskummer hatte, frag mich nicht, wieso sie damit ausgerechnet zu mir kommt! Wenn ich es unter ihren Schluchzern richtig verstanden habe, ist sie jetzt mit Gisbert Koschwitz zusammen.«

Die Kinnlade klappte mir herunter. »Mit Gisbert Koschwitz? Dem Manager von Leverkusen? Aber der ist doch mindestens hundert Jahre alt!«

Patrick sah mich nur wütend an. Und er hatte jedes Recht der Welt, wütend auf mich zu sein! Ich kam mir plötzlich unglaublich dumm vor. Dass ich unbesehen einem Artikel geglaubt hatte, der in der Klatschpresse stand, ohne ihn auch nur ansatzweise zu hinterfragen – wie dämlich war ich eigentlich? Aus Patricks Sicht betrachtet stellten sich die Ereignisse der letzten Tage in einem ganz anderen Licht dar, und plötzlich wurde mir klar, dass *ich* die Böse in diesem Szenario war. Mal wieder.

Er war schon fast ausgestiegen, doch ich hielt ihn am Arm zurück. »Warte. Bitte«, sagte ich.

Patrick stöhnte genervt auf, setzte sich jedoch wieder.

»Hör mal, es tut mir leid«, sagte ich. »Es tut mir wirklich wahnsinnig leid, dass ich diesen Artikel überhaupt gelesen habe, und dass ich dann auch noch geglaubt habe, was drinsteht. Das war ein blöder Fehler, ein saublöder, und das wird mir garantiert nicht noch einmal passieren.«

Patrick schwieg eine Weile und schien sich meine Entschuldigung durch den Kopf gehen zu lassen. Schließlich sagte er: »Schon gut«, und mir fielen ungefähr eine Million Steine vom Herzen. »Ich weiß ja, dass das alles für die Menschen in meinem Umfeld manchmal nicht so einfach ist«, fuhr er fort. »Als das mit Nina gerade groß in den Medien war, hat sogar einmal meine Mutter angerufen und ganz empört gefragt, ob es wirklich stimmt, dass ich ihren Chihuahua ins Tierheim geben wollte.«

»Immerhin hat sie dich gefragt«, sagte ich leise. »Und wie ist das für dich? Wie kommst du damit klar, dass so etwas erfunden wird? Dass Leute dir nachschnüffeln und deine Privatsphäre nicht respektieren?«

Er zuckte mit den Achseln. »Ich finde es zum Kotzen. Aber man lernt zwangsläufig, irgendwie damit umzugehen.« Er schwieg einen Moment. »Okay«, sagte er schließlich. »Ich muss los, sonst verpasse ich noch meinen Flug. Frohe Weihnachten, Karo.«

Wir sahen uns in die Augen, und mit einem Mal schoss mir der Gedanke durch den Kopf, wie es wäre, mit ihm zusammen zu sein und dann möglicherweise eines Tages ein verwackeltes Bild von *mir* in der Zeitung abgedruckt zu sehen mit der Unterschrift: *Was will Weidi nur von der?* Und mir wurde klar, dass ich im Gegensatz zu ihm niemals lernen würde, damit umzugehen. Am liebsten wäre ich sofort, noch mit Patrick an Bord, mit quietschenden Reifen losgefahren, weit weg, irgendwohin, wo es keine Eintracht Hamburg gab, keine Fans, keine Nina Dornfelders und keine blöde Presse, die ihm nachspionierte. Aber das war nun mal nicht möglich, denn all das gehörte zu ihm. Doch für mich war es unvorstellbar, ein Teil der Öffentlichkeit zu sein, und selbst wenn ich gar nicht wusste, ob eine Beziehung mit mir für ihn überhaupt ernsthaft in Frage käme – ich wollte um jeden Preis verhindern, dass er es auch nur in Erwägung zog. Und deshalb war es sicherer und besser, Patrick nicht zu sagen, dass ich nicht mit Pekka zusammen war.

»Ja«, sagte ich schließlich mit heiserer Stimme. »Dir auch. Frohe Weihnachten.«

Er stieg aus, und ich blickte ihm nach, wie er sich immer weiter von mir entfernte. Und als er schließlich im Flughafengebäude verschwunden war, hatte ich das Gefühl, als hätte sich hinter ihm eine Tür für immer geschlossen.

12.

*Schiri, pfeif ab.
I mog nimmer.*
Paul Breitner

Am Montag fuhr ich mit klopfendem Herzen ins Büro. Mir war klar, dass Pekkas Auftritt vom Samstag nicht kommentarlos an mir vorübergehen würde, und ich hatte mich innerlich gegen die Bemerkungen und Blicke der Kollegen gewappnet. Viel mehr allerdings beschäftigte mich ein anderes Thema, denn mir stand etwas bevor, das mir nicht leichtfallen würde. Aber was ich gestern zu Lutz gesagt hatte, war mein voller Ernst gewesen: Ich würde alles daran setzen, ihn loszuwerden.

Der Gang durch die Geschäftsstelle entpuppte sich als reiner Spießrutenlauf. Fast jeder, der mir begegnete, grinste mich blöd an oder fragte, wie es meinem Freund ging. Es war geradezu lächerlich, welch riesige Sensation ein Betrunkener auf einer Weihnachtsfeier in diesem Verein darstellte. Wenn ich an die Weihnachtsfeiern der Zulassungsstelle in Bochum dachte ... Da war es eher peinlich und der Rede wert, wenn man *nicht* betrunken gewesen war.

Auch Geli ließ es sich nicht nehmen, einen Kommentar zu Pekka abzulassen. »Mann oh Mann! Mir sind ja Sachen zu Ohren gekommen! Stimmt es, dass er Dolores Rodriguez beim Tango tanzen einen Zeh gebrochen hat?«

Ich zögerte. Das mit dem Zeh hatte ich zwar nicht mitgekriegt, aber ausschließen konnte ich es auch nicht. Obwohl Pekka von sich behauptete, als Finne den Tango im Blut zu haben, war das nicht gerade seine Spezialdisziplin.

Geli beugte sich über ihren Tisch und flüsterte: »Und er hat Dotzler tatsächlich auf die Füße gekotzt?«

Ich nickte gequält.

»Das ist ja der Hammer! Grüß ihn mal ganz lieb von mir, ja?«

Als ich Dotzlers Büro betrat, fing er an zu grinsen. »Ach, guck mal einer an. Die Frau Schatz! Wie geht es denn ihrem Freund?«

»Er hat sich einigermaßen erholt, danke.« Unschlüssig blieb ich vor seinem Tisch stehen und knetete meine Hände. »Das mit den Schuhen tut mir wirklich sehr, sehr leid. Wenn ich sie reinigen lassen soll, dann...«

»Schon gut.« Er winkte ab. »Wir waren doch alle mal jung. Ach, wenn Sie wüssten, was ich damals für wilde Partys gefeiert habe!« Sein Blick verschwamm, und ein seliges Lächeln lag auf seinem Gesicht.

»Ähm, Herr Dotzler?«

Er zuckte leicht zusammen. »Ja? Ist noch was?«

Ich nickte.

Augenblicklich verspannte sich seine Körperhaltung. »Hat Weidinger Mist gebaut?«

»Nein!«, beeilte ich mich zu sagen. »Es geht um Lutz Maskow.« Nach einer kurzen Pause fuhr ich fort: »Ich finde, Sie sollten ihn von dieser Observierung abziehen.«

Dotzler hob eine Augenbraue. »So so. Und warum?«

Ich holte tief Luft. »Weil er... also, Weidinger«, korrigierte ich mich. »Weil Weidinger sich in den letzten Wochen doch wirklich tadellos verhalten hat. Es macht einfach keinen Sinn mehr, ihn nachts zu überwachen. Das Geld wäre an anderer Stelle besser investiert, meinen Sie nicht?« Lutz hatte recht gehabt. Ich brachte es wirklich nicht übers Herz, ihn zu verpetzen, denn wenn ich Dotzler sagte, was er getan hatte, und sich das herumspräche, würde er vielleicht nie wieder einen Auftrag kriegen. Und dafür wollte ich nicht verantwortlich sein.

Dotzler schwieg ein paar Sekunden lang und spielte mit dem Kugelschreiber in seiner Hand herum, dann sagte er: »Also Sie wollen, dass ich ihn feuere?«

Ich biss mir auf die Lippen. »Ja. Ich finde, es ist an der Zeit, Weidinger wieder etwas mehr Vertrauen zu schenken.«

Er musterte mich nachdenklich. »Mhm. Jaja, das ist so eine Sache mit dem Vertrauen. Sagen Sie, Ihr Vorschlag hat nicht zufällig etwas mit dem Nina-Dingsbums-Artikel im Hamburg Kurier zu tun?«

Mein Herz setzte einen Schlag aus. »Wie bitte?«

»Glauben Sie, wir sind nicht dazu in der Lage, zwei und zwei zusammenzuzählen? Wir haben Matzke bereits gestern zur Rede gestellt. Und gefeuert.«

»Oh. Okay, also ... vielen Dank«, sagte ich und ging mit weichen Knien zur Tür. Als ich den Raum schon fast verlassen hatte, rief Dotzler mir nach: »Ich weiß Ihre Loyalität übrigens sehr zu schätzen.«

Ich drehte mich wieder zu ihm um.

»Aber Sie müssen lernen, klare Entscheidungen zu treffen«, fuhr er fort. »Also wenn das nächste Mal jemand Mist baut, sollten Sie es mir auch ganz deutlich sagen.« Er sah mich so durchdringend an, dass ich mich fragte, ob er auf Patricks Ausflug in die CIU' Bar anspielte. Hatte er damals etwa doch Wind davon bekommen? Doch dann entspannten sich Dotzlers Gesichtszüge, und er lächelte mich freundlich an. »Also dann, frohe Weihnachten.«

»Frohe Weihnachten«, erwiderte ich und verließ endlich sein Büro. Auch wenn ich gerade gewissermaßen von Dotzler gelobt worden war, konnte ich mich nicht darüber freuen. Mir war zum Heulen zumute. Lutz war also bereits gefeuert worden. Ich war zwar nach wie vor der festen Überzeugung, dass es richtig war, denn dass Lutz auch in Zukunft vor Patricks Tür lauern und Details aus seinem Privatleben an die Presse ausplaudern würde, kam überhaupt nicht infrage. Aber trotzdem fühlte es sich beschissen an.

Ich musste lernen, klare Entscheidungen zu treffen, hatte Dotzler gesagt. Und auch wenn es mir nicht gefiel, er hatte recht. Von Anfang an hatte ich mich in diesem Job viel zu sehr von persönlichen Gefühlen leiten lassen. Daran würde ich zukünftig arbeiten.

Am nächsten Morgen machte ich mich gemeinsam mit Saskia auf den Weg nach Bochum, wo ich sie bei ihren Eltern absetzte und anschließend nach Hause fuhr.

Nach Hause. Es war seltsam, wieder in Bochum zu sein. Die Straßen und Gesichtszüge der Stadt kamen mir vertraut und fremd zugleich vor. Obwohl ich nur knapp vier Monate nicht hier gewesen war, schien eine wahnsinnig lange Zeit vergangen zu sein. Was bedeutete »zu Hause« überhaupt, überlegte ich, während ich mich durch eine der zahlreichen Baustellen quälte und Chris Rea *Driving Home for Christmas* sang. In Bochum war ich geboren und aufgewachsen, hatte bis auf die letzten vier Monate mein ganzes Leben hier verbracht. Ich hatte diese Stadt vermisst, doch jetzt, wo ich wieder hier war, empfand ich weder Glück noch Erleichterung. Und als ich in die Straße einbog, in der das Reihenhaus meiner Eltern stand, hatte ich zum ersten Mal nicht das Gefühl, zu Hause zu sein. Kaum stieg ich aus dem Wagen, wurden die Vorhänge am Küchenfenster zur Seite geschoben, und meine Mutter schaute heraus. Sie strahlte über das ganze Gesicht und winkte mir mit beiden Händen zu. Kurz darauf kam sie ohne Jacke und auf Pantoffeln auf mich zugestürmt und drückte mich so fest an sich, dass mir fast die Luft wegblieb. »Karo! Endlich bist du da! Nee, wat biste dünn geworden!«, sagte sie, während sie mir über den Rücken strich. »Man kann ja jede Rippe fühlen.«

»Quatsch«, sagte ich und löste mich von ihr, um ihr Gesicht zu betrachten. Seltsam, die grauen Strähnen, die ihr dunkles Haar durchzogen, waren mir früher nie so aufgefallen. Auch die Fältchen um ihre Augen und auf ihrer Stirn schienen sich vervielfacht und vertieft zu haben. »Der Schneemann ist neu, oder?«, fragte ich und deutete auf unseren Vorgarten, in dem ein dicker, großer Plastik-Schneemann stand, der im Dunkeln hell erleuchtet sein würde.

Mein Vater hatte ein Faible für winterlich-weihnachtliche Leuchtfiguren, und so kam es, dass sich jedes Jahr ein halber Zoo in unserem Vorgarten tummelte. Es gab einen Elch, zwei Rentiere mitsamt Schlitten und, mein absoluter Favorit, einen blinkenden Eisbären. Jeder Strauch in unserem Vorgarten war mit bunten Lichterketten behangen, und an der Hauswand kletterte ein dicker Weihnachtsmann an einem Seil auf Omas Fenster zu – was auch immer er dort zu suchen hatte.

»Ja, der ist neu. Na lassen wir ihn, dat ist doch das einzige, was er noch hat.«

»Wie meinst du das?«

Meine Mutter rieb sich die Oberarme. »Ach, komm erst mal rein. Ist doch schweinekalt hier draußen. Der Papa ist noch eben einkaufen, müsste aber gleich zurücksein.«

Wir gingen durchs Winterwunderland ins Haus, wo ich im Flur von Oma in Empfang genommen wurde, die viel kleiner, älter und knochiger aussah, als ich sie in Erinnerung hatte. Sie nahm mich in den Arm und zerstrubbelte mein Haar. »Ach Karo, schön, dass du wieder da bist. Funktioniert das Auto denn noch?«

Ich gab ihr einen dicken Kuss auf die Wange. »Ja, Karlheinz ist der Hammer!«

In der Küche drückte meine Mutter mich auf einen Stuhl. »Nu setz dich erst mal. Ich hab extra dein Lieblingsessen gemacht. Mocktuddel.«

Die »Mocktuddel«, wie meine Mutter sie nannte, oder *Mockturtle*, wie auf der Dose stand, aus der sie kam, konnte ich schon seit meinem dreizehnten Lebensjahr nicht mehr sehen. Meine Mutter hatte dieses Gericht jedoch für alle Zeiten und unabänderlich als meine absolute Leibspeise abgespeichert, und so bekam ich zu allen besonderen Gelegenheiten diese Suppe serviert.

Nachdem sie mir drei Kellen auf den Teller geladen hatte, setzte sie sich zu Oma und mir an den Tisch. »Jetzt erzähl mal, Karo. Wie ist es denn so bei dir in Hamburg?«, erkundigte sie sich, obwohl sie mir diese Frage in den vergangenen vier Monaten bereits mindestens tausendmal am Telefon gestellt hatte. Auch wenn unsere Telefonate seit einiger Zeit deutlich nachgelassen hatten, weil ich ständig mit Patrick, der Arbeit oder Saskias Problemen mit Nils beschäftigt gewesen war.

Ich schob mir einen Löffel Suppe in den Mund und kaute unwillig auf den Klümpchen aus undefinierbarem Fleisch herum. »Gut.«

»Und wat macht die Arbeit?«, bohrte sie nach.

Ich riss ein Stück von meinem Brötchen ab. »Auch super«, behauptete ich. »Seit ich im Sponsoring arbeite, ist es total stressig, aber auch sehr spannend.«

Meine Eltern wussten nicht, dass meine Hauptaufgabe eigentlich darin bestand, Patrick Weidinger herumzukutschieren. Ich hatte zwar erwähnt, dass ich ihm ab und zu über den Weg lief, aber dass im Grunde genommen *er* mein Job war, konnte ich ihnen schon allein aufgrund der Verschwiegenheitsklausel nicht erzählen.

»Und was ist mit dem Weidi?«, fragte meine Mutter prompt. »Siehste den manchmal noch?«

Schnell wich ich ihrem Blick aus und wandte mich meiner Suppe zu. »Ja, ab und zu schon.«

»Wie ist der denn eigentlich so, privat?«

»Och ... eigentlich ganz okay.«

»Geht der noch mit diesem Busenwunder aus'm Fernsehen?«, erkundigte sich Oma interessiert.

Meine Mutter winkte ab. »Mit der ist der doch schon seit Sommer nicht mehr zusammen. Die hat den armen Jungen doch sitzenlassen, für diesen fiesen Möpp von Formel-1-Fahrer«, sagte sie mit einem Gesichtsausdruck, als hätte sie eine besonders widerliche Ratte gesehen. »Ist der Weidi da denn inzwischen drüber weg?«

»Ich glaube nicht, dass er deswegen nachts noch in sein Kissen weint«, meinte ich. »Wie hat Papa eigentlich den Tag der Schließung überstanden?« Mein schlechtes Gewissen regte sich wieder, weil ich mich in letzter Zeit so wenig gemeldet hatte – und das, obwohl mein Vater so eine schwere Zeit durchmachte.

Abwehrend hob sie die Hände. »Ach, frag nicht. Das war ganz schrecklich. So kurz vor Weihnachten, da haben sie sich ja wirklich einen ganz tollen Tag für ausgesucht. Jahrelang machen die Männer gute Arbeit, malochen sich den Buckel krumm und wat is der Dank dafür? Die machen den Laden dicht! Aber denen da oben ist ja sowieso alles egal.« Auf ihren Wangen erschienen rote Flecken, so sehr redete sie sich in Rage. »Der Papa hat sich jedenfalls nach der letzten Schicht mit seinen Opelaner-Kumpels besoffen bis zum Gehtnichtmehr. Vor allem mit Günther und Ali. Dat die alle überhaupt noch nach Hause gefunden haben, ist ein Wunder. Dabei hab ich ihnen gesagt, nur weil ihr euch auf Schicht nicht mehr seht, heißt dat doch nicht, dass ihr euch nie wiederseht.«

»Aber ich dachte, Günther und Ali wechseln auch ins Ersatzteillager.«

Meine Mutter und Oma tauschten einen kurzen Blick. »Hmja, weiß auch nicht. Aber der Weidi«, spulte sie zurück zum Ursprungsthema. »Der sollte sich wirklich mal ein netteres Mädchen suchen. So eine wie die vom Philipp Lahm. Das kannste ihm von mir ausrichten.«

Ich wand mich innerlich bei dem Gedanken, Patrick in die Rippen zu stoßen und ihm zu sagen: ›Du übrigens, viele Grüße von meiner Mama, und du sollst dir so eine wie die vom Philipp Lahm suchen.‹ »Mhm, klar. Mach ich«, murmelte ich. Zum Glück betrat in diesem Moment mein Vater die Küche, dicht gefolgt von Melli. Beide waren schwer beladen mit Einkaufstüten.

»Püppi!«, rief er, als er mich sah. Achtlos ließ er seine Tüten fallen und zog mich fest in die Arme. »Mensch, Püppi«, murmelte er in mein Haar. »Ist das schön, dich zu sehen. Dat is doch alles nix, wenn du nicht da bist.«

Ich kuschelte mich in seine Arme und genoss den für ihn so typischen Geruch nach Palmolive Rasiercreme und Pfefferminzbonbons. »Ich hab dich auch vermisst, Papa.«

Er klammerte sich geradezu an mich, und beinahe hatte ich den Eindruck, dass er mich gar nicht mehr loslassen würde. Schließlich löste ich mich von ihm, um ihm einen dicken Kuss auf die Wange zu drücken. Ich erschrak, als ich ihn näher betrachtete. Die Klamotten schlabberten an ihm herum, und sein Gesicht war aschfahl und eingefallen.

»Du siehst ja schlimm aus!« Die Schließung des Opel-Werks hatte ihm offensichtlich wirklich übel zugesetzt. Und ich war an dem Tag nicht für ihn da gewesen.

Er winkte ab. »Wir werden alle nicht jünger, Püppi.«

Aus den Augenwinkeln nahm ich wahr, wie Oma und meine Mutter wieder einen Blick tauschten, und ich hatte ganz eindeutig das Gefühl, dass meine Familie mir etwas verschwieg. Doch bevor ich nachbohren konnte, umarmte Melli mich in der für sie typischen Art: mit möglichst wenig Körperkontakt und als wolle sie mich gleichermaßen zu sich heranziehen und von sich wegstoßen. »Schick, schick«, sagte sie mit einem Blick auf mein Outfit. »Sieht teuer aus.«

»Und 'ne neue Frisur haste auch«, fügte meine Mutter hinzu.

Nadjas Bemerkung auf der Weihnachtsfeier, ich käme unglaublich prollig rüber, hatte mich schwer getroffen, und so war ich gestern nach der Arbeit noch shoppen gegangen. Einen Großteil meines Weihnachtsgeldes hatte ich für ein paar neue Outfits von etwas exklusiveren Marken ausgegeben und mir außerdem für unglaubliche hundertfünfzig Euro eine neue Frisur und Strähnchen (der Szene-Figaro hatte sie »Highlights« genannt) verpassen lassen.

»Wie 'ne feine Dame siehst du jetzt aus, Karo«, meinte Oma.

»Danke.« Geschmeichelt zupfte ich an meinen Haaren.

»So.« Meine Mutter klatschte in die Hände. »Jetzt sagt mal: Habt ihr alles gekriegt?« Sie warf einen Blick in die Einkaufstüten.

Mein Vater aß den Rest von der Mockturtle, während wir anderen die Einkäufe in den Schränken verstauten.

»Gibt es Heiligabend Kartoffelsalat und Würstchen?«, fragte ich und hielt die beiden Gläser Frankfurter hoch.

»Ja, natürlich. Wat denn sonst?«, sagte meine Mutter.

»Wir könnten doch mal etwas anderes ausprobieren«, schlug ich vor. »Zum Beispiel Antipasti oder Tapas.«

»Meinst du so was wie Tomate mit Mozzarella?«, fragte Melli.

»Nee«, sagte ich. »Das ist doch voll Neunziger. Ich meine Datteln im Speckmantel, Garnelen in Knoblauchöl, Chorizo, eingelegte Artischocken, Aioli und so etwas. In Hamburg ist das total angesagt. Und als Aperitif X-mas Paranoia, das ist *das* Szene-Getränk der Saison. Von Kampen bis Kitzbühel!«

Meine Mutter brach in Gelächter aus. »Und wer soll dat kochen? Du etwa?«

»Melli könnte mir ja helfen«, schlug ich vor.

»Ich? Nee, lass mal. Ich kann nur so simplen Neunziger-Kram«, sagte sie schnippisch.

»Jetzt ist aber mal Schluss mit dem Tinnef«, sagte meine Mutter. »Es ist alles eingekauft, Heiligabend gibt's Kartoffelsalat mit Würstchen.«

Ich seufzte. Na ja, einen Versuch war es wert gewesen. Und Omas Kartoffelsalat schmeckte ja wirklich großartig.

Den Nachmittag verbrachte ich damit, meinem Vater beim Weihnachtsbaumkauf zu helfen. Es war jedes Jahr das gleiche Spiel: Er wurde mit haargenauen Instruktionen von meiner Mutter losgeschickt – Nordmanntanne, einsachtzig groß und schlank, gerade und dicht gewachsen, schön grün – und kehrte allen Anweisungen zum Trotz mit einem mickrigen und schon halb verdorrten Bäumchen zurück. Jedes Jahr wurde er dann von meiner Mutter mit den entsetzten Worten: »Wat is dat denn für 'n Diabolo Knack?!«, begrüßt, woraufhin er sich lang und breit verteidigte, dass dieser Baum ein absolutes Schnäppchen gewesen sei und ihm außerdem leidgetan habe, weil niemand sonst ihn haben wollte. Jedes Jahr schlichtete Oma den Streit, indem sie sagte: »Ach, da tun wir ordentlich Lametta und Engelshaar drauf, dann sieht man dat nicht mehr.« Und jedes Jahr, nachdem der Baum bereits am zweiten Feiertag alle Nadeln verloren oder den Gesetzen der Schwerkraft nachgegeben hatte und umgefallen war, schwor meine Mutter: »Nächstes Jahr kauf *ich* den Baum!«, was sie im darauffolgenden Jahr jedoch bereits wieder vergessen hatte, woraufhin das Spielchen von vorne anfing.

Auch dieses Mal verliebte mein Vater sich auf den ersten Blick in ein kleines dürres Bäumchen, das aussah, als hätte irgendjemand ihm an einer Seite jeden zweiten Zweig ausgerissen.

Ich versuchte, seine Aufmerksamkeit auf eine perfekt gewachsene Nordmanntanne zu lenken, bei deren Anblick meine Mutter wahrscheinlich in Freudentränen ausgebrochen wäre. »Guck mal, Papa«, sagte ich. »Der ist doch schön.«

Er betrachtete ihn mit kritisch gekräuselter Stirn und gerümpfter Nase von allen Seiten. Schließlich warf er einen Blick auf das Preisschild und tippte sich an die Stirn. »Bist du bekloppt?«, rief er. »Ich zahl doch keine fuffzich Euro für einen Weihnachtsbaum! Nee, Püppi, der da hinten ist mindestens genauso schön und kostet nur dreizehn Euro.«

»Aber der ist doch auf einer Seite ganz kahl«, warf ich ein.

»Ist doch egal, dann stellen wir ihn mit der Seite an die Wand.«

Ich versuchte fast zwanzig Minuten lang, ihn umzustimmen, aber er war nicht von diesem Baum abzubringen. Der Streit zu Hause war natürlich vorprogrammiert, und so war ich auch nicht wirklich überrascht darüber, dass meine Mutter ausrastete, als sie den Weihnachtsbaum sah.

Nach dem Abendessen traf ich mich mit ein paar Freunden in unserer Stammkneipe im Bermuda3eck. Obwohl ich sie alle vermisst hatte, war die Stimmung seltsam distanziert, und mehr als einmal erzählten sie mir mit eindeutig vorwurfsvollem Unterton, wie schlecht es Markus wegen der Trennung immer noch ging. Ich wusste nicht, ob ich mich verändert hatte oder ob sie es waren, aber zwischendurch gab es immer wieder Momente, in denen wir uns nicht viel zu sagen hatten. Es war schon seltsam, als ich weggewesen war, hatte ich Heimweh gehabt, und Bochum, meine Familie und Freunde vermisst. Doch kaum, dass ich wieder hier war, hatte ich Heimweh nach Hamburg. Ich fragte mich, ob ich am Ende momentan nirgendwo zu Hause war, sondern in einer Art Niemandsland schwebte.

An Heiligabend schmückte ich gemeinsam mit Oma und meiner Mutter den Weihnachtsbaum. Oma drapierte ihn derart mit Lametta und Engelshaar, das von seinen Zweigen kaum noch etwas zu sehen war. Durch nichts auf der Welt ließ sie sich davon abbringen, die potthässlichen goldbemalten Gipssterne aufzuhängen, die Melli in der dritten Klasse gebastelt hatte. Am Ende sah der Baum aus, als wollte er als Rauschgoldengel verkleidet zum Karneval gehen.

»Nee, wat haben wir einen herrlichen Baum!«, rief Oma völlig hingerissen, und Tränen schimmerten in ihren Augen.

Meine Mutter und ich tauschten einen zweifelnden Blick, sagten jedoch nichts dazu.

Nach dem Schmücken verkrümelte ich mich mit Oma in ihr Zimmer, um ausgiebig mit ihr zu quatschen. Ich kuschelte mich neben sie auf ihr altes Sofa, und während wir uns selbst gemachten Quittenlikör und Geleebananen genehmigten, ließ sie sich alles von meinem neuen Leben erzählen. Allerdings brachte ich es einfach nicht übers Herz, die weniger schönen Seiten zu erwähnen, und verschwieg ihr, wie einsam ich mich manchmal fühlte, und dass meine Kollegen mich offenbar für einen Dorftrottel hielten. Auch das Kapitel Patrick Weidinger ließ ich tunlichst aus.

»Ich bin so stolz auf dich«, sagte Oma, als ich meine Erzählung beendet hatte, und strich mir übers Haar. »Siehste, war doch genau richtig, dass du hier weggezogen bist. Weißt du, ich bin damals auch immer so gerne zur Schule gegangen. Und gelesen hab ich! Alles, wat mir zwischen die Finger kam. Sekretärin wollte ich werden.« Versonnen blickte sie aus dem Fenster.

»Warum hast du es denn nicht gemacht?«

Oma lachte. »Das waren andere Zeiten, Karo. Als Älteste von sieben Geschwistern musste ich schnellstmöglich Geld verdienen. Tja, da hat mein Vater mich nach der 9. Klasse von der Schule genommen und mir die Stelle in der Fabrik besorgt. Und dann tauchte ja auch schon bald dein Oppa auf. Und dann kam dein Vater. Aber gelesen hab ich immer, mein Leben lang. Das konnte mir keiner nehmen.«

Ich lehnte meinen Kopf an ihre Schulter. Wie schlimm musste es sein, nicht zur Schule gehen und lernen zu *dürfen*, sein Leben nicht selbst in der Hand zu haben. Plötzlich wurde mir bewusst, was für ein Riesenglück ich hatte, meine eigenen Entscheidungen treffen zu können. »Tut mir leid, dass dein Leben so blöd gelaufen ist.«

Sie zog mich zu sich heran. »So 'n Mumpitz. Was dein Oppa und ich alles erreicht haben! Zwei gesunde Kinder, ein eigenes Haus mit Garten, und sogar in Urlaub konnten wir fahren. Bis nach Italien sind wir gekommen! Das war schon alles gut so.« Liebevoll zerwuschelte sie mein Haar. »Und die Karriere, die machst du ja jetzt für mich.«

Ich sog tief ihren Duft nach Seife, Zitronenbonbons und einem Hauch Quittenlikör ein. »So toll ist mein Job gar nicht, Oma«, murmelte ich und versteckte meinen Kopf an ihrer Schulter. »Ich bin bei der Eintracht nur ein ganz kleines Licht.«

Oma fasste mich an den Schultern und hielt mich ein Stück von sich weg. »Dann arbeitest du dich hoch. Hat doch keiner gesagt, dass es einfach werden würde, oder? Du schaffst das, Karo. Du darfst dein Ziel nur nie aus den Augen verlieren.«

»Das werde ich nicht, Oma. Versprochen.«

Um Punkt sechzehn Uhr ging im Hause Maus traditionell die Bescherung los. Andrea Berg hauchte uns durch die alten Boxen der Stereoanlage *Es ist ein Ros' entsprungen* ins Ohr, während die Familie vorm Baum stand und ihn mehr oder weniger enthusiastisch betrachtete. »Haben wir nicht einen herrlichen Baum, Melli?«, fragte Oma meine Schwester.

»Ja, Oma, der sieht toll aus«, sagte sie, und ihr war deutlich anzusehen, dass das eine dicke, fette Lüge war.

»Also, ich find den auch wunderschön«, meldete sich mein Vater zu Wort. »So einen schönen hatten wir noch nie.« Das sagte er jedes Jahr, wohl um meine Mutter davon zu überzeugen, dass er doch keinen Fehlkauf getätigt hatte.

Ich holte die Flasche Champagner aus dem Kühlschrank, die jeder Mitarbeiter der Geschäftsstelle von Dotzler zu Weihnachten bekommen hatte. Nachdem ich fünf Gläser damit befüllt hatte, kehrte ich ins Wohnzimmer zurück. »Hier, das ist Champagner.«

»Oha, bei Karo gibt's jetzt also nur noch Schampus«, sagte Melli. »Einfacher Sekt ist dir wohl nicht mehr gut genug, was?«

»So 'n Blödsinn! Den hab ich geschenkt gekriegt.«

»Wie nett, dass du uns kleinen Leuten auch mal etwas von der großen, weiten Welt kosten lässt.«

Diese blöde Kuh! »Deine dummen Sprüche kannst du dir echt sparen! Und außerdem sind wir ...«

»... keine kleinen Leute, ja ja, schon klar«, vollendete sie meinen Satz. »Wäre ja auch *zu* schlimm, wenn wir's wären, nicht wahr?«

Wir funkelten uns böse an.

»Prost!«, rief Oma. »Fröhliche Weihnachten.«

Wir tranken einen Schluck Champagner, und augenblicklich zogen sich sämtliche Geschmacksknospen in meinem Mund zusammen. Mann, war der sauer!

»Ist der schimmelig?«, fragte mein Vater und beäugte misstrauisch sein Glas.

»Quatsch, der muss so schmecken«, behauptete ich, obwohl ich überhaupt nicht beurteilen konnte, wie Champagner zu schmecken hatte.

»Wat, so sauer?«, fragte meine Mutter entsetzt. »Das kann doch nicht richtig sein.«

Ich stöhnte entnervt auf. Da versuchte ich einmal, meiner Familie etwas Gutes zu tun, und sie wussten es überhaupt nicht zu schätzen. Ich hätte die Flasche mit Saskia teilen sollen. Wir hätten uns gegenseitig versichert, dass wir noch nie im Leben etwas Köstlicheres getrunken hätten, und diesen Moment zelebriert. Anschließend wären wir wahrscheinlich auf ein Bier zu Costa gegangen, aber egal.

»Also ich mag den«, sagte Oma. »Ist doch mal was anderes.«

Später kam Guido dazu, und wir versammelten uns um den Esstisch im Wohnzimmer, um uns die Bäuche mit Würstchen und Kartoffelsalat vollzuschlagen.

»Hast du inzwischen eigentlich alle Formalitäten erledigt?«, erkundigte Guido sich irgendwann bei meinem Vater.

Ich bemerkte, wie meine Mutter ihm mit dem Ellenbogen in

die Seite stieß. Mein Vater warf ihm einen mahnenden Blick zu.

»Was für Formalitäten?«, fragte ich.

Er winkte ab. »Ach, nix Besonderes. Nur so Kram für die Arbeit.«

Mir fielen die komischen Bemerkungen von meiner Mutter ein, und wie mich gestern das Gefühl beschlichen hatte, dass hier etwas im Busch war. Und nun spürte ich es ganz deutlich. »Was ist los? Bist du krank?«

»Nein!«, rief er. »Ich bin kerngesund, mir geht's super.«

Melli schnaubte. »Ja, jetzt, wo die ach so sehr vermisste Tochter wieder da ist, ist doch alles nur noch halb so schlimm.«

»Was ist nur noch halb so schlimm?«, bohrte ich nach. Wieder wichen alle meinem Blick aus, bis schließlich Oma sagte: »Der Papa hat sich dazu entschieden, in Frührente zu gehen.«

Es war, als hätte mir jemand einen Schlag in die Magengrube verpasst. »Was? Seit wann steht das fest?«

»Seit vier Wochen«, sagte Oma.

»Und wieso erfahre ich das jetzt erst?«

Mein Vater sah auf seine Bierflasche, während meine Mutter beschwichtigend die Hände hob. »Jetzt reg dich mal nicht auf. Wir wollten es dir nicht am Telefon sagen, und Weihnachten wollten wir dir auch nicht verderben.«

Ich schüttelte fassungslos den Kopf. »Wie bitte? Was glaubt ihr denn, wie alt ich bin? Acht? Und überhaupt, was soll das mit der Frührente, Papa? Hast du nicht immer gesagt, dass du dich nie im Leben darauf einlassen würdest? Du meintest doch immer, dass sie dich nicht so einfach loswerden und dass du kämpfen willst bis zum Schluss!«

Mein Vater hob endlich den Kopf, um mich anzusehen. »Die haben mir ein super Angebot gemacht. 'ne richtig gute Abfindung zahlen sie mir.«

»Pff, toll!«, sagte ich wegwerfend. »Willst du ernsthaft mit siebenundfünfzig in Rente gehen? Du hast doch immer gesagt, das wäre dein Tod! Was ist denn aus deinem Kampfgeist geworden?«

Tränen traten in seine Augen. »Ich halte das nicht mehr aus!«, rief er mit zitterndem Kinn. »Ich hab mir vierzig Jahre lang den Buckel für diesen Laden krummgemacht! Ich war im Betriebsrat und Schichtleiter, und jetzt soll ich nur noch Schrauben im Lager sortieren, tagein, tagaus?«

»Dann bewirb dich doch woanders!«

Mein Vater schlug mit der Faust auf den Tisch, woraufhin das Geschirr klirrend aufsprang. »Was glaubst du denn, was ich gemacht hab? Ich hab mir den Arsch abbeworben, mit siebenundfünfzig kriegst du keine anständige Arbeit mehr, und schon gar nicht hier im Pott!« Tränen liefen ihm über die Wangen. »Das mit der Abfindung und der Rente ist das Beste, was ich machen kann. Ich kann einfach nicht mehr kämpfen, Püppi«, schluchzte er. »Ich kann nicht mehr.«

»Siehst du«, sagte Melli. »Genau deswegen wollte es dir keiner erzählen.«

Ein riesiger Kloß steckte in meinem Hals, und mein Bauch fühlte sich an, als hätte jemand ein Messer hineingerammt. Mein Vater war immer mein Held gewesen. Von ihm hatte ich gelernt, hartnäckig zu sein und mir zu erkämpfen, was ich haben wollte. Schon als Kind hatte ich ihn auf Kundgebungen und Demos begleitet und in ihm einen Ritter gesehen, der gegen das Unrecht auf der Welt kämpfte. Nun hatte seine Rüstung plötzlich einen riesigen Sprung bekommen, und er hatte offenbar sämtlichen Mut verloren. Es tat verdammt weh, ihn so zu sehen, aber noch schlimmer war es, dass er vor mir nicht hatte zugeben wollen, wie schlecht es ihm ging. Ich ging um den Tisch herum und fiel ihm um den Hals. »Es tut mir so leid, Papa. Entschuldige.«

Er zog mich fest an sich, und ich spürte seine Tränen an meinem Gesicht. »Ach, Püppi, *mir* tut es leid. Ich weiß ja selber, was ich dir immer gepredigt habe, von wegen niemals aufgeben und so.«

Ich gab ihm einen Kuss auf die Wange. »Du musst dich nicht bei mir entschuldigen.«

Eine erdrückende Stille machte sich am Tisch breit, und jeder spielte verlegen mit etwas herum oder starrte vor sich hin.

Schließlich sagte meine Mutter: »So, dann hätten wir das ja geklärt. Und stell dir mal vor, Karo, jetzt wo der Papa seine dicke Abfindung kriegt, da fahren wir sogar auf 'ne Kreuzfahrt! Mit der Aida!«

Wir redeten über die anstehende Reise meiner Eltern, und Papa erzählte von all den Dingen, für die er früher nie Zeit gehabt hatte, und die er nun künftig endlich machen konnte, wie den Garten, seine heißgeliebten Modellflugzeuge oder vielleicht auch mal einen Englischkurs. Aber trotzdem fiel es mir schwer zu glauben, dass seine Begeisterung echt war, und es war mir ein Rätsel, wie er es ohne seine Arbeit aushalten sollte.

Der Rest meines Familienurlaubs verlief friedlich. Melli bekam ich kaum noch zu Gesicht, womit ich ganz gut klarkam. Solange ich denken konnte, war sie wie ein kleiner Rehpinscher gewesen, der mir ständig in die Hacken biss und mich ankläffte. Und wenn ich zurückkläffte oder sie direkt darauf ansprach, was denn bitte ihr Problem sei, zog sie den Schwanz ein.

Ich besuchte Verwandte, traf mich mit Freunden und Bekannten, aber fühlte mich trotzdem häufig wie Falschgeld. Meine Sehnsucht nach Hamburg, meiner WG und den Abenden bei Costa wuchs von Tag zu Tag. Aber am meisten fehlte mir Patrick. Ich dachte ständig an ihn und ärgerte mich gleichzeitig über mich selbst, denn immerhin war ich diejenige, die ihn auf Abstand halten wollte und die jetzt wegen genau dieses Abstands traurig war.

Als Saskia und ich uns am 4. Januar endlich wieder auf den Weg nach Hamburg machten, war ich fast schon erleichtert.

»Jetzt, wo der Papa so viel Zeit hat, könnten wir dich doch mal in Hamburg besuchen«, sagte meine Mutter beim Abschied. »Du könntest uns deine Arbeitsstelle und das Stadion zeigen.«

Ich wusste nicht genau warum, aber der Gedanke, meine Eltern im Büro herumzuführen und meinen Kollegen vorzustellen, behagte mir ganz und gar nicht. Wenn Nadja & Co. sich schon über mich lustig machten, würden sie das über meine Eltern erst recht tun, und ich hatte nicht vor, sie dem Gespött auszusetzen. Trotzdem sagte ich: »Klar, wenn ihr von eurer Reise wieder da seid, dann kommt gerne vorbei.«

Mein Vater nahm mich in den Arm und klopfte mir auf den Rücken, als hätte ich mich verschluckt. »Tschüs, Püppi. Mach's gut.«

»Du auch, Papa.«

Wir sahen uns an, und ich hätte gerne noch mehr gesagt. Weise, tröstende Dinge über seine Zukunft oder das Leben an sich. Aber ich war noch nie besonders gut darin gewesen, Lebensweisheiten herauszuhauen, und darüber hinaus war ich mir sowieso ziemlich sicher, dass er von seiner Tochter gar keine schlauen Sprüche hören wollte. So lächelten wir uns nur stumm an, und dann stieg ich in den Wagen, um endlich nach Hamburg zurückzukehren.

13.

> *Reporter: Würden Sie sagen, die Mannschaft ist stark verunsichert?*
> *Oli Kahn: Ja, ist doch normal. In so 'ner Phase ist natürlich kein Selbstvertrauen da, das ist ja logisch.*
> *Reporter: Sind Sie selbst auch verunsichert?*
> *Oli Kahn: Ich?! Nö. Warum?*

Es war seltsam, am Montag ins Büro zu fahren, ohne Patrick vorher abzuholen. Als Allererstes ging ich bei Geli vorbei, um ein kleines Pläuschchen zu halten. »Hallo Karo!«, rief sie und zog sich die Kopfhörer aus den Ohren. »Ist ganz ungewohnt, dich jetzt schon hier zu sehen. Hör mal, ich muss los zur Halbneun-Kaffeerunde. Willst du mitkommen?«

Huch! Die vorgeschriebenen hanseatischen zwei Jahre, bis man persönlich wurde, hatten wir doch noch lange nicht erreicht. »Klar, gerne! Klingt gut!«

Wir gingen in den Aufenthaltsraum, wo Regine und Leonie sich bereits an der Kaffeemaschine zu schaffen machten.

Wir plauderten über unsere Weihnachtsferien, Geschenke und Silvesterpartys, und es war so nett, dass wir eine geschlagene Dreiviertelstunde quatschten. Dotzler ging in der Zeit dreimal an uns vorbei und musterte uns stirnrunzelnd. Ich zuckte jedes Mal zusammen, die anderen ließen sich von ihm jedoch überhaupt nicht irritieren, was ich wirklich bewundernswert fand. »Kriegt ihr keinen Ärger, wenn ihr hier so lange rumsteht?«, flüsterte ich.

Regine winkte ab. »Ach Quatsch. Wir schieben hier alle Überstunden ohne Ende, da können wir ja wohl mal in Ruhe einen Kaffee zusammen trinken.«

Hm. So wie es aussah, könnte die Anzahl der Überstunden drastisch verringert werden, wenn die tägliche Kaffeerunde ausfiele, doch im gleichen Moment strafte ich mich für mein blödes Wirtschafts-Arbeitgeber-Denken. Mir fiel ein, dass Dotzler mich aufgefordert hatte, klare Entscheidungen zu treffen. Okay, vielleicht war das jetzt nicht unbedingt in seinem Sinne, aber in diesem Moment entschied ich mich ganz klar dazu, bei der Kaffeerunde mitzumachen, und ich genoss es, mich mit meinen Kolleginnen auszutauschen.

Nadjas Schreibtisch war wie üblich überladen mit Unterlagen, Flyern und Listen. Sie tippte hektisch etwas in ihren Rechner und schaute kaum auf, als ich den Raum betrat.

»Hallo Nadja«, begrüßte ich sie und setzte mich auf den Stuhl vor ihrem Tisch. »Hattest du schöne Weihnachten?«

Sie schob sich ihre schwarze Hornbrille ins Haar und sah endlich zu mir auf. »Ach ja, es war zauberhaft!«, schwärmte sie. »Ganz harmonisch und ruhig, Familie, Freunde ... Was kann es Schöneres geben?«

»Gar nichts«, behauptete ich. Mir fiel auf, dass ihr Gesicht ein wenig aufgedunsen war, und außerdem sah ihre Haut aus, als wäre sie plötzlich zurück ins Teenageralter katapultiert worden. Offenbar hatte die Weihnachtsvöllerei ihr nicht besonders gut getan.

»Was steht an?«, fragte ich. »Gibt es viel zu tun?«

Nadja blähte die Wangen auf. »War die Frage ernst gemeint? Demnächst gehen die Firmen- und Sponsorenfußballturniere wieder los, das Sommerfest im Juli muss auch vorbereitet werden, und dann ist da auch noch dieser blöde siebzigste Geburtstag von Hannes Röttger.« Ihr Blick wurde panisch. »Der ist schon am 22. März!«

»Wer ist denn Hannes Röttger?«

»Na, der Eintracht-Altstar! Er wird hier verehrt wie ein Gott, das kann dir doch nicht entgangen sein. Ist dir noch nie die Statue vor dem Stadion aufgefallen?«

»Doch.«

»Voilà. Darf ich vorstellen? Hannes Röttger.« Nadja warf einen Blick auf ihre Uhr und sprang abrupt auf, wobei sie mit dem Knie gegen den Rollwagen unter ihrem Tisch stieß. »Aua, scheiße! Es ist schon halb zehn!« Sie kramte ihre Handtasche hervor und ging Richtung Tür.

Verdattert sah ich ihr nach. »Hast du einen Termin?«

»Äh, nein. Ich muss nur mal ganz dringend ins Bad. Hör zu, könntest du mir den Geburtstag abnehmen? Das ist nur eine kleine Feier, fünfzig Gäste, das kriegst du schon hin. Weißt ja, das Übliche. Schicke Location, Fingerfood, alles ganz gediegen, bla, bla.«

Hatte ich mich verhört? Sie übertrug *mir* die Verantwortung für den siebzigsten Geburtstag von Hannes Röttger? Mir ganz allein? Von Hannes Röttger, *dem* Fußballgott?! »Klar, das mach ich gerne!«, rief ich mit stolzgeschwellter Brust.

»Super«, sagte Nadja und stürmte hinaus.

Eine Viertelstunde später kehrte sie mit hochrotem Kopf zurück.

»Alles okay bei dir?«, fragte ich. »Du siehst irgendwie so mitgenommen aus. Bist du krank?«

Sie schüttelte den Kopf. »Nein, alles bestens.«

Irgendetwas war hier faul. Aber wir waren nicht so eng miteinander, dass wir gemeinsam unsere Probleme wälzten, also hielt ich die Klappe.

Wir stellten die Gästeliste für den Geburtstag auf: einen bunten Mix aus Aufsichtsrat und Geschäftsführung, Vertretern der Hauptsponsoren, ehemaligen Spielerkollegen und ein paar Fanclub-Abgeordneten.

»Denk dran, dass du auch Mark Fischer informierst, damit er ein paar Pressefuzzis ranschafft«, mahnte Nadja mich. »Und es sollen auch zwei oder drei Spieler dabei sein. Auf jeden Fall Weidi, der ist bei so etwas immer gern gesehen.«

»Was ist mit Moritz und Amando?«

»Ja, find ich gut. Okay, Karo, die Gästeliste hast du ja jetzt. Bis Mitte Februar müssen die Einladungen raus. Kriegst du das hin?« Mir fiel auf, dass kleine Schweißperlen auf ihrer Stirn standen.

»Klar.«

»Okay. In zwei Wochen kannst du mir dein Konzept vorlegen, dann gehen wir alles durch.« Nadja wischte sich mit der Hand durch das Gesicht. »Mann, ist das heiß hier.«

»Findest du?«

»Puh, ich halt's nicht aus.« Sie stand auf und öffnete das Fenster. Sofort strömte ein eisiger Windhauch herein, und ich zog meine Strickjacke fester um mich.

»Okay, Karo, dann hau rein. Wenn du Fragen hast, kannst du jederzeit zu mir kommen.«

Ihr Tonfall erweckte ganz und gar nicht den Eindruck, als hätte sie Lust, meine Fragen zu beantworten oder überhaupt irgendetwas mit mir zu tun zu haben. Es fehlte nur noch, dass sie »Ksch, Ksch« machte und mich wie ein Huhn verscheuchte. Nadja war mir zwar schon immer ein bisschen merkwürdig vorgekommen, aber heute verhielt sie sich wirklich äußerst freaky.

Nadja blieb nicht die Einzige, die sich merkwürdig benahm: Seit Saskia klar geworden war, dass sie mehr als freundschaftliche Gefühle für Nils empfand, war sie ihm gegenüber so verkrampft, dass ich nicht verwundert gewesen wäre, hätte sie angefangen, ihn zu siezen. Sie ging ihm aus dem Weg oder vermied zumindest, allein mit ihm zu sein. Nils verstand die Welt nicht mehr und fragte mehrmals nach, ob Saskia sauer auf ihn sei, was sie natürlich stets verneinte. Mit Tanja und ihm lief es offenbar großartig, denn er verbrachte extrem viel Zeit bei ihr, und wir bekamen ihn kaum noch zu Gesicht. Nils und Saskia waren so etwas wie das Herzstück unserer WG gewesen (Pekka nannte sie sogar immer Mami und Papi, wenn wir über sie redeten), und ich konnte kaum mitansehen, wie die beiden sich voneinander entfernten. In Bochum hatte ich mich noch so darauf gefreut, nach Hamburg zurückzukommen, und nun herrschte in der WG ein Klima wie am Nordpol.

So verbrachte ich einen Großteil meiner Zeit damit, über das Verhalten meiner Mitmenschen zu grübeln. Wenn ich das gerade nicht tat, verscheuchte ich Patrick aus meinen Gedanken, der sich immer wieder dorthineinstahl. Daher war es mir nur recht, dass ich mit der Planung der Geburtstagsfeier von Hannes Röttger alle Hände voll zu tun hatte. Obwohl Nadja mir angeboten hatte, mich bei Fragen an sie zu wenden, vermied ich genau das, soweit es nur eben möglich war. Sie wurde von Tag zu Tag launischer. Ihre Stimmung konnte von einer Minute auf die andere in den Keller sinken. Dann knallte sie die Schubladen ihres Rollwagens zu, schlug mit der Faust auf den Tisch oder schnauzte die Auszubildende an, nur um in der nächsten Sekunde in Tränen auszubrechen, weil sie ihren Kugelschreiber nicht finden konnte.

Mitte Januar kehrte die Mannschaft endlich aus Gran Canaria zurück. Das erste Training würde morgen früh stattfinden. Bei dem Gedanken daran, Patrick wiederzusehen, schwankte ich zwischen Vorfreude und Nervosität, und ich konnte mich kaum auf meine Aufgaben konzentrieren. Mühsam riss ich meinen Blick vom Mannschaftsposter los, das an der Wand mir gegenüber hing, und starrte auf die Excel-Tabelle, in der ich die Kosten für die Feier kalkuliert hatte. Sie lagen eindeutig über dem vorgegebenen Budget, und ich musste mir auf jeden Fall den Segen eines Vorgesetzten holen. Nadja war heute krank nach Hause gegangen, nachdem sie die Putzfrau zum Heulen gebracht hatte, als diese ihren Mülleimer leeren wollte. Mir blieb also nichts anderes übrig, als Dotzler zu fragen. Ich druckte die Tabelle aus und klopfte kurz darauf an seine Tür.

»Hallo Herr Dotzler, ich wollte…« Mitten im Satz hielt ich inne und erstarrte zur Salzsäule, als ich sah, dass er nicht alleine war. Auf einem der Besucherstühle saß – Patrick. Der andere wurde von Vincent Leibrecht, seinem Manager, belagert. Patrick drehte sich zu mir um und sah mich aus seinen blauen Augen an. Unwillkürlich machte mein Herz einen freudigen Hopser, meine Mundwinkel verformten sich zu einem Lächeln, die Schmetterlingsmädchen in meinem Bauch riefen sich aufgeregt »Da ist Patrick! Da ist Patrick!« zu und putzten sich rasch die Flügel, um möglichst hübsch auszusehen. Jetzt, wo ich ihn wiedersah, wurde mir erst richtig bewusst, wie sehr ich ihn vermisst hatte. Doch meine Miene gefror, als ich realisierte, dass er sich umgekehrt gar nicht zu freuen schien, mich zu sehen. Er wirkte beinahe teilnahmslos, so als würden wir uns kaum kennen.

»Hallo?! Was ist denn nun?«

Ich zuckte zusammen, als Dotzlers Stimme in mein Bewusstsein drang. Mit einiger Verzögerung wanderte mein Blick von Patrick zu ihm, und ich hielt die Liste hoch. »Ich wollte mit

Ihnen das Budget für die Geburtstagsfeier von Hanno, äh Dings ... Röllmann abstimmen.«

»Wer zur Hölle ist das, und was habe ich mit seinem Geburtstag zu tun?«

Verdammt, wie hieß dieser Typ noch mal? In den vergangenen Wochen hatte ich mehrmals täglich seinen Namen erwähnt, doch nun war er wie weggeblasen.

»Ich denke, sie meint Hannes Röttger«, kam Patrick mir zu Hilfe.

Ich ließ die Liste sinken, die ich, wir mir in diesem Moment bewusst wurde, immer noch präsentierte wie eine *Tatort*-Kommissarin ihre Dienstmarke.

»Wie auch immer, Sie sehen ja«, Dotzler deutete auf Patrick und seinen Manager, »es passt gerade nicht.«

Ich nickte. »Ja, dann ... komme ich später noch mal vorbei.« Doch ich rührte mich nicht vom Fleck, sondern starrte Patrick an.

»Bevor Sie später noch mal vorbeikommen können, müssten Sie erst gehen«, sagte Dotzler gereizt.

»Was? Ach so! Ja. Klar«, stammelte ich. »Tschuldigung.«

Ich trat auf den Flur und war für einen kurzen Moment schwer in Versuchung, mein Ohr an Dotzlers Tür zu pressen, um zu lauschen. Stattdessen lehnte ich mich an die Wand, kaute nervös an den Fingernägeln und wartete, bis nach zehn Minuten endlich Patrick und Leibrecht herauskamen.

Patrick nickte mir kurz zu und wollte schon an mir vorbeiziehen, doch ich hielt ihn am Arm zurück. »Warte. Ich muss dringend was mit dir besprechen.«

»Worum geht es denn? Um Hanno Röllmann?«

»Nein, es geht um ...«, ich schielte zu Vincent Leibrecht, der uns interessiert beobachtete. »... terminliche Koordinationsfragen. Kommst du kurz mit in mein Büro?«

Leibrecht klopfte Patrick auf die Schulter. »Ich warte unten«, sagte er und ging den Flur hinab.

Patrick sah nicht gerade begeistert aus, fügte sich aber seinem Schicksal und folgte mir in mein Büro.

»Was hatte denn dieses Meeting mit Dotzler zu bedeuten?«, fragte ich, kaum dass ich die Tür hinter uns geschlossen hatte.

Patrick betrachtete mich missmutig. »Ich weiß gar nicht, wie ich es dir beibringen soll, aber: Das geht dich überhaupt nichts an.«

Er hätte mir genauso gut einen Eimer kaltes Wasser über den Kopf schütten können. »Oh«, sagte ich nach einer halben Ewigkeit. »Okay.« Zu meinem Ärger fing meine Unterlippe an zu zittern, und ich wandte mich schnell von ihm ab, um planlos ein paar Zettel auf meinem Schreibtisch von rechts nach links zu schieben. »Ich meine ja nur, weil ich dich vom Flughafen hätte abholen und hierherfahren können. Immerhin ist das mein Job«, fügte ich schnell hinzu.

Patrick schnaubte. »Ja, natürlich. Gut, dass du mich daran erinnerst. Das ist dein *Job*.« Das letzte Wort spuckte er förmlich aus.

Nur mit Mühe gelang es mir, die Tränen zu unterdrücken. Dass er nicht gerade gut auf mich zu sprechen war, konnte ich ja verstehen. Aber dass er wieder genauso fies sein würde wie zu Beginn unserer Bekanntschaft, hätte ich nicht gedacht. Immerhin hatte ich mich entschuldigt.

Patrick fuhr sich mit der Hand über das Gesicht. »Tut mir leid, Karo. Ich hab zurzeit einiges um die Ohren, und ich weiß einfach nicht...« Er ließ den Satz unvollendet in der Luft hängen.

»Was weißt du nicht?«

»Nichts.« Er schüttelte den Kopf. »Ich weiß gar nichts.«

»Aha. Na, dann sind wir ja schon zwei.«

Wir sahen uns eine Weile schweigend an. Schließlich sagte Patrick: »Ich muss los, Vincent wartet.«

Ich nickte. »Okay.«

Er hatte den Türgriff schon in der Hand, drehte sich aber noch einmal zu mir um. »Was ist eigentlich mit dieser Pekka-Geschichte?«

Vollkommen überrumpelt von dieser 180-Grad-Wendung schüttelte ich den Kopf. »Was für eine Pekka-Geschichte?«

»Bist du noch mit ihm *zusammen* oder habt ihr euch zufällig getrennt?«

Ich wich seinem Blick aus. »Nein, wir haben uns nicht getrennt.« Was sogar die reine Wahrheit war, schließlich waren wir nie zusammen gewesen. Ich konnte einfach nicht aus meiner Haut und hatte nach wie vor Angst vor dem, was möglicherweise passieren würde, wenn ich zugab, dass ich gelogen hatte. Angst davor, Patrick noch näher an mich heranzulassen.

»Aha. Alles klar.« Ohne ein weiteres Wort knallte er die Tür hinter sich zu.

Die Winterpause hatte offenbar nicht nur Nadja, Patrick und mir nicht gut getan – der Start in die Rückrunde entpuppte sich auf ganzer Linie als Reinfall. Die Stimmung bei der Eintracht war angespannt, sowohl in der Geschäftsstelle als auch in der Mannschaft, denn wir verloren die ersten drei Spiele nach der Pause. In der Tabelle sackten wir zurück auf den siebzehnten Platz, und wieder schwebte das Wort »Abstieg« wie ein hässliches Gespenst über dem Stadion und den Büros.

Die Mitglieder der Geschäftsführung trafen sich ständig hinter verschlossenen Türen zu Meetings mit dem Aufsichtsrat oder mit Koch oder Bergmann oder mit allen gleichzeitig. Dotzler, der ja schon von Natur aus nicht der leiseste Mensch war, bellte jeden an, der nicht schnell genug vor ihm flüchten konnte, und nicht mal Geli traute sich noch zu ihm rein.

Es wurde auch dadurch nicht einfacher, dass sich täglich eine stetig wachsende Horde Fans versammelte, die unter den Fenstern der Geschäftsstelle oder am Trainingsplatz Transparente in die Höhe hielten, auf denen »Wir kämpfen für euch – wer kämpft für uns?« stand, oder die lauthals: »Dotzler raus/Bergmann raus« riefen.

Ich musste immer an den Typen vorbei, wenn ich Patrick vom Training abholte, und schnappte häufig Sätze auf wie: »Wenn ich so arbeiten würde wie die, hätte mein Chef mich schon längst rausgeschmissen!« Manches Mal hätte ich ihnen gerne gesagt, dass sie entweder ihre Klappe halten oder ihre fetten Ärsche auf den Platz bewegen und es besser machen sollten, doch ich wusste, dass das kindisch gewesen wäre. Außerdem war dieses Mal immerhin nicht Patrick derjenige, der den Unmut der Fans auf sich zog. Ihm gegenüber blieben sie gnädig, was aber vermutlich daran lag, dass er der Einzige war, der immer mal wieder mit ihnen redete und sich ihre Beschwerden anhörte, anstatt schweigend und missmutig an ihnen vorbeizugehen. Allgemein blieb er in dieser Krise erstaunlich gelassen, und in der Presse wurde er als »gereifter Führungsspieler« beschrieben oder als »der Einzige, der Verantwortung übernimmt«. Obwohl mir klar war, dass sich dieses Lob schon nach ein oder zwei schlechten Spielen wieder ins Gegenteil umkehren würde, konnte ich nicht verhindern, dass sich so etwas wie Stolz in mir regte.

Nadja war nach dem Putzfrauen-Zwischenfall nicht wieder aufgetaucht und blieb drei Wochen lang verschwunden. Ich übernahm ihre Aufgaben so gut es ging, und zum ersten Mal, seit ich bei der Eintracht arbeitete, war ich im Büro voll ausgelastet. Wenn ich Patrick nach dem Training oder einem Termin zu Hause abgesetzt hatte, fuhr ich oft noch mal ins Büro, und es war keine Seltenheit, dass ich erst um neun oder zehn Uhr Feierabend machen konnte. Obwohl es stressig war und ich oftmals das Gefühl hatte, überhaupt nicht zu wissen, was ich da eigentlich tat, gefiel mir dieser Job mehr, als ich es für möglich gehalten hätte. Ich kniete mich zu hundertzwanzig Prozent rein und genoss es, endlich Verantwortung übernehmen und Entscheidungen treffen zu dürfen. Vielleicht wurde Dotzler ja endlich darauf aufmerksam, dass mehr in mir steckte als Patrick zu betreuen, und gab mir eine Chance als Festangestellte.

Mitte Februar wurde Bergmann entlassen. Jeder hatte es kommen sehen, sodass niemand wirklich schockiert war, als die Entscheidung unmittelbar nach einem wieder mal verlorenen Spiel verkündet wurde.

Obwohl wir in den letzten Wochen kaum ein persönliches Wort gewechselt, sondern uns auf rein höfliche Konversation über das Wetter oder den dichten Verkehr beschränkt hatten, siegte meine Neugier, und ich quetschte Patrick auf dem Heimweg aus. »Was sagst du zu Bergmanns Entlassung?«

Er ließ seinen Kopf an die Rückenlehne fallen. »Fang du nicht auch noch damit an. Diese Frage habe ich heute der Presse bereits tausendmal *nicht* beantwortet.«

»Ja, aber mir kannst du doch antworten«, erwiderte ich. »Bist du froh darüber?«

Patrick seufzte. »Bergmann und ich waren nicht gerade die besten Freunde. Nachweinen werde ich ihm sicher nicht.«

»Er ist ein ziemliches Arschloch, oder?«

»Er ist ein alter Hardliner, der nicht den geringsten Respekt vor seinen Spielern hat, und ich hoffe inständig, dass ich nie wieder das Pech habe, ihn irgendwo als Trainer vorgesetzt zu kriegen.«

»Und die anderen? Vorhin sahen die Jungs alle ziemlich mitgenommen aus«, wand ich ein.

Patrick schwieg eine Weile, und ich dachte schon, er würde meine Frage ignorieren, doch dann sagte er: »Das hatte nichts mit ihm persönlich zu tun. Ein Trainerwechsel mitten in der Saison ist immer schwierig und kann auch voll danebengehen. Vor allem, wenn sowieso schon nichts läuft und das Selbstvertrauen im Keller ist.«

»Wieso werden nicht einfach alle zu Sigrid von Boulé geschickt? Dir hilft sie doch ganz offensichtlich.«

Patrick lachte humorlos auf. »Du kannst doch niemanden dazu zwingen, sich psychologisch betreuen zu lassen. Es ist nicht so einfach, offen zuzugeben, dass man mit dem Druck nicht klarkommt oder an Selbstzweifeln und Versagensängsten leidet. Schließlich sind wir Spieler von klein auf darauf gedrillt, Leistung zu bringen. Wenn wir nicht funktionieren, wird noch mehr Druck gemacht, und wer damit nicht umgehen kann, tja, der ist wohl falsch in diesem Job.«

»Ja, aber das kann doch nicht die richtige Einstellung sein. Was, wenn ein Spieler unter all dem Druck zusammenbricht oder noch Schlimmeres passiert?«

»Ist doch alles schon vorgekommen«, sagte Patrick. »Dann sind alle schockiert und unheimlich betroffen und prangern die unmenschlichen Verhältnisse in der Bundesliga an. Nach spätestens drei Wochen interessiert das Thema niemanden mehr, und Spieler und Trainer, die es nicht bringen, werden wieder von den Fans beschimpft und von der Presse zerrissen. So ist das nun mal.«

»Und du hast das inzwischen akzeptiert?«

Patrick schüttelte den Kopf. »Mache ich etwa den Eindruck? Ich bin doch selber einer von denen, die Schwierigkeiten haben. Es steht jedem offen, sich Hilfe zu suchen. Aber den Schritt muss derjenige selber gehen.«

Zum ersten Mal seit der Winterpause sprang Patrick nicht fast noch im Fahren aus dem Wagen, kaum dass ich in die Einfahrt eingebogen war. Ich stellte den Motor aus, und plötzlich war außer dem kalten Februarregen, der auf das Dach und die Frontscheibe prasselte, kein Geräusch mehr zu hören.

»Ich bin wirklich froh, dass du Bergmann los bist«, sagte ich leise. »Und dass du dich dazu entschieden hast, dir helfen zu lassen.«

Patrick sah mich nachdenklich an. »Vielleicht hätte ich das nicht gemacht, wenn du nicht gewesen und mir permanent auf die Nerven gegangen wärst.«

»Hab ich doch gerne gemacht«, sagte ich lächelnd.

Er erwiderte mein Lächeln. »Machst du immer noch. Jeden verdammten Tag aufs Neue. Apropos auf die Nerven gehen, wie geht es Pekka eigentlich?«

Oh nein. Bitte nicht schon wieder dieses Thema. »Gut.«

»Und? Immer noch total verknallt?«

»Ähm, ja«, erwiderte ich. »Total. Schmetterlinge, Kribbeln, das volle Programm.« Die Schmetterlingsmädels in meinem Bauch, die ganz eindeutig für das Team Patrick spielten, schrien empört auf.

Er durchbohrte mich förmlich mit seinem Blick. »Na dann«, sagte er schließlich. »Gute Nacht, Karo.« Damit verließ er das Auto und lief durch den Regen zu seinem Haus. Und ich hätte mir am liebsten selbst eine reingehauen.

In der Küche traf ich Pekka, Nils und Saskia, die zusammen Bier tranken und Salmiak-Schokolade aßen, die Pekka in Unmengen aus Finnland mitgebracht hatte und nach der wir inzwischen alle süchtig waren.

»Na, ihr?«, grüßte ich und gesellte mich zu ihnen, denn die Gelegenheit musste ich unbedingt nutzen. Es kam nicht mehr allzu häufig vor, dass wir alle zusammen um einen Tisch saßen. Ich brach ein Stück von der Schokolade ab, biss hinein und genoss es, wie der flüssige Salmiakkern sich auf meiner Zunge ausbreitete und der salzige Lakritzgeschmack sich in meinem Mund mit der süßen Schokolade vermischte.

»Ich versuche gerade, etwas über diese Tanja zu erfahren«, erzählte Pekka mir. »Sag, Nils, gibt es diese Frau überhaupt?«

Nils Körperhaltung versteifte sich. »Natürlich gibt es sie! Glaubst du, ich spinne?«

Pekka hob abwehrend die Hände. »Nein! Es ist nur ... Du bist seit wann mit sie zusammen? Seit fast drei Monate? Ich habe sie noch nie gesehen.« Er wandte sich an mich. »Hast du sie schon gesehen, Karo?«

»Nein. Ich habe sie auch noch nie gesehen.«

Er nickte, als hätte er mit keiner anderen Antwort gerechnet. »Saskia? Du?«

Sie schüttelte den Kopf, doch es war deutlich zu sehen, wie unangenehm ihr dieses Thema war. »Ist doch egal, Pekka. Lass ihn in Ruhe.«

Doch der setzte sein Verhör unbeirrt fort. »Warum bringst du sie nie hierher, Nils? Schämst du dich für sie?«

»Oder für uns?«, fragte ich.

Nils schüttelte den Kopf. »Nein. Aber sie hasst WGs und findet es albern, dass ich mit Ende zwanzig noch in einer wohne. Daher hat sie keinen Bock, hierherzukommen.«

Saskia lachte gehässig auf. »Pff. Na, die hat ja Nerven.«

»Und das lässt du dir gefallen?« Fassungslos starrte ich Nils an.

»Ich lasse mir gar nichts gefallen!« Seine Stimme schwoll an. »Und übrigens geht euch das alles einen Scheiß an, also haltet euch gefälligst da raus!«

»Oho«, sagte Saskia. »Der Bad Boy hat gesprochen.«

Pekka verbarg seinen Kopf in den Händen und raufte sich die Haare. »*Vittu tätä paskaa!* Ich halte das nicht aus!«, stöhnte er. »Er ist kein Bad Boy! Er hat gestern bei ein Film mit Hugh Grant geweint!«

»Ich hatte was im Auge!«, protestierte Nils.

»Ja. Tränen«, erwiderte Pekka.

»Ach, halt doch die Fresse!«, fuhr Nils ihn an.

Saskia knallte ihre Bierflasche auf den Tisch. »Mein Gott, Nils, diese Bad-Boy-Nummer ist echt zum Kotzen! Ich erkenn dich überhaupt nicht mehr wieder!«

»Darf ich dich noch mal daran erinnern, dass du diejenige gewesen bist, die mir gesagt hat ...«

»Ja, und das war ein verdammter Fehler!«, unterbrach Saskia ihn wütend. »Ich habe mich getäuscht, und ich wünschte, ich hätte dir diesen Schwachsinn niemals erzählt! Ich will nicht, dass du so tust, als wärst du ein anderer, als der Nils, in den ich ... den ich ...« Hilflos brach sie ab. Sie war hochrot angelaufen.

Ich wagte es kaum zu atmen.

»Den ich, den ich was? Geht der Satz auch noch weiter?«, hakte Nils nach.

»In den ich verliebt bin!«, platzte es aus Saskia heraus.

Nils starrte sie an, als würde sie plötzlich Mandarin reden. »*Was* hast du gerade gesagt?«

»Dass ich *verliebt* in dich bin, verdammt noch mal!«

Allmählich war es mir mehr als unangenehm, Zeugin dieser

Szene zu sein. Ich stieß Pekka in die Seite und sagte leise: »Komm, wir lassen die beiden lieber allein.«

»Nein«, erwiderte er, lehnte sich bequem zurück und stopfte sich noch ein Stück Schokolade in den Mund. »Das interessiert mich.«

Als Einzige wollte ich den Raum dann auch nicht verlassen, also blieb ich sitzen.

Nils und Saskia schienen unsere Anwesenheit sowieso völlig vergessen zu haben. Die beiden starrten sich an und wirkten fast wie zwei Löwen, die sich gegenseitig belauerten, jederzeit zum Kampf bereit.

Nach einer Weile rührte Nils sich wieder. »Du hast mir erzählt, dass ich viel zu nett bin und dass mich so keine will! Du musst dich komplett ändern, wenn das mit Tanja jemals etwas werden soll, hast du gesagt!« Mit dem Finger zeigte er auf Saskia. »Und jetzt behauptest du, dass du *verliebt* in mich bist?«

Saskia schien erst jetzt in aller Deutlichkeit bewusst zu werden, was für einen riesigen Mist sie verzapft hatte. »Es tut mir leid, dass ich das gesagt habe! Mir war doch überhaupt nicht klar, was ich für dich empfinde!«

Nils schnaubte. »Ach, und nach all den Jahren wird dir das plötzlich von heute auf morgen klar? Was ist das denn für ein Schwachsinn! Dir geht es doch nur darum, dass ich dir jetzt nicht mehr permanent zur Verfügung stehe, wenn du mal eine Schulter zum Ausweinen oder einen Typen zum Möbelschleppen brauchst! Dass du mir so kommst, kaum dass ich mit Tanja zusammen bin, ist echt das Allerletzte!« Damit stürmte er hinaus.

Saskia zuckte heftig zusammen und begann dann, am ganzen Leib zu zittern. Schließlich verbarg sie das Gesicht in den Händen und brach in Tränen aus. Noch bevor ich zu ihr gehen konnte, um sie zu trösten, lief sie aus der Küche und verschwand türenknallend in ihrem Zimmer.

Pekka und ich starrten ihr stumm hinterher.

»So ein Mist!«, sagte ich.

»Lassen Mami und Papi sich jetzt scheiden?«, fragte er, doch sein Gesicht verriet, dass er seinen Witz selbst nicht lustig fand. Er tätschelte meinen Arm. »Das wird alles wieder gut«, meinte er. »Wird eine Weile dauern. Aber es wird wieder gut.«

Ich war mir da nicht so sicher. Mir kam es eher so vor, als wäre dieser Karren dauerhaft an die Wand gefahren. Ich folgte Saskia in ihr Zimmer, wo sie auf ihrem Bett lag und so heftig schluchzte, dass sie nicht in der Lage war, zu sprechen. Den ganzen Abend bis tief in die Nacht hinein versuchte ich, sie zu trösten, doch so wie es schien, war Saskia für immer untröstlich.

Ein paar Tage später hatte die Eintracht schon einen neuen Trainer: Mike Winkler. Er war ein junger, kumpelhafter Typ, und er verströmte eine Energie und Willensstärke, die jeden mitriss. Eine seiner ersten Amtshandlungen war, dass er und die Mannschaft Patrick wieder zum Kapitän ernannten.

Der Trainerwechsel brachte die kritischsten Pressestimmen erst einmal zum Verstummen, und die täglichen Demos vor der Geschäftsstelle hörten endlich auf. Die Mannschaft gewann das erste Spiel unter Winklers Führung, und eine zarte Hoffnung keimte auf.

Eines Morgens, als Patrick und ich vor dem Stadion aus dem Auto stiegen, kam Eckard Müller auf uns zu. »Dotzler will euch sehen, ihr sollt zu ihm ins Büro kommen.«

»Uns beide?«, fragte ich erstaunt.

Eckard grinste. »Ja, euch beide. Noch spreche ich mit Weidi nicht im königlichen Plural.«

Patrick lachte. »Wieso eigentlich nicht?«

Wir machten uns schweigend auf den Weg zu Dotzler. »Was kann er denn wollen?«, fragte ich, nachdem ich eine Weile vor mich hin gegrübelt hatte.

Patrick zuckte mit den Achseln. »Ich habe keine Ahnung. Wahrscheinlich geht es um irgendeinen Termin.«

»Aber so etwas klärt doch normalerweise Koch mit uns.«

Patrick öffnete die Tür zum Glasgebäude der Geschäftsstelle und ließ mich eintreten. Kaum war ich an ihm vorbeigezogen, drehte ich mich abrupt zu ihm um. »Hast du irgendwas gemacht? Warst du saufen oder, oder ... Weiber aufreißen und rumvögeln oder sowas?«

Patricks Augen verengten sich zu schmalen Schlitzen. »Und du? In letzter Zeit schön viel mit deinem ›Freund‹ rumgevögelt?« Zu dem Wort »Freund« malte er mit den Fingern Anführungszeichen in die Luft.

Allmählich ging es mir wirklich auf die Nerven, dass er andauernd nach Pekka fragte oder auf ihn anspielte. »Du hast meine Frage nicht beantwortet«, zischte ich.

»Ja, weil es dich einen Scheißdreck angeht, wie oft ich mit wem rumvögele!«

»Es geht mich sehr wohl etwas an, immerhin ist das mein ...«

»Dein *Job*, ja, ich weiß. Gut, dass du das immer wieder betonst, ich könnte es sonst glatt vergessen.« Patrick hämmerte mit der Faust an Dotzlers Tür und stürmte, ohne eine Antwort abzuwarten, in den Raum.

»Na, da hat aber jemand viel Energie heute Morgen, was?«, fragte Dotzler grinsend. »Nehmen Sie doch Platz.« Er schien die dicke Luft, die zwischen Patrick und mir umherwaberte, gar nicht zu bemerken. »Es gibt gute Nachrichten. Dieses Arrangement zwischen dir und Frau äh ...«

»Maus!«, sagte Patrick gereizt.

»Das weiß er doch«, fuhr ich ihn an.

»Offensichtlich weiß er das nicht, oder hast du ihn jemals deinen Namen sagen hören?«

»Ja und? Hier arbeiten über hundert Leute, da kann er sich doch nicht jeden Namen merken!«

»Den Namen des Bullterriers, den er auf mich angesetzt hat, sollte er sich aber doch zumindest aus Respekt mir gegenüber merken können!«

Ich schnappte empört nach Luft. »Hast du mich gerade *Bullterrier* genannt?«

Patricks Augen funkelten wütend. »Erwartest du ernsthaft eine Antwort auf diese Frage? Ich habe doch klar und deutlich gesprochen, oder nicht?«

Am liebsten hätte ich ihn angefallen und mich in seiner Wade verbissen, um meinem Namen alle Ehre zu machen.

»Ähm, Entschuldigung?«

Patrick und ich sahen ruckartig zu Dotzler, der uns irritiert musterte. Dann schüttelte er leicht den Kopf und lächelte uns an. »Gut, also Folgendes: Wir haben uns dazu entschieden, die Zusammenarbeit zwischen Ihnen beiden ab sofort zu beenden«, verkündete er freudig.

Mein Kopf fühlte sich an, als hätte Dotzler mir soeben einen fetten rechten Haken verpasst.

Er schien zu erwarten, dass Patrick und ich ihm jubelnd um den Hals fallen würden, doch weder von ihm noch von mir kam irgendeine Reaktion.

Ich wandte meinen Kopf nach rechts und begegnete Patricks Blick, der im selben Moment wie ich herübergesehen hatte. Ich versuchte zu erkennen, was in ihm vorging, doch seine Augen verrieten nichts, und seine Miene war reglos.

Dotzler räusperte sich, und wir wandten unsere Blicke voneinander ab.

»Wie soll er denn nun zum Stadion und zu Terminen kommen?«, fiel mir plötzlich ein. »Jemand muss ihn doch fahren.«

Er nickte. »Ja, natürlich. Aber wir haben uns gefragt ... Weidi, für wie lange wurde dir die Fahrerlaubnis eigentlich entzogen? Darüber haben wir nie gesprochen.«

Patrick wechselte seine Sitzposition und wippte mit dem Bein. »Ähm ... für zwei Monate.«

»Was?«, entfuhr es mir. »Das heißt, du hast deinen Lappen seit *Dezember* wieder? Wieso hast du mir das nicht gesagt?«

»Das ist doch großartig!« Dotzler strahlte. »Dann kannst du ja wieder selber fahren.«

»Wieso hätte ich es dir sagen sollen?« Patrick ignorierte ihn. »Das hätte doch überhaupt keinen Unterschied gemacht.«

»Na schön«, sagte Dotzler. »Das wär's dann, Frau ... Maus. Vielen Dank.« Damit deutete er zur Tür.

Patrick richtete sich abrupt auf. »Und was passiert jetzt mit ihr? Wird sie etwa rausgeschmissen?«

»Niemand wird hier rausgeschmissen«, sagte Dotzler ruhig. »Sie kann sich von jetzt an voll und ganz auf ihre Aufgaben im Hospitality- und Sponsoring-Bereich konzentrieren. Da wird sie momentan viel dringender gebraucht.«

Ich stand auf und spürte, dass meine Beine zitterten. Es war vorbei. Ich war Patrick Weidinger endlich los. Keine nervigen Streitereien mehr, kein ewiges Hin und Her, keine Lügen über Pekka – gar nichts mehr. Ich würde Patrick kaum noch sehen. Hey, großartig! Nein, das war wirklich ganz, ganz toll. Und super für meinen Seelenfrieden, denn ich konnte mich jetzt in aller Ruhe entlieben. Puh. Diese Erleichterung! Ich schluckte schwer, um den Kloß in meinem Hals loszuwerden. »Na dann«, krächzte ich. An der Tür drehte ich mich noch einmal zu Patrick um, doch er hatte mir den Rücken zugekehrt und saß tief in seinen Stuhl eingesackt.

Ich ging die endlosen Flure der Geschäftsstelle hinunter. Ein paar Leute kamen mir entgegen und grüßten mich im Vorbeigehen. Automatisch nickte ich ihnen zu, ohne dass ich sie wirklich wahrnahm. Kurz vor meinem Büro bog ich ab in die Damentoilette. Ich schloss mich in einer Kabine ein und brach in Tränen aus.

14.

*Ich habe keine Lust,
immer der einzige Idiot zu sein,
der einen Fehler zugibt.
Deswegen mache ich es heute auch nicht.*
Dietmar Beiersdorfer

Es war gut, dass ich Patrick nicht mehr herumkutschieren musste, davon war ich spätestens drei Wochen nach dem Gespräch mit Dotzler fest überzeugt. Ich genoss es, ihn nicht mehr zu irgendwelchen Terminen begleiten zu müssen, wo ich andauernd Fotos von ihm und seinen Fans machen musste und ansonsten nur blöd daneben stand. Patrick fehlte mir überhaupt nicht. Gut, anfangs hatte ich andauernd nach ihm Ausschau gehalten, und es war mir manches Mal nicht leichtgefallen, mich davon abzuhalten, zu ihm zu gehen und ihn zu fragen, wie es ihm ging. Aber getan hatte ich es nie, denn letzten Endes interessierte es mich ja sowieso nicht besonders, und außerdem hatte Patrick selber es schließlich auch nie für nötig gehalten, sich mal nach meinem Befinden zu erkundigen. Es schien fast, als hätten wir uns nie näher gekannt. Als wären die letzten Monate nichts als ein äußerst verwirrender Traum gewesen.

Lächerlich, dass ich vor einiger Zeit noch dachte, ich sei in ihn verliebt, und das nur wegen ein paar alberner Textnachrichten und einem extrem harmlosen Kuss. Mittlerweile war ich definitiv entliebt und dachte fast überhaupt nicht mehr an ihn.

Nur Karlheinz, der Verräter, schien darunter zu leiden, dass er Patrick nicht mehr fahren durfte, denn schon kurz nachdem wir getrennter Wege gegangen waren, hatte er angefangen, jedes Mal, wenn ich abbog, einen Seufzer und ein kleines Ächzen auszustoßen. »Es ist besser so, Karlheinz«, versuchte ich ihn zu überzeugen, doch er blieb stur.

Abends unternahm ich jetzt öfter etwas mit Geli, Regine und Leonie. Wir besuchten einmal in der Woche gemeinsam einen Zumba-Kurs, und hinterher gingen wir meist noch beim Mexikaner um die Ecke mit Käse überbackene Nachos essen und Cocktails trinken. Ich war froh, endlich Freunde außerhalb der WG gefunden zu haben, und es machte Spaß, mit den Mädels abzuhängen. Ab und zu versuchte ich sie zu überreden, auch mal in etwas hippere Läden zu gehen, denn Nadjas Vorwurf, ich käme prollig rüber, hatte sich fest in mein Hirn eingebrannt. Doch Geli, Regine und Leonie hatten keine Lust darauf, und letzten Endes mochte ich sie und die Nachos so sehr, dass ich ihnen zuliebe gern auf X-mas Paranoias und andere Szene-Drinks verzichtete.

An der Saskia-und-Nils-Front hatte sich in den letzten Wochen nichts getan. Saskia hatte mehrmals versucht, mit Nils zu reden, doch der war immer noch stinksauer auf sie und glaubte ihr schlichtweg nicht, dass sie in ihn verliebt war. Noch immer war er mit Tanja zusammen, brachte sie aber nie mit zu uns, sodass Pekka und ich sie schon heimlich »das Phantom« getauft hatten. Inzwischen war Nils selbst allerdings auch zum Phantom geworden, denn wir kriegten ihn kaum noch zu Gesicht.

Der Job forderte mich voll und ganz. Nadja war nach wie vor andauernd krank, und wenn sie doch mal im Büro auftauchte, war sie entweder mies gelaunt oder brach bei jeder Kleinigkeit in Tränen aus. Ich hatte sie mehrmals darauf angesprochen, was mit ihr los war und ob ich ihr irgendwie helfen könnte, doch sie blockte jedes Gespräch in diese Richtung sofort ab.

So war ich mit der Planung des Geburtstags von Hannes Röttger auf mich allein gestellt. Nachdem ich anfangs noch versucht hatte, Nadja um Rat zu fragen, jedoch jedes Mal mit den Worten »Du machst das schon, ich hab keine Zeit für diesen Mist« von ihr abgespeist worden war, verließ ich mich nun ganz auf mein Gefühl. Ich hatte mir viele Gedanken gemacht, worüber ein siebzigjähriger Hamburger Ex-Fußballprofi sich freuen könnte, und war mir sicher, dass ich eine Veranstaltung organisiert hatte, die ganz nach seinem Geschmack war. Über dieses rauschende Fest würde Hannes Röttger noch auf seinem Sterbebett reden!

Und schließlich kam der 22. März. Es war ein wunderschöner Sonntag, der seinem Namen alle Ehre machte. Zum ersten Mal in diesem Jahr waren Temperaturen über zwanzig Grad gemeldet worden, der Himmel strahlte in einem satten Blau, und die Sonne tauchte alles in dieses ganz besondere norddeutsche Licht, das immer das Gefühl vermittelte, die Luft sei hier klarer als an jedem anderen Ort auf der Welt.

Mit dem Auto machte ich mich auf den Weg zu dem Ruderclub an der Außenalster, den ich als Location ausgesucht hatte. Karlheinz' Ächzen und Stöhnen, vor allem in Rechtskurven, war in den letzten Tagen immer lauter geworden und bereitete mir geradezu körperliche Schmerzen. »Halt durch, Kleiner. Nächste Woche kommst du in die Werkstatt.«

Der Caterer hatte Stehtische mit weißen Hussen auf die Alsterterrasse gestellt, auf denen kleine Blumenarrangements und

Eintracht-Hamburg-Wimpel standen. Auch im Innenraum war alles genau nach meinen Anweisungen aufgebaut und dekoriert worden, sodass die Location aussah, als wäre man im rotgrünen Eintracht-Himmel gelandet. Ein paar emsige Kellner richteten das Büfett her und bereiteten die Getränketabletts für den Empfang vor. Der DJ ließ im Hintergrund dezent einen *Café-del-Mar*-Mix laufen.

Ich besprach mit dem Caterer ein letztes Mal den Ablauf und hängte das riesige Foto von Hannes Röttger auf, das ich aus der Geschäftsstelle geklaut hatte. Kurz darauf tauchte der Luftballon-Mann auf, bei dem ich siebzig heliumgefüllte Eintracht-Luftballons bestellt hatte, die später als Highlight des Tages steigen gelassen werden sollten. Der Mann sah selber aus wie ein auf zwei Beinen wandelnder Riesenluftballon. »Hier sind die guten Stücke«, sagte er und öffnete die Tür seines Lieferwagens. »Zwei wunderschöne Ballonsträuße mitsamt Grußkarten, genau fuffzich Stück.« Er griff in den Wagen und zog eine rote Ballonwolke daraus hervor.

Ich schreckte zurück und schlug vor Entsetzen die Hände vor den Mund. »Das sind ja *Herzchenluftballons!* Die habe ich doch gar nicht bestellt!«

Er zog eine zerknitterte Quittung aus seiner Hosentasche. »Doch, hier steht es«, sagte er und hielt mir den Zettel unter die Nase. »Fünfzig heliumgefüllte Herzluftballons, 38 Zentimeter, plus fünfzig Grußkarten, 29. März, 10 Uhr, Alster-Ruderclub.«

Ich schnappte nach Luft. »Schauen Sie mal in Ihren Kalender! Heute ist der *zweiundzwanzigste* März!«

»Ach«, sagte der Mann entgeistert und kratzte sich am Kopf. »Da guck mal einer an. Dann haben Sie gar keine Ballons bestellt?«

»Doch!«, rief ich verzweifelt. »Aber nicht diese hier, sondern siebzig Eintracht-Hamburg-Ballons!«

Der Mann betrachtete die knalligen roten Herzen, die über uns schwebten. »Ja nu, aber die Herzen sind doch auch sehr schön. Werden immer gern genommen.«

Ich konnte mich gerade noch davon abhalten, ihn am Kragen zu packen und zu mir heranzuziehen. »Das mag ja sein, aber *ich* will siebzig Eintracht-Hamburg-Luftballons, und zwar sofort!«

Er nickte langsam. »Hm, ich verstehe. Das Problem ist nur ... Die müssten wir erst anfertigen lassen. Und das dauert drei bis fünf Werktage.« Plötzlich lächelte er, als schien ihm eine geniale Idee zu kommen. »Die gute Nachricht ist aber: Wir haben Bayern-München-Ballons da. Wäre das ein Kompromiss?«

»Wollen Sie mich verarschen?!« Fassungslos starrte ich abwechselnd auf den kugeligen Mann und die Herzen.

»Guten Morgen, Frau Maus!« Dotzler und seine Frau tauchten hinter dem Luftballon-Mann auf. »Na, läuft alles?«

Schnell setzte ich eine möglichst kompetente Miene auf. »Ja, alles bestens.«

Frau Dotzler, deren Gesicht so sehr gebotoxt und geschminkt war, dass sie mich stark an Jack Nicholson als Joker in Batman erinnerte, deutete auf die Luftballons. »Sind das Herzen?«, fragte sie mit kritisch erhobenen Augenbrauen. Wobei nicht ganz sicher war, ob sie nun tatsächlich kritisch guckte oder ob ihre Augenbrauen dem Botox sei Dank immer kurz unterm Haaransatz klebten. Blitzschnell überlegte ich, was meine Möglichkeiten waren: a) Zugeben, dass etwas schiefgelaufen war oder b) so tun, als wäre alles ganz genau so, wie es sein sollte. Ich entschied mich für Möglichkeit b).

»Ja«, erwiderte ich. »Ich dachte mir, weil Hannes Röttger so beliebt ist, würde das gut passen.«

Dotzler hob die Augenbrauen – bei ihm war das ganz eindeutig eine kritische Geste – und wollte schon etwas erwidern, doch da sagte seine Frau: »Na, das finde ich ja sehr nett.« Sein Mund klappte wieder zu.

Der Luftballon-Mann, der bislang schweigend unser Gespräch verfolgt hatte, meldete sich zu Wort. »Soll ich die Ballons nun hierlassen oder nicht?«

»Ja, natürlich«, sagte ich. »Aber über den Preis reden wir noch mal«, raunte ich ihm zu, bevor ich meinem Chef und seiner Frau in den Ruderclub folgte.

Nach und nach trudelten auch Nadja, Felix, Lars Hansen, Mark Fischer und die ersten Journalisten ein. Nadja musterte abschätzig die Dekoration. »Ich hatte doch gesagt, edel und schlicht. Hier sieht es aus wie auf einem Kindergeburtstag!« Sie ging rüber zum Büffet. »Matjesbrötchen?!«, rief sie entsetzt und hob den Deckel einer Wanne hoch, nur um ihn gleich wieder herunterkrachen zu lassen. »Es gibt Matjesbrötchen und Hamburger *Pannfisch?*«

»Das ist Hannes Röttgers Lieblingsessen«, versuchte ich, mich zu verteidigen.

»Sein *Lieblingsessen?* Der Mann ist siebzig und nicht sieben!«

»Ich habe mehrmals versucht, das alles mit dir zu besprechen, aber du hast es immer abgeblockt oder warst gar nicht erst da!«

In diesem Moment rief Felix vom anderen Ende des Raumes: »Karo, wozu sollen denn die Kickertische und Tipp-Kick-Felder gut sein?«

»Ich dachte, es wäre nett, falls jemand Lust hat zu spielen und ...« Meine Stimme erstarb. Allmählich war ich nicht mehr davon überzeugt, dass ich mit dieser Veranstaltung ins Schwarze getroffen hatte.

»Schicksal, nimm deinen Lauf«, meinte Nadja und deutete

zur Tür, an der Dotzler den soeben eingetroffenen Hannes Röttger und seine Frau begrüßte.

Felix war die Schadenfreude deutlich anzusehen. »Tipp-Kick, Pannfisch und Herzchenluftballons. Bravo, Karo«, feixte er.

»Halt einfach die Klappe und mach deine Fotos für die Homepage und Facebook«, fuhr ich ihn an.

Hannes Röttger war ein drahtiger Mann, dem man seine siebzig Jahre beim besten Willen nicht ansah. Er war immer noch durchtrainiert, hatte graue Haare und stahlblaue Augen und erinnerte mich entfernt an Paul Newman. Seine Frau war klein, rundlich, und die Lachfältchen um ihre Augen ließen sie so sympathisch erscheinen, dass ich mich am liebsten an ihre mütterliche Brust gekuschelt hätte.

Hannes Röttger drückte mir die Hand so fest, dass ich mich nur knapp davon abhalten konnte, vor Schmerzen aufzuschreien. »Sieht ja sehr nett aus hier«, meinte er und schnupperte in Richtung Büfett. »Rieche ich da etwa Pannfisch und Bratkartoffeln?«

Ich nickte verlegen. Oh Gott, hoffentlich würde er jetzt nicht wie alle anderen die Nase rümpfen.

Doch die Sorge war umsonst, denn er strahlte freudig. »Na, großartig! Sonst gibt es auf den offiziellen Veranstaltungen immer nur so kleine undefinierbare Häppchen. Aber das ist doch mal was Reelles.«

Nach und nach trudelten die Gäste ein. Ich empfing sie an der Tür und führte sie auf die Terrasse, wo die Gesellschaft sich um die Stehtische versammelt hatte, Champagner süffelte und den Ausblick auf die Alster genoss.

»Hallo, Herr Wolf«, begrüßte ich den untersetzten Herrn, mit dem ich auf der Powerriegel-Nachwuchsveranstaltung geredet hatte. »Erinnern Sie sich noch an mich?«

Er musterte mich von oben bis unten, dann erhellte sich sein Gesicht. »Ja, natürlich. Sie sind die junge Dame, die sich so vehement für die Förderung von Mädchenfußball ausgesprochen hat.« Herr Wolf deutete auf die junge, dünne Frau neben sich. »Das ist übrigens meine Frau.« Sie hielt ein kleines Hündchen mit Strasshalsband auf dem Arm, und mir fiel auf, dass sie selbst eine ganz ähnliche Kette trug.

Ich führte die beiden auf die Terrasse. Frau Wolf setzte den Hund auf den Boden, und augenblicklich rannte er aufgeregt von einem Gast zum anderen, um ihn ausführlich zu beschnuppern und anzukläffen. »Principe, kommst du bitte?«, fragte seine Besitzerin gelangweilt, kümmerte sich jedoch nicht weiter um ihn, sondern versorgte sich mit einem Gläschen Schampus.

Um Viertel vor elf betrat Patrick die Terrasse – mit fünfundvierzigminütiger Verspätung. Als ich sah, wer neben ihm stand, setzte mein Herz einen Schlag aus, und ich glaubte meinen Augen nicht zu trauen. Es war Jana Stelter. Er beugte sich zu ihr herab, um ihr etwas ins Ohr zu flüstern, und sie sah lachend zu ihm auf. Es sollte mir eigentlich egal sein, immerhin bedeutete Patrick mir nichts mehr. Aber ... ausgerechnet *Jana Stelter?!* Das konnte doch nicht sein Ernst sein! Patrick trank einen Schluck von seinem O-Saft und ließ seinen Blick über die Geburtstagsgesellschaft schweifen. An mir blieb er hängen. Als hätten wir es abgesprochen, gingen wir zeitgleich aufeinander zu.

»Hallo Karo«, sagte Patrick.

»Du bist zu spät«, erwiderte ich statt einer Begrüßung. »Wo sind Moritz und Amando?«

»Die spielen drinnen Kicker.«

»Ich dachte schon, ihr kommt überhaupt nicht!«, sagte ich mit mühsam beherrschter Stimme.

»Du hast uns von Koch in der letzten Woche dreimal ausrichten lassen, dass wir gefälligst unsere Ärsche hierher bewegen sollen. Wir hätten es nicht gewagt, nicht zu kommen.«

»Und was ist mit ihr?« Mit dem Kopf deutete ich in Richtung Jana. »Bist du mit der zusammen, oder was?«

Patrick sah mich nachdenklich an. »Wieso interessiert dich das? Ich bin nicht mehr dein Job.«

Der Wind wehte mir den Pony in die Augen. Ungeduldig strich ich mir die Haarsträhne aus der Stirn. »Es interessiert mich nicht, es ist nur ... Du hast sie nicht angemeldet! Das wirft das ganze Catering über den Haufen!«

»Keine Sorge, sie isst kaum was«, meinte Patrick. »Und außerdem habe nicht ich sie hier angeschleppt, sondern Moritz.«

»Oh«, sagte ich und bemühte mich um einen unbeteiligten Gesichtsausdruck, was angesichts der Erleichterung, die ich plötzlich empfand, gar nicht so einfach war. »Ach so.«

Moritz, Dolores und Amando tauchten neben Patrick auf. »Hey Karo! Hier sind ja Kicker-Tische, wie geil ist das denn?«, sagte Moritz.

Wir plauderten ein paar Sätze, während Patrick stumm daneben stand und uns beobachtete. Irgendwann fragte er: »Sag mal, wieso kriegen Moritz und Amando eigentlich keinen Anschiss dafür, dass sie zu spät sind und unangekündigt jemanden mitgebracht haben?«

Das war eine berechtigte Frage, wie ich zugeben musste. Schnell saugte ich mir eine Antwort aus den Fingern. »Du hast den Anschiss stellvertretend für euch drei bekommen. Dein Pech, dass du mir als Erster über den Weg gelaufen bist. So, jetzt entschuldigt mich, ich habe zu tun.« Damit ließ ich ihn stehen und informierte Dotzler, dass es Zeit wurde, mit den Reden anzufangen.

Nach ein paar Begrüßungsworten holte er den DIN-A4-

Zettel mit der Ansprache aus seiner Hosentasche, die ich für ihn geschrieben hatte. Er las sie hier und heute offensichtlich zum ersten Mal, denn bei einigen Sätzen geriet er ins Stocken und schien sich darüber zu wundern, was er da gerade vortrug. Ich konnte die Rede auswendig und beobachtete bei den eingebauten Gags gespannt das Publikum, doch die einzigen, die offenbar den gleichen Sinn für Humor hatten wie ich, waren Hannes Röttger, seine Frau und Patrick. Als Dotzler sagte: »Schade, dass du nicht mehr im Team bist, Hannes, denn wir würden heute sicher nicht mit einem Bein in der zweiten Liga stehen, wenn wir uns auf deine berühmten Blutgrätschen verlassen könnten«, lachten sie laut, während alle anderen pikiert auf ihre Gläser starrten.

Den Rest der Ansprache bekam ich nicht mit, denn Principe forderte nun meine volle Aufmerksamkeit. Er sprang einen kleinen Jungen an, schnappte ihm seinen Lolli aus der Hand und futterte ihn laut knackend genüsslich auf. Der Junge brach in Tränen aus, während Frau Wolf so tat, als hätte sie nichts bemerkt. Als Principe sein Diebesgut aufgefressen hatte, dackelte er auf das Büfett zu und betrachtete es interessiert. Mir schwante Böses, und ich hastete auf den Hund zu, doch da war er schon mit einem für seine Größe bemerkenswerten Sprung mitten zwischen den Matjesbrötchen gelandet. Hastig schnappte ich Ihre Hoheit von dem silbernen Tablett und trug ihn zu Frau Wolf, die in aller Seelenruhe ihr schätzungsweise siebtes Glas Champagner süffelte. »Entschuldigung, Ihr Hund ist gerade auf das Büfett gesprungen«, sagte ich und drückte ihr Principe in den Arm.

Frau Wolf streichelte sein Köpfchen und lächelte verzückt. »Na na, du keiner Schlingel, was hast du da denn wieder gemacht? Pfui, mein Süßer, pfui.«

Principe leckte seinem Frauchen leidenschaftlich durchs Gesicht, was sie sich nur zu gern gefallen ließ.

Igitt! Ich konnte gar nicht hinsehen. »Es wäre gut, wenn Sie ihn anleinen würden«, sagte ich. »Er hat ja vorhin auch schon diesem Jungen ...«

»Anleinen?« Frau Wolf starrte mich so entsetzt an, als hätte ich ihr vorgeschlagen, Principe zum Abdecker zu bringen. »Ich leine doch meinen Hund nicht an! Er wird antiautoritär erzogen!«

Ein paar Sekunden lang war ich sprachlos. »Ähm, ja, aber wenn er aufs Büfett springt ...«

»Tut mir sehr leid, Frau Maus«, unterbrach mich Herr Wolf, der auf unser Gespräch aufmerksam geworden war. »Ich sorge dafür, dass Principe nicht mehr unangenehm auffällt.« Nun wandte er sich an seine Frau. »Wir müssen ihm klare Grenzen setzen, Spatz. Das haben wir doch schon mit Dr. Thomann besprochen.«

Seine Frau tötete ihn förmlich mit Blicken.

Ich zog mich dezent zurück, bevor ich noch Zeugin eines gepfefferten Ehestreits über die Kinder ... äh, Hundeerziehung wurde. Stattdessen räumte ich das hundekontaminierte Tablett mit Matjesbrötchen vom Büfett und kümmerte mich darum, dass die Caterer für Nachschub sorgten.

Nach den Reden und dem Essen verzog ein Großteil der Gesellschaft sich wieder nach draußen auf die Terrasse, wo der DJ Hannes Röttger und seine Frau zum Ehrentanz aufforderte. Inzwischen hatten die meisten einen ordentlichen Schwips, sodass die Tanzfläche bald gut gefüllt war. Das war vorher meine größte Sorge gewesen. Tanzen unter freiem Himmel auf einer Tagesveranstaltung mit hanseatischen Spießern war ein gewagter Plan, aber auf der anderen Seite hatte ich es mir so nett vorgestellt. Und meine Rechnung war aufgegangen.

Trotzdem fing Nadja mich ab, als ich an ihr vorbeiging. »Hey Karo«, sagte sie, während sie mich am Ärmel meiner

Strickjacke festhielt. »Eins würde ich dich gerne mal fragen: Hast du in den vergangenen Monaten wirklich gar nichts gelernt? Nicht mal, was die Begriffe *festlich* und *gediegen* bedeuten? Du wirst deine Proll-Wurzeln einfach nicht los, was?«

»Hannes Röttger gefällt es, das ist ja wohl die Hauptsache«, sagte ich mit fester Stimme.

»Die Hauptsache ist es, den Verein vor Sponsoren und Presse in einem guten Licht dastehen zu lassen«, meckerte Nadja. »Das hier ist keine Spaßveranstaltung, sondern ein offizieller Empfang, und wenn du zu blöd bist, das zu begreifen, dann bist du falsch in diesem Job!«

Ich fühlte mich wie ein kleines Kind, das von seiner Lehrerin abgekanzelt wird. Zu allem Überfluss tauchte nun auch noch Felix auf, die beiden Herzchen-Sträuße in der Hand. »Hey Karo, es ist Zeit für diese Ballon-Nummer, oder?«, fragte er grinsend. »Das wird super.«

Sprachlos vor Wut und Demütigung starrte ich ihn an. Aber mir blieb nichts anderes übrig, als diese »Ballon-Nummer« durchzuziehen, denn es waren bereits ein paar der umstehenden Gäste auf die Ballons aufmerksam geworden. Ich riss sie Felix aus der Hand, organisierte Kugelschreiber und ging damit nach draußen, um meinem persönlichen Fiasko die Krone aufzusetzen.

Ich baute mich auf der Tanzfläche auf und rief in die Runde: »Dürfte ich bitte für einen kleinen Moment Ihre Aufmerksamkeit haben?«

Keiner achtete auf mich. Anscheinend war ich unsichtbar geworden, dabei war ich doch angesichts der fünfzig Herzluftballons in meiner Hand kaum zu übersehen.

Der DJ drückte mir ein Mikrofon in die Hand. »Hallo!«, rief ich direkt hinein. Aus den Boxen pfiff es schrill, und meine

Stimme dröhnte so laut, dass man sie wahrscheinlich noch auf der anderen Seite der Alster hören konnte.

Jetzt genoss ich die Aufmerksamkeit aller, und zwar nicht nur die der Gäste, sondern auch und insbesondere die von Principe, der sich wie aus dem Nichts vor mir materialisierte. Freudig wedelte er mit dem Schwanz und sprang an mir auf und ab. Da ich links sowohl die Stifte als auch das Mikro und rechts die Ballons hielt, hatte ich keine Hand frei, mir den Hund vom Leib zu halten und versuchte vorsichtig, ihn mit dem Fuß abzuweisen.

»Was wird das denn?«, rief Felix. »'ne Hundedressurnummer?«

Ich hörte vereinzeltes Lachen. »Hau ab!«, zischte ich Principe zu, der jedoch fröhlich weiter an mir hochsprang. Von Herrn und Frau Wolf war weit und breit nichts zu sehen.

»Also, wir haben hier fünfzig Ballons vorbereitet ... Aus, Principe!« Mühsam versuchte ich, gleichzeitig zu reden und den Köter von mir fernzuhalten. »Daran sind Postkarten befestigt, und jeder Gast ... ksch ... kann darauf eine Nachricht, gute Wünsche ... Pfui!«

Nun ruckelte Prinicpe auch noch äußerst unsittlich an meinem Unterschenkel herum, was mich völlig aus dem Konzept brachte. »Verpiss dich, du Dreckvieh!« Verzweifelt versuchte ich, die sexuelle Belästigung abzuwehren, aber das schien Principe eher als Einladung aufzufassen.

»Mama, was macht der Hund denn da?«, fragte der kleine Junge, dem Principe den Lolli geklaut hatte, woraufhin die Lacher, die bislang nur vereinzelt und unterdrückt hörbar gewesen waren, lauter wurden.

»Das ist ganz natürlich, Cosmo-Lysander«, erwiderte seine Mutter. »Er hat die Frau sehr lieb, dann machen Hunde so etwas manchmal.«

Nun brach das Gelächter richtig los.

Ich wollte das Ganze nur noch so schnell wie möglich über die Bühne bringen. Also fuhr ich fort: »Ähm, also Sie können was auch immer Ihnen einfällt auf die ... jetzt hör endlich auf! ... Dings, die Postkarten schreiben und dann lassen wir die Ballons ...«

In diesem Moment kam Patrick auf mich zu und griff nach dem Hund, der sich immer noch an meinem Bein verging. Seine Finger streiften meinen nackten Unterschenkel, und diese Berührung sowie das Prickeln, das sie auf meiner Haut verursachte, erschreckten mich so sehr, dass mir die Luft wegblieb. Reflexartig lockerte ich meine Hände. Die Stifte und das Mikrofon fielen zu Boden und die Ballons ...

»Ooooh, jetzt fliegen sie weg!«, rief Cosmo-Lysander.

Für drei Sekunden sah ich in Patricks blaue Augen, bevor er mit Principe auf dem Arm verschwand.

»Die hat die Ballons losgelassen«, kommentierte Cosmo-Lysander mit deutlichem Vorwurf in der Stimme.

»Diese Aktion war sowieso völlig unangemessen«, hörte ich Felix sagen. »*Herzchen*-Luftballons!«

Am liebsten wäre ich auf der Stelle im Boden versunken oder zusammen mit den Ballons weggeflogen.

»Machen Sie sich nichts draus. Das sieht doch toll aus«, sagte Hannes Röttger, der neben mir aufgetaucht war.

Ich sah hinauf in den Himmel und blickte den Ballons nach, die höher und höher stiegen, bis sie zu winzig kleinen, roten Punkten wurden.

»Weg sind sie«, meinte Hannes Röttger lakonisch. »So, jetzt trinken Sie aber erst mal ein Schlückchen.« Er drückte mir ein Glas in die Hand und prostete mir zu.

Vor Dankbarkeit stiegen mir Tränen in die Augen, und ich nahm schnell einen Schluck Champagner. Für ein paar Minuten gönnte ich mir ein Pläuschchen mit dem Geburtstagskind und seiner Frau, doch schließlich trennte ich mich schweren Herzens von ihnen und ging in den Innenraum, wo sich Herr Wolf mit Amando Rodriguez ein erbittertes Tipp-Kick-Duell lieferte. Auch die Kickertische waren belegt, und ich glaubte, meinen Augen nicht zu trauen, als ich Dotzler und Patrick gegen zwei Geschäftsführer eines der größten Sponsoren spielen sah.

Dolores naschte am Büfett mit den Fingern Bratkartoffeln direkt aus der Schüssel, während sie angeregt mit Jana Stelter plauderte. Automatisch gingen bei mir die Alarmleuchten an. Jana würde die gutgläubige Dolores ausquetschen, und spätestens übermorgen würde irgendeine reißerische Story über das Privatleben der Rodgriguez' in der Zeitung erscheinen. Ich tippte Dolores an die Schulter und sagte: »Amando hat nach dir gefragt. Er braucht dringend deine Unterstützung.« Ich deutete zu dem Tisch, an dem der Eintracht-Fußballprofi haushoch im Tipp-Kick verlor.

»Oh, ich sehe schon«, sagte Dolores und eilte zu ihrem Mann.

Jana und ich blieben allein zurück und musterten uns wortlos.

»Du kannst mich nicht besonders gut leiden, oder?«, fragte sie schließlich.

»Du hast versucht, mich über Patrick auszuquetschen und anschließend irgendeinen Bockmist über ihn geschrieben, der an den Haaren herbeigezogen war.«

»Ich weiß«, sagte sie ruhig. »Und es tut mir ehrlich leid.«

»Klar. Und jetzt bist du rein zufällig mit Moritz Degenhardt zusammen. Ich bin gespannt, was für News über ihn bald in der Zeitung stehen.«

Sie zuckte mit den Achseln. »Ich mag Moritz wirklich.

Glaub es oder nicht.« Damit drehte sie sich um und ließ mich stehen.

Automatisch sah ich rüber zu den Kickertischen, und tatsächlich spielte Patrick immer noch – inzwischen gegen Hannes Röttger. Er schien meinen Blick zu bemerken, denn er hörte auf zu spielen und hob den Kopf. Für ein paar Sekunden sahen wir uns über die Menge hinweg an, bis Hannes Röttger den Ball ins Tor pfefferte. »Scheiße!«, rief Patrick und konzentrierte sich wieder auf das Spiel.

Der offizielle Teil der Feier war abgehakt, und eigentlich hätte ich mich jetzt ein wenig entspannen können. Trotzdem kontrollierte ich ständig alles um mich herum, behielt die Caterer und Kellner im Auge oder räumte hier und da ein leeres Glas weg.

Gegen vier Uhr löste die Veranstaltung sich allmählich auf.

»Frau Maus, haben Sie mal eine Minute? Ich möchte mich kurz von Ihnen verabschieden.« Herr Wolf führte mich auf die Terrasse. »Das mit Principe tut mir sehr leid. Ich weiß, er ist ein Biest, aber meine Frau hat nun mal einen Narren an ihm gefressen.«

»Schon gut, halb so tragisch. Cosmo-Lysander sollten Sie allerdings einen neuen Lolli kaufen.«

Herr Wolf lachte. »Auf Wiedersehen, Frau Maus.« Er hatte sich schon halb umgedreht, als er sich abrupt wieder mir zuwandte. »Ich glaube übrigens, dass Sie mehr draufhaben, als Spieler durch die Gegend zu kutschieren oder Gäste und Sponsoren zu betreuen, auch wenn Sie Letzteres wirklich hervorragend erledigen. Wenn Sie das auch so sehen und Ihr Praktikum bei der Eintracht beendet ist, dann rufen Sie mich gerne an.« Er holte eine Visitenkarte aus seiner Tasche und hielt sie mir hin.

Verdutzt griff ich danach. »Vielen Dank.«

Er nickte mir noch einmal zu und verschwand.

Hatte ich das gerade geträumt oder war das ein Jobangebot gewesen? Herr Wolf war auf mich aufmerksam geworden, und ganz im Gegensatz zu Nadja und Dotzler traute er mir offenbar etwas zu. Vielleicht war das die Chance, auf die ich so lange gewartet hatte! Unauffällig ließ ich die Karte in meiner Tasche verschwinden.

Die Terrasse war inzwischen menschenleer, bis auf Herrn von Ansbach und Felix. Um hineinzugelangen, musste ich zwangsläufig dicht an den beiden vorbeigehen, doch sie schienen mich gar nicht zu bemerken. Herr von Ansbach redete heftig gestikulierend auf seinen Sohn ein, der knallrot angelaufen war und zu Boden sah. »*Du* kannst gar nichts!«, fuhr er ihn an. »Du warst immer schon ein Versager! Jetzt sieh gefälligst zu, dass du endlich fest angestellt wirst, oder muss ich das etwa auch noch für dich regeln?« Sein Tonfall war so abfällig, dass es mir kalt den Rücken herunterlief, und ich beschleunigte meine Schritte.

Gegen halb fünf verabschiedete sich auch das Geburtstagskind. »Frau Maus, hamse vieln Dank für dse schöne Feier.« Hannes Röttger hatte offenbar das ein oder andere Gläschen zu viel geleert. »Ich hab Weidinger im Kicker geschlagen, das war Balsam auf meine alte Sch...seele.«

»Freut mich sehr, dass es Ihnen gefallen hat«, antwortete ich und erwiderte sein Lächeln. Unauffällig hielt ich nach Patrick Ausschau, doch er schien bereits gegangen zu sein.

Schließlich machten sich als Letzte die Dotzlers und Nadja auf den Weg. »Wegen dieser Veranstaltung hier«, sagte Dotzler mit einer Miene, als hätte er in eine Zitrone gebissen, »sprechen wir uns noch.« Er piekte mit dem Zeigefinger in Richtung Nadja. »Wir drei. Morgen um neun.« Damit verschwand er grußlos.

»Na super«, ranzte Nadja mich an. »Echt, ganz toll gemacht,

Karo. Jetzt kriege ich wegen dir einen Anschiss von Dotzler, aber glaub ja nicht, dass ich mich schützend vor dich stelle! Ich werde ihm klipp und klar sagen, dass das hier ganz allein auf deinem Mist gewachsen ist!«

Bevor ich mich dazu äußern konnte, ließ sie mich stehen und rauschte zur Tür hinaus.

Verdammt. Ich sank auf einen Stuhl und verbarg das Gesicht in den Händen. Da wollte ich endlich allen zeigen, was in mir steckte, und dann versagte ich auf ganzer Linie. Dabei konnte ich mir nicht einmal erklären, wofür ich all die Schelte kassiert hatte, denn ich war mir sicher, dass die Feier sowohl den Gästen als auch dem Geburtstagskind Spaß gemacht hatte. Wo war verdammt noch mal das Problem? Jetzt wollte ich nur noch eins, und zwar ganz schnell nach Hause!

Ich sammelte die mitgebrachte Deko und das Bild von Hannes Röttger ein, stopfte alles in einen Karton und machte mich auf den Weg zu Karlheinz. Schon von Weitem sah ich, dass jemand an der Beifahrertür lehnte und mit seinem Handy daddelte. Patrick. Er war völlig vertieft in was auch immer er da mit seinem Handy machte und bemerkte mich erst, als ich nur noch ein paar Schritte von ihm entfernt war und ihn ansprach. »Brauchst du jemanden, der dich nach Hause bringt?«

»Nein, ich kann von hier aus zu Fuß gehen.« Er nahm mir den Karton ab, stellte ihn in den Kofferraum und schlug mit einem lauten Knall den Deckel zu. »Ich war schon auf dem Heimweg, aber dann habe ich Karlheinz hier stehen sehen«, sagte er. »Und da ist mir aufgefallen, dass ich mich gar nicht von dir verabschiedet habe. Also dachte ich mir, ich warte auf dich, um ... na ja. Mich von dir zu verabschieden.« Seine Miene war ernst, und es schien, als wolle er noch mehr sagen, doch kein Wort kam über seine Lippen.

»Okay. Also dann ... Danke, dass du mich vor dem Hund gerettet hast.«

»Nichts zu danken. Coole Veranstaltung übrigens.«

»Da bist du der Einzige, der das findet.«

Er schüttelte heftig den Kopf. »Nein, überhaupt nicht. Das haben alle gesagt. Glaub mir, ich war schon bei vielen offiziellen Empfängen, und bei keinem war es so nett wie heute.«

»Ja, weil das kein offizieller Empfang war und ich somit meilenweit an der Aufgabenstellung vorbeigeschossen bin. Dabei weiß ich doch, wie diese Empfänge ablaufen, ich dachte einfach nur, es wäre mal etwas anderes und würde Hannes Röttger gefallen«, sagte ich, und der ganze Frust kochte wieder in mir hoch. »Dotzler und Nadja fanden es jedenfalls völlig unangemessen. Felix übrigens auch. Und Lars und ...«

»Das sind spießige Idioten«, unterbrach er mich. »Hör nicht auf die. Es war super. Vor allem Dotzlers Rede. Die war von dir, oder?«

Ich zog die Nase kraus und nickte. Wir lächelten uns an, das erste Mal seit Wochen, und offenbar fiel es uns beiden schwer, den Blick voneinander abzuwenden.

»Ähm ... dann werde ich mal«, sagte ich schließlich.

Patrick nickte. »Okay.«

»Mach's gut«, sagte ich bemüht locker. »Wir sehen uns.«

»Ja, wir sehen uns«, antwortete er, ebenfalls mit Pokerface.

Ich stieg ein, schnallte mich an und startete den Wagen. Am liebsten hätte ich wieder den Kopf aufs Lenkrad gehauen, als Strafe dafür, dass ich mich so dermaßen *nicht* entliebt hatte, wie ein Mensch sich nur nicht entlieben konnte. Von Entlieben konnte überhaupt keine Rede sein, ganz im Gegenteil, es schien schlimmer und schlimmer zu werden, und ich war vollkommen machtlos dagegen! Nach einigem Rangieren konnte ich den Wagen endlich aus der Parklücke befreien. Ich war gerade losgefahren, als ein so ohrenbetäubend lauter Knall ertönte, dass mir das Herz stehen blieb. Ich dachte: ›Jemand schießt auf mich!‹, und wollte panisch rechts ranfahren, doch das Lenkrad war blockiert, und ich konnte es keinen Millimeter bewegen. Bevor ich verstanden hatte, was überhaupt los war, knallte es ein zweites Mal, und mit einem Ruck blieb Karlheinz stehen.

Mein Herz raste im Tempo eines Maschinengewehrs, mein Kopf war wie leergefegt. ›Was war das?‹, war alles, was ich denken konnte. ›Was war das, was war das, was war das?‹

Irgendwann hörte ich jemanden fragen: »Karo, alles okay?« Ein Blick zur Seite zeigte mir, dass es Patrick war, der die Fahrertür geöffnet hatte und sich zu mir beugte.

»Was war das?«, wollte ich fragen, brachte aber keinen Ton hervor.

»Ist dir etwas passiert?« Er musterte mich besorgt.

Ich schüttelte den Kopf und ließ das Lenkrad los, das ich immer noch fest umklammert hielt. Mit zitternden Händen schnallte ich mich ab und stieg aus. Auch meine Knie zitterten wie Espenlaub, und ich war froh, dass Patrick mich an den Oberarmen festhielt. »Oh Gott, ich hab mich so erschrocken!«, brach es aus mir hervor.

Er zog mich an sich. »Ich mich auch.«

»Ich dachte, jemand schießt auf mich«, murmelte ich an seiner Brust. »Ist das nicht bescheuert?«

»Nein, ist es nicht.« Beruhigend strich er mir über das Haar.

Ich schloss die Augen, genoss Patricks Nähe und spürte, wie ich allmählich ruhiger wurde. Für einen Moment erlaubte ich es mir, mich fallenzulassen und die Kontrolle einfach abzugeben. Doch obwohl ich es eigentlich gar nicht wollte, machte ich mich schließlich doch von ihm los. Ich musste Karlheinz begutachten. Auf der Fahrerseite sah er aus wie immer, aber an der Beifahrerseite entdeckte ich die Ausmaße der Katastrophe.

»Ach du Schande, Karlheinz!« Das rechte Vorderrad stand unnatürlich schief und so weit hervor, dass man es fast ganz sehen konnte. Ich kniete mich hin, um den Schaden genauer in Augenschein zu nehmen.

Patrick kniete sich neben mich und lugte hinter den Reifen. »Sieht so aus, als wäre der Querlenker gebrochen«, meinte er.

Der Querlenker. Ich dachte an die komischen Geräusche, die Karlheinz in letzter Zeit gemacht hatte. Hätte ich ihn nur gleich in die Werkstatt gebracht!

Patrick stand auf, ging zur Fahrerseite und stellte das Warnblinklicht an. Erst in dem Moment wurde mir bewusst, dass der Wagen mitten auf der Straße stand. Zum Glück war sie an einem Sonntagnachmittag nicht sehr stark befahren, aber trotzdem konnte er nicht ewig hier stehenbleiben. Der Schreck saß mir immer noch in den Gliedern, aber meine Gehirnfunktionen nahmen nach und nach ihre Tätigkeiten wieder auf. »Ich ruf den Pannendienst«, sagte ich. Nachdem der Mann mir am Telefon zugesichert hatte, dass der Abschleppwagen in spätestens fünfzehn Minuten da wäre, setzte ich mich auf den Bordstein. »Was für ein Scheißtag«, stieß ich aus.

»Ach komm, du hattest noch Glück im Unglück«, meinte Patrick und setzte sich neben mich. »Ich will mir lieber gar nicht vorstellen, wie das hier auf der Autobahn ausgegangen wäre.«

Ich dachte an den lauten Knall und daran, wie das Lenkrad blockiert hatte. Auf der Autobahn, bei hoher Geschwindigkeit, wäre ich völlig hilflos gewesen. Es hätte passieren können, als Saskia bei mir im Auto saß. Oder Patrick. Obwohl es immer noch angenehm warm war und die Sonne schien, wurde mir eiskalt.

Schweigend warteten wir auf den Pannendienst, der tatsächlich etwa fünfzehn Minuten später auftauchte. Ein dickbäuchiger Mann Ende vierzig mit Halbglatze und Schnauzbart sprang aus dem Wagen. »Moin«, grüßte er gut gelaunt. Er checkte kurz ab, mit wem er es zu tun hatte, und wandte sich dann automatisch an Patrick – den Mann. Er hielt ihm die Hand hin, und als Patrick sie ergriff, riss er staunend die Augen auf. »Ich werd verrückt!«, rief er. »Du bist Weidi!«

»Ja, ich weiß«, erwiderte Patrick lächelnd.

»Siggi Knipp«, stellte der Mann sich vor. »Gutes Spiel gestern! Aber hör mal.« Er trat einen Schritt näher, sodass er sich nun beinahe an Patrick hätte herankuscheln können. Mit erhobenem Finger fuhr er fort: »Ihr seid viel zu defensiv ausgerichtet.«

Patrick wollte etwas erwidern, doch Siggi war nicht zu stoppen. »Das is ja im Grunde schon alles ganz okay, was Winkler da macht. Aber trotzdem solltet ihr insgesamt taktisch mal umstellen. So'n offensives 4–4–2, das wär was. Verstehste?«

Patrick tat so, als würde er sich die Sache durch den Kopf gehen lassen, dann sagte er ernst: »Das ist eine super Idee. Werde ich weitergeben.«

»Mach das«, sagte Siggi, klopfte Patrick auf die Schulter und drehte sich dann endlich zu Karlheinz um. »So, was ham wer denn hier?« Er ging um den Wagen herum und blieb am lädierten Vorderrad stehen. »Oha. Das sieht ja übel aus. Und das ist *deiner*?«, fragte er mit ungläubiger Miene in Patricks Richtung, als wäre Karlheinz weit unter seiner Würde.

»Nein, der gehört mir«, mischte ich mich ein.

Siggi sah mich daraufhin zum ersten Mal wirklich an. Und zwar von oben bis unten. Dann wanderte sein Blick zurück zu Patrick. »Aaaha, verstehe«, sagte er grinsend. Ich fragte mich, was genau er zu verstehen glaubte, hakte aber nicht weiter nach. »Was hat er denn?«

»Tja, das kann ich so auch nicht sagen«, erwiderte Siggi. Er holte eine Taschenlampe aus der Brusttasche seiner Latzhose, legte sich neben das Vorderrad und kroch so weit wie möglich unter den Wagen. »Hm«, machte er, während er sich den Schaden ansah. »Hm, hm, hm.« Er ruckelte hier und da am Wagen herum und kam schließlich wieder zum Vorschein. Ächzend stand er auf. »Ich würde sagen, der Querlenker ist gebrochen«, sagte er zu Patrick.

»Ja, das habe ich auch schon vermutet«, meinte der.

»Da muss schon länger Spiel drin gewesen sein. Haste das nicht gehört?« Siggi redete auch weiterhin ausschließlich mit Patrick.

Ich trat einen Schritt vor und stellte mich zwischen die Herren. »Zu welcher Werkstatt bringen Sie ihn denn jetzt?«

Siggi lachte. »Werkstatt?! Das is'n wirtschaftlicher Totalschaden. Den kann ich gleich zum Schrott bringen, da kriegen Sie vielleicht noch'n paar Euro fürs Ausschlachten.«

Meine Nackenhaare stellten sich auf, und es lief mir kalt den Rücken runter. »Ausschlachten?«, japste ich.

Siggi musterte Karlheinz eingehend. »Na, allzu viel los ist mit dem ja nu nicht mehr, nä? Ich mein, das ist doch eh schon 'n ziemlicher Schr...« Sein Blick fiel über meine Schulter auf Patrick, und er hielt mitten im Wort inne. Offenbar hatte der ihm mit einer Geste angedeutet, die Klappe zu halten.

»Was heißt das, ein wirtschaftlicher Totalschaden?«, fragte ich Siggi. »Kann man ihn nicht mehr reparieren?«

Er kratzte sich am Kopf. »Doch, schon, aber das lohnt sich nicht. Da können Sie sich besser 'nen neuen schenken lassen.« Grinsend zwinkerte er mir zu und deutete mit dem Kopf auf Patrick.

Fassungslos starrte ich Siggi an. »Wie bitte? Sehe ich etwa so aus, als hätte ich es nötig, mich aushalten zu lassen?«

Siggis Grinsen erstarb. »Nein!«, beeilte er sich zu sagen.

»Oder sehe ich aus wie irgendeine blöde Tussi, die sich einen reichen Typen anlacht, damit er ihr einen tollen, schnellen Flitzer schenkt?!«

Siggi wollte etwas sagen, doch ich ließ ihn nicht zu Wort kommen. »Das da ist *mein* Auto!« Mit dem Finger zeigte ich auf Karlheinz. »Und solange man ihn reparieren kann, wird sich daran auch nichts ändern! Also bringen Sie ihn bitte in die Werkstatt und tun, was getan werden muss, um ihn wieder fahrtüchtig zu machen!« Meine Stimme schwoll um ein paar Dezibel an. »Patrick Weidinger hat damit überhaupt nichts zu tun, das werde *ich* bezahlen, und zwar von *meinem* Geld! Koste es, was es wolle!«, schloss ich mit dramatisch erhobenem Zeigefinger.

Schweigen breitete sich aus. Siggi wagte es anscheinend nicht mehr, etwas einzuwerfen, und auch von Patrick kam kein Mucks. In dem Moment fiel mir mein Bankkonto ein, das ziemlich leergefegt war. »Ähm ... Was kostet das denn ungefähr?«

Siggi blähte die Wangen auf. »Puh. Na ja, wenn ich mir die Ka... den Wagen so angucke, auf den ersten Blick ... Die Vorderachse muss auf jeden Fall gemacht werden. Der Motor suppt, könnte die Zylinderkopfdichtung sein. Mit den Reifen kann ich Sie so auch nicht mehr auf die Straße lassen. Dann gehen Sie mal davon aus, dass die Bremsbeläge neu gemacht werden müssen ... So zwei- bis dreitausend Euro können da schon zusammenkommen.«

»Oh.« Da ich ein Kleid trug, konnte mein Herz mir nicht in die Hose rutschen, und einen Rückzieher konnte ich nach der Nummer sowieso nicht mehr machen. »Okay. Das geht ja noch.«

Siggi machte sich ans Werk, und Patrick und ich sahen dabei zu, wie Karlheinz auf den Abschleppwagen gezogen wurde. Es tat mir beinahe körperlich weh, dass er das jetzt durchmachen musste. Und es war *meine* Schuld. »Der Arme.«

»Ja, mir tut Siggi auch leid«, erwiderte Patrick. »So einen Anranzer habe ja noch nicht mal *ich* jemals von dir gekriegt.«

»Ich rede von Karlheinz!«

»Ach so«, sagte er mit einem Lachen in der Stimme. »Der ist zäh. Ich bin mir sicher, er kommt durch. Siggi hingegen ...« Er wiegte den Kopf hin und her.

Mit dem Ellenbogen stieß ich ihn in die Seite. »Glaubst du, er wird daran so schwer zu knabbern haben wie du an jedem meiner ach so fürchterlichen Anranzer?«

»Klar. So etwas kann einen Mann in seinen Grundfesten erschüttern. Er wird es niemals wagen, seiner Freundin ein Auto zu schenken.« Grinsend sah er mich an. »Und ich übrigens auch nicht.«

Ich griff mir theatralisch ans Herz. »Oh, das tut mir aufrichtig leid für all eure zukünftigen Freundinnen.«

Inzwischen war Karlheinz vollständig hochgezogen worden, und Siggi kam mit einem Klemmbrett auf mich zu, um die Formalitäten zu erledigen.

»Tut mir leid, dass ich vorhin so ausfallend geworden bin«, sagte ich. »Aber ich hänge sehr an diesem Auto.«

Er nickte. »Schon klar, das verstehe ich.« Aus der Seitentasche seines Blaumanns kramte er ein Handy und hielt es mir hin. »Könnten Sie vielleicht ein Foto machen? So 'ne Gelegenheit kriegt man schließlich nicht jeden Tag.« Er stellte sich dicht neben Patrick, und die beiden lächelten in die Kamera – Siggi strahlend vor Stolz und mit erhobenem Daumen. Anschließend klopfte er ihm noch mal kräftig auf die Schulter. »Tschüs, Weidi. Und denk dran: offensives 4–4–2.« Er kletterte in seinen Wagen, winkte uns durchs offene Fenster zu und fuhr davon.

Ich winkte zurück, bis er am Ende der Straße ankam – wobei ich wohl eher Karlheinz meinte. Wenn die Reparatur wirklich dreitausend Euro kostete, würde ich mich von ihm trennen müssen. Ein tiefer Seufzer entfuhr mir, als der Wagen mitsamt meinem Auto um die Ecke bog und aus meinem Sichtfeld verschwand.

»Kopf hoch«, sagte Patrick. »Er wird schon wieder.«

»Es ist ziemlich verrückt, so an seinem Auto zu hängen, oder?«

»An dir ist alles ziemlich verrückt«, erwiderte er. »Ich vermute zwar, dass es im Gesamtpaket dann doch irgendwie einen Sinn ergibt, aber den habe ich bislang noch nicht herausgefunden.«

Wir standen da und lächelten uns an, und es kostete mich alle Kraft, mich von ihm loszureißen. »Tja«, sagte ich. »Dann werde ich jetzt wohl die Bahn nehmen.«

»Mhm. Sag mal ... Hast du heute eigentlich noch etwas vor?«

Mein Herz schlug schneller. »Nein. Absolut gar nichts«, erwiderte ich, und obwohl ich wusste, dass dadurch alles nur noch komplizierter werden würde, dachte ich: ›Bitte frag, bitte frag, bitte frag!‹

»Ich auch nicht. Dann könnten wir doch vielleicht...« Er machte eine kurze Pause, in der er ein kleines Steinchen wegkickte. »... zusammen gar nichts vorhaben. Oder?« Dann sah er wieder zu mir auf, und in seinen Augen war deutlich zu erkennen, dass er Angst hatte, ich könnte nein sagen.

Die Etikette verlangte eindeutig etwas mehr Coolness von mir, doch ich konnte nichts gegen das Strahlen unternehmen, das sich auf meinem Gesicht ausbreitete. »Ja. Sehr gerne.«

Er erwiderte mein Lächeln ebenso uncool. »Okay. Also dann...« Er warf einen Blick auf die Alster, die hinter dem

Ruderclub in der Sonne glitzerte. »Hast du Lust, segeln zu gehen?«

»Ja, aber ich sag dir besser gleich, dass ich nicht segeln kann und noch nie in meinem Leben segeln war.«

»Macht nichts«, erwiderte er gut gelaunt. »Du musst rein gar nichts tun außer dasitzen und mich bei der Arbeit bewundern.«

»Das kommt überhaupt nicht infrage«, lachte ich. »Ich sitze ständig einfach nur da und sehe dir dabei zu, wie du irgendetwas machst, also will ich wenigstens heute mit anpacken.«

»Hallo? Bis jetzt war heute *ich* derjenige, der *dich* bei der Arbeit bewundert hat.«

»Das ist eine Lüge!«, rief ich. »Du hast fast die ganze Zeit gekickert. Worin du übrigens ziemlich schlecht bist.«

»Mir fällt gerade ein, ich habe ja doch noch eine Verabredung«, sagte Patrick und tat so, als wolle er gehen. »Wir sehen uns.«

Lachend zog ich ihn am Ärmel seiner Jacke wieder zurück. »Hiergeblieben. Jetzt zeig mir schon, wie toll du segeln kannst, so lange bleibt es nicht mehr hell.«

15.

*Ja gut, es gibt nur eine Möglichkeit:
Sieg, Unentschieden oder Niederlage.*
Franz Beckenbauer

Wir gingen zurück zum Ruderclub, vor dem ein paar Segelboote vertäut am Kai lagen. Patrick sprach mit dem Besitzer, während ich mir schon mal das schönste aussuchte. Ich verliebte mich auf den ersten Blick in eine große, blauweiß lackierte Segelyacht mit dem Namen *Blue Bayou*. Blue Bayou ... das klang nach Exotik, Palmen, türkisblauem Meer, Sonne, Strand und Abenteuern. Also genau das Richtige für einen Sonntagnachmittag auf der Alster. Als Patrick zu mir kam, zeigte ich auf das Boot. »Das da will ich!«

»Gute Wahl«, meinte er. »Aber das einzige Boot, das er rausrücken wollte, ist das da.« Mit zerknirschter Miene wies er auf ein kleines Tretboot, das ganz am Ende des Steges lag. »Wir können noch bei anderen Bootsverleihern fragen.«

»Nein, wieso denn? Das ist doch süß.« Ich zog meine High Heels aus und ging über den Steg zum Tretboot. »Es heißt *Blitz!*«, verkündete ich grinsend. Ich warf meine Schuhe ins Boot und kletterte hinein.

Patrick stand nach wie vor unschlüssig auf dem Steg.

»Worauf wartest du?«, fragte ich.

Mürrisch machte er das Tau los und stieg ebenfalls ins Boot.

»Segeln wäre cooler gewesen«, meinte er, während er uns mit der Hand abstieß.

»Ach komm, jetzt hör auf zu meckern. Ich find's super.«

»Ich frage mich, wie ein Mensch so verdammt kompliziert und gleichzeitig so unkompliziert sein kann wie du.«

Ich zuckte mit den Achseln. »Das gehört halt zum Karo-Gesamtpaket der Verrücktheiten dazu.«

Anfänglich half ich Patrick ein bisschen mit Treten, sodass wir bald gemächlich auf die Alster hinauszuckelten. Die Sonne stand bereits tief am Himmel, und die Bäume am Ufer warfen lange Schatten. Auf dem See wehte ein frischer Wind, der mir durchs Haar strich und kleine Wellen auf der Oberfläche verursachte. Ich atmete tief die raue, norddeutsche Luft ein, die ich so sehr liebte, und schloss für einen Moment die Augen.

»Trittst du überhaupt noch?« Patrick betrachtete interessiert meine Beine, und mir wurde bewusst, dass mein Kleid unanständig weit hochgerutscht war. In meinem Magen begann es verdächtig zu kribbeln. Schnell schob ich den Rock ein Stück herunter und kehrte Patrick den Rücken zu, um meine Beine über die Reling zu schwingen. »Nö«, sagte ich. »Du machst das schon.«

»So viel zum Thema ›mit anpacken wollen‹.«

»Hab's mir anders überlegt.« Ich tauchte vorsichtig einen Zeh ins Wasser. »Boah, ist das kalt!«, rief ich, nur um den Fuß noch tiefer einzutauchen und dann auch noch den anderen.

Wir fuhren am Atlantic Hotel vorbei und kurz darauf durch das schmale Nadelöhr unter der Kennedybrücke hindurch. Vor uns lag die Binnenalster, die von großen, hellen Geschäftsgebäuden aus der Gründerzeit gesäumt war und auf deren Mitte die Alsterfontäne das Wasser hoch in die Luft schoss. Ich plätscherte immer noch mit den Zehen im Wasser und konnte es einfach nicht lassen, obwohl meine Füße allmählich zu Eisklumpen wurden.

An einem Kai am Ballindamm legte Patrick an und vertäute das Boot. »Warte hier, ich bin sofort wieder da«, sagte er und lief die Stufen zur Straße hinauf.

Ich zog meine Beine zurück ins Boot und beobachtete eine Alsterfähre, die vom Jungfernstieg in Richtung Kennedybrücke fuhr. Auf der Seite mir gegenüber lag das altehrwürdige Vier Jahreszeiten, auf dessen Dach hoch oben im Wind die Hamburg-Flagge wehte. Ich versuchte gerade, meine eiskalten Füße warm zu reiben, als ich Patricks Stimme hinter mir hörte.

»Da bin ich wieder.«

Ich drehte mich zu ihm um und staunte nicht schlecht, als ich sah, was er in den Händen hielt: Einen riesengroßen Cocktail, genauso einen, wie seine Begleitung damals in der CIU'-Bar getrunken hatte. Er überreichte mir das kunstvoll mit frischer Ananas, Sternfrucht und Physalis dekorierte Glas. »Hier. Mit den besten Grüßen von Tommy aus Ochsenzoll.«

Lachend nahm ich es entgegen. »Vielen Dank. Sitzt er etwa schon wieder an der Theke und behauptet, du zu sein?«

»Ja, was soll man machen? Der Typ ist vollkommen irre.«

»Ob ich ihn da besser raushole?«

»Ach nein, vergiss ihn.« Patrick warf eine Decke ins Boot und kletterte zurück auf seinen Sitz. Mit einem geradezu selbstgefälligen Grinsen sagte er: »Er ist nicht mehr dein Job. Und ich auch nicht.« Fürsorglich legte er die Decke auf meine Beine und zog dann eine Flasche alkoholfreies Bier und einen Öffner aus der einen und eine Packung Salzstangen aus der anderen Jackentasche. Er machte sein Bier auf, und wir stießen an.

Ich probierte meinen Cocktail. »Mmmmh«, machte ich, als

der fruchtige Geschmack sich in meinem Mund ausbreitete. »Der ist perfekt.«

Die Sonne ging allmählich hinter den Dächern der Stadt unter, und der Himmel erstrahlte in tausend Nuancen von Rosa, Rot und Orange. »Hamburg ist so schön«, schwärmte ich und saugte am Strohhalm. »Findest du nicht?«

»Doch«, meinte Patrick.

Mit meiner freien Hand zog ich mir die Decke fester um die Beine. »Ich muss zugeben, dass ich mich hier anfangs schwergetan habe, aber jetzt will ich nie wieder weg!«

Er warf mir einen nachdenklichen Seitenblick zu und begann dann, das Boot zu wenden und tretend zurück zur Kennedybrücke zu lenken. »Also kannst du dir nicht vorstellen, jemals woanders zu wohnen?«

Ich half ihm beim Treten, um meine Beine aufzuwärmen. Mein Blick wanderte über die Alsterfontäne und die Hamburg-Flagge hoch über dem Vier Jahreszeiten. »Nein«, sagte ich aus voller Überzeugung. »Du denn?«

»Karo, ich ...« Er hielt kurz inne und fuhr dann fort: »Bei meinem Job ist es nicht sehr wahrscheinlich, dass ich ewig hierbleibe.«

Ich ließ seine Worte eine Weile sacken. In einem Jahr lief sein Vertrag aus, und wenn es bei der Eintracht so weiterging wie jetzt, würde er ihn ganz sicher nicht verlängern. »Aber wenn du deine Karriere beendet hast, könntest du doch zurückkommen.« Vor meinem inneren Auge sah ich schon, wie ich in einem langen, im Wind flatternden Kleid am Ufer der Elbe stand, mir die Hand über die Augen hielt und sehnsüchtig auf die einfahrenden Schiffe blickte.

»Ja«, meinte Patrick. »Könnte ich.«

»Aber du willst nicht«, stellte ich fest und dachte an seine Wohnung mit den halb ausgepackten Kartons. »Du gehst zurück nach München, wenn du deine Karriere beendet hast, stimmt's?«

Patrick ließ sich Zeit mit der Antwort und schien über die Frage nachzudenken. Inzwischen waren wir wieder in der Außenalster angekommen und trieben vor uns hin. Der Wind hier war wesentlich rauer als auf der geschützten Binnenalster, und ich fröstelte.

»In München bin ich großgeworden«, sagte er schließlich. »Ich liebe diese Stadt. Meine Familie lebt dort und meine ältesten und engsten Freunde. Ich habe da ein Haus. Also ja, Karo. Ich will wieder nach München.« Er sah mich ernst an, und auf einmal überkam mich eine solche Traurigkeit, dass ich auf der Stelle in Tränen hätte ausbrechen können. Um das zu verhindern, unterbrach ich schnell unseren Blickkontakt und trank noch einen großen Schluck. »Und was willst du dann machen? Ich meine, wenn du nicht mehr Fußball spielst, also sagen wir mal, in sieben oder acht Jahren?«

Patrick seufzte. »Ich habe nicht die geringste Ahnung.«

»Ach komm. Mit deinen siebenundzwanzig Jahren bist du als Fußballer nicht mehr der Jüngste, da macht man sich doch mal Gedanken.«

»Nein.« Er schüttelte den Kopf. »Ich weiß es wirklich nicht.«

Allmählich zeigte der Alkohol seine Wirkung. Mein Kopf fühlte sich herrlich leicht an, und die Traurigkeit wich einer wohligen Wärme. Heute war heute, und heute war Patrick hier in Hamburg. Bei mir. München war weit weg, alles war weit weg. Hier und jetzt gab es nur uns beide. Ich riss die Packung Salzstangen auf, zog ein paar heraus und knabberte daran. »Aber ich weiß es«, sagte ich. »Du musst Trainer werden.«

»Oh Mann.« Patrick nahm sich ebenfalls ein paar Salzstangen. »Ich glaube nicht, dass ich Lust dazu hätte, mich mit einem

Haufen Profilneurotikern wie mir herumzuschlagen. Ich weiß nicht mal, ob ich nach meiner Karriere überhaupt jemals wieder irgendetwas mit Fußball zu tun haben will.«

»Doch, willst du«, behauptete ich. »Ganz klar. Aber nicht mit Profilneurotikern wie dir, sondern mit Kindern.« Ich schlürfte an meinem Cocktail, der von Schluck zu Schluck leckerer wurde. »Ich habe dich auf dieser Nachwuchsveranstaltung beobachtet. Genau das ist dein Ding: Jugendliche trainieren. Du könntest das Eintracht-Nachwuchszentrum übernehmen. Ich meine natürlich das Bayern-München-Nachwuchszentrum«, korrigierte ich mich.

»Hm«, meinte Patrick nachdenklich. »Nachwuchs-Trainerjobs liegen nicht gerade auf der Straße.«

»Na und? Jobs in der Nationalmannschaft auch nicht, und trotzdem hast du einen gekriegt.« Ich saugte an meinem Strohhalm, doch es war nur noch ein kümmerlicher Rest in meinem Glas, sodass ein lautes Röcheln ertönte. »Oh nein!« Bestürzt sah ich auf. »Leer!«

Patrick lachte. »Willst du noch einen?«

Ich blickte über meine Schulter und sah die Kennedybrücke in weiter Entfernung hinter uns liegen. »Müssen wir dann den ganzen Weg wieder zurück?«, fragte ich mit gerümpfter Nase.

»Du bist ganz schön faul«, schimpfte er mit amüsiertem Funkeln in den Augen.

»Wir könnten fragen, ob die im Ruderclub noch was mit Alkohol haben«, schlug ich vor. Auf gar keinen Fall wollte ich, dass dieser Tag endete, der furchtbar begonnen hatte und trotzdem wunderschön geworden war. Noch nie hatte ich mich so rundum wohl, gut aufgehoben und gleichzeitig so aufgeregt und kribbelig gefühlt wie in den letzten Stunden, und ich wollte diese Gefühle so lange auskosten wie möglich.

Wir fuhren zum Ruderclub, wo wir unseren »Blitz« vertäuten und fragten, ob wir noch etwas zu trinken kriegen könnten.

»Eigentlich wollen wir schließen«, sagte der Besitzer mit wenig begeistertem Gesichtsausdruck.

»Aber vielleicht überlegen Sie es sich ja noch einmal anders, wenn ich Ihnen zwei VIP-Tickets für das Spiel nächsten Samstag besorge«, versuchte ich, ihn zu bestechen.

Patrick setzte noch einen oben drauf. »Und ich steuere zwei VIP-Tickets für das EM-Qualifikationsspiel gegen Polen bei.«

»Angeber«, raunte ich ihm zu.

»Na schön«, sagte der Mann schließlich. »Aber nur weil du es bist, Weidi.«

Wenig später saßen Patrick und ich mit einer Flasche Weißwein und zwei Laugenbrezeln (er nannte sie »Brezn«) auf der Terrasse an der Alster. Wir hatten sogar noch zwei gemütliche Strandliegestühle und Decken bekommen. Ich hielt ein Glas kühlen Riesling in der Hand und kaute an meiner »Brezn« herum, während ich auf die Alster blickte, auf deren Oberfläche sich das letzte Licht des Tages dunkelrot wiederspiegelte. Ein paar Meter von uns entfernt lauerte eine Möwe auf unsere Essensreste. Ich konnte mein Glück kaum fassen. Mein perfekter Tag war noch nicht zu Ende. »Ab und zu hat es wirklich eindeutige Vorteile, mit dir unterwegs zu sein«, meinte ich, nachdem ich den letzten Bissen mit einem Schluck Riesling heruntergespült hatte. »Jeden anderen hätten sie eiskalt vor die Tür gesetzt.«

Patrick warf der Möwe ein paar Krumen zu. »Es ist auch ansonsten nicht übermäßig schlimm, mit mir unterwegs zu sein.«

Mein Weinglas war schon wieder leer, und ich schenkte mir großzügig nach. »Das glaube ich dir sogar«, plapperte ich munter drauflos. »Es ist schön, gar nichts mit dir vorzuhaben.

Wirklich, sehr schön. Ich habe überhaupt noch nie in meinem Leben so gerne nichts mit jemandem vorgehabt.«

Patrick lehnte sich in seinem Stuhl zurück. »Du bist ganz schön ogschdocha, was?«, fragte er, und ein leichtes Lächeln umspielte seine Mundwinkel.

Ich brach in lautes Lachen aus. »Was bin ich?«

»Na, ogschdocha. Betrunken.«

»Oh – sch...« Ich konnte mich gar nicht mehr einkriegen vor Lachen.

»O-gsch-docha«, sagte Patrick ganz langsam.

»Ja mei«, kicherte ich. »Osch-docha«

»O-gschdocha«, wiederholte er schneller.

»Ogschdocha!«, rief ich triumphierend und hob mein Glas so energisch in die Höhe, dass der Wein überschwappte. »Servus, i bin ogschdocha, des basst scho!«

Nun brach auch Patrick in Gelächter aus. »Perfekt«, lobte er mich. »Damit bist du auf dem Oktoberfest der Hit.«

»Ja? Reicht das, um mit Münchnern in Kontakt zu kommen?«, fragte ich, immer noch kichernd.

»Das reicht auf jeden Fall. München würde dir gefallen, Karo.«

»Meinst du?«

»Da bin ich mir sicher.«

Ich kaute für ein paar Sekunden auf meiner Unterlippe herum. »Okay«, sagte ich schließlich. »Dann komm ich dich besuchen. Sagen wir, in zehn Jahren, wenn du da wieder wohnst und Jugendtrainer bist und ich Inhaberin der Maus Consulting Group.«

»Na super«, sagte er resigniert. »Zehn Jahre sind ja nicht allzu lang.«

»Nee, das geht, oder?«, fragte ich, obwohl mir diese Zeit wie eine Ewigkeit vorkam. Es *war* eine Ewigkeit. Ich ließ den Kopf an die Rückenlehne meines Stuhls fallen und starrte hinauf in den Himmel, an dem inzwischen die ersten Sterne leuchteten. Unsere Stühle standen so dicht zusammen, dass unsere Arme aneinander lagen, und ich wusste, wenn ich meine Hand nur um einen Zentimeter nach links bewegte, würde ich seine berühren, und wenn ich meinen Kopf nur ein wenig zur Seite neigte, würde er an seiner Schulter liegen. Und in diesem Moment wünschte ich mir so sehr, ich könnte nur ein einziges Mal ein anderer Mensch sein. Einer, der einfach alle Bedenken und Ängste über Bord werfen konnte und sich davon überraschen ließ, was passierte, wenn er den nächsten Schritt ging. Doch dieser Mensch war ich nun mal nicht, und ich rührte mich keinen Millimeter.

Irgendwann stand Patrick seufzend auf. Er griff nach meiner Hand und zog mich zu sich hoch. »Na komm, du Ogschdochane. Ich fahr dich nach Hause.«

Zweifelnd blickte ich auf die Flasche Wein, die nur noch zu einem Viertel gefüllt war. »Darfst du denn noch fahren?«

Er grinste. »Ich habe überhaupt nichts getrunken. Das warst du ganz allein.«

»Oh. Upps.« Kein Wunder, dass alles sich drehte und ich das Gefühl hatte, auf Watte zu stehen.

Zu Fuß gingen wir zu Patrick. Er holte sein Auto aus der Garage, und nachdem ich einmal um den Wagen herumgegangen war, um ihn ausgiebig zu bewundern, stieg ich ein. »Cooles Auto«, sagte ich anerkennend und strich über die lederne Armstütze.

»Wenn du nüchtern wärst, würde ich dich ja fahren lassen.«

»Ach nein.« Ich kuschelte mich in meinen Sitz und genoss die Wärme, die an mein Hinterteil und meinen Rücken drang. »Das wäre Karlheinz gegenüber doch irgendwie pietätlos. Und außerdem finde ich es ganz schön, dass zur Abwechslung mal du fährst.«

Patrick tippte meine Adresse in sein Navi und startete den Wagen. Ich hatte erwartet, dass er wie ein Berserker durch die Straßen heizen würde, doch er war ein rücksichtsvoller, vorausschauender Fahrer, und er fuhr zwar zügig, aber nie übermäßig schnell. Mir schoss urplötzlich der Gedanke durch den Kopf, ob man anhand der Fahrerqualitäten eines Mannes beurteilen konnte, wie er im Bett war. Falls ja, dann hätte ich absolut nichts dagegen, mit Patrick ...

›Karo!‹, rief ich mich zur Ordnung. ›Hör sofort auf, an Sex mit Patrick zu denken!‹ Doch wie immer, wenn ich mir vornahm, an etwas *nicht* zu denken, trat das genaue Gegenteil ein. Ich drückte planlos auf irgendwelchen Knöpfen am Radio herum, um mich abzulenken.

»If I lay here, if I just lay here, would you lie with me and just forget the world?«, fragte der Sänger von Snow Patrol, und ich konnte nur aus vollem Herzen mit Ja antworten. Oh Mann. Sexfantasien von Patrick waren definitiv keine gute Idee, wenn er direkt neben mir saß. Ich wusste sogar, wie er unter dieser blöden Jacke und unter diesem blöden Shirt aussah, denn bei der WM hatte ich ihn diverse Male ohne Trikot über den Bildschirm laufen sehen, und dieses Bild bekam ich jetzt nicht mehr aus dem Kopf. »Bist du eigentlich inzwischen tätowiert?«, platzte es aus mir heraus, und ich hätte mir am liebsten eine Ohrfeige dafür verpasst.

»Hä?«, fragte Patrick, völlig perplex.

»Na ja, ich habe bei der WM eine Wette mit meiner Freundin abgeschlossen, dass du spätestens bei der EM ein Tattoo haben wirst, damit du gegen die anderen Spieler anstinken kannst.« Mein Gott, ich schaufelte mir hier mein eigenes Grab!

Wir standen an einer Ampel, und Patrick starrte mich volle fünf Sekunden lang an, dann fing er an zu lachen. »Du bist echt großartig, wenn du zu viel getrunken hast. Worauf hast du denn gesetzt? Dass ich ein Tattoo haben werde oder dass ich keins haben werde?«

»Dass du keins haben wirst.«

»Dann wirst du die Wette gewinnen.«

»Ha!«, rief ich. »Und jetzt kann ich dich sogar mit ins Boot holen! Du kriegst die Hälfte meines Gewinnes ab, wenn du bis zur EM untätowiert bleibst. Das sind immerhin zwei Euro fünfzig.«

»Cool, die Kohle holen wir uns! Streng genommen ist das zwar ziemlich übler Wettbetrug, aber was soll's.«

Zufrieden lehnte ich meinen Kopf zurück und schloss die Augen. Mir war schon öfter aufgefallen, dass es so gut wie unmöglich war, sich vor Patrick zu blamieren. Er fand einfach nichts peinlich, was ich sagte oder tat. Wobei ... *das* war gerade schon ein ziemlich peinlicher Fangirl-Moment gewesen. »Findest du es nicht irgendwie komisch, dass ich dich schon vorher kannte und Wetten auf dich abgeschlossen habe?«

Er schüttelte den Kopf. »Nein. Du kanntest mich nicht. Nicht wirklich.«

»Stimmt. Als ich dich das erste Mal getroffen habe, habe ich gedacht: ›Im Fernsehen kommt er eindeutig netter rüber.‹«

»Gesagt hast du aber: ›Sie sehen ja genauso aus wie im Fernsehen.‹«

Gleichzeitig lachten wir los, und ich sah ihn wieder vor mir, übel gelaunt und arrogant. Und trotzdem hatte er von Anfang an diese unglaubliche Wirkung auf mich gehabt.

Patrick hielt in zweiter Reihe vor unserem Haus und schaltete den Motor ab. »Was ist eigentlich mit dir?«, fragte er unvermittelt. »Bist du tätowiert?«

»Hmm ... Ich bin an meinem gesamten Körper, von oben bis unten, auf jedem einzelnen Zentimeter meiner Haut ganz und gar ... *nicht* tätowiert.«

Der Lichtstrahl einer Straßenlaterne erhellte sein Gesicht, und ich erkannte, dass er sich gerade jetzt, in dieser Sekunde, ebenso vorstellte, wie ich nackt aussah, wie ich es vorhin bei ihm getan hatte. Es wurde wirklich allerhöchste Zeit, aus seiner Nähe zu kommen, sonst konnte ich für nichts mehr garantieren. Mit zitternden Händen schnallte ich mich ab.

»Warte, ich bring dich noch zur Tür«, sagte Patrick.

Wir gingen ein paar Schritte und blieben vorm Haus stehen. Das Knistern aus dem Auto umgab uns immer noch, und wir konnten unsere Blicke nicht voneinander lösen. Nichts hätte ich in diesem Moment lieber gehört als seine Frage, ob ich mir nicht mal seine Panini-Stickerheft-Sammlung ansehen wollte oder noch Lust hätte, ein bisschen FIFA 14 zu zocken. Aber er sagte nichts, sondern sah mir nur stumm in die Augen, mit diesem Blick, der mich halb wahnsinnig machte.

»Danke fürs Nachhausebringen«, sagte ich schließlich. »Und für den Cocktail und überhaupt für alles. Der Nachmittag war sehr schön.«

»Ja, finde ich auch. Wir sollten das unbedingt wiederholen. Spätestens in zehn Jahren, wenn du mich in München besuchen kommst.«

»Unbedingt. Wer weiß, vielleicht sind wir dann ja beide ogschachert.«

»Ogschdocha«, korrigierte Patrick lächelnd. Er kam einen Schritt auf mich zu, umfasste meinen Kopf mit seinen Händen und beugte sich zu mir herunter. Doch gerade, als ich dachte, dass er mich küssen würde, hielt er inne und legte stattdessen seine Stirn an meine.

»Eins habe ich dich heute noch nicht gefragt«, sagte er leise, und ich konnte seinen Atem an meinem Gesicht spüren. »Was ist mit Pekka?«

Ich konnte nicht glauben, dass er ausgerechnet jetzt mit diesem Thema anfing!« »Keine Ahnung«, sagte ich kurz angebunden und versuchte, von Patrick wegzurücken, doch er hielt mich fest.

»Bist du noch mit ihm zusammen?«

Ich zögerte mit der Antwort. »Ähm, na ja. Der erste Rausch ist schon verflogen.«

»Mhm, wie schade«, meinte er gespielt verständnisvoll, während er mit den Daumen sanft über meine Wangen strich, und einen Wahnsinnsrausch damit bei mir auslöste. »Aber du musstest ihn ja schon auf der Weihnachtsfeier geradezu dazu zwingen, dich zu küssen. So sah es zumindest von Weitem aus.«

Ich spürte, wie die Hitze in mein Gesicht aufstieg. »Er als Finne ist halt eher ... zurückhaltend.«

Patrick lachte leise. »Ja, den Eindruck hatte ich auch.«

»Ich meine, was Knutschereien und so etwas angeht.«

»Versteh ich gar nicht. Aus eigener Erfahrung kann ich sagen, dass du ziemlich gut küsst.« Er betrachtete eingehend meinen Mund.

»Danke, gleichfalls«, sagte ich mit krächzender Stimme.

»Dann ist diese Geschichte mit Pekka also bald vorbei?« Es kam mir vor, als wäre er in diesem Moment ganz und gar der Mittelfelddirigent, der den Ball mit einem Traumpass direkt vor meine Füße beförderte und mich geradezu dazu zwang, das Tor zu machen.

»Ja, es sieht ganz danach aus«, erwiderte ich mit klopfendem Herzen. »Es krib..., äh, kriselt ziemlich heftig.«

»Okay.« Im Zeitlupentempo hauchte er mir einen Kuss auf die Wange. »Gute Nacht, Karo.«

Reglos stand ich da und beobachtete ihn dabei, wie er in seinen Wagen stieg und davonfuhr. »Ich. Bin. Nicht. Mit. Pekka. Zusammen!«, flüsterte ich und schlug mir an die Stirn. »Es ist doch so einfach, du blöde Kuh, wieso traust du dich nicht?!«

In der Wohnung stand Saskias Zimmertür offen, und ich stürmte hinein. Sie saß am Schreibtisch und blickte von den Klassenarbeiten auf, die sie korrigierte.

Mitten im Raum blieb ich stehen. »Ich glaube, ich werde mit Pekka Schluss machen!«, verkündete ich.

Saskia schaute mich nur an, als hätte ich nicht mehr alle Tassen im Schrank. »Mit Pekka?! Aber...«, sagte sie verwirrt. Doch plötzlich schien der Groschen zu fallen. »Ach so... Wegen Patrick?«,

Ich nickte. »Ich bin extrem in ihn verliebt, weißt du?«

»Ach was, jetzt hör aber auf«, sagte sie und konnte sich kaum das Lachen verkneifen.

»Mir ist immer noch nicht wohl bei dem Gedanken, mit jemandem zusammen zu sein, der so in der Öffentlichkeit steht, aber... Wenn ich mich nicht darauf einlasse und es versuche, finde ich nie heraus, ob ich damit umgehen kann.«

»Vielleicht ist es auch gar nicht so schlimm, wie du es dir immer vorstellst«, meinte Saskia.

»Ja, vielleicht.« Für einen Moment blieb ich unschlüssig stehen, doch dann drehte ich mich um, sagte Saskia »Gute Nacht« und verschwand in meinem Zimmer, wo ich mich aufs Bett warf und wieder und wieder den Tag Revue passieren ließ. Mit einem Lächeln auf den Lippen schlief ich ein.

Am nächsten Morgen saßen Nadja und ich pünktlich um neun Uhr in Dotzlers Büro, um uns unseren Anschiss abzuholen. Nadja hielt die Arme vor der Brust verschränkt und verzog mürrisch das Gesicht, während ich auf der äußersten Kante meines Stuhls saß, um im Zweifelsfall schnellstmöglich aufspringen und weglaufen zu können.

Unser Chef musterte uns mit unheilvollem Blick. »So. Dann

wollen wir mal Tacheles reden. Matjesbrötchen, Herzluftballons und Kickertische auf einem offiziellen Empfang! Was haben Sie sich dabei gedacht?«

Mit dem Daumen rieb ich über meine feuchte Handinnenfläche. »Also, ich wollte ...«

»Und diese Rede!«, fiel Dotzler mir ins Wort. »Glauben Sie, die Tabellensituation des Vereins ist etwas, worüber man lachen sollte?«

»In dem gestrigen Rahmen fand ich es nicht angebracht, Trübsal zu blasen.«

»Ich werde Ihnen jetzt mal für die Zukunft etwas mit auf den Weg geben!«, sagte Dotzler und spießte mich mit seinem Zeigefinger in der Luft auf. »Vor den Sponsoren werden unangenehme Situationen entweder totgeschwiegen oder mit der gebührenden Ernsthaftigkeit angesprochen, und zwar unter Verwendung der Schlagworte ›Kampfgeist‹, ›Wille‹, ›Fleiß‹ und ›Disziplin‹! Haben wir uns verstanden?«

Ich nickte.

»Gut, dann hätten wir das ja geklärt. Diese Veranstaltung war ganz und gar eine Peinlichkeit für den Verein.«

»Aber ich verstehe nicht, warum!«, rief ich. »Allen hat es gefallen, und Hannes Röttger ...«

»Ich war noch nicht am Ende, Frau Maus!«, fiel Dotzler mir ins Wort. »Also, die Feier war eine Peinlichkeit für den Verein. Aber den Gästen hat sie offenbar gefallen.« Seine Gesichtszüge entspannten sich merklich. »Ich habe so viel positive Rückmeldung bekommen wie noch nie. Sogar der Artikel im Hamburg Kurier ist überaus wohlwollend, und gute Presse ist momentan sehr wichtig für uns. Offenbar haben Sie genau den richtigen Nerv getroffen.« Sein Blick wanderte von mir zu Nadja. »Und insofern gratuliere ich Ihnen, Frau Reimann. Sie haben einen sehr guten Job gemacht.«

Wie bitte?!

Nadja strich sich die Haare aus der Stirn und schien tatsächlich um ein paar Zentimeter zu wachsen. »Vielen Dank, Herr Dotzler.«

Hä? Gestern hatte sie doch noch ausdrücklich betont, dass sie mit der Planung überhaupt nichts zu tun gehabt hatte, und nun kassierte ich den Anschiss und sie die Lorbeeren?

»Das wäre dann alles«, beendete er das Gespräch.

Völlig perplex stand ich auf und folgte Nadja zum Ausgang. Wie ungerecht war das denn bitte? Und Nadja ließ das einfach so stehen? Wir waren schon ein paar Meter den Flur hinabgegangen, als ich auf dem Absatz kehrtmachte und zurück in Dotzlers Büro stürmte. Er wollte, dass ich klare Entscheidungen traf? Okay, die konnte er haben! Ich würde das nicht stillschweigend hinnehmen! »Diese Veranstaltung habe ganz allein ich geplant«, sagte ich mit vor Wut zitternder Stimme. »Das waren alles *meine* Ideen und *meine* Arbeit!«

»Glauben Sie, das weiß ich nicht?«, fragte er gelassen.

»Wieso haben Sie dann eben Frau Reimers gelobt und nicht mich?«

»So funktioniert es nun mal«, sagte er. »Es ist ihre Abteilung, sie hat die Verantwortung.«

»Aber...«

»Nichts aber«, unterbrach er mich. »Sie können jetzt entweder rumjammern, wie ungerecht die Welt ist, und für immer Praktikantin bleiben, oder sich durchbeißen und Zähne zeigen, und zwar solange, bis *Sie* das Lob für die Arbeit Ihrer Mitarbeiter kassieren. Glauben Sie, dass Sie das drauf haben?«

Ich nickte heftig. »Ja.«

»Gut. Ich glaube das nämlich auch.«

»Heißt das also, ich kann bleiben, nachdem mein Praktikum beendet ist?«

»Das kann ich hier und heute nicht entscheiden«, sagte Dotzler. »Reden wir nach dem Saisonende noch mal in Ruhe darüber.«

Immer noch etwas verdattert, aber breit grinsend schritt ich durch die Flure der Geschäftsstelle. Dotzler war tatsächlich auf mich aufmerksam geworden. Er schätzte meine Arbeit. Und er traute mir sogar zu, eine Führungsposition zu erlangen, wenn ich genug Biss zeigte. Mir fiel Herr Wolf ein, der mir mehr oder weniger offen einen Job angeboten hatte, der mehr beinhaltete, als Gäste und Sponsoren zu betreuen. Aber momentan war es genau das, was ich wollte. Eine feste Stelle im Sponsoring, hier, bei Eintracht Hamburg.

Mein Blick fiel aus dem Fenster auf den Trainingsplatz, auf dem die Mannschaft gerade eine Laufeinheit absolvierte. Patrick stach mir sofort ins Auge. Was gestern, in meinem alkoholumwölkten, euphorischen Hirn so klar gewesen war, erschien mir heute mehr als fraglich. Ich war in ihn verliebt, ja. Und ich war mir ziemlich sicher, dass er auch Gefühle für mich hatte. Aber sollte ich wirklich den nächsten Schritt gehen und zugeben, dass zwischen Pekka und mir niemals etwas gewesen war? Was würde dann kommen? Selbst wenn aus uns beiden etwas werden sollte – Patrick hatte klar und deutlich gesagt, dass er nicht ewig in Hamburg bleiben wollte, meine Zukunft hingegen würde sich zumindest für die nächsten Jahre hier abspielen. Wie ich es auch drehte und wendete, unterm Strich blieb die Überzeugung, dass, selbst wenn wir den nächsten Schritt gingen, unser gemeinsamer Weg ein ziemlich kurzer werden würde. Und ich hasste es, einen Weg einzuschlagen, den ich nicht zu Ende gehen konnte.

Ich riss mich von Patricks Anblick los und ging zurück in Nadjas und mein Büro. Sie saß an ihrem Schreibtisch und putzte sich die Nase. Als sie das Taschentuch zusammenknüllte und zurück in ihre Hose stopfte, sah ich, dass sie geweint hatte. Ich fragte sie schon lange nicht mehr, was mit ihr los war, zu oft hatte ich patzige und abweisende Antworten bekommen. Und so machte ich das, was inzwischen alle im Büro machten, wenn sie mal wieder einen ihrer Anfälle hatte: Ich tat so, als würde ich es gar nicht merken.

»Gut gemacht, Karo«, sagte Nadja. »Ich wusste, dass ich dir vertrauen kann und dass du das hinkriegen würdest.«

Das hatte sich gestern noch ganz anders angehört, aber ich würde das Spiel mitspielen. »Ohne deine Unterstützung hätte ich das nie geschafft«, erwiderte ich.

»Ich gehe morgen nach der Arbeit noch mit Lars und Mark im Indochine etwas essen. Hast du Lust mitzukommen?«

Vor Überraschung wäre ich beinahe vom Stuhl gefallen. Morgen war eigentlich der wöchentliche Zumba-Nacho-Abend mit Geli, Leonie und Regine. Aber ins Indochine! Da wollte ich doch immer schon mal hin. Obwohl mir nicht ganz klar war, warum Nadja mich plötzlich dabei haben wollte, musste ich zugeben, dass ein Teil von mir sich geschmeichelt fühlte. Und wie hatte Dotzler gesagt: Ich sollte mich durchbeißen. Wenn ich etwas erreichen wollte, musste ich mich anpassen. Und genau das würde ich tun. »Ja, gerne«, antwortete ich und machte innerlich eine Siegesfaust.

16.

*Im Großen und Ganzen war es ein Spiel,
das, wenn es anders läuft,
auch anders hätte ausgehen können.*
Eike Immel

Am darauffolgenden Montagmorgen konnte ich Karlheinz aus der Werkstatt abholen. Siggi Knipp hatte mich am Telefon informiert, dass der Wagen in einem viel besseren Zustand gewesen war als vermutet und dass lediglich der rechte Querlenker neu gemacht werden musste. Als ich Karlheinz jedoch blitzend und glänzend auf dem Parkplatz der Werkstatt stehen sah, kam mir der Verdacht, dass Siggi einiges mehr gemacht hatte. Karlheinz sah so ... zufrieden aus. Er schien beinahe zu lächeln. »Die Delle an der Stoßstange ist ja weg. Und der Rost über dem Hinterreifen auch. Von dem Kratzer an der Beifahrertür ist auch nichts mehr zu sehen.« Ich warf einen Blick in den Innenraum des Wagens, um zu überprüfen, ob das hier überhaupt mein Karlheinz war. Aber der Fleck auf dem Polster des Beifahrersitzes war noch da, ebenso wie das Hulamädchen und die abgeschrabbelte Stelle an der Öffnung des Dachfensters.

Siggi steckte seine Hände in die Taschen seines Blaumanns und meinte: »Ja, so'n paar kleinere Schönheitsreparaturen haben wir noch gemacht. War ganz gut für den Lehrling, so zum üben.«

»Aha. Und was kostet das?«

»Vierhundert Euro.«

»Was? Sie hatten doch gesagt, dass es zwei- bis dreitausend werden würden!«

»Na, Sie sind die Erste, die sich darüber beschwert, dass wir einen guten Preis machen.«

»Ja, also ... Ich weiß gar nicht, was ich sagen soll. Dann vielen Dank. Auch an den Lehrling.« Ich strahlte Siggi an. »Ihre Werkstatt werde ich auf jeden Fall weiterempfehlen.«

Selig fuhr ich ins Büro. Die komischen Geräusche beim Lenken waren verschwunden, und auch ansonsten fuhr Karlheinz sich eindeutig besser als vorher. Was so ein neuer Querlenker alles ausmachen konnte!

Ich machte ein Foto vom Wagen und schickte es Patrick, der noch mit der Nationalmannschaft in Georgien war und gerade auf seinen Rückflug wartete.

Wahnsinn, der sieht ja aus wie neu!, antwortete er.

Ich glaube, Siggi hat ihn lackiert, aber er meinte, der ist nur gewachst. Kann das sein?

Ja, so ein bisschen Wachs kann eine Menge bewirken.

Ich gab mich mit der Antwort zufrieden, und wir schrieben noch ein bisschen hin und her. Seit unserem gemeinsamen Tag an der Alster schrieben wir uns häufiger, allerdings achtete ich sehr darauf, dass es nicht zu flirtig wurde, und auch Patrick blieb im Ton freundschaftlich.

Noch immer wusste ich nicht, wie es weitergehen sollte. Obwohl ich ihm am liebsten sofort gesagt hätte, dass ich ihn sehr mochte und nie mit Pekka zusammen gewesen war, konnte ich die Angst vor dem, was dann möglicherweise kommen würde, nicht überwinden. Außerdem bekam ich ihn in den folgenden Wochen sowieso kaum mehr zu Gesicht.

Winkler hatte die Mannschaft fest an der Kandare und ordnete etliche zusätzliche Trainingseinheiten und Kurztrainingslager an. Darüber hinaus hatte Patrick andauernd Termine, und wenn er nicht unterwegs war, stand bei mir etwas auf dem Programm.

Der Job brachte es mit sich, dass ich abends häufig lange arbeiten musste, aber es störte mich nicht, im Gegenteil. Ich betreute jetzt häufiger Veranstaltungen in Eigenverantwortung, und Nadja übertrug mir zunehmend anspruchsvollere Aufgaben. In meiner Freizeit traf ich mich nun öfter mit ihr, Lars und Mark. Wir gingen in schicke Restaurants oder in Szenebars, in die ich mich früher niemals hineingewagt hätte. In dieser Welt gab es keinen Asti Spumante, keine mit Käse überbackenen Nachos und keine Klamotten von C&A. Stattdessen schlürfte man Cosmopolitan, aß orientalische Mezze oder kambodschanisch-hawaiianische Crossover-Küche, und die Klamotten kamen aus kleinen Designerboutiquen im Schanzenviertel oder Eppendorf. Statt Zumba im Sportverein gab es Spinning im Nobel-Fitnessstudio und statt *Drei Nüsse für Aschenbrödel* auf der Couch schaute man Independent-Filme im Programmkino. Anfangs fühlte ich mich fremd in dieser Welt, die ich aber gleichzeitig auch spannend und aufregend fand. Ich saugte all das förmlich auf, und als mein Konto weit im Minus war, bezahlte ich stattdessen mit meiner Kreditkarte.

Selbst wenn ich mich also getraut hätte, Patrick zu fragen, ob wir uns mal treffen wollten, wäre es so gut wie unmöglich gewesen, einen freien Termin zu finden. Und außerdem – er fragte mich ja auch nicht. Ich wusste nicht, ob es daran lag, dass er der Meinung war, ich sei nun am Zug oder daran, dass er kein Interesse hatte, mich zu sehen. Die Sache mit ihm war und blieb kompliziert.

So ging der März in den April über und der wiederum wurde zum Mai, ohne dass irgendetwas zwischen uns passiert wäre, und ich schwankte ständig zwischen Frustration und dem Gefühl, dass es eigentlich ganz gut so war.

Am zweiten Wochenende im Mai stand der Besuch meiner Eltern an. Sonntag war das vorletzte Heimspiel der Eintracht, und obwohl ich versucht hatte, sie bis zur Sommerpause zu vertrösten, hatten sie darauf bestanden, sich ein Spiel im Stadion anzusehen.

Es war merkwürdig, sie das erste Mal in meinem neuen Zuhause zu sehen und fühlte sich irgendwie fremd an.

»Karo!« Meine Mutter fiel mir um den Hals und verdrückte ein paar Freudentränen. »Mensch noch mal, wie lang is dat denn schon wieder her? Seit Weihnachten haben wir uns nicht gesehen!« Sie wollte mich gar nicht mehr loslassen. Auch mein Vater drückte mich so fest an sich, dass ich kaum noch Luft bekam. Er hatte eindeutig wieder zugelegt, doch ich erschrak beim Anblick seiner inzwischen vollständig ergrauten Haare.

»Jetzt kommt erst mal rein«, sagte ich und führte die beiden in der Wohnung herum.

»Das ist aber hübsch!«, rief meine Mutter, als sie mein Zimmer betrat. »Du guckst ja richtig ins Grüne!«

Mein Vater setzte sich aufs Bett und hopste ein paarmal auf und ab. »Die Matratze ist viel zu weich, Püppi. So weiche Matratzen sind nicht gut für'n Rücken, das weißt du doch.«

»Tja, ich fürchte, für die nächsten drei Nächte wirst du das aushalten müssen«, erwiderte ich, denn ich würde mein Zimmer ihnen überlassen und vorübergehend zu Saskia ziehen.

In der Küche packte meine Mutter eine riesengroße Reisetasche aus, von der ich angenommen hatte, dass sie ihr Gepäck enthielt. Stattdessen kramte sie Unmengen von Nudeln,

Mockturtle-Dosen, Keksen und Schokolade daraus hervor, sowie eine von Oma selbstgemachte Flasche Quittenlikör. Auf dem Tisch verteilte sie vier unglaublich kitschige Blümchen-Eierbecher und dazu passende selbstgehäkelte Platzdeckchen, von denen ich genau wusste, dass wir sie niemals benutzen würden. »Guck mal, das macht doch was her.«

»Danke, Mama, das ist nett. Aber ...« Ich überlegte, wie ich es möglichst freundlich sagen konnte. »Die passen eigentlich nicht zu unseren anderen Sachen.«

»Aber die sind doch ganz zeitlos, die kannste überall dazutun«, meinte sie.

»Ja, aber eher in so Wohnungen wie bei euch«, erklärte ich, und die Enttäuschung stand ihr ins Gesicht geschrieben.

Mein Vater blickte von dem Wasserhahn auf, der schon seit Wochen tropfte und an dessen Reparatur er sich umgehend gemacht hatte. »Wat soll dat denn heißen? Da haben die Omma und die Mama sich so viel Mühe bei gegeben!«

Um den drohenden Streit zu vermeiden, ließ ich es dabei bewenden und beschloss, die Dinger zu entfernen, sobald meine Eltern am Montagmorgen das Haus verlassen hatten.

Abends gingen wir zu Costa, und ich war froh, dass Saskia uns bei Grilltellern und Ouzo Gesellschaft leistete.

»Haben Sie sich an das Rentnerdasein schon gewöhnt, Herr Maus? Mein Vater sagt, dass der Stress da erst richtig losgeht.«

Er stopfte sich eine riesige Gabel Gyros in den Mund und kaute unendlich lange darauf herum. »Ja, ich hab 'ne ganze Menge zu tun«, sagte er, nachdem er heruntergeschluckt und mit Bier nachgespült hatte. »Ich mach den Garten neu, und im Haus ist ja auch so viel zu reparieren. Ich hab kaum Zeit für meine Modellflugzeuge.«

Meine Mutter blickte leicht gequält drein. »Da kannste dir aber ruhig mal Zeit für nehmen, Uwe.«

Als mein Vater nach dem Essen draußen eine Zigarette rauchte, klagte meine Mutter Saskia und mir ihr Leid. »Der repariert den ganzen Tag Sachen, die gar nicht kaputt sind! Erst, wenn er damit fertig ist, sind die kaputt, und ich muss heimlich die Handwerker kommen lassen. Und wenn er nicht irgendwas am Reparieren ist, dallert er am Computer rum.«

»Seit wann habt ihr denn einen Computer?«, fragte ich.

»Dat war das Erste, was er von seiner Abfindung gekauft hat.«

»Und was dallert er da?«

»Ach, wat weiß denn ich«, winkte sie ab. »Irgendwas, wo man 'nen Bauernhof betreiben muss.«

»Farm Heroes?«, fragte Saskia verblüfft.

»Kann sein.« Meine Mutter leerte ihr Glas in einem Zug, und ich schenkte ihr nach. »Wenigstens ist er dann beschäftigt. Aber oft genug heult er, wenn er meint, ich merk es nicht. Der kann nicht ohne Arbeit, ich weiß gar nicht, wie dat werden soll die nächsten Jahre!« Sie wischte sich über die Augen.

Ich legte ihr eine Hand auf den Arm und tätschelte ihn beruhigend. »Das wird schon, Mama.«

Mein Vater kam wieder herein, sodass wir schnell das Thema wechselten und für den Rest des Abends über Belanglosigkeiten plauderten.

Am nächsten Tag fuhr ich mit meinen Eltern in die Geschäftsstelle, um sie dort herumzuführen und ihnen meinen Arbeitsplatz zu zeigen. Ich hatte mir extra den Samstag dafür ausgesucht, weil die Büros dann leer waren und ich so vermeiden konnte, dass sie auf Dotzler oder Nadja, Lars und Mark trafen, denn eine Begegnung zwischen ihnen wollte ich um jeden Preis verhindern. Diese Welten passten einfach nicht zusammen.

Auch im Stadion war heute niemand, und so führte ich sie durch VIP-Logen, Katakomben und die Umkleidekabine der Eintracht – ein besonderes Privileg, da Stadionbesucher normalerweise nur die Gästekabine zu sehen bekamen. Zum Schluss ging ich mit ihnen durch den Spielertunnel auf den Rasen. Inzwischen kannte ich mich blind im Stadion aus, aber ich wusste noch genau, was für ein ehrfürchtiges Gefühl mich ergriffen hatte, als ich das erste Mal durch den schmalen Tunnel gegangen war, von dem aus man das Grün schon sehen und die Fans singen hören konnte.

Mein Vater hatte seinen Fotoapparat dabei und knipste sich die Finger wund. Er hielt wirklich *alles* fest. Oberstes Gesetz dabei war, dass entweder meine Mutter oder ich mit aufs Bild mussten: Karo neben der Statue von Hannes Röttger, Mama auf der leeren Tribüne, Karo auf dem Spielfeld, Mama vor der Geschäftsstelle, Karo an ihrem Schreibtisch.

»So'n schickes Büro«, sagte meine Mutter und trank genüsslich einen Schluck von dem Milchkaffee, den ich ihr gemacht hatte. »Du bist ja jetzt 'ne richtige Karrierefrau!«

Mein Vater schraubte an der Glühbirne auf Nadjas Schreibtisch herum. »Da is'n Wackelkontakt drin. Die muss unbedingt mal ausgewechselt werden.« Danach stellte er sich ans Fenster und schaute auf die Trainingsplätze. »Mensch, ich werd nicht mehr! Is dat die Mannschaft? Sind die da am Trainieren?«

Der Schreck fuhr mir durch alle Glieder. Ich hatte wirklich alles bedacht, um meine Eltern unbemerkt hier herumführen zu können – nur das Abschlusstraining hatte ich vergessen!

Meine Mutter stürmte ebenfalls ans Fenster. »Guck mal, dat is doch der Weidi!«, rief sie.

»So, hier haben wir alles gesehen«, sagte ich hastig. »Wollen wir jetzt mit der Fähre von den Landungsbrücken nach Neumühlen fahren? Oder wollt ihr die Schiffsbegrüßungsanlage in Wedel sehen?«

»Die Schiffsbegrüßungsanlage, dat wär schon was«, sagte mein Vater. »Wobei ich ja eigentlich lieber beim Training zugucken würde.«

»Das Abschlusstraining findet leider immer unter Ausschluss der Öffentlichkeit statt«, sagte ich ausweichend und schaute auf meine Uhr. »Okay. Trink erst mal gemütlich deinen Kaffee aus, Mama, und dann fahren wir nach Wedel.«

Nach exakt fünfzehn Minuten zerrte ich meine Eltern förmlich aus dem Büro, denn jetzt war das ideale Zeitfenster: Die Mannschaft war in der Kabine, und es würde noch mindestens zehn Minuten dauern, bis die ersten Spieler herauskamen. Doch als wir auf Karlheinz zusteuerten, der auf dem Parkplatz vor dem Trainingsgelände stand (wie dämlich war ich eigentlich?), stellte sich heraus, dass ich so ziemlich alles berechnen konnte, außer den Faktor Patrick Weidinger, der sich, ganz entgegen seiner sonstigen Gewohnheiten, heute offenbar besonders beeilt hatte und genau in dem Moment frisch geduscht durch das Tor trat, als wir daran vorbeigingen.

Für den Bruchteil einer Sekunde war ich versucht, meinen Eltern zuzurufen: »Lauft! Lauft um euer Leben! Das ist keine Übung!«, um dann selbst zu Karlheinz zu sprinten, doch da war es auch schon zu spät, und Patrick hatte uns bemerkt.

»Hallo Karo«, sagte er. »Lange nicht gesehen.«

Allerdings. Wir *hatten* uns lange nicht gesehen und wenn, dann nur aus weiter Entfernung oder kurz im Vorbeigehen. Jetzt, wo er nur einen Meter von mir entfernt stand, spielte mein Herz völlig verrückt. »Ja, ich hatte viel zu tun«, sagte ich. »Und du ja auch.«

Patrick musterte mich nachdenklich, bis er seinen Blick von

mir losriss und sich an meine Eltern wandte, die stumm neben mir standen und ihn schamlos anstarrten. »Sie sind bestimmt Karos Eltern«, sagte er freundlich. Er hielt meiner Mutter die Hand hin. »Ich bin ...«

»... der Weidi, das weiß ich doch.« Sie nahm seine Hand, und zu meinem Entsetzen zog sie ihn an sich und herzte ihn wie einen lang vermissten alten Freund. Liebevoll tätschelte sie seine Wange. »Du siehst ja genauso aus wie im Fernsehen.«

Patrick lachte. »Das hat Ihre Tochter auch gesagt.« Nun begrüßte er meinen Vater, der ihn ebenfalls umarmte und ihm kräftig auf die Schulter klopfte.

»Na, wie läuft's, Junge?«, fragte er und strahlte über das ganze Gesicht.

»Ganz gut«, erwiderte Patrick. »Und bei Ihnen?«

»Ach, du brauchst uns doch nicht siezen«, sagte mein Vater vehement. »Ich bin der Uwe, und dat is die Bettina.«

»Und ich bin der Patrick.«

»Hömma Wei..., äh, Patrick«, sagte meine Mutter und stieß ihn in die Seite. »Hat die Karo dir eigentlich ausgerichtet, dass du dir mal ein nettes Mädel suchen sollst?«

Ich spürte, wie ich knallrot anlief. »Mama!«

»Was denn?«

»Tja, das mit den netten Mädels ist manchmal leider ganz schön kompliziert«, sagte Patrick, während sein Blick mich streifte. »Aber ich geb mir Mühe.«

»So, und morgen geht's gegen Dortmund?«, mischte mein Vater sich ein und lenkte das Thema zum Glück in unverfänglichere Bahnen. »Da müsst ihr aufpassen, die sind gefährlich.«

Patrick nickte ernst. »Das stimmt. Ein Spaziergang wird das sicher nicht.«

»Ich bin ja eigentlich für den VfL, aber morgen drück ich euch die Daumen«, plauderte mein Vater. »Die Karo hat uns

Plätze in der Ostkurve besorgt. Ganz weit oben, weil woanders nichts mehr frei war, aber macht ja nix.«

»In der Ostkurve? Wieso hast du denn keine Plätze in einer der Logen reserviert?«, fragte Patrick.

»Weil ich die Karten nicht privat verteilen darf!«, sagte ich scharf.

»Ich schon. Karo kann euch in meinem Namen auf die Gästeliste eintragen«, sagte er zu meinen Eltern. »Dann würdet ihr auf der Ehrentribüne sitzen, wenn ihr wollt.«

»Da habe ich in meiner Freizeit doch überhaupt nichts zu suchen!« Ich warf ihm einen mörderischen Blick zu, dem er jedoch gelassen standhielt.

»Auf der Ehrentribüne?« Die Stimme meines Vaters überschlug sich fast. »Na, dat wär ja der Hammer!«

»Geht das denn so kurzfristig noch?«, wollte meine Mutter wissen.

»Nein, auf keinen Fall«, sagte ich.

»Doch, natürlich«, widersprach Patrick prompt. »Karo regelt das schon. Sie ist ja quasi die Göttin der Gästeliste.«

Mir entfuhr ein wütendes Schnauben. Toll. Karo regelt das schon. Was dachte er sich eigentlich dabei? Ich hatte uns aus gutem Grund möglichst weit von den Logen entfernt platziert, und nun setzte er uns dick und fett auf die Ehrentribüne!

»Okay, ich muss los«, sagte Patrick. »Wir sehen uns dann morgen nach dem Spiel. Ich bin zum Meet and Greet in den Logen eingeteilt.«

Verdammt. Auch das noch!

»Karo, mach doch schnell noch mal ein Bild von uns«, sagte mein Vater und drückte mir den Fotoapparat in die Hand.

Zähneknirschend beobachtete ich, wie meine Eltern sich rechts und links neben Patrick positionierten und ihre Arme um seine Taille legten, während er seine um ihre Schultern schlang. Die drei lachten in die Kamera, wobei ich das Gefühl hatte, dass Patrick mir dabei in Gedanken die Zunge herausstreckte. Dann verabschiedete er sich und ging mit schnellen Schritten davon.

»So ein netter Junge«, schwärmte meine Mutter.

Na ja. Im Moment fand ich das ganz und gar nicht.

Ich hatte meinen Eltern gesagt, dass man sich für die Ehrentribüne und die angrenzende VIP-Loge schick machen musste, doch als wir uns am nächsten Nachmittag auf den Weg ins Stadion machten, stellte ich fest, dass sie nichts Angemessenes dabeihatten. Mein Vater trug Jeans, ein kariertes Hemd und Sandalen (natürlich mit Socken) und meine Mutter eine gelbe Caprihose und ein weißes T-Shirt. Zwischen all den Anzügen und Kostümen in gedeckten Farben stachen sie in der VIP-Loge heraus wie zwei Papageien im Taubenschlag. Sie selbst schien das nicht im Geringsten zu stören.

»Mein lieber Kokoschinski, guck dir dat an, Bettina!«, rief mein Vater und deutete auf das Büffet.

»Das kostet bestimmt ein Vermögen«, raunte meine Mutter ihm zu.

Ich wollte sie gerne in dem Glauben lassen und sie schnellstmöglich nach draußen auf ihre Plätze lotsen, als plötzlich Hannes Röttger neben mir auftauchte. »Hallo, Frau Maus.«

»Hannes Röttger!«, rief mein Vater, und es klang, als hätte er »Heiliger Bimbam« gesagt. »Karo, schnell, mach ein Foto von uns!« Und schon hatte er mir die Kamera in die Hand gedrückt und den Arm um ihn geschlungen.

Hannes Röttger lächelte in die Kamera und schüttelte dann meinen Eltern freundlich die Hand. »Sie müssen die Eltern von

Frau Maus sein. Ihre Tochter hat eine ganz wunderbare Geburtstagsfeier für mich organisiert.«

Mein Vater strahlte vor Stolz. »Ja, so wat kann unsere Karo«, behauptete er, obwohl er mich noch nie irgendeine Feier hatte planen sehen.

»Essen und Getränke kosten hier übrigens nichts«, sagte Hannes Röttger. »In diesem Bereich sind Sie Gäste des Vereins.«

»Das stimmt«, sagte meine Mutter. »Der Weidi hat uns eingeladen.«

Hannes Röttger sah mich überrascht an. »Ach, guck mal einer an. Das ist ja schön. Na dann, wir sehen uns, Frau Maus. Viel Spaß beim Spiel«, sagte er zu meinen Eltern und verschwand auf die Tribüne. Verdammt, jetzt dachte er bestimmt, ich hätte was mit Patrick. Oh mein Gott, das würden alle denken!

»Frau Maus!«, dröhnte es hinter mir. Das hatte mir gerade noch gefehlt. Dotzler. »Hatten Sie heute nicht freigenommen?«

»Doch, schon. Ich bin mit meinen Eltern hier.«

»Mit ihren Eltern?«, fragte er pikiert. Ich befürchtete schon, dass er mir nun einen Vortrag darüber halten würde, dass die Eltern von Angestellten nichts im VIP-Bereich zu suchen hatten, doch stattdessen sagte er: »Na ja, jetzt wo Sie hier sind, müssen Sie unbedingt Herrn Wolf begrüßen. Der hat schon nach Ihnen gefragt.«

Meine Mutter kam vom Büfett zurück, einen Teller mit Kanapees in der einen und ein Glas Rotwein in der anderen Hand. »Mensch, so kann man sich ans Fußballgucken gewöhnen, was?«, sagte sie und stopfte sich ein Kanapee in den Mund.

»Ähm, Herr Dotzler, das ist meine Mutter.«

Sie stellte ihr Weinglas auf den Teller, um ihm die Hand geben zu können. »Die Karo hat gesagt, dass wir hier eigentlich gar nicht reindürfen«, plauderte sie munter drauflos. »Aber dann hat der Weidi uns eingeladen.«

Dotzler runzelte die Stirn. »Ach, tatsächlich? Das ist ja interessant.«

Ich wollte gerade zu einer Erklärung ansetzen, als sein Handy klingelte. »Ja!« Er hörte kurz zu. »Bin unterwegs.« Und schon zog er grußlos von dannen.

»Mama, könntest du bitte aufhören, allen Leuten zu erzählen, dass wir Gäste von Patrick sind? Das sieht doch so aus, als wären wir ... privat verbunden, in irgendeiner Form.«

Meine Mutter brach in Gelächter aus. »Privat verbunden? Wie gewählt du dich auf einmal ausdrückst. Und selbst wenn ihr *privat verbunden* wärt«, äffte sie mich nach, »es könnte dich schlimmer treffen, meinste nicht?« Damit gesellte sie sich zu meinem Vater, der sich am Büfett mit dem Koch unterhielt.

Ich nutzte die Gunst der Stunde, um schnell zu Herrn Wolf rüberzugehen, der mit ein paar Geschäftsfreunden gekommen war. Wir hielten ein bisschen Smalltalk, und nach exakt fünf Minuten hastete ich zurück zu meinen Eltern.

Am Eingang zur Loge fing Nadja mich ab. »Hey Karo«, sagte sie. »Ich hab's schon auf der Gästeliste gesehen. Patrick hat dich und deine Eltern eingeladen?« Sie grinste über das ganze Gesicht.

»Frag nicht«, sagte ich und suchte mit den Augen hektisch den Raum nach ihnen ab.

Nadja folgte meinem Blick. »Sind sie das?« Mit dem Kopf deutete sie zum Büfett, wo meine Mutter auf eine Dame in Grau einredete – Frau von Ansbach. Mein Vater machte derweil Fotos vom Essen.

»Die sind ja drollig«, meinte Nadja. »So, ich werde mal die

Runde machen. Und du pass auf, dass deine Eltern hier nicht mit jedem Brüderschaft trinken, ja?«

Ich ging zu meiner Mutter und erwischte sie dabei, wie sie Frau von Ansbach Frisurentipps erteilte. »Bei Ihrem langen Gesicht sieht das so nicht aus«, meinte sie und fasste ihr beherzt ins Haar. »Da würde ich 'ne Wasserwelle legen und 'nen flotten Pony schneiden.«

Frau von Ansbach presste die Lippen zu einer schmalen Linie zusammen. »Danke, aber Udo Waltz und ich sind der Meinung, dass meine Frisur völlig in Ordnung ist.«

»Ach, der Waltz«, winkte meine Mutter ab. »Der weiß auch nicht alles.«

»Mama, wollen wir uns nicht hinsetzen?« Ich fasste sie am Arm und ging mit ihr zu meinem Vater, der sich zu einem altehrwürdigen Hamburger Reeder gesellt hatte und ihm erklärte, dass Essen und Getränke hier alle »für lau« seien und dass er deswegen ruhig reinhauen könne.

Ich war heilfroh, als ich meine Eltern endlich auf ihre Plätze bugsiert hatte, und wollte schon aufatmen, da stieß mein Vater mich heftig in die Seite. »Jogi Löw! Leck mich am Arsch, da is Jogi Löw!«

Ein paar Leute drehten sich zu uns um. Ich lächelte entschuldigend, während ich ihn am Ärmel festhielt, damit er nicht aufsprang und auf Jogi Löw zulief, der von Dotzler und Herrn von Ansbach begleitet schräg vor uns Platz nahm. Offenbar hatte er sich kurzfristig angemeldet, denn auf der Gästeliste hatte er nicht gestanden.

Ich war heilfroh, als endlich das Spiel angepfiffen wurde und meine Eltern sich darauf konzentrierten. Seit Winklers Amtsantritt wirkte die Mannschaft wie ausgewechselt, und Patrick spielte großartig. Er lieferte den Pass zum 1:0, das die Eintracht bis zur Halbzeit halten konnte. In der Pause ging der Stress wieder los, weil ich immer das Gefühl hatte, meine Eltern unter Kontrolle halten zu müssen. Doch das war hoffnungslos. Während meine Mutter dem Caterer riet, doch mal Tomate mit Mozzarella und Brötchenkonfekt zu servieren, fing mein Vater Jogi Löw ab, der auf dem Weg zu den Toiletten war. Er gab ihm ein paar Tipps zur taktischen Ausrichtung der Nationalmannschaft, die der Bundestrainer, wie ich ihm zugutehalten musste, mit stoischer Gelassenheit zur Kenntnis nahm. Ich versuchte mehrmals, meinen Vater wegzuziehen, doch ich hatte keine Chance, und Jogi Löw war offenbar zu höflich, ihn einfach stehenzulassen. Schließlich schritt Nadja ein, die ihn unter irgendeinem Vorwand weglotste.

»So ein feiner Mann«, sagte mein Vater völlig hin und weg. »Ach du Schande! Jetzt hab ich ganz vergessen, ein Foto zu machen!«

»Ist doch egal, Papa.« Ich organisierte meinen Eltern etwas zu essen und zu trinken und führte sie wieder auf ihre Plätze. Zwischendurch plauderte ich mit ein paar der Sponsoren, die mich von verschiedenen Veranstaltungen kannten. Spätestens zu Beginn der zweiten Halbzeit war ich völlig fertig mit den Nerven. Das Spiel trug auch nicht gerade dazu bei, mich zu beruhigen, denn nicht nur, dass die Dortmunder in der sechzigsten Minute den Ausgleich schafften, Patrick wurde auch noch alle Nase lang übel gefoult. Es war zwar nichts Neues, dass er ordentlich einstecken musste, und ich wusste, dass er daran gewöhnt war, aber trotzdem zuckte ich jedes Mal zusammen und konnte kaum hinsehen. Zur ausgleichenden Gerechtigkeit schoss er dafür kurz vor Spielende ein Traumtor.

Nach dem Spiel fing mein Vater Jogi Löw am Büfett ab. »Jogi!«, rief er. »Hömma, darf ich noch mal eben ein Foto mit dir machen?« Und schon schmiss er sich so eifrig an ihn ran, dass sein O-Saft auf Löws Sakko schwappte. Mein Vater war untröstlich und wollte sofort anfangen, den Schaden mit einem Taschentuch zu beheben, doch Jogi Löw winkte ab. »Des isch net so schlimm«. Fröhlich nahm mein Vater ihn wieder in den Arm und schoss sein Foto.

In der nächsten halben Stunde waren meine Eltern mit Essen beschäftigt, und ich konnte ein wenig durchatmen. Anschließend wollte ich sie einsammeln und endlich nach Hause fahren, denn allmählich forderte meine Daueranspannung ihren Tribut. Doch ich hatte die Rechnung ohne sie gemacht, schließlich mussten sie unbedingt noch »Weidi Guten Tag sagen«.

Der ließ zum Glück nicht allzu lange auf sich warten. Er und Amando betraten frisch geduscht die Loge, plauderten hier und da und schüttelten Hände. Jetzt war ich völlig überfordert, denn ich fühlte mich durch Patricks Anwesenheit eindeutig sehr von der Beaufsichtigung meiner Eltern abgelenkt. Immer wieder erwischte ich mich dabei, wie ich ihn bei seiner Runde durch die Loge beobachtete, und ich wünschte mir zum millionsten Mal, dass er einfach nur irgendein Mann wäre und nicht Patrick Weidinger, der Fußballstar, der nicht in Hamburg bleiben wollte und dessen Vertrag nur noch ein Jahr lief. Wenig später kam er auf mich zu. Seine Augen glänzten, und er sah ganz und gar mit sich zufrieden aus, so wie immer, wenn er gut gespielt und gewonnen hatte. »Na?«, sagte er.

»Na?«

Das reichte uns beiden offenbar erst mal an Konversation. Wir sahen uns einfach nur an, und tausend unausgesprochene Dinge standen zwischen uns. Ich wäre so gern allein mit ihm gewesen, um ihn zu fragen, was das bloß mit uns war. Ein Schritt vor, zwei Schritte zurück, wieder und wieder. Es schien, als wüssten wir beide genau, dass aus uns niemals etwas werden konnte, und als kämen wir trotzdem nicht voneinander los.

»Weidi!«, hörte ich meinen Vater rufen.

Patrick und ich zuckten zusammen, und er wandte sich zögerlich meinen Eltern zu, um sie zu begrüßen.

Aus den Augenwinkeln sah ich in einer Ecke Nadja und Lars stehen. Sie schauten zu meinen Eltern rüber und tuschelten und lachten miteinander. Es war offensichtlich, dass sie sich über sie lustig machten, und ich konnte es zum Teil sogar verstehen. Sie waren hier fehl am Platz, sie gehörten nicht in diese Welt, und ich musste mir eingestehen, dass sie mir peinlich waren. Ich musste hier weg. Mit meinen Eltern. Und zwar sofort. In den letzten Stunden hatte ich Blut und Wasser geschwitzt, und ich konnte nicht mehr.

Ich überlegte fieberhaft, wie ich sie von Patrick loseisen konnte, mit dem sie sich äußerst angeregt unterhielten. Zum Glück kam Lars mir zur Hilfe. »Patrick, ich will ja nicht drängeln, aber wir haben noch ein paar Logen abzuarbeiten.«

Patrick zog eine Grimasse. »Tut mir leid«, sagte er zu meinen Eltern. »Sieht so aus, als müsste ich weiter. War wirklich nett, euch kennenzulernen.« Schließlich wandte er sich an mich. »Mach's gut, Karo.«

»Ja. Du auch.«

Wir tauschten noch einen Blick, dann drehte er sich um und folgte Lars zum Ausgang.

Gott sei Dank ließen meine Eltern sich nun endlich zum Gehen überreden. Auf der gesamten Rückfahrt plauderten sie aufgeregt über das Erlebte. Immer wieder fragten sie: »Und wer war der? Und wer war das?«, und schwärmten mir unaufhörlich vom leckeren Essen, den kostenlosen Getränken und vor allem von Patrick vor.

Beim anschließenden Bier in der Küche fragte mein Vater: »Wat is denn los, Püppi? Du bist so einsilbig.«

Sein Hemd war zu eng und spannte so sehr, dass man seinen Bauch zwischen zwei Knöpfen sehen konnte. Auf dem T-Shirt meiner Mutter prangte ein dicker Fleck, da sie mit irgendetwas gekleckert hatte. Ihr Ruhrpott-Akzent, ihre plump-vertrauliche, aufdringliche Art, ihre Naivität – all das machte mich plötzlich wütend. War ihnen heute denn wirklich nicht aufgefallen, dass sie sich komplett danebenbenommen hatten? Und in welche Lage sie mich damit gebracht hatten? Ich stand auf, um den Kühlschrank zu öffnen, nur, damit ich sie nicht mehr ansehen musste. Zum ersten Mal in meinem Leben konnte ich die Nähe meiner Eltern kaum ertragen.

»Nichts«, sagte ich nach einer halben Ewigkeit und drehte mich wieder zu ihnen um. »Ich bin nur müde.«

Meine Mutter musterte mich eindringlich. Schließlich sagte sie: »Dann gehen wir wohl mal besser früh schlafen. Wir sind auch ganz schön kaputt.«

Ich war froh, als sie endlich in meinem Zimmer verschwunden waren und ich mich in Saskias Bett verkriechen konnte. Und als sie am nächsten Morgen nach dem Frühstück zurück nach Bochum fuhren, atmete ich vor Erleichterung auf.

Als ich mir später im Büro einen Kaffee holen wollte, traf ich an der Maschine auf Geli, Regine und Leonie.

»Hey Karo, dich hat man ja schon ewig nicht mehr zu Gesicht gekriegt«, sagte Geli.

»Ja, ich hab viel um die Ohren in letzter Zeit.« Nadja hielt oft um diese Zeit ihr tägliches Briefing, und außerdem hatte ich mir selbst verboten, eine halbe Stunde täglich mit den Mädels an der Kaffeemaschine herumzustehen, um zu quatschen. Es fiel mir nicht immer leicht, aber der Plan, mich durchzubeißen, forderte nun mal Opfer.

Geli nickte langsam. »Mhm, verstehe. Also kommst du diese Woche wieder nicht mit zum Zumba?«

Verlegen drehte ich meine Eintracht-Tasse in der Hand. »Ich schaff es momentan echt nicht. Vielleicht, wenn die Saison zu Ende ist.«

Leonie und Regine tauschten einen vielsagenden Blick.

»Ähm, okay, ich muss los. Wir sehen uns«, sagte ich.

»Ja. Oder auch nicht«, meinte Geli. In ihrer Stimme schwang Enttäuschung mit.

Mit meiner Tasse in der Hand machte ich mich nachdenklich auf den Weg zu meinem Arbeitsplatz. Es tat mir wirklich leid um unsere Zumba-Runde. Die Mädels waren von Anfang an nett zu mir gewesen, und es hatte Spaß gemacht, mit ihnen rumzuhängen. Aber auch, wenn es mir nicht übermäßig gefiel – wenn ich beruflich weiterkommen wollte, musste ich Prioritäten setzen. Und etwas mit Nadja, Lars und Mark zu unternehmen gehörte nun mal dazu. So funktionierte es eben.

Ich war schon fast in meinem Büro, als mir Dotzler über den Weg lief. »Ach, Frau Maus«, bellte er. »Es geht mich nichts an, warum Weidinger Sie zum Spiel einlädt. Aber eins sollte Ihnen klar sein: Solange Sie Angestellte des Vereins sind, möchte ich Sie nie wieder *privat* in den Logen sehen. Und Ihre Eltern schon gar nicht!« Sein Gesicht verzog sich geradezu angewidert. »Haben wir uns verstanden?«

Er hätte mir genauso gut einen Faustschlag in die Magengrube verpassen können. »Ja«, sagte ich. »Tut mir leid.«

Ohne ein weiteres Wort rauschte er davon.

Mit hängenden Schultern schlich ich an meinen Platz. Nadja saß bereits an ihrem Schreibtisch und plauderte mit Lars, der es sich auf meinem Platz bequem gemacht hatte. Bei meinem Anblick sprang er auf und rückte mir formvollendet den Stuhl zurecht. »Hallo Karo«, sagte er breit grinsend. »Dotzler war hier und hat dich gesucht.«

»Ich weiß. Er ist mir auf dem Flur begegnet.«

Lars baute sich vor mir auf. »Jetzt mal ehrlich, wie bist du denn auf die Idee gekommen, deine Eltern auf die Ehrentribüne mitzuschleppen? Mit denen kannst du vielleicht zum Kegeln gehen, aber doch nicht in den VIP-Bereich! Selbst wenn Patrick«, er zwinkerte Nadja zu, »euch eingeladen hat.«

Ich spürte, wie ich hochrot anlief. Am liebsten hätte ich mich irgendwohin verzogen und geheult, doch ich riss mich zusammen. »Mir ist klar, dass es ein Fehler war, Patricks Einladung anzunehmen, aber sie waren nicht mehr davon abzubringen. Hätten deine Eltern sich so eine Gelegenheit entgehen lassen?«

Lars zuckte gleichmütig mit den Achseln. »Ich habe sie seit anderthalb Jahren nicht gesehen. Und selbst wenn, hätten sie sich zu benehmen gewusst.«

»Jaja, Lars, jetzt komm mal wieder runter und verschwinde«, mischte Nadja sich ein. »Wir haben zu arbeiten.«

Lars zog grummelnd ab, und in unserem Büro kehrte Stille ein. Nadja tippte ein paar Zahlen in eine Excel-Tabelle, und auch ich versuchte so gut es ging, meine Aufgaben zu erledigen. Doch es gelang mir einfach nicht, viel zu sehr tobte die Wut in mir und konzentrierte sich schließlich auf die eine Person, die für meine Lage verantwortlich war: Patrick. Ein Blick auf meine Uhr zeigte mir, dass es zwölf war. Ich wusste, dass die Mannschaft heute Vormittag ein leichtes Lauftraining absolviert hatte und dass er um zwei Uhr einen Fototermin für die Organspenderausweiskampagne hatte, die er unterstützte. Also müsste er jetzt noch im Stadion sein. »Ich mach Mittag«, sagte ich zu Nadja.

Der Parkplatz vor dem Trainingsgelände war bis auf Patricks BMW leer. Ich drückte die Klinke des Tores herunter und stellte fest, dass noch nicht abgeschlossen war. In der Lounge war niemand zu sehen, auch der Kraftraum war leer. An der Umkleide hämmerte ich mit der Faust an die Tür. Nichts rührte sich, also öffnete ich sie. »Patrick?«

»Ach du bist das.« Hinter dem Schrank neben der Tür tauchte er auf, sein Handy in der einen, eine Flasche Wasser in der anderen Hand. »Ich dachte, du wärst Sigrid von Boulé.«

»Versteckst du dich hier vor ihr, oder was?«

Patrick steckte sein Handy in die Hosentasche und trank einen Schluck Wasser. »So könnte man es ausdrücken, ja.«

Ungeduldig schüttelte ich den Kopf. »Und wieso?«

»Weil sie schon seit Tagen über Dinge mit mir reden will, die für mich erledigt sind.«

»Was denn für Dinge?« Bevor er antworten konnte, hob ich die Hand und sagte: »Nein, ich weiß schon. Das geht mich überhaupt nichts an. Okay, dann mal etwas anderes. Wieso zur Hölle hast du meine Eltern auf die Ehrentribüne eingeladen?«

»Weil ich dachte, dass sie sich darüber freuen würden. Haben sie doch auch, oder etwa nicht?«

»Ja, SIE schon. Aber hast du auch nur eine Sekunde darüber nachgedacht, wie es auf die anderen wirken muss, wenn du meine Eltern und mich zum Spiel einlädst? Das sieht doch so aus, als wären wir zusammen oder so was!«

In gespieltem Entsetzen schlug er eine Hand vor den Mund. »Oh mein Gott, das wäre ja furchtbar! Schnell, lass uns eine Richtigstellung veröffentlichen, damit auch ja keiner auf die Idee kommt, dass wir *zusammen* sein könnten!«

»Machst du dich etwa über mich lustig? Glaubst du, dass das gestern ein schöner Abend für mich war? Meine Eltern haben mich bis auf die Knochen blamiert, vor allen Sponsoren, meinen Vorgesetzten und Kollegen *und* vor dem Bundestrainer!«

»Oh je. Ich hoffe, er hat dich nicht aus der Mannschaft geschmissen.«

Frustriert stampfte ich mit dem Fuß auf. »Verstehst du denn überhaupt nicht, worum es hier geht? Ich habe heute einen Anschiss von Dotzler dafür kassiert, dass ich mich privat in den Logen herumgetrieben habe! Und außerdem kann ich mich da doch jetzt nie wieder blicken lassen, nach dem, was meine Eltern sich geleistet haben!«

Patrick stellte seine Wasserflasche auf dem Schrank ab. »Soll ich dir mal sagen, was dein Problem ist, Karo? Du hast einen dicken, fetten Stock im Hintern!«

»Wie bitte?«, fragte ich empört.

»Du hast einen *Stock* im Hintern!«, wiederholte er überdeutlich. »Wenn wir alleine sind und du ausnahmsweise mal nicht wegen irgendetwas rumzickst, dann kannst du so süß und witzig sein. Aber kaum, dass du auch nur in die Nähe der Geschäftsstelle kommst, bist du so dermaßen verkrampft, dass es kaum auszuhalten ist!«

»Ich bin nicht verkrampft. Wenn man es zu etwas bringen will, dann muss man eben gewisse Regeln einhalten! Ich möchte nach meinem Praktikum übernommen werden, und dafür ist es nun mal notwendig, dass ich einen guten Eindruck mache und mich anpasse! Alle in der Loge haben über meine Eltern getuschelt, und Lars, Nadja und Dotzler ...«

»Das sind doch alles arrogante Arschlöcher!«, rief Patrick und funkelte mich wütend an. »Deine Eltern sind großartig! Sie sind herzlich und freundlich, und du schämst dich für sie! Das finde ich echt zum Kotzen!« Patrick kam langsam auf mich zu und blieb unmittelbar vor mir stehen. »Es ist ja schön, dass du es zu etwas bringen willst, aber bei allem Ehrgeiz solltest du echt aufpassen, dass du nicht auch zu einem arroganten Arschloch ...« Mitten im Satz unterbrach er sich und horchte auf, und ehe ich wusste, wie mir geschah, hatte er mich auch schon an den Schultern gepackt. Er schob mich ein paar

Schritte vor sich her und drückte mich mit seinem ganzen Körper an die Wand neben dem Schrank.

»Sag mal, spinnst ...«

Patrick legte mir seinen Zeigefinger auf den Mund und machte leise »Psst.«

»Herr Weidinger?« Sigrid von Boulés tiefe Stimme schallte über den Flur, und dann hörte ich, wie die Tür der Umkleidekabine geöffnet wurde. »Sind Sie hier irgendwo?«, erklang es jetzt aus unmittelbarer Nähe.

Ich wollte etwas erwidern, doch Patrick schüttelte den Kopf und hypnotisierte mich mit seinem Blick. Kurz darauf schloss sich die Tür, und ihre Schritte entfernten sich. Plötzlich wurde mir bewusst, wie eng wir beieinander standen. Ich spürte seinen muskulösen Körper an meinem, seinen Finger auf meinem Mund. Mir blieb die Luft weg, und ein derart heftiges Kribbeln breitete sich in mir aus, dass ich nur noch einen Gedanken hatte, bevor sämtliche Hirnfunktionen aussetzten: Warum sind wir jetzt nicht nackt?

Und ohne, dass ich hinterher hätte sagen können, wie genau es dazu gekommen war, küssten wir uns, wild und leidenschaftlich. Alles andere war vergessen, das Einzige, was noch zählte, war, dass ich ihn wollte, hier und jetzt. Und ich wusste, dass es ihm genauso erging.

Doch irgendwann, als seine Hände schon längst unter meine Bluse gewandert waren, löste er seine Lippen von meinen und ließ mich los. Seine Brust hob und senkte sich ebenso schnell wie meine. »Karo, ich ... Das war jetzt vom Timing her wohl ziemlich daneben. Es tut mir leid. Ehrlich. Irgendwie läuft das alles vollkommen schief mit uns. Von Anfang an.«

Mein Gehirn brauchte eine Weile, um die neue Situation zu erfassen. Nach und nach sickerten seine Worte zu mir durch. Mit zitternden Händen rückte ich meine arg in Mitleidenschaft geratene Bluse zurecht. »Das war allerdings extrem daneben.« Meine Stimme klang seltsam hoch und dünn. Ich räusperte mich und schuf ein paar Schritte Abstand zwischen uns. »Erst findest du mich zum Kotzen und nennst mich ein verkrampftes, arrogantes Arschloch, und dann fällst du über mich her. Was glaubst du eigentlich, wer du bist? Was glaubst du eigentlich, wer *ich* bin?« Ohne seine Antwort abzuwarten, verließ ich den Raum. Am Tor traf ich auf Sigrid von Boulé. »Er ist in der Umkleide!«, sagte ich und ging auf wackligen Beinen zurück ins Bürogebäude.

Im Waschbecken auf der Damentoilette wusch ich mir das Gesicht mit eiskaltem Wasser, als könnte ich damit Patricks Kuss von mir abspülen. Energisch rieb ich mit einem Papiertuch über meine Haut, bis sie knallrot war. Ich stützte mich mit den Händen auf dem Waschtisch ab und holte mehrmals tief Luft. »Dieser Penner!«, rief ich meinem Spiegelbild zu. Meine Augen starrten mir entgegen, gleichzeitig verzweifelt, wütend und vor Verliebtheit glänzend, und ich verbarg mein Gesicht in den Händen, um diese bescheuerte Frau im Spiegel nicht mehr sehen zu müssen.

Die Tür einer der Toilettenkabinen öffnete sich, und ich fuhr vor Schreck zusammen, als ich Nadja herauskommen sah.

Ihr Gesicht war verquollen, Tränen glänzten auf ihren Wangen. »Schon wieder negativ«, sagte sie mit zitternder Stimme. Sie hielt einen Schwangerschaftstest in der Hand, auf dem deutlich erkennbar ›nicht schwanger‹ stand. »Man sollte meinen, irgendwann gewöhnt man sich daran, aber man tut es einfach nicht. Nie.«

Stumm starrten wir auf die schwarzen Buchstaben, und mit einem Mal wurde mir klar, warum sie in letzter Zeit so angespannt, überreizt und schlecht gelaunt gewesen war.

»Wie lange versucht ihr es denn schon?«, wollte ich wissen.

Nadja feuerte den Test in den Papierkorb. »Seit drei Jahren. Das war die fünfte künstliche Befruchtung. Für die Tonne, wie immer.« Sie lehnte sich an die Wand und sackte langsam daran herab, bis sie auf dem Boden saß.

Ich setzte mich neben sie. »Scheiße«, sagte ich.

»Ja. Scheiße.«

»Wollt ihr es weiter versuchen?«

Nadja schüttelte den Kopf und verbarg ihr Gesicht in den Händen. »Ich weiß es nicht. Alles, was ich weiß, ist, dass ich das nicht mehr lange aushalte.« Sie wischte sich die Tränen von den Wangen. »Und wer ist dein Penner? Lass mich raten: Weidi?«

Statt einer Antwort brummte ich nur missmutig.

»Wusstest du, dass hier Wetten auf euch laufen?«

Fassungslos starrte ich sie an. »*Was?*«

Nadja versuchte ein Lächeln, das jedoch ziemlich kümmerlich geriet. »Am Anfang waren nur ein paar Leute beteiligt, vor allem, weil du ja eigentlich einen Freund hast. Wobei inzwischen wirklich keiner mehr glaubt, dass du mit dem noch zusammen bist. Du redest nie von ihm, und wenn man dich auf ihn anspricht, weichst du aus. Spätestens gestern ist dann die halbe Geschäftsstelle in die Wette eingestiegen. Ich hab darauf gesetzt, dass aus euch was wird. Also enttäusch mich nicht. Ich kann die Kohle gut gebrauchen.«

Ich ließ meinen Kopf gegen die Wand sinken. »Oh Mann«, stieß ich hervor. »Ihr seid doch alle bekloppt.«

»Karo?«

»Hm?«

»Till hat einen Job in Frankfurt angeboten bekommen. Es ist sehr wahrscheinlich, dass ich bald weg bin. Und ich werde dich als meine Nachfolgerin vorschlagen.«

Mit offenem Mund sah ich sie an.

»Ach komm, jetzt guck nicht so. Du bist gut, das weißt du doch ganz genau.«

»Danke«, sagte ich. »Übrigens, so wie es aussieht, hättest du besser gegen uns gewettet.«

Sie ließ ihren Kopf wie ich an die Wand sinken. So saßen wir noch lange da, stumm, aber einträchtig, denn es gab nichts, das wir hätten sagen können, keine schlauen Worte, die es der anderen leichter gemacht hätten. Wir teilten unser Leid, indem wir schwiegen, gemeinsam, aber jede ihren eigenen Gedanken nachhängend.

17.

Wenn ich denke, dass der Torwart denkt,
und der Torwart denkt, dass ich denke,
dann kann ich auch einfach schießen;
es macht keinen Unterschied.
Roy Makaay

Am Freitagabend kam ich müde und abgekämpft zu Hause an und platzte geradewegs in einen Streit zwischen Nils und Saskia. Mit hochroten Köpfen und geballten Fäusten standen die beiden im Flur und kriegten nicht einmal mit, dass ich die Wohnung betreten hatte.

»Wenn dich meine Gegenwart so dermaßen stört und du meine BHs auf dem Wäscheständer im Bad als solche Beleidigung für deine Augen empfindest, dann zieh doch einfach aus!«

»Darum geht es doch gar nicht!«, rief Nils. »Aber wahrscheinlich hast du recht, es wäre wirklich besser, wenn ich ausziehe!«

»Super! Ich helf dir packen, und dann nichts wie ab zu deiner Phantom-Tanja! Es ist ja auch wirklich oberpeinlich, mit Ende zwanzig noch in einer WG zu wohnen, nicht wahr?«

»Oh ja, fast so peinlich, wie jemandem zu erzählen, dass er viel zu nett ist, um eine abzukriegen und dann hinterher zu behaupten, man wäre verliebt in ihn!«

Verdammt. Nicht schon wieder. Das ging nun schon seit Wochen so, sobald die beiden aufeinander trafen. Ich versuchte, mich möglichst unsichtbar zu machen und schlich auf Zehenspitzen Richtung Küche, doch ich hatte kein Glück. Nils und Saskia hatten mich entdeckt. »Hey!«, rief Nils wie ein Polizist, der auf frischer Tat einen Schwerverbrecher ertappt hatte.

Ich verdrehte die Augen und wandte mich zu ihnen um. »Ach, hallo. Ihr auch hier?«, versuchte ich zu scherzen.

Nils zeigte anklagend mit dem Finger auf mich. »Du und Pekka, ihr habt schon wieder den gesamten Inhalt des Kühlschranks aufgefressen, ohne für Nachschub zu sorgen! Das ist echt das reinste Irrenhaus hier!«

»Ich geh schon einkaufen«, sagte ich. Froh, einen Grund zu haben, von hier wegzukommen, trollte ich mich in den Supermarkt. Das mit den beiden ging eindeutig gar nicht mehr! Unsere WG war mal so harmonisch gewesen, ein Ort, an den man sich gerne zurückzog, wo man in der Küche zusammensaß, gemeinsam in die Kneipe ging oder *Tatort* schaute. Das wollte ich verdammt noch mal wiederhaben, und ich wollte, dass die beiden sich endlich versöhnten.

Als ich vom Einkaufen zurückkam, hatten Nils und Saskia sich in ihre Zimmer verzogen, dafür traf ich in der Küche auf Pekka. Ich verstaute den Inhalt meiner Tüten in den Schränken. »Hör mal, Pekka, das mit Saskia und Nils kann doch so nicht weitergehen, findest du nicht?«

»Hm«, machte er, ohne von seinem Essen aufzusehen. »Sie nerven.«

»Ich finde, es wird Zeit, dass wir da eingreifen.«

Nachdenklich rieb er sich das Kinn. »Ja. Das finde ich gut.«

Wir gingen auf ein Bier zu Costa und schmiedeten gemeinsam mit ihm einen Plan, der Nils und Saskia endlich zur Vernunft bringen sollte.

Am nächsten Morgen fing ich Saskia beim Frühstück in der Küche ab. »Pekka und ich haben für heute Abend ein WG-Treffen anberaumt«, sagte ich in einem Ton, der keinen Widerspruch duldete. »Neunzehn Uhr bei Costa.«

»Aber ohne mich«, erwiderte sie mit fester Stimme. »Ich habe keinen Bock auf einen Abend mit Nils.«

»Es steht am Schwarzen Brett und ist somit eine offizielle WG-Aktion. Und die sind von allen Mitbewohnern einzuhalten, diese Regel habt ihr selber aufgestellt.«

»Diese WG wird nicht mehr lange existieren, falls es dir noch nicht aufgefallen ist! Pekka geht bald zurück nach Finnland, und Nils will auch abhauen!«

»Es steht am Schwarzen Brett!«, wiederholte ich hartnäckig.

Saskia hob abwehrend die Hände. »Ist ja gut, ich komm mit. Sonst gibst du ja doch keine Ruhe.«

Auf dem Flur lief ich Pekka über den Weg, der Nils im Bad abgefangen hatte. »Und?«

Pekka hob zur Antwort einen Daumen, und wir zogen grinsend aneinander vorbei.

Nachmittags sah ich mir das Spiel bei Costa an, doch ich konnte mich kaum auf das konzentrieren, was auf dem Spielfeld geschah. Immer wieder tauchte die Begegnung mit Patrick in der Umkleide vor meinem inneren Auge auf. Schon die ganze Woche hatten seine Worte an mir genagt. Wenn er mich als verkrampftes, arrogantes Arschloch ansah und mich zum Kotzen fand – was sollte dann dieser Kuss? Und überhaupt – so war ich gar nicht! Okay, dass ich mich für meine Eltern schämte, war wirklich nichts, worauf ich stolz sein konnte, das war mir schon klar. Aber es war doch nun mal eine Tatsache, dass sie sich peinlich benommen hatten! Ja, ich gab es zu, es war mir wichtig, was meine Kollegen, Vorgesetzten und die Sponsoren von mir dachten. Und ja, ich versuchte, mich anzupassen und dazuzugehören. Aber das hieß noch lange nicht, dass ich ein arrogantes Arschloch war!

Grimmig beobachtete ich, wie Patrick den Pass zum Ausgleichstreffer gab. Warum konnte er nicht wenigstens zur Strafe schlecht spielen? Das würde ihm nur rechtgeschehen! Bei allem Groll musste ich mir jedoch auch eingestehen, dass ein nicht unerheblicher Teil von mir am liebsten sofort wieder mit Patrick in der Umkleide, oder besser gleich im Schlafzimmer, verschwunden wäre. Was mich nur noch ratloser machte, denn ich war weder diese Wollust noch diese Irrationalität von mir gewöhnt. Ich investierte viel mehr Gefühle in diesen Mann, als ich jemals herausbekommen würde. Rein wirtschaftlich gesehen rentierte Patrick sich für mich nicht, also weg mit ihm! Wenn nur diese blöden Schmetterlinge in mir sich endlich auch davon überzeugen lassen würden.

Die Eintracht konnte das 1:1 halten, und gemessen an der Tatsache, dass das Spiel auswärts bei Bayern München stattfand, war das ein toller Erfolg. Es bedeutete aber auch, dass erst am letzten Spieltag darüber entschieden werden würde, ob uns der Klassenerhalt direkt gelang oder ob wir auf dem undankbaren sechzehnten Tabellenplatz blieben und somit in die Relegation mussten.

Nach dem Spiel blieb ich noch ein bisschen, um mit Costa, Klaus und Naresh unsere übliche Analyse durchzuführen.

»Weidinger war heute extrem gut, oder?«, fragte ich in die Runde.

Costa sah mich ungläubig an. »Extrem durchschnittlich, meinst du wohl. Von dem war doch fast gar nichts zu sehen.«

»Das habe ich aber anders empfunden. Er hat doch den Pass zum Ausgleich gegeben.«

»'n blindes Huhn findet auch mal'n Korn«, sagte Klaus. »Apropos, Costa, machste mir noch'n Doppelten?«

»Sagt mal, habt ihr ein anderes Spiel gesehen als ich? Er war doch der zentrale Punkt, *die* Anlaufstelle, derjenige, von dem alles ausging und ...« Ich brach ab, als mir bewusst wurde, dass Costa und Naresh einen Blick tauschten und die Augen verdrehten.

Naresh klopfte mir gönnerhaft auf die Schulter. »Karo, fußballtechnisch hast du noch einen weiten Weg vor dir.«

Von da an hielt ich lieber die Klappe, da es mir offenbar schwerfiel, objektiv die fußballerische Leistung des Mannes zu bewerten, mit dem ich noch vor fünf Tagen wild herumgeknutscht hatte und in den ich hoffnungslos und unglücklich verliebt war – irgendwie fehlte mir da wohl die nötige Distanz.

Pünktlich um sieben Uhr machte ich mich erneut auf den Weg zu Costa, dieses Mal mit Pekka, Nils und Saskia im Schlepptau. Die beiden Letzteren zogen mürrische Gesichter und redeten kaum ein Wort, während Pekka und ich versuchten, die unangenehme Situation zu überspielen, indem wir umso mehr redeten und munter vor uns hin scherzten.

Wir hatten bei Costa den Tisch reserviert, der mehr schlecht als recht durch mit Kunstefeu behangene Spaliere separiert war und auf dem immer eine Vase mit einem üppigen Plastikrosenstrauß stand. An der Wand hinter dem Tisch stand die Göttin Aphrodite (aus Pappmaché) und hielt sich aus mir unerfindlichen Gründen verschämt ihre Hand über die nackte Brust, statt ihre Blöße einfach mit dem Tuch zu bedecken, das sie in der anderen trug. Pekka hatte darauf bestanden, dass wir genau diesen Tisch reservierten, weil er der Ansicht war, dies sei der romantischste Ort im Restaurant, und dass sich dessen Atmosphäre positiv auf Nils' und Saskias gereizte Gemüter auswirken würde. Ich war mir da nicht so sicher, denn Saskia hasste sowohl Plastikblumen als auch die Aphrodite-Statue, und Nils schien weder von dem einen noch von dem anderen überhaupt Notiz zu nehmen.

Aus den Boxen hauchte Sakis Rouvas *I'm in love with you*, wonach die beiden Hauptakteure des heutigen Abends jedoch leider gar nicht aussahen. Saskia studierte ausgiebig die Speisekarte, die sie in- und auswendig kannte, während Nils unruhig auf seinem Stuhl herumrutschte und immer wieder zur Tür schielte, als stünde er kurz davor, aufzuspringen und rauszulaufen.

Zum Glück erschien Costa und stellte wie verabredet eine Flasche Ouzo und vier Gläser auf den Tisch.

Saskia sah von der Speisekarte auf. »Kann ich schon mal bestellen? Ich hätte gerne eine Cola light und den Hirtensalat.«

»Ach, bist du mal wieder auf Diät?«, fragte Nils höhnisch.

Sie klappte die Speisekarte so fest zusammen, dass der ganze Tisch wackelte. Der Ouzo, den Costa soeben eingeschenkt hatte, schwappte über. »Nein. Aber so ein Salat ist schnell gemacht und gegessen. Je eher wir hier fertig sind, desto besser, nicht wahr?«

Pekka erhob schnell sein Glas. »Jetzt trinken wir erst mal, ja?«

Bis wir mit dem Essen fertig waren, hatten die beiden sechs Ouzo getrunken und ebenso viele Wörter miteinander gewechselt, obwohl Pekka und ich uns alle Mühe gaben, ein Gespräch in Gang zu bringen. Ich ging an die Theke, um vier große Bier bei Costa zu ordern und ihn verzweifelt zu fragen, ob er den beiden nicht irgendetwas ins Glas tun könnte.

Empört schnalzte er mit der Zunge. »Bist du verrückt? Hab Geduld, noch ein paar Ouzo, dann sind sie soweit.«

Zu meinem Entsetzen machten Nils und Saskia Anstalten zu gehen, als ich an den Tisch zurückkam. »Sofort wieder hinsetzen!«, fuhr ich sie an. »Pekka und ich haben dieses Treffen anberaumt, weil wir etwas mit euch zu besprechen haben.«

Nils und Saskia tauschten einen ihrer Blicke – das erste Mal seit Wochen – und schienen sich so sehr darüber zu erschrecken, dass sie schnell wieder zur Seite sahen.

Nun ergriff Pekka das Wort. »Ihr wisst, dass ich bald zurückgehe nach Finnland. Also könnte es mir egal sein, aber es ist mir nicht egal. Ihr seid wahre Freunde. Ihr seid so etwas wie meine Familie.« Er kippte seinen Ouzo herunter. »In der Fremde gabt ihr mir ein Zuhause und Wärme und ...« Verstohlen wischte er sich eine Träne aus dem Augenwinkel. Von Ouzo wurde er immer so melancholisch, also riss ich das Wort schnell an mich.

»Der Punkt ist, Pekka und ich sind der Meinung, dass es so mit euch nicht weitergehen kann. Ihr benehmt euch unmöglich!«

»Wie zwei dumme Teenager«, fügte Pekka hinzu. »Punkt 1: Nils, du bist kein Bad Boy. Also lass es. Das ist peinlich und nervt. Du bist ein Nice Boy, und du solltest ein Nice Girl haben, für immer mit ihr zusammen nice sein und barfuß über Blumenwiesen tanzen und weinen bei Hugh-Grant-Filmen.«

»Ich hatte was im Auge!«, rief Nils, doch wir beachteten ihn nicht.

»Schön gesagt, Pekka«, lobte ich. »Punkt 2: Saskia, du hast deinen Fehler bereits eingesehen und dich bei Nils dafür entschuldigt, daher trifft dich hier nicht die Hauptschuld, ABER: Ihr seid beide um die dreißig und kriegt es nicht geregelt, einen Streit aus der Welt zu schaffen und euch gegenseitig eure Gefühle zu gestehen. Das kann doch nicht so schwer sein.«

Pekka schenkte die x-te Runde Ouzo nach. »Karo und ich sind der Meinung, dass ihr solltet endlich erwachsen werden.«

»Ganz genau«, sagte ich und stieß mit Pekka an. »Werdet endlich erwachsen. *Jamas.*«

Saskia und Nils saßen stumm da und starrten uns völlig baff an.

Irgendwann löste Nils sich aus seiner Erstarrung. »Und ihr glaubt, dass ausgerechnet ihr beide das Recht habt, uns so etwas zu sagen?«

»Ja, das ist allerdings ein Witz«, fügte Saskia hinzu.

Nils zeigte auf Pekka. »*Du* willst uns was vom Erwachsenwerden erzählen? Wie war das noch mal mit deinem Studium? Seit fünf Jahren machst du Party und vögelst rum und lässt dir das von deinen Eltern bezahlen. Du hast noch nichts in deinem Leben alleine auf die Reihe gekriegt. Das ist echt unheimlich erwachsen.«

Pekka war hochrot angelaufen. »Hey, das ist ein sehr schweres Studium! Fünf Jahre sind nichts!«

»Nils hat recht«, sagte Saskia. »Du bist wirklich der letzte Mensch, von dem ich mir sagen lasse, dass ich erwachsen werden soll.«

Obwohl Pekka mir leid tat, musste ich zugeben, dass ich die Sache ähnlich sah. Ich legte ihm eine Hand auf den Arm und sagte: »Das stimmt, Pekka. Du solltest wirklich allmählich klarkommen und dein Studium abschließen oder dir einen Job suchen.«

Saskia hob eine Augenbraue. »Dann kommen wir doch jetzt mal zu dir, meine Liebe. Seit Monaten schon schwirrst du um Patrick herum wie eine Motte ums Licht. Jeden Abend die gleiche Leier.« Mit verstellter hoher Stimme fuhr sie fort: »Ich hasse ihn. Nein, ich liebe ihn. Liebt er mich auch? Nein, bestimmt nicht. Oder doch? Egal, daraus wird nie was, denn...«

»...ich will ihn ja sowieso nicht!«, vollendete Nils Saskias Satz, dramatisch mit den Händen gestikulierend. »Immerhin ist er mindestens so berühmt wie Prince Harry, George Clooney und Justin Bieber zusammen, und ich bin doch nur ein einfaches Bochumer Mädchen. Und außerdem geht meine *Karriere* mir über *alles!*«

»So bin ich doch überhaupt nicht!«, protestierte ich.

»Hast du ihm gesagt, dass du ihn magst und dass Pekka nicht dein Freund ist?«, wollte Saskia wissen.

Wieso saß jetzt plötzlich ich hier auf der Anklagebank? »Nein, aber dafür habe ich gute Gründe. Und außerdem hat er mir erst neulich etwas so dermaßen Fieses an den Kopf geworfen, dass ...«

»Karo? *Ei paska punniten parane*«, unterbrach Pekka mich.

Misstrauisch beäugte ich ihn. »Hast du mich jetzt beschimpft, oder was?« Das Wort *paska* kannte ich von ihm nur zu gut.

»Nein. Ist ein finnisches Sprichwort. Heißt übersetzt ›Durch Abwiegen wird die Scheiße nicht besser‹.« Zu Saskia und Nils sagte er: »Und das gilt auch für euch beide!«

»Ich wiege überhaupt nichts ab!«, protestierte Nils. »Ich finde es nur lächerlich, dass ausgerechnet Karo Saskia und mir erzählt, dass wir uns unsere Gefühle eingestehen sollen.«

»Nein«, widersprach Saskia. »Dass sie *mir* das erzählt, ist lächerlich, denn ich habe dir bereits mehrmals gesagt, dass ich dich liebe!«

»Ach, und deswegen bist du über alles und jeden erhaben?«, schnappte er zurück. »Darf ich dich noch mal an diese bescheuerte Bad-Boy-Nummer erinnern? Warum hast du es mir nicht einfach gleich gesagt, dann hätten wir uns eine Menge Ärger und vor allem den Vortrag von diesen beiden Vollidioten hier ersparen können!« Dabei deutete er mit dem Kopf auf Pekka und mich.

Saskia wurde kalkweiß im Gesicht. Mit der Faust schlug sie auf den Tisch und schrie: »Weil ich es erst wusste, als es schon zu spät war! Kannst du dir überhaupt vorstellen, wie es ist, sich in seinen besten Freund zu verlieben? Und wie es ist, wenn man bei diesem Menschen keine Chance hat, weil er einen überhaupt nicht sieht und nur noch über diese blöde Tussi redet, mit der er jetzt zusammen ist?«

»Ja!«, rief Nils. »Ja, das kann ich mir sehr gut vorstellen, denn mir ging es genauso! Jedes verdammte Mal, wenn du ein Date hattest und jedes verdammte Mal, wenn du mir hinterher erzählt hast, wie schrecklich es war und dass du immer noch auf deinen Traumtypen wartest, der so völlig anders ist als ich!«

Rund um den Tisch entstand Schweigen, und nicht nur Pekka und ich, sondern auch alle anderen Gäste im Restaurant starrten gebannt auf Nils und Saskia.

Die beiden kriegten von alledem jedoch nichts mit. Saskia war deutlich anzusehen, dass sie dabei war, die Botschaft seiner Worte zu verarbeiten. »Das heißt, du warst in mich verliebt?«, sagte sie nach einer Weile. »Aber ... wann denn?«

Nils fasste sich mit beiden Händen an den Kopf. »Herrgott noch mal, Saskia, *immer!* Vom ersten Augenblick an! Aber du hast immer so deutlich gemacht, dass ich für dich nur der liebe Knuddelwuddel-Kumpel bin, dass ich nie auf die Idee gekommen wäre, es dir zu sagen!«

Saskias Augen füllten sich mit Tränen. »Oh Gott, das ... Dann hab ich meine Chance wohl verpasst«, sagte sie mit zittriger Stimme und stand auf. »Ich geh dann mal besser.«

Mit zwei Schritten war Nils bei ihr und hielt sie an den Schultern fest. »Hey«, sagte er zärtlich. »Die Bedeutung des Wortes *immer* ist dir aber schon bekannt, oder? Was glaubst du, wann genau ist *immer* vorbei?« Sein Blick war eine einzige Liebkosung. Saskias unglückliche Miene verschwand allmählich, und ein Lächeln machte sich auf ihrem Gesicht breit.

»Niemals!«, rief Pekka, doch die beiden beachteten ihn nicht. Sie waren viel zu sehr damit beschäftigt, einander anzusehen. »Oh Mann, Nils«, sagte Saskia und schüttelte, lachend und weinend zugleich, den Kopf. »Und jetzt?«

»Tja, jetzt...« Er schloss sie in seine Arme, und die beiden küssten sich, so stürmisch, dass sie gegen den Tisch stießen und die Blumenvase zum Umkippen brachten.

Zwei Damen mittleren Alters am Nachbartisch brachen spontan in Applaus aus, und obwohl Saskia und Nils noch vor ein paar Minuten unverzeihliche Dinge zu mir gesagt hatten, freute ich mich unglaublich für sie. Spätestens, als Costa noch einmal Sakis Rouvas' *I'm in love with you* auflegte und die beiden sich immer noch küssten, hatte ich vor Rührung ein paar Tränchen in den Augen.

Irgendwann löste Saskia sich von Nils. Ihre Wangen waren gerötet, und ihre Augen strahlten so sehr, dass sie zwei Scheinwerfern glichen. »So, aber jetzt noch mal von vorne«, sagte sie mit verschmitztem Lächeln. »Wann genau hast du dich noch mal in mich verliebt?«

Nils lachte und griff nach ihrer Hand. »Wie wäre es, wenn wir das unter uns besprechen?«

Die beiden waren so sehr in ihre eigene Welt versunken, dass sie sich nicht einmal von uns verabschiedeten oder ihre Rechnung bezahlten. Händchenhaltend und verliebte Blicke tauschend verließen sie das Restaurant.

Versonnen sah ich ihnen nach. »Ohne uns hätten sie das niemals hingekriegt«, behauptete ich.

Pekka schenkte uns noch einen Ouzo ein. »Niemals. Nur wegen uns sind sie zur Vernunft gekommen.«

Da wir die beiden nicht stören wollten, drückten wir uns noch eine Weile bei Costa herum. Immer wieder beteuerten wir uns, wie toll wir das eingefädelt hatten und wie super und überhaupt total erwachsen wir doch waren.

Gegen zwei Uhr schmiss Costa uns endgültig raus, und wir wankten nach Hause. Kaum hatten wir die Wohnung betreten, hörten wir Saskia und Nils, die mehr als offensichtlich ihre Unterredung in die Horizontale verlagert hatten und sich nun ausgiebig und lautstark bewiesen, wie großartig sie einander fanden.

»Oh verdammt«, flüsterte ich. »Das hatten wir ja vorher überhaupt nicht bedacht.«

Pekka grinste von einem Ohr zum anderen. »Bin ich glücklich, dass ich bald ausziehe!«

Am nächsten Morgen traf ich Saskia beim Frühstück in der Küche. Bei meinem Anblick sprang sie auf und fiel mir um den Hals. »Ich bin mit Nils zusammen! Er ist jetzt bei Tanja, um mit ihr Schluss zu machen. Ist das nicht toll?« Sie strahlte mich an, und ich schüttelte lachend den Kopf. »Wie man's nimmt. Für Tanja wohl eher nicht.«

Saskia zuckte mit den Achseln. »Es tut mir ja schon irgendwie leid für sie. Obwohl ... nein. Tut es nicht. Oh Gott, bin ich ein schlechter Mensch«, sagte sie, sah dabei aber so zufrieden aus, dass ich ihr das beim besten Willen nicht abkaufen konnte. »Weißt du was, Karo? Du warst dir von Anfang an sicher, dass Nils in mich verliebt ist. Also hat dein Gefühl dich doch nicht getäuscht.«

Nachdenklich rührte ich in meiner Tasse.

»Vielleicht solltest du dich öfter auf dein Gefühl verlassen«, sagte Saskia ernst.

Ich rümpfte die Nase. »Reden wir jetzt etwa von Patrick?«

Sie grinste. »Na, zumindest du redest von ihm. Ich würde viel lieber über Nils reden. Weißt du, er mag zwar ein durch und durch netter Kerl sein, aber im Bett ist er ein echter Bad Boy, das ...«

»Nee, Sassi, Stopp! Echt nicht!«, unterbrach ich sie lachend. »Bitte keine Bettgeschichten von dir und Nils. Und den Begriff Bad Boy möchte ich auch nie wieder hören.«

Sie stimmte in mein Lachen ein. »Das hat Nils auch gesagt.«

Mike Winkler hatte für die Woche vor dem letzten Spiel die dramatische Parole »Klassenerhalt oder Tod« ausgerufen, und die ganze Stadt steckte im Fußballfieber. Denn nicht nur, dass das Spiel für die Eintracht entscheidend war – hinzu kam, dass der Gegner der HSV war und dass es für ihn, den erbitterten Lokalrivalen, um den Einzug in die Champions League ging. In den Zeitungen wurde fast ausschließlich über das kommende Derby geschrieben, es gab kaum ein anderes Gesprächsthema, und die Anzahl der Eintracht- und HSV-Trikots und Vereinsflaggen in der Stadt schien sprunghaft zu steigen.

In der Geschäftsstelle wuchs die Nervosität von Tag zu Tag, denn anders als den Spielern mit ihren Erstligaverträgen war es uns im Falle des Abstiegs nicht möglich, einfach den Verein zu wechseln. Es ging um Geld, um Arbeitsplätze, ums nackte Überleben. Der Trikotwahn der Stadt hatte auch auf die Büromitarbeiter übergegriffen, und spätestens am Donnerstag zeigte fast jeder seine Solidarität mit der Mannschaft, indem er in Rot-Grün auftauchte. Auch Nadja kam morgens mit zwei Trikots herein, von denen sie mir eins zuwarf.

»Hier, hab ich aus dem Zeugraum geklaut.«

»Bist du verrückt? Eckard bringt dich um, wenn er das rauskriegt.«

»Ach Quatsch«, sie winkte ab. »Die hab ich aus dem Ersatz-Ersatz-Ersatz-Stapel, das merkt kein Mensch.«

Ich hatte da so meine Zweifel, denn Eckard Müller war äußerst gewissenhaft, und ich war überzeugt, dass er jeden einzelnen Stapel täglich kontrollierte, egal, wie oft das Wort »Ersatz« davorstand.

»Wir legen die Dinger morgen Abend zurück«, sagte Nadja. »Jetzt mach dir mal nicht ins Hemd.«

»Mach ich ja gar nicht.« Ich faltete das Trikot auseinander und wollte es gerade anziehen, als mein Blick auf die Rückennummer fiel. Es war die 10, und darunter stand dick und fett WEIDINGER. »Das ist nicht dein Ernst!«

Nadja grinste breit. »Huch! Was für ein Zufall, dass ich ausgerechnet die 10 für dich herausgepickt habe.«

Missmutig beobachtete ich, wie sie ihr Trikot überstreifte. »Du hast Degenhardt! Los, gib mir deins!«

»Nein.« Nadja setzte sich an ihren Schreibtisch und fuhr ihren Rechner hoch.

»Ich finde es oberpeinlich, ausgerechnet das Weidinger-Trikot anzuziehen, wenn hier schon beknackte Wetten auf uns laufen!«, murrte ich.

Sie loggte sich in aller Seelenruhe in ihren Account ein. »Wenn du das anziehst, kriegst du meinen Job.«

»Den kriege ich früher oder später sowieso.« Mit verschränkten Armen saß ich da und starrte auf das rot-grüne Shirt, als wäre es aus radioaktivem Material genäht.

Nadja verdrehte die Augen. »Mein Gott, hier rennt sowieso jeder zweite mit einem Weidinger-Trikot rum. Es geht doch nicht um irgendwelche Namen, sondern um die Geste.«

»Na schön, was soll's.« Um mich nicht so tussimäßig anzustellen, gab ich schließlich auf und schlüpfte in das Trikot. Ich versank geradezu darin, und als ich aufstand, fiel es bis zur Mitte meiner Oberschenkel herunter.

Nadja klatschte in die Hände und kam zu mir rüber, um mich von allen Seiten zu begutachten wie eine stolze Mutter ihr Kind am Einschulungstag. »Ach Gott, ist das süß! Los, wir machen ein Foto und stellen es ins Intranet. Oder nein, wir posten es auf Facebook.«

»Das werden wir ganz sicher nicht tun!«

Nadja hielt von da an zum Glück ihre Klappe, und wir konzentrierten uns auf unsere Arbeit.

Ich hatte schon fast vergessen, dass ich das verdammte Trikot trug, als ich mittags zu Lars ging, um mit ihm die Gästeliste für die Ehrentribüne zu besprechen. Gerade hatte ich Dotzlers Büro passiert, als ich hörte, wie die Tür sich öffnete und wieder schloss. »Hey Karo, cooles Trikot«, ertönte es kurz darauf hinter mir. »Der Typ hat's aber auch echt drauf.«

Abrupt blieb ich stehen und drehte mich um. Vor Dotzlers Tür stand Patrick in Trainingsklamotten und musterte mich von oben bis unten.

Augenblicklich hatte ich das Gefühl, mich rechtfertigen zu müssen. »Man hat mich dazu gezwungen, dieses Trikot anzuziehen. Nicht, dass du jetzt denkst ...«

»Ja, was bitte, glaubst du, denke ich jetzt?«, unterbrach Patrick mich. »Das würde mich echt mal interessieren. Dass wir wieder in der Grundschule sind und die Tatsache, dass du mein Trikot trägst, der Frage gleichkommt, ob ich mit dir gehen will?« Er griff über meine Schulter in den Rückenausschnitt und prüfte das eingenähte Schildchen. »Es ist übrigens tatsächlich meins, oder? Habt ihr das etwa aus dem Zeugraum geklaut?« Mit amüsiert blitzenden Augen sah er auf mich herab.

Lars und Mark kamen an uns vorbei und musterten uns neugierig. Ich hätte erwartet, dass Patrick das Trikot loslassen und einen Schritt zurückspringen würde, als hätte er sich die Finger verbrannt, doch er dachte gar nicht daran. Er blieb dicht vor mir stehen und nickte den beiden kurz zu, um sich dann wieder mir zuzuwenden, während ich selber bei ihrem Anblick am liebsten kreischend davongelaufen wäre.

In dem Moment wurde mir bewusst, dass er zumindest mit einer Sache recht gehabt hatte: Ich hatte wirklich einen Stock im Hintern, und ich war unausstehlich verkrampft, sobald ich auch nur in die Nähe der Geschäftsstelle kam. Was für ein Bohei ich um dieses Trikot gemacht hatte, wie sehr ich darauf bedacht war, dass auch ja keiner dachte, zwischen mir und Patrick könnte etwas laufen. Dabei sollte es mich überhaupt nicht interessieren, was die *anderen* dachten. Der einzige, bei dem es wirklich darauf ankam, was er darüber dachte, war Patrick. Denn ich wollte, dass etwas zwischen uns lief. Ich konnte es drehen und wenden, ich konnte hundertmal alle Pros und Contras in Erwägung ziehen, es kam doch immer wieder auf dasselbe raus: Ich wollte, dass etwas zwischen Patrick und mir lief.

»Ich muss mit dir reden«, sagte ich. »Jetzt.«

Patrick warf einen Blick auf seine Uhr. »In fünf Minuten muss ich zur Mannschaftsbesprechung, und wenn ich da nicht pünktlich auftauche, bringt Winkler mich um.«

»Es geht ganz schnell«, sagte ich und zog ihn entschlossen am Arm hinter mir den Flur runter bis zum winzig kleinen Materialraum. Kaum hatte ich das Licht angemacht und die Tür hinter uns geschlossen, platzte es aus mir heraus: »Warum hast du mich neulich geküsst?«

Patrick schüttelte den Kopf. »Muss ich dir jetzt etwa ernsthaft erklären, warum man jemanden küsst? Also, da hätten wir die Blümchen und die Bienchen und ...«

»Hör auf!«, rief ich. »Ich will nur wissen, ob es für dich vielleicht noch mehr bedeutet hat als Blümchen und Bienchen.« Mein Herz schlug so schnell, dass ich Angst hatte, ich könnte jeden Moment hintenüber kippen.

Er stöhnte auf und blickte verzweifelt an die Decke. »Mann, Karo, du hast echt genauso ein Gespür für den falschen Zeitpunkt wie ich. Wir beide haben so viel zu klären, das können wir in ...«, er sah erneut auf seine Uhr, »... zwei Minuten unmöglich schaffen.«

»Aber wann sollen wir es denn klären? Ab heute Nachmittag seid ihr doch schon im Hotel!«

»Samstag«, sagte Patrick. »Nach dem Spiel. Okay?«

Meine Stimme zitterte, als ich sagte: »Okay.«

»Gut. Und Karo?« Er sah mich eindringlich an. »Tu mir bitte einen Gefallen und werde dir bis dahin endlich klar darüber, was du willst.« Er wandte sich ab und ging zur Tür.

Samstag war okay. Ich konnte warten. Noch zwei Tage, dann würden wir ganz ruhig und vernünftig über unsere Gefühle sprechen und gemeinsam herausarbeiten, ob und wie wir ... »Ich weiß, was ich will! Die Pekka-Geschichte ist vorbei!«, hörte ich mich rufen, als er schon fast auf dem Flur war.

Patrick blieb abrupt stehen. Zwei Sekunden rührte er sich nicht vom Fleck, dann kam er zurück, knallte die Tür hinter sich zu und riss mich in seine Arme.

›Du musst doch zur Mannschaftsbesprechung‹, wollte ich sagen, als seine Lippen auf meine trafen, doch da in meinem Kopf, meinem Bauch und überhaupt meinem gesamten Körper der totale Schmetterlingsaufstand herrschte, verflog der Gedanke, und ich erwiderte seinen Kuss leidenschaftlich.

Viel zu schnell löste Patrick sich von mir. »Wir müssen dringend an unserem Timing arbeiten«, sagte er seufzend. Dann sah er mir tief in die Augen. »Es geht weit über Bienchen und Blümchen hinaus, Karo. Natürlich tut es das.« Er küsste mich noch mal, dann ließ er mich endgültig los und ging hinaus.

Am liebsten hätte ich auf der Stelle einen Freudentanz aufgeführt und lauthals gejubelt. Ich hatte mich tatsächlich getraut! Und schon in zwei Tagen würde endlich alles klar sein zwischen Patrick und mir.

18.

*Das sind Gefühle,
wo man schwer beschreiben kann.*
Jürgen Klinsmann

Am Samstag strahlte die Sonne fröhlich am Himmel, was mir fast schon merkwürdig vorkam. Dunkle, bedrohliche Gewitterwolken, Donnergrollen und Sturm wären diesem Tag und vor allem dem anstehenden Spiel viel eher angemessen.

Im Stadion drehte ich wie üblich eine letzte Runde durch die Logen, um zu sehen, ob alles ordentlich und am rechten Platz war, und kümmerte mich während des Einlasses um die eintreffenden Gäste. Doch ich war kaum bei der Sache, denn mit einem Auge schielte ich immer wieder aufs Spielfeld, wo die Mannschaft sich warmlief, und in Gedanken war ich fast ausschließlich bei Patrick.

»Na, Frau Maus? Nervös?«

Ich zuckte zusammen und riss meinen Blick vom Spielfeld los. Herr Wolf stand vor mir und lächelte mich freundlich an.

»Ja, ehrlich gesagt schon.«

»Die Jungs kriegen das hin«, meinte er und klopfte mir gutmütig auf die Schulter. »Werde ich Sie denn in der nächsten Saison auch hier treffen?«

»Das steht noch nicht ganz fest. Mein Vertrag ist bis Ende des Monats befristet, und ich hoffe, bleiben zu dürfen.«

Bedächtig wiegte er seinen Kopf hin und her. »Meine Karte haben Sie noch?«

Ich dachte an mein Portemonnaie, in dem seine Visitenkarte seit Hannes Röttgers Geburtstag unbeachtet in einem der Fächer steckte. »Ja«, sagte ich. »Vielen Dank noch mal. Wer weiß, vielleicht komme ich darauf zurück.«

»Machen Sie das.«

Ich gesellte mich zu Nadja, Lars und Felix, die sich am Eingang zur Ehrentribüne leise miteinander unterhielten.

»Hey Karo«, sagte Felix. Ein falsches Lächeln lag auf seinen Lippen. »Sind deine Eltern heute gar nicht hier? Ich würde sie zu gerne mal kennenlernen. Ich hab ja nur Gutes über sie gehört.«

Lars lachte. »Oh ja, dieser Auftritt wird unvergesslich bleiben.«

Ich sah in ihre feixenden Gesichter und wusste plötzlich, dass Patrick noch mit einem weiteren Punkt recht gehabt hatte: Sie waren arrogante Arschlöcher, und ich selbst, ausgerechnet ich, war zu einer von ihnen geworden. »Weißt du was, Lars?«, sagte ich kühl. »Meine Eltern passen vielleicht nicht in diese Welt, aber immerhin kommen sie mich besuchen und nehmen teil an meinem Leben. Wie lange hast du deine noch mal nicht gesehen?« Damit wandte ich mich an Felix. »Und ja, meine Mutter erteilt deiner Mutter Frisurentipps, die nebenbei bemerkt gerechtfertigt sind, und mein Vater fotografiert das Büfett. Aber *meine* Eltern würden mich niemals eine Versagerin nennen. Niemals.«

Das Grinsen war aus Felix' und Lars' Gesichtern verschwunden, stattdessen lachte nun Nadja. »Gut gekontert, Karo«, sagte sie. »Hey, übrigens, wir ziehen Dienstagabend wieder um die Häuser. Du kommst doch mit?«

Mein Blick wanderte von Nadja über Lars zu Felix und wieder zurück zu ihr. »Nein. Ich habe Dienstag keine Zeit. Und jetzt entschuldigt mich kurz, ich muss etwas Dringendes erledigen.« Ich drehte mich um, verließ die Loge und ging schnurstracks zu der Tribüne, auf der die Mitarbeiter der Geschäftsstelle und die Spielerfrauen saßen. Unter etlichen »Entschuldigung« und »Darf ich mal« quetschte ich mich an den Sitzenden vorbei, bis ich vor Geli, Regine und Leonie stand.

»Karo!«, rief Geli erstaunt. »Was machst du denn hier?«

»Ich wollte euch fragen, ob ihr Dienstag wieder zum Zumba geht.«

»Klar«, sagte Regine. »Wie immer.«

»Und... darf ich mit?«

Geli musterte mich nachdenklich. »Hast du denn Zeit? Ich dachte, du wärst viel zu beschäftigt.«

»Nein, ich würde wirklich gerne mitkommen. Und es tut mir ehrlich leid, dass ich mich so rar gemacht habe. Ich vermisse die Nachos. Und euch.«

Leonie kicherte. »In der Reihenfolge?«

Gleichzeitig brachen wir in Gelächter aus, und dann ertönte das Stadionlied. Als ich mich umdrehte, sah ich die Mannschaften aus dem Tunnel kommen. Eine Gänsehaut breitete sich auf meinem Rücken aus, und ich krallte mich an Gelis Arm fest, während ich Patrick beobachtete. Er wirkte konzentriert und angespannt, wie immer vor einem Spiel, aber es lag auch eine grimmige Entschlossenheit auf seinem Gesicht, die ich in dieser Intensität noch nie zuvor an ihm gesehen hatte.

»Scheiße, es geht los«, jammerte Regine. »Ich kann jetzt schon nicht mehr hinsehen. Wenn die in die Relegation müssen und dann absteigen, bin ich die Erste, die wegrationalisiert wird!«

»Müssen sie nicht«, sagte ich mit fester Stimme, ohne den Blick von Patrick zu wenden. »Sie werden gewinnen.« Ich umarmte die drei schnell. »Ich muss wieder rauf. Wir sehen uns Montag, okay? Halb neun an der Kaffeemaschine?«

Pünktlich zum Anpfiff war ich wieder zurück in der Loge. Und schon zwanzig Minuten später hatte meine Siegesgewissheit deutlich nachgelassen, denn wir lagen 0:2 hinten. Die Mannschaft wurde vom HSV förmlich überrannt. Zu Beginn der zweiten Halbzeit gelang es Amando nur mithilfe eines klaren Fouls im Strafraum eine Torchance zu verhindern, und der Schiedsrichter entschied zurecht auf Elfmeter. Im ganzen Stadion herrschte blankes Entsetzen. Einen 0:3-Rückstand aufzuholen wäre so gut wie unmöglich, das wusste jeder hier. Es war totenstill, als der HSV-Spieler zum Elfmeter anlief. Ich schloss die Augen und öffnete sie wieder, als ein ohrenbetäubender Jubel erklang. Gehalten! Ralf Fischer hatte gehalten!

Es war, als wäre das der Weckruf für die Mannschaft gewesen. Kurz nach dem gehaltenen Elfmeter gelang Patrick durch einen Freistoß der Anschlusstreffer, und von da an ging das Spiel nur noch in eine Richtung: auf das Tor des HSV. In der achtzigsten Minute schoss Moritz den Ausgleich, und spätestens von diesem Zeitpunkt an hielt es keinen im Stadion mehr auf den Sitzen – nur auf der Ehrentribüne, auf der es immer so gesittet und ruhig zuging, wurde maximal verschämt an den Fingernägeln gekaut. Die Fans schrien, die Mannschaft kämpfte sich die Seele aus dem Leib, und meine Nerven waren zum Zerreißen angespannt.

Als Patrick von einem HSV-Spieler mit einem üblen Tritt gegen das Sprunggelenk zu Fall gebracht wurde, war es mit meiner Beherrschung endgültig vorbei. Aus vollem Leibe schrie ich: »Hast du sie noch alle, du beschissener Wichser?!« Sämtliche Blicke richteten sich pikiert auf mich, doch das war mir völlig egal. Patrick wälzte sich mit schmerzverzerrtem

Gesicht auf dem Boden, und ich wollte gerade völlig kopflos nach unten rennen, um nach ihm zu sehen, da stand er wieder auf. Er humpelte ein paar Schritte, sprang ein paarmal auf und ab und gab dann Winkler ein Zeichen, dass er weiterspielen würde.

Es blieben noch drei Minuten Nachspielzeit. Drei Minuten. ›Komm schon‹, dachte ich in Endlosschleife, während ich mit Tunnelblick Patrick fixierte. ›Komm schon, komm schon, komm schon.‹

Noch zwei Minuten, noch anderthalb, noch eine. Jetzt war selbst Ralf Fischer mit vorne. Patrick gelang es, seinem Gegenspieler dreißig Meter vor dem Tor den Ball abzuluchsen. Er spielte einen langen Pass auf Moritz, der wiederum auf Ralf Fischer verlängerte. Ralf Fischer sprang hoch, erwischte den Ball voll mit dem Kopf und beförderte ihn knapp an den Händen des gegnerischen Torwarts vorbei ins rechte obere Eck. 3:2.

Noch während der Ball sich ins Netz senkte, begann das komplette Stadion zu schreien und zu toben, so laut, dass es bestimmt noch auf der Raumstation Mir zu hören war. Ich hüpfte auf und ab, und Tränen der Erleichterung und des Glücks liefen über meine Wangen.

Patrick, Moritz und Ralf Fischer fielen sich in die Arme, und nach und nach sprang die gesamte Mannschaft auf sie, bis auf dem Boden ein Riesenknäuel aus rot-grünen Fußballspielern lag. Der Schlusspfiff ging im frenetischen Jubel völlig unter.

Selbst die VIP-Logen-Gäste, die sich üblicherweise unmittelbar nach dem Abpfiff ans Büfett verzogen, blieben auf ihren Plätzen und applaudierten der Mannschaft, die eine Runde durch das Stadion drehte und sich bei den Fans bedankte. Als sie an der Ehrentribüne vorbeikamen und Patrick nur wenige Meter von mir entfernt war, flüsterte das Schmetterlingsmädel in meinem Kopf aufgeregt: ›Er gehört dir! In ein paar Stunden gehört er ganz allein dir, und dann darfst du ihn küssen, so viel du willst!‹ Patrick strahlte über das ganze Gesicht und winkte mir zu, doch als nicht nur ich, sondern rings um mich alle zurückwinkten, war ich mir nicht mehr so sicher, ob er wirklich mich gemeint hatte. Lachend schüttelte er den Kopf und zog weiter.

Allmählich verschwanden die Spieler in den Katakomben, und auch die Eintracht-Fans zogen unter Jubelgesängen aus dem Stadion. Die HSV-Anhänger waren schon längst frustriert verschwunden. So wie es aussah, hatte Hamburg eine lange Nacht vor sich.

Die VIP-Gäste verlagerten ihre Feier nach drinnen. Ich hatte mich zwischenzeitlich notdürftig gesammelt und drehte meine Runde durch die Logen, um Smalltalk zu halten.

»Noch mal mit einem blauen Auge davongekommen, was, Frau Maus?«, sagte Hannes Röttger fröhlich. »Haben Sie sich denn inzwischen wieder beruhigt?«

Lachend verdrehte ich die Augen. »Ich bin mit den Nerven am Ende, das kann ich Ihnen sagen.« Was tatsächlich die Wahrheit war, denn kaum war das Spiel überstanden, wuchs meine Nervosität angesichts des anstehenden Treffens mit Patrick. Wir hatten überhaupt nichts Festes abgemacht. Vielleicht würde die Mannschaft nachher ja noch intern feiern gehen, und er hatte heute gar keine Zeit. Ich verzog mich auf die Damentoilette, wo ich ihm eine Nachricht schrieb. *Dass du großartig gespielt hast, wirst du wohl noch oft genug hören, deswegen sage ich es dir jetzt nicht. :-) Was macht dein Fuß? Und bleibt es bei heute? Wann und wo?*

In den nächsten anderthalb Stunden warf ich immer wieder verstohlen einen Blick auf mein Handy, doch ich erhielt keine Antwort. Es machte mich wahnsinnig, dass Patrick hier irgendwo im Stadion war und trotzdem unerreichbar schien.

Ich unterhielt mich gerade mit Nadja und ein paar der Sponsoren über das anstehende Eintracht-Sommerfest, als Dotzler gefolgt von Winkler, Moritz, Ralf Fischer und Patrick hereinkam. Applaus brandete auf, und augenblicklich wurden die Jungs von Gratulanten umringt, doch Patrick beachtete die Umstehenden gar nicht. Mit den Augen suchte er den Raum ab, und als er mich entdeckt hatte, kam er geradewegs auf mich zu – humpelnd, wie ich feststellte. Noch bevor ich etwas sagen konnte, legte er seine Arme um meine Taille, hob mich hoch und küsste mich. Alles um mich herum verschwamm in einem wahren Endorphinrausch. Ich nahm nichts wahr bis auf Patrick und das Prickeln, das sein Kuss in mir verursachte, und war nur glücklich, überglücklich, dass er endlich bei mir war. Ich hätte ihn noch stundenlang weiterküssen können, doch irgendwann stellte er mich wieder auf dem Boden ab, und wir lächelten uns an.

»Du humpelst«, sagte ich vorwurfsvoll.

»Ach, ist nicht so schlimm.«

Allmählich wurde mir wieder bewusst, dass es außer uns beiden auch noch andere Menschen auf der Welt gab, und ich spürte tausend neugierige Blicke auf mir. Aber weder konnte ich mein verliebtes Grinsen abstellen, noch war ich in der Lage, einen gebührenden Abstand zu Patrick einzunehmen. Und ich wollte es auch überhaupt nicht. »Und was sagst du zu heute?«, fragte ich. »Geht ihr gleich noch feiern?«

Er schüttelte den Kopf. »Wir wären beinahe abgestiegen. Keiner von uns empfindet das als Grund zum Feiern.«

»Ihr Hochleistungssportler seid echt manchmal komische Typen«, meinte ich. »Also dann ... wo ...«

»Bringst du mich nach Hause? Ganz wie in alten Zeiten?«

Mein Lächeln vertiefte sich. »Okay. Ich warte am Auto auf dich.« Am liebsten hätte ich ihn wieder geküsst, und ich konnte

Patrick an der Nasenspitze ansehen, dass es ihm genauso erging. Doch stattdessen sagte er beinahe entschuldigend: »Ich fürchte, ich muss hier mal eine Runde drehen.«

Schweren Herzens trat ich ein paar Schritte zurück. »Klar. Bis später.«

Er ging zu Dotzler und Herrn Wolf, während ich auf zittrigen Beinen zu Nadja rüberwankte. Lars drückte ihr gerade einen Hundert-Euro-Schein in die Hand. »Na, du schamloses Luder?«, sagte sie lachend. »Ich *wusste* es doch!«

Lars blickte ziemlich schmallippig drein. »Müssen wir zukünftig etwa nach jedem Spiel euer Geschmuse ertragen?«

»Das weiß ich noch nicht.« In meinem Glückszustand konnten nicht einmal seine blöden Kommentare mir etwas anhaben. »Aber ich bin zuversichtlich, dass wir uns bald besser im Griff haben.«

»Na, hoffentlich. Ihr habt hier nämlich beide euren Job zu erledigen, und es ist vollkommen unangemessen, vor den Sponsoren...«

»Weißt du, was ich glaube, Lars?«, unterbrach ich ihn. »Ich glaube, dass auch die Sponsoren und Ehrengäste nur Menschen sind, die schon mal verliebt waren. Könnte doch sein, oder?« Damit ließ ich die beiden stehen.

Die Spieler verließen mit Winkler die Loge, nachdem sie eine halbe Stunde lang Hände geschüttelt, Gratulationen entgegengenommen und schlaue Ratschläge über sich ergehen lassen hatten. Nach und nach gingen auch die Gäste, und um halb neun konnte endlich auch ich Feierabend machen. An der Tür fing Dotzler mich ab. »Frau Maus, warten Sie mal kurz.« Ich befürchtete schon, dass er alles andere als erbaut von Patricks und meiner heutigen Vorstellung war und mir eine Standpauke erteilen würde. Doch zu meiner Überraschung sagte er: »Frau Reimann hat gekündigt. Und eigentlich wollte ich Ihnen den Job anbieten. Ich hätte gedacht, dass ich auf Sie zählen kann.«

Für ein paar Sekunden war ich sprachlos. »Natürlich können Sie auf mich zählen! Ich will diesen Job, das wissen Sie doch!«

»Tja, aber jetzt, wo Sie und Weidinger ...«

»Herr Dotzler, glauben Sie ernsthaft, dass ich den Job deswegen weniger gut machen würde?«

»Das heißt, Sie bleiben hier?«

Verwirrt schüttelte ich den Kopf. »Ja, natürlich. Wo sollte ich denn auch hingehen?«

Er betrachtete mich mit Röntgenblick. Dann beugte er sich zu mir und sagte leise: »Sie wissen aber schon, dass Weidinger in der kommenden Saison zum FC Bayern wechselt?«

Für ein paar Sekunden stellte mein gesamter Körper auf Standby. Ich stand regungslos da, mein Kopf war wie leergefegt, und ich war unfähig, etwas zu sagen. »Ähm ... ich ...«, stammelte ich. München. In der kommenden Saison. Und Patrick hatte mir nichts gesagt, nicht ein Wort. »Ja«, sagte ich nach einer halben Ewigkeit. »Ich bleibe hier. Und ich will den Job.«

»Na schön«, sagte Dotzler. »Dann Hand drauf.«

Noch immer völlig unter Schock ging ich durch die leeren Gänge des Stadions. Mit jedem Schritt wuchs meine Verzweiflung. Noch nie in meinem Leben hatte ich mich so hintergangen gefühlt. Als ich am Auto ankam, saß Patrick wartend auf der Motorhaube und lächelte mich an. Er lächelte, als sei nichts gewesen, während für mich soeben eine Welt zusammengebrochen war.

Sein Gesichtsausdruck verdunkelte sich, als er sah, dass ich mühsam versuchte, die Tränen zurückzudrängen. »Was ist denn los?«

»Nichts«, sagte ich mit zitternder Stimme. »Würdest du bitte von meinem Wagen steigen? Ich will nach Hause.«

»Du wolltest mich doch bringen.«

»Jetzt nicht mehr.« Ich kramte den Schlüssel aus meiner Tasche und wäre auch mit Patrick auf der Motorhaube losgefahren, doch bevor ich einsteigen konnte, hielt er mich am Arm zurück. »Was ist los?«, wiederholte er eindringlich.

»München ist los, verdammt noch mal!«

Überrascht starrte er mich an. »Woher weißt du davon?«

»Von Dotzler! Hattest du überhaupt vor, es mir zu sagen, oder wolltest du mir eine Postkarte schicken, wenn du angekommen bist?«

»Es ist noch nicht offiziell. Ich fliege erst am Dienstag nach München, um den Vertrag zu unterzeichnen. Ich wollte es dir heute sagen. Ehrlich.«

Ich schnaubte verächtlich. »Das steht doch inoffiziell garantiert schon seit Wochen fest! Aber vielen Dank auch, dass du es mir heute gnädigerweise doch noch sagen wolltest.«

»Es tut mir leid, dass du es so erfahren hast, aber ...« Er unterbrach sich und schloss für einen Moment die Augen. Dann sah er mich bittend an. »Ich möchte das alles echt nicht hier auf dem Parkplatz mit dir besprechen, Karo. Lass uns zu mir fahren und reden. Okay?«

Ich schaute in seine blauen Augen und stöhnte auf, als mir bewusst wurde, dass ich nicht einmal jetzt in der Lage war, ihm etwas abzuschlagen. »Du mit deinem Hundeblick, du gehst mir so dermaßen auf die Nerven! Also gut ... Steig ein.«

Schweigend fuhren wir zu seiner Wohnung, doch als wir dort angekommen waren und er die Tür hinter uns geschlossen hatte, konnte ich mich nicht mehr zurückhalten. »Dein Vertrag läuft noch bis nächstes Jahr. Bergmann ist weg, ihr seid nicht abgestiegen, warum also haust du jetzt schon ab? Weil es gerade nicht so rund läuft im Verein?«

Patrick ließ sich Zeit mit seiner Antwort. »Ich habe mich von Anfang an bei der Eintracht nicht wohlgefühlt. Hierher zu wechseln war ein riesiger Fehler, und für mich stand spätestens in dem Moment fest, dass ich wechseln werde, als ich erfahren habe, dass der Verein mir einen Wachhund an den Hals gehetzt hat und zudem auch noch einen Privatdetektiv, der mir nachschnüffelt. Das geht gar nicht! Kannst du nicht verstehen, dass ich hier nicht mehr spielen will? Und ja, natürlich hat es auch etwas damit zu tun, dass es nicht so rund läuft. Es macht nicht sonderlich viel Spaß, ständig gegen den Abstieg zu kämpfen, und ich würde gerne mal wieder international spielen. Und ganz abgesehen davon«, fügte er hinzu, »war es immer mein Ziel, eines Tages so gut zu sein, dass Bayern München mich zurückhaben will. Es wäre Wahnsinn, dieses Angebot auszuschlagen.«

Irgendwo tief in mir gab es noch eine winzig kleine, sehr leise Stimme der Vernunft, die mir sagte, dass das alles gute Gründe waren. Nur war ich für Vernunft momentan überhaupt nicht empfänglich. »Das mag ja alles sein, und es ist mit Sicherheit eine ganz tolle Entscheidung. Trotzdem finde ich es scheiße, dass du nach München gehst! Ich *will* nicht, dass du weggehst! Und frag mich jetzt bloß nicht, warum, denn du weißt ganz genau, dass ich verliebt in dich bin, genauso wie du von Anfang an wusstest, dass Pekka nicht mein Freund ist!« Schwer atmend hielt ich inne. Obwohl ich totunglücklich war, war es, als wäre mir soeben eine Last von den Schultern gefallen, die ich schon seit Monaten mit mir herumtrug.

Patrick kam ein paar Schritte auf mich zu. »Du hast recht, ich wusste, dass du nicht mit Pekka zusammen bist. Ich habe es dir nicht geglaubt, von der ersten Sekunde an, und es gab für mich nur eine einzige Erklärung für diesen Quatsch, nämlich, dass du dich mir vom Leib halten wolltest. So war es doch auch, oder? Du bist mir immer wieder aus dem Weg gegangen!« Er trat noch einen Schritt auf mich zu. »Und ich habe nicht gewusst, dass du in mich verliebt bist! Ich habe es gehofft, manchmal habe ich es geglaubt, ab und zu war ich mir fast sicher, aber ich *wusste* es nie, bis zu dem Moment, in dem du mir endlich gesagt hast, dass du nicht mit Pekka zusammen bist!«

Ich wollte etwas erwidern, doch er fasste mich an den Schultern. »Nein, lass mich ausreden. Willst du wissen, warum ich dir nicht gesagt habe, dass ich nach München gehe? Weil ich mir nie sicher war, was das mit uns beiden ist und ob daraus jemals etwas werden kann! Weil ich nie wusste, ob es dich überhaupt interessiert! Warum hast du denn nie etwas gesagt, verflucht noch mal?«

»Du hast doch auch nie etwas gesagt!«, rief ich trotzig. Ich wollte mich von ihm abwenden, doch er hielt mich fest und zwang mich, ihn anzusehen.

»Hast du überhaupt eine Ahnung, wie schwer du es einem machen kannst?«

»Glaubst du, mit dir hat man es ...«

Mitten im Satz verschloss er meinen Mund mit seinen Lippen. Automatisch schlang ich meine Arme um seinen Hals, klammerte mich an ihn wie eine Ertrinkende und küsste ihn leidenschaftlich zurück. Es war, als würde endlich das passieren, worauf wir beide schon ewig gewartet hatten, und all die aufgestauten Gefühle der letzten Monate brachen in diesem Moment aus uns hervor. Es dauerte nicht lang, bis wir uns gegenseitig die Kleider vom Leib rissen, ungeduldig und fordernd, nur um uns sofort wieder aneinanderzudrängen. Als könnten wir es nicht ertragen, auch nur für ein paar Sekunden für ein paar Zentimeter voneinander getrennt zu sein.

Ohne voneinander abzulassen, taumelten wir in sein Schlafzimmer und fielen auf sein Bett. Noch nie hatte ich einen Mann so sehr gewollt wie ihn, mein Körper reagierte so heftig auf jede seiner Berührungen, dass ich vor Lust fast verging. Wir verloren keine Zeit, hielten uns nicht lange auf mit Zärtlichkeiten, sondern fielen übereinander her, als gäbe es kein Morgen. Und als wir uns hinterher nassgeschwitzt und schwer atmend in den Armen lagen, wünschte ich mir nichts sehnlicher, als dass diese Nacht tatsächlich für immer dauern würde.

Irgendwann stand Patrick auf, um eine Flasche Wasser aus dem Kühlschrank zu holen. Mit einem fiesen Grinsen legte er sie mir direkt auf den Bauch.

»Spinnst du?«, quiekte ich.

»Ich dachte, dir würde eine Abkühlung guttun«, sagte er unschuldig.

Ich lehnte mich an das Kopfteil seines Bettes und trank ein paar Schlucke. »Wahnsinn«, sagte ich. »Ich hatte Sex mit *Patrick! Weidinger!* Das glaubt mir doch keiner, wenn ich es überall rumerzähle.«

Patrick verdrehte die Augen und schnippte mir mit den Fingern etwas kaltes Wasser ins Gesicht. »Du hast echt ein seltenes Talent dafür, immer genau das Falsche zu sagen«, meinte er, doch seine Stimme klang amüsiert.

Ich ließ meinen Blick durch sein Schlafzimmer wandern. »Du hast gar kein rundes Pornobett«, fiel mir auf. »Und auch keine Leopardendecke.« Kaum hatte ich es gesagt, hätte ich mir am liebsten auf die Zunge gebissen. ›Karo, ein für alle Mal‹, dachte ich. ›Erst denken, dann reden. Nicht umgekehrt!‹

Patrick starrte mich an, als würde er an meinem Verstand zweifeln. »Äh ... was?«

Verlegen wich ich seinem Blick aus. »Na ja, so habe ich mir dein Bett halt vorgestellt.«

Er lachte. »Oh Mann, jetzt bin ich echt beleidigt.« Mit einer schnellen Bewegung legte er sich mit seinem vollen Körpergewicht auf mich. »Du hast dir also Gedanken darüber gemacht, wie mein Bett aussehen könnte? Interessant. Worüber hast du denn noch so nachgedacht?«

Mir blieb die Luft weg, nicht nur, weil er auf mir lag, sondern auch, weil in seinen Augen ein lustvolles Glitzern erschien, das mich unmittelbar ansteckte. »Als du mich nach Hause gebracht hast, habe ich überlegt, ob man von der Art, wie ein Mann Auto fährt, darauf schließen kann, wie er im Bett ist.«

»Und? Kann man?« Er fing an, mir zarte Küsse auf mein Gesicht, meine Ohren und meinen Hals zu hauchen.

»Mmmm«, machte ich und hatte schon gar keine Lust mehr, zu reden. Ich wollte nur noch seine Liebkosungen genießen. »Weiß ich noch nicht«, zwang ich mich, zu sagen. »Einmal reicht definitiv nicht aus, um das abschließend beurteilen zu können.«

Ich hörte Patrick an meiner Schulter leise lachen. »Hm. Na ja, was soll's. Für die Wissenschaft opfere ich mich doch gerne auf.« Sein Kopf tauchte wieder über meinem auf und er lächelte so süß, dass ich gar nicht anders konnte, als ihn an mich zu ziehen und zu küssen.

Dieses Mal war es anders, langsam, aber nicht weniger überwältigend. Wir ließen uns Zeit, den Körper des anderen zu erforschen, und überschütteten uns gegenseitig mit Zärtlichkeiten, als wollten wir all das, was wir uns seit unserer ersten Begegnung angetan hatten, wiedergutmachen. Wir sahen uns in die Augen, konnten weder unsere Blicke noch unsere Körper voneinander lösen, und ich wusste, dass ich nie wieder mit einem anderen Mann Sex haben wollte.

Als ich am nächsten Morgen wach wurde, war Patricks Bettseite leer. Ich kuschelte meinen Kopf in sein Kissen und atmete tief seinen Duft ein. Mein Körper fühlte sich schwer und erschöpft an, und ich war todmüde, denn zum Schlafen waren wir kaum gekommen. Die Sonne schien herein, und bei Tageslicht betrachtet war ich fast erschrocken über die hemmungslose Leidenschaft, die gestern Nacht über mich hereingebrochen war. Ich hatte jegliche Kontrolle über meinen Verstand verloren und war einzig und allein meinen Instinkten gefolgt, und dieses Verhalten war mir so fremd, dass es mir Angst machte. Trotzdem vermisste ich Patrick bereits jetzt, und ich fragte mich, wie das erst werden sollte, wenn er in München war.

Ich wartete noch ein paar Minuten, doch er kam nicht zurück, also stand ich auf, um nachzusehen, wo er blieb. Meine Klamotten lagen noch auf dem Fußboden im Flur verstreut, und so streifte ich mir irgendein T-Shirt über, das neben seinem Bett lag. Barfuß tappte ich ins Wohnzimmer, wo Patrick in der offenen Küche am Herd stand, in einer Pfanne rührte und ziemlich falsch *Drive All Night* vor sich hin sang. Es duftete nach Kaffee, Toast und Rührei. ›Gott, ist der süß‹, dachte ich verzückt. Bis auf eine Jeans war er unbekleidet, und ich betrachtete ausgiebig seinen nackten, muskulösen Oberkörper, seinen Hintern und seine Beine. Inzwischen war Patrick an meiner Lieblingsstelle angekommen. »Oh girl, you've got my love ... «

»... heeeeaaaart and soul«, stimmte ich ein, und er fuhr zu mir herum.

»Hast du mich erschreckt!«, rief er.

Lachend ging ich auf ihn zu und legte meine Arme um seine Taille. »Tut mir leid.«

»Seit wann stehst du da schon?«, fragte er, nahm mir aber jede Möglichkeit, ihm zu antworten, indem er mich ausgiebig küsste. Als wir voneinander abließen, hatte ich seine Frage schon vergessen, denn er hatte es geschafft, meinen Körper in ein einziges Prickeln und Kribbeln zu verwandeln. »Frühstück?«, fragte er, sah mich dabei aber so herausfordernd an, dass ich mir nicht sicher war, ob er nun Essen oder Sex meinte.

»Du meinst ...«, ich deutete auf den Herd, »... das da?«

»Ja«, grinste er. »Was hast du denn gedacht?«

»Ach, nichts.« Ich lehnte meinen Kopf an seine Schulter. »Kannst du etwa kochen?«, murmelte ich und schmiegte mich an ihn.

»Mhm.« Er vergrub seine Hände in meinem Haar und küsste meinen Kopf.

»Cool. Ich nämlich nicht.« Ein tiefer Seufzer entfuhr mir. »Warum muss es nur ausgerechnet München sein?« Unglücklich sah ich zu ihm auf. »Warum nicht Bremen oder Hannover oder von mir aus auch ... keine Ahnung, Lübeck oder so?«

»Lübeck? Na, vielen Dank auch.« Er küsste mich auf die Nasenspitze und ließ mich los, um sich wieder um unser Frühstück zu kümmern.

»Gut, also dann Bremen«, beharrte ich. »Bremen ist perfekt. Es ist nur eine Stunde von Hamburg entfernt, und Grün steht dir.«

Er verteilte das Rührei auf zwei Teller und stellte sie auf die Theke.

Ich setzte mich auf einen der Hocker. »Also? Was hältst du davon?«

»Bremen stand nie zur Debatte. Es hätte aber durchaus auch Liverpool oder Mailand sein können. Also ist München doch gar nicht so schlecht, oder?«

»Nein, für dich nicht«, murrte ich. »Du hast ja alles gekriegt, was du wolltest.« Hilfe. Ich wollte nicht so sein, nicht schon wieder rumzicken und meckern, aber ich konnte nicht anders.

Ich war unglücklich darüber, dass er gehen würde, und ich konnte nicht einfach so tun, als wäre ich es nicht. »Entschuldige«, sagte ich leise.

Patrick ließ seine Gabel sinken und drehte sich zu mir. »Ob du es glaubst oder nicht, ich finde es auch ziemlich scheiße, dass ich weggehe. Nicht beruflich gesehen, und ich bin auch froh, wieder nach Hause zu können. Aber das, was ich am allermeisten will, bist du!« Er zog meinen Hocker näher zu sich heran. »Ich liebe dich, Karo! Und jetzt, wo wir es endlich auf die Reihe gekriegt haben, will ich nicht, dass wir getrennt voneinander sein müssen.«

»Das will ich auch nicht.«

»Dann ... komm doch mit nach München«, sagte er.

Ich suchte in seinem Gesicht nach Spuren, dass er einen Witz gemacht hatte, doch er sah mich völlig ernst und aufrichtig an. »*Was?* Das ist doch total verrückt! Ich meine, wir sind gerade erst ...« Meine Stimme erstarb.

»Ja, es ist verrückt, und es ist ein Risiko, aber ich liebe dich und du liebst mich, und ich sehe keine andere Lösung!«

»Warum können wir es denn nicht erst mal einfach so laufen lassen? Wir können uns an den Wochenenden sehen.«

»Darf ich dich daran erinnern, dass ich an den Wochenenden ziemlich oft arbeite? Und du auch. Unter diesen Voraussetzungen ist es schwierig, eine Wochenendbeziehung zu führen, oder?«

»Arbeit, das ist ein gutes Stichwort! Ich hab dir noch gar nicht erzählt, dass Nadja gekündigt und Dotzler mir gestern ihren Job angeboten hat. Weißt du, was für eine Riesensache das für mich ist?«

»Ja, das weiß ich, und du hast es dir wirklich verdient. Aber auch in München gibt es gute Jobs.«

Ich fühlte mich, als wäre ich aus einem wunderschönen

Traum aufgewacht und hart auf dem Boden der Realität gelandet. »Okay, nehmen wir mal an, ich kriege in München einen tollen Job. Was, wenn es bei dir im Verein nicht läuft, du zwei Jahre lang nur auf der Bank sitzt und wieder wechselst? Dann bist du vielleicht drei Jahre in Mailand und danach geht es nach Liverpool. Und wenn du deine Karriere beendet hast, wirst du möglicherweise Trainer, und dann geht es immer so weiter! Kannst du mir mal verraten, wo *ich* da bleibe? Wie soll ich mir denn so jemals irgendwas aufbauen? Willst du etwa, dass ich für den Rest meines Lebens nur das Fußballerfrauchen an deiner Seite bin?«

»Nein, das will ich nicht, und das weißt du auch«, sagte Patrick. Er nahm meine Hände. »Mir ist klar, dass es viel verlangt ist. Aber es kann doch auch sein, dass ich in München bleibe.«

Ich ließ meinen Kopf sinken und blickte auf unsere ineinander verschlungenen Hände. »Und was, wenn nicht?«, fragte ich leise. »Wenn ich alle paar Jahre den Job wechseln muss, dann kann ich das mit meiner Karriere vergessen.«

Patrick schüttelte den Kopf. »Karo, wenn du dir ein Leben mit mir so überhaupt nicht vorstellen kannst, dann ist es sinnlos, weiterzureden, oder?«

Er hätte mir genauso gut ein Messer in den Bauch rammen können, so weh taten seine Worte. Mit Tränen in den Augen blickte ich zu ihm auf. »Das ist alles noch so neu für mich. Ich brauch doch erst mal Zeit, mich an ein Leben mit dir zu gewöhnen.«

»Wie willst du dich daran gewöhnen, wenn wir uns nie sehen? Wenn du dein Ding in Hamburg machst und ich meins in München? So kann das doch nicht funktionieren.«

»Aber wir könnten uns doch sehen! Vielleicht nicht so regelmäßig und so oft, wie wir es gerne hätten, aber es ist möglich. Viele Paare müssen mit einer Fernbeziehung klarkommen.«

»Ich will aber keine Fernbeziehung!«, rief Patrick.

Meine Stimme zitterte, als ich antwortete. »Also heißt das, entweder ich gebe hier alles auf und komme mit, oder das war's?«

Patrick schwieg eine Weile. Schließlich ließ er meine Hände los und sagte: »Ja. Das heißt es wohl.«

In meinem Hals steckte ein dicker Kloß, und ich brachte keinen Ton hervor. Wir hatten keine Chance gehabt, von Anfang an nicht und zu keinem Zeitpunkt. Ich hatte es immer gewusst, und es war ein Riesenfehler gewesen, mich so sehr auf ihn einzulassen, dass er in der Lage war, mir das Herz brechen zu können. Denn genau das hatte er soeben getan.

Ohne ein weiteres Wort drehte ich mich um und ging in den Flur. Ich streifte Patricks T-Shirt ab, warf es auf den Boden und schlüpfte in meine Klamotten. An der Tür blieb ich ein paar Sekunden stehen in der Hoffnung, dass er versuchen würde, mich aufzuhalten. Doch er tat nichts dergleichen, und das letzte Fünkchen Hoffnung in mir erstarb. Blind vor Tränen verließ ich die Wohnung, lief die Treppen hinab und stieg ins Auto. Ich weiß nicht, wie es mir gelang, nach Hause zu kommen. Mein Gehirn hatte vermutlich auf Autopilot geschaltet, der mich irgendwie heil durch den Straßenverkehr lotste. Als ich endlich in meinem Zimmer war und weinend auf meinem Bett zusammenbrach, war das Einzige, was ich vor mir sah, Patricks letzter Blick. Und ich stand völlig hilflos vor diesem Schmerz darüber, dass er unsere Beziehung beendet hatte, noch bevor sie überhaupt beginnen konnte.

19.

*Ich sehe einen positiven Trend:
Tiefer kann man nicht mehr sinken.*
Olaf Thon

Der Nachteil, vor seinen Arbeitskollegen und Vorgesetzten mit einem Typen herumzuknutschen, liegt darin, dass man von allen im Büro darauf angesprochen wird. Denn wenn man es sich bereits siebzehn Stunden später mit eben diesem Typen komplett versaut hat und am Folgetag mit dem Liebeskummer seines Lebens bei der Arbeit erscheint, gibt es nur äußerst wenige Dinge, auf die man überhaupt angesprochen werden will, und die Knutscherei gehört definitiv nicht dazu.

Daher war es für mich die reinste Quälerei, am Montagmorgen mit rotgeweinten Augen und einem Herzen, in dem es aussah wie in Mordor, alle fünf Minuten auf neugierige Blicke und folgende Fragen zu stoßen:

a) »Na? Ich habe gehört, bei dir und Weidi läuft was?«

b) »Hey, dank dir habe ich zehn Euro gewonnen!«

c) »Sag mal, stimmt es, dass du in der VIP-Loge mit Weidi geknutscht hast und er dir vor allen Leuten einen Heiratsantrag gemacht hat?«

d) »AAAAHHHH, Karo, du hattest auf der Ehrentribüne Sex mit Weidi und bist jetzt im neunten Monat schwanger?!«

Jedes Mal stiegen mir aufs Neue Tränen in die Augen, und es

kostete mich unendlich viel Kraft, die Fassung zu bewahren und zu sagen: »Wir sind nur gute Freunde« – was mir, nebenbei bemerkt, sowieso niemand glaubte. Ich verfluchte Patrick dafür, dass er mich in diese Lage gebracht hatte, während ich gleichzeitig wusste, dass dieser Moment für immer einer der schönsten in meinem Leben sein würde. So ging es mir die ganze Zeit: Im einen Augenblick war ich verzweifelt und wütend, nur um mich im nächsten mit Erinnerungen daran zu foltern, wie perfekt diese paar Stunden mit ihm gewesen waren und mir vorzustellen, wie wunderschön es mit uns hätte werden können.

Ich saß am Schreibtisch und starrte auf meinen PC, war jedoch nur körperlich anwesend. Geistig war ich schon damit überfordert, meinen Namen zu schreiben. Alles, was ich gebacken kriegte, war eine mit hässlichen Fratzen, bluttriefenden Monstern und ›Bazi go home!‹ vollgekritzelte Schreibtischunterlage.

Gegen dreizehn Uhr platzte Nadja, die den Vormittag freigehabt hatte, ins Büro. Ich wappnete mich für einen weiteren blöden Weidi-Kommentar, aber sie sah mich nur prüfend an und sagte: »Ich war gerade bei Dotzler. Er hat gesagt, dass du meinen Job angenommen hast. Und dass morgen offiziell verkündet wird, dass Patrick nach München wechselt.«

Stumm nickend malte ich weiter an einer Frau, der ein Messer im Bauch steckte.

Nadja nahm mir den Kugelschreiber aus der Hand. »Guck mich mal an«, forderte sie mich auf.

Widerwillig hob ich meinen Kopf. Sie schnalzte mit der Zunge. »Oh je.«

Sofort fing meine Unterlippe an zu zittern, und ich hatte alle Mühe, die Tränen zu unterdrücken.

»Warum nimmst du dir nicht frei, Karo? Willst du wirklich

hier sein, wenn alle erfahren, dass Patrick nach München wechselt? Die werden dich mit Fragen löchern.«

»Das geht doch nicht«, sagte ich. »Das Sommerfest steht an, und du musst mich einarbeiten und ...«

»Das mit dem Sommerfest kriege ich schon hin. Und wenn ich erst mal weg bin, ist fürs Erste überhaupt kein Urlaub mehr für dich drin, darauf kannst du dich schon gefasst machen. Also erhol dich besser noch mal ordentlich, bevor der Stress hier richtig losgeht.«

Der Gedanke abzuhauen war wirklich verlockend. Ich könnte zu meinen Eltern fahren, und wenn ich zurückkam, würde Patrick weg sein. Ich wusste, dass er direkt nach der Vertragsunterzeichnung in München in den Urlaub fahren würde. Er hatte mir davon erzählt, als wir im Bett lagen, kurz vorm Einschlafen, mit meinem Kopf auf seiner Brust. Zehn Tage mit Freunden Segeln in der griechischen Ägäis, tiefblaues Meer, kleine Inselchen mit schneeweißen Häusern drauf, Sonne, vom Boot aus ins Wasser springen, Oliven, Wein und laue Sommernächte. Er hatte mich gefragt, ob ich mitkommen wolle. Ich hatte nein gesagt, wegen der Arbeit, obwohl ich nichts lieber getan hätte, als mit ihm auf einem Segelboot durchs Meer zu schippern.

Nach seinem Urlaub würde er nicht nach Hamburg zurückkehren, sondern nach München ziehen, wo Mitte Juni bereits die Vorbereitung für die nächste Saison begann.

»Okay«, sagte ich nach einer halben Ewigkeit. »Du hast recht, Urlaub wird mir guttun.«

Sie überredete mich dazu, gleich drei Wochen freizunehmen, und auch Dotzler war erstaunlich entgegenkommend. Es kam mir wie ein Hohn vor, dass ich jetzt doch Urlaub nahm – aber nicht, um mit Patrick durch die Ägäis zu segeln, sondern um vor ihm zu flüchten.

Saskia saß in der Küche und schaute von einem Satz Klassenarbeiten auf, als ich nach Hause kam. Sie war gestern großartig gewesen. Stundenlang hatte sie mir in meinem Elend beigestanden und war für mich dagewesen, hatte mir zugehört und mich getröstet. »Hey, was machst du denn schon hier?«

»Nadja hat mich nach Hause geschickt. Und in den Urlaub.« Wie ein nasser Sack ließ ich mich auf den Stuhl ihr gegenüber plumpsen.

»Du nimmst Urlaub?«, fragte sie mit großen Augen.

»Ja. Im Büro ist es unerträglich, weil jeder mich auf Patrick anspricht. Und wenn morgen verkündet wird, dass er nach München geht, wird es nur noch schlimmer. Da ist es wirklich besser, wenn ich nach Bochum fahre.«

»Nach Bochum? Aber an Weihnachten hast du dich da doch so unwohl gefühlt. Und als deine Eltern hier waren, hast du auch einen ziemlich angespannten Eindruck gemacht.«

»Ich weiß. Aber mir ist klar geworden, dass das an *mir* lag und an meinem komischen Höhenflug. Ich vermisse meine Eltern. Und Oma.« Gedankenverloren blickte ich auf die kitschigen, selbstgehäkelten Platzsets von meiner Mutter. Ich hatte sie sofort entsorgen wollen, doch meine Mitbewohner hatten einen Narren an ihnen gefressen und es mir schlichtweg verboten. »Weißt du eigentlich, dass Patrick neulich zu mir gesagt hat, ich müsse aufpassen, kein arrogantes Arschloch zu werden?«

Saskia schüttelte den Kopf.

»Und das Schlimme ist, dass er recht damit hat.« Ich strich eines der Platzdeckchen glatt. »Mir war es immer so wichtig, nicht zu den ›kleinen Leuten‹ zu gehören und etwas aus mir zu machen. Aber so wie es aussieht, bin ich in letzter Zeit dabei wohl übers Ziel hinausgeschossen.«

Saskia sah mich nachdenklich an. »Es tut mir leid, dass ich dir das jetzt sagen muss, aber ich finde es bemerkenswert, dass ausgerechnet ein millionenschwerer Fußballprofi dich auf den Teppich zurückholt. Und wenn du einen Menschen gefunden hast, der dir dabei hilft, du selbst zu bleiben...« Vorsichtig legte sie mir eine Hand auf den Arm. »...dann solltest du dir dreimal überlegen, ob du ihn wirklich aus deinem Leben streichen willst.«

Ich zog meinen Arm weg. »Das will ich doch gar nicht! Mir ist mehr als bewusst, dass er ein toller Mensch ist, und ich will ihn in meinem Leben behalten! Aber er ist überhaupt nicht bereit, auf mich einzugehen. Er setzt mir die Pistole auf die Brust und sagt ›so oder gar nicht‹, und ich lasse mir nun mal kein Ultimatum stellen. Ich kann nicht einfach so nach München gehen, jetzt, wo ich mir hier gerade etwas aufgebaut habe! Noch dazu mit jemandem, mit dem ich gerade mal acht Stunden zusammen bin. Und wenn er das nicht versteht, dann... Ach, ich weiß auch nicht. Dann ist er vielleicht doch kein so toller Mensch.« Verzweifelt vergrub ich meinen Kopf in den Händen.

Saskia kam um den Tisch herum und nahm mich in den Arm. »Ach Süße, ich weiß ja, dass das alles scheiße ist.«

Ich hielt mich an ihr fest und fragte mich, ob ich jemals wieder aufhören könnte zu weinen.

In den nächsten Tagen konnte ich es zumindest nicht. Unter Tränen fuhr ich nach Bochum und hörte dabei immer im Wechsel *Drive All Night* und *An Angel*. Ich hatte mich bei meinen Eltern nicht angemeldet, und meiner Mutter fielen fast die Augen aus dem Kopf, als ich am Dienstagabend plötzlich auf der Matte stand. »Karo! Wat machst du denn hier?«

Statt eine Antwort zu geben, fiel ich ihr weinend um den Hals. Sie stellte keine weiteren Fragen, sondern führte mich ins

Wohnzimmer, wo wir uns aufs Sofa setzten. »Na komm, kleine Maus«, sagte sie, so wie sie es früher immer gemacht hatte, wenn ich traurig war, und nahm mich fest in den Arm. Ich sog ihren so vertrauten Geruch ein und genoss die Wärme und den Trost, den sie ausstrahlte. Alles erinnerte an früher, aber eins war anders: Wenn ich als Kind traurig gewesen war, dann war ich zu meinen Eltern gelaufen, in dem Wissen, dass sie alles wieder gutmachen würden. Spätestens eine Stunde später war die Welt wieder in Ordnung gewesen. Heute wurde nichts wieder gut, und ich glaubte nicht, dass meine Welt jemals wieder in Ordnung kommen würde.

Ich kuschelte meinen Kopf in den Schoß meiner Mutter, und sie streichelte mir tröstend übers Haar, so wie nur sie es konnte.

Irgendwann kam mein Vater ins Wohnzimmer, den Flügel eines Modellflugzeugs in der einen und eine Tube Kleber in der anderen Hand. »Sag mal, Bettina, hast du ...« Abrupt blieb er in der Tür stehen. »Püppi!« Er betrachtete mich besorgt, dann setzte er sich zu uns und tätschelte meine Beine. »Was hast du denn bloß?«

»Patrick ...«, schluchzte ich, »... geht nach München.«

»Der Weidi?«, hakte mein Vater nach. »Geht zu den *Bayern*?«

Schniefend nickte ich.

»Hm«, machte er. »Das ist 'n herber Schlag für deine Eintracht.« Missbilligend schnalzte er mit der Zunge. »Diese verdammten Bayern. War ja klar, dat die sich den irgendwann wiederholen, die kaufen ja die ganze Liga kaputt! Aber Püppi, das ist doch nur Fußball, deswegen musste doch nicht so heulen.«

Unter Tränen lachte ich kurz auf, nur um direkt danach noch heftiger zu weinen.

»Also ehrlich, Uwe!«, schimpfte meine Mutter. »Nu stehste aber echt auf der Leitung! Hier geht's doch nicht um Fußball!«

Nachdenklich rieb er sich das Kinn. »Oh«, sagte er. »Ach so. Verstehe.«

Danach verstummte unser Gespräch, und wir blieben noch lange auf dem Sofa sitzen, ich zwischen meinen Eltern, den Kopf auf dem Schoß meiner Mutter, die Beine auf dem meines Vaters. Und auch wenn sie meine Welt nicht wieder geradebiegen konnten, fühlte ich mich geborgen, getröstet und nicht mehr so furchtbar allein.

Abends kehrte meine Oma von ihrem Skatnachmittag im Seniorenheim zurück. Sie übernahm die Trost-Schicht meiner Eltern, während meine Mutter mir eine »Mocktuddel« zubereitete und mein Vater in den Keller ging, um sein Modellflugzeug fertig zu bauen. Auch sie gab sich mit der Information zufrieden, dass Patrick nach München ging, und aus der Tatsache, dass ich deswegen ganz offensichtlich todunglücklich war, reimte sie sich den Rest der Geschichte selbst zusammen.

Als wir alle um den Küchentisch herum saßen und ich lustlos in meiner Suppe rührte, fiel mir wieder ein, dass ich nicht nur des Trostes wegen nach Bochum gekommen war. Ich wagte es kaum, meine Eltern anzusehen, als ich sagte: »Hört mal, ich wollte mich bei euch entschuldigen. Ich war total bescheuert, als ihr mich in Hamburg besucht habt, und das tut mir wirklich sehr leid.«

Meine Mutter legte ihren Löffel beiseite und sah mich nachdenklich an. »Du warst eine eingebildete, kleine Zicke, mein Frollein! Den ganzen Tag im Stadion hast du uns behandelt, als wären wir Kleinkinder, die Blödsinn machen! Dein Weidi war der Einzige, der nett zu uns war. Und von dem hätt man's ja nun am allerwenigsten erwartet.«

Ich sah von meinem Teller auf und bemerkte, dass meine Mutter Tränen in den Augen hatte. »Glaubst du, ich hab nicht gemerkt, dass du dich für uns schämst?«, fuhr sie fort. »Ich hab gedacht, du willst nix mehr zu tun haben mit deinen peinlichen Eltern, die einfach nicht in deine schöne, neue Welt passen wollen.«

Obwohl ich noch vor ein paar Minuten gedacht hatte, dass mein Vorrat an Tränen bis auf Weiteres aufgebraucht war, liefen sie mir nun schon wieder über die Wangen. Ich ging rüber zu meiner Mutter und nahm sie in den Arm. »Es tut mir so leid«, schluchzte ich. »Irgendwie ist mir dieser ganze VIP-Kram zu Kopf gestiegen. In den letzten Monaten habe ich so sehr versucht mich anzupassen, dass ich gar nicht mehr wusste, wer ich eigentlich bin.« Ich drückte sie noch fester an mich. »Aber ich weiß, dass ich euch liebhabe, so wie ihr seid, und wenn ihr das nächste Mal nach Hamburg kommt, dann könnt ihr auf der Ehrentribüne machen, was ihr wollt. Okay?«

Meine Mutter tätschelte meinen Rücken. »Ach, lass nur. Das nächste Mal gucken wir lieber ganz normal mit den anderen kleinen Leuten.«

Es lag mir schon auf der Zunge, sie zu ermahnen, dass wir keine »kleinen Leute« waren, aber mit einem Mal fragte ich mich, was genau mich an dieser Aussage eigentlich immer so gestört hatte. Es war lediglich ihre Art auszudrücken, dass wir keine von Ansbachs waren, und darüber konnte ich verdammt froh sein. Ich ließ meine Mutter los, um meinen Vater zu umarmen. »Tut mir leid, Papa«, flüsterte ich.

Liebevoll zerwuschelte er mir das Haar. »Ach, Püppi, wir sind's ja selbst schuld. Die Omma und ich haben dir wohl ein paar Mal zu oft erzählt, dass aus dir was Besseres werden soll«, sagte er. »Damit haben wir uns ja selbst zu was Schlechterem gemacht.«

Schließlich bekam auch noch Oma eine Umarmung und einen dicken Kuss auf die Wange.

Als ich am folgenden Morgen in die Küche kam, traf ich dort auf Melli, die in einer Zeitung blätterte. »Hey Karo«, sagte sie mit dem für sie so typischen ironischen Unterton. »Welch hoher Besuch.«

»Hallo Melli«, erwiderte ich. »Wie geht's dir?«

»Danke, gut. Sag mal, stimmt es, was Mama und Papa erzählt haben? Du hattest was mit Patrick Weidinger?«

Ich antwortete nicht, sondern wandte mich von ihr ab, um die Packung Toast aus dem Schrank zu holen.

»Das war *so* klar!«, rief Melli. »Ich wusste von Anfang an, dass du dich an einen Fußballer ranschmeißen würdest!«

Mit einem lauten Knall schlug ich die Schranktür zu und drehte mich zu ihr um. »Und was soll das bitte heißen?«

Sie zuckte mit den Achseln. »Na ja. Der kann dir doch genau das Leben bieten, von dem du träumst. Teure Klamotten, Schampus, Promipartys. Zu schade, dass er dich sitzenlassen hat, was?«

Ich blickte in ihr feixendes Gesicht und konnte einfach nicht fassen, was sie da sagte. »Verdammt noch mal, Melli, was genau ist eigentlich dein Problem? Was habe ich dir getan?«

»Nichts.« Sie stand auf, um sich wie immer zu verziehen und das Weite zu suchen. Als könne sie es nicht ertragen, auch nur fünf Minuten allein mit mir zu sein.

Mit ein paar Schritten war ich bei ihr und hielt sie am Arm fest. »Ich *liebe* Patrick, und es ist mir scheißegal, wieviel Kohle er hat! Es ging mir nie darum, dass er ein Fußballpromi ist, im Gegenteil! Das ist einer der Gründe dafür, dass es nicht mit uns geklappt hat!«

Melli riss sich von mir los. »Ja klar!«, rief sie und starrte mich so hasserfüllt an, dass es mir kalt den Rücken runterlief. »Karo, die Heilige, die nie etwas falsch macht! Es geschieht dir ganz recht, dass du mal einen Dämpfer verpasst kriegst!«

»Einen *Dämpfer?!*« Rasend vor Wut boxte ich ihr heftig gegen die Schulter. »Es geschieht mir recht, dass ich so unglücklich bin wie noch nie in meinem Leben? Dass mein Herz gebrochen ist? Das geschieht mir recht?« Noch einmal boxte ich sie, doch dieses Mal wehrte sie sich, und schon im nächsten Moment waren wir in eine Rauferei verwickelt, von der sich so mancher Schulhofjunge noch etwas abgucken konnte. Wir schlugen, kratzten und bissen uns, zogen uns an den Haaren und warfen uns Schimpfwörter an den Kopf, bei denen meine Mutter hochrot angelaufen wäre, hätte sie sie gehört. Schon nach kürzester Zeit waren wir beide völlig außer Atem. Wir ließen voneinander ab, und ich dachte schon, dass unsere Prügelei vorbei wäre, doch da schrie Melli plötzlich: »Ich hasse dich!« Sie holte noch einmal weit aus und rammte mir ihre Faust mit voller Wucht ins Gesicht.

Der Schmerz traf mich völlig unvermittelt, und als ich mit der Hand meine Nase berührte und bemerkte, dass sie blutüberströmt war, wurde mir so schwummerig, dass ich am Küchenschrank entlang auf den Boden sank.

Melli stand schwer atmend über mir und blickte fassungslos auf mich herab, als könne auch sie nicht glauben, was soeben passiert war. Sie befeuchtete ein Geschirrtuch, hockte sich neben mich und hielt es mir hin.

Mit zitternden Händen nahm ich das Tuch und drückte es vorsichtig an mein schmerzendes Gesicht. »Du hast mir die Nase gebrochen, du blöde Kuh!«

»Quatsch. Lass mal sehen.« Sie untersuchte meine Nase und wackelte mit Daumen und Zeigefinger daran herum. »Die ist nicht gebrochen. Es blutet ja nicht mal mehr.«

»Aber es tut weh!« Ich schlug ihre Hand weg und kühlte meine Nase wieder mit dem Geschirrtuch. »Warum hasst du mich so, Melli?«

Sie zögerte für einen Moment, doch dann setzte sie sich zu mir auf den Boden. Ohne mich anzusehen, fing sie leise an zu reden. »Hast du eine Ahnung, wie es ist, permanent in deinem Schatten zu stehen? Immer schon warst du die tolle, große Karo, die alles erreichen kann, was sie nur will. Die ach so klug ist und ach so ehrgeizig und die etwas Besseres ist als wir.« Im Laufe ihrer Rede war ihre Stimme immer lauter geworden, und die folgenden Worte spuckte sie geradezu aus. »Deine Zeugnisse und Urkunden hängen im Wohnzimmer auf einem Ehrenplatz. Hast du hier irgendwo schon mal etwas von mir gesehen? Ja, ich weiß, ich habe nicht viel vorzuweisen, aber es wäre trotzdem schön, wenn Mama und Papa auch mal stolz auf mich wären.« Sie hockte wie ein kleines Häufchen Elend neben mir und wischte sich mit der Hand über die Augen.

Auf einmal verstand ich, warum Melli war, wie sie war. »Mama und Papa *sind* stolz auf dich!«, sagte ich. »Sie reden andauernd von dir.«

Melli starrte auf ihren Arm, auf dem sich deutlich eine Bissspur von mir abzeichnete. »Du gibst mir das Gefühl, dass ich dumm bin und dass mein Leben belanglos ist.«

»Aber das denke ich doch gar nicht!«, rief ich bestürzt. »Und ich will auch nicht, dass du das denkst! Du bist und bleibst meine Schwester und ... du sollst mich nicht hassen. Bitte, hass mich nicht.« Gefühlsduselig und nah am Wasser gebaut wie ich neuerdings war, konnte ich den Gedanken kaum ertragen, und wieder rannen Tränen über meine Wangen.

Melli starrte mich ungläubig an. »Heulst du? Ich glaub, ich hab dich noch nie heulen sehen.«

»In letzter Zeit kann ich das ganz gut«, schniefte ich.

»Bist du schwanger oder was?«

»Spinnst du? Nein!«

»Ich aber.«

»Was?!«

»In der neunten Woche«, sagte sie. »Ich wollte es euch heute erzählen.«

Ich schlug mir die Hand vor den Mund. »Oh Gott, und wir haben uns gerade geprügelt! Was, wenn das dem Baby geschadet hat?«

»Ach Quatsch«, winkte sie ab. »So heftig ist dein rechter Haken nun auch wieder nicht.«

Wir fingen zeitgleich an zu kichern, bis wir schließlich lauthals lachten. »Au«, rief ich und hielt mir meine Nase, woraufhin wir noch heftiger gackerten. »Wir werden niemals irgendjemandem hiervon erzählen, okay?«, sagte ich und hielt ihr die ausgestreckte Hand hin.

»Abgemacht.« Sie ergriff meine Hand. »Ich frage mich nur, wie du das mit deiner Nase erklären willst. Und wie ich das hier erklären soll.« Sie hielt ihren Arm hoch.

»Da fällt uns schon was ein. Und Melli...«, ich deutete auf ihren Bauch. »Herzlichen Glückwunsch.«

Wir sahen uns in die Augen, und zum ersten Mal seit langer Zeit, vielleicht sogar das erste Mal in ihrem Leben, lächelte sie mich aufrichtig an. »Ich hasse dich nicht, Karo. Es ist schon so, wie du sagst: Du bist und bleibst meine Schwester. Und es tut mir leid, dass ich das mit Patrick Weidinger gesagt habe.«

»Schon gut. Übrigens bin ich ganz und gar nicht die heilige Karo, die nie etwas falsch macht. In den letzten Monaten habe ich mit Sicherheit mehr Fehler gemacht als du in deinem ganzen Leben.«

Wir blieben nebeneinander auf dem Boden sitzen, als wollten wir beide nicht, dass dieser friedliche Moment zwischen uns vorbeiging.

Eine Weile später kam meine Mutter herein und fasste sich

vor Schreck ans Herz, als sie uns dort sitzen sah. »Wat habt ihr denn gemacht?«, rief sie. »Du siehst ja aus, als kämst du von der Schlachtbank, Karo!

»Ich hab Nasenbluten«, sagte ich schlicht.

»Und was hast du da?«, fragte sie und zeigte auf die Bissspur auf Mellis Arm.

»Ach, das ist nur ... ähm ...«

»Das war Guido«, half ich ihr aus. »Wilde Nacht.«

Meine Mutter hielt sich die Ohren zu. »Erzähl mir doch sowas nicht, dat will ich überhaupt nicht hören!«

Später kam Guido vorbei, und die beiden verkündeten ihre frohe Botschaft. Und noch am selben Abend flog meine Bachelorurkunde aus dem Rahmen überm Fernseher und wurde durch Mellis Ultraschallbild ausgetauscht.

Inzwischen war ich fast drei Wochen in Bochum. Ich hatte geglaubt, dass es mir guttun würde, weit weg von Hamburg zu sein. Dass es mir dabei helfen würde, Patrick zu vergessen oder zumindest Abstand zu ihm zu gewinnen. Aber nichts dergleichen geschah. Ich dachte beinahe ununterbrochen an ihn. Es tat noch genauso weh wie am Anfang, wenn nicht sogar noch mehr, und ich konnte selbst kaum glauben, wie sehr er mir fehlte. Ich erwischte mich sogar dabei, dass ich ihn googelte oder auf seiner Facebook-Seite stöberte, nur um seinen Namen zu lesen oder Fotos von ihm zu sehen.

Ich versuchte mich abzulenken, ging schwimmen oder laufen oder traf mich mit Freunden. Einmal lief ich sogar Markus über den Weg. An seiner Seite war eine hübsche, junge Frau, die er mir als seine Freundin vorstellte. Er wirkte ausgeglichen und glücklicher als jemals mit mir, und als wir uns schließlich höflich voneinander verabschiedeten, wusste ich, dass keine üblen

Gefühle mehr im Spiel waren. Markus hatte sein Happy End gefunden, genau wie Patrick es vorausgesagt hatte.

Womit ich gedanklich schon wieder bei ihm gelandet war. Keine Ablenkung half, am Ende jeder Überlegung stand unweigerlich er. Es gab nichts, was ich dagegen tun konnte.

Am liebsten blieb ich zu Hause und guckte mit meinen Eltern fern oder verkroch mich bei Oma. Manchmal besuchte ich meinen Vater in dem Kiosk, in dem er seit ein paar Wochen auf 450-Euro-Basis jobbte. Er hatte sich mit seinem Frührentnerleben inzwischen abgefunden, und der Nebenjob gab ihm endlich wieder das Gefühl, etwas Nützliches tun zu können.

Am Tag vor meiner Rückreise nach Hamburg kamen Melli und Guido zum Essen vorbei. Es war rührend zu sehen, wie liebevoll er sich um sie kümmerte. Er rückte ihr den Stuhl zurecht, achtete darauf, dass sie nichts aß, was auch nur annähernd gefährlich für sie oder das Baby sein könnte und sah sie an, als wäre sie der kostbarste Schatz auf Erden.

Lustlos stocherte ich in meinem Essen herum und kriegte kaum mit, wie mein Vater mich ansprach. »Püppi, wat hängste da denn schon wieder rum wie'n Äffchen aufm Schleifstein?«

»Hm? Was meinst du?«

Melli und meine Mutter tauschten einen Blick, und wenn mich nicht alles täuschte, verdrehte meine Mutter sogar die Augen.

Oma legte ihre Hand auf meinen Arm. »Karolinchen, wir haben uns das Elend jetzt drei Wochen lang angeguckt. Wir wissen, dass du Liebeskummer hast, und das tut uns allen furchtbar leid. Aber so kann das nicht weitergehen.«

Meine Mutter nickte heftig. »So kennen wir dich überhaupt nicht. Der Weidi hat dich einfach sitzengelassen und ist nach München abgehauen...«

»... zu den *Bayern*«, warf mein Vater verächtlich ein.

»... und du lässt dich hier nur gehen und suhlst dich im Dreck. Dat ist der doch gar nicht wert!«

Mit der Gabel zog ich eine Schneise in meinen Kartoffelbrei. »Also, so ist es im Grunde genommen nicht *ganz* gewesen. Ich meine, er ist nicht einfach so nach München abgehauen.« Nach einer kleinen Pause fügte ich hinzu: »Er hat mich schon gefragt, ob ich mitkommen will.«

Niemand sagte etwas. Nach einer Weile hob ich meinen Kopf und sah in die fassungslosen Gesichter meiner Familie.

Melli fing sich als Erste. »Und du hast nein gesagt?«

Ich nickte.

»Ja, aber ... dann...«, stammelte sie. »Nee. Da fällt mir nichts zu ein.«

»Aber mir!«, donnerte mein Vater. »Wenn der Junge will, dass du mitkommst nach München, dann beweg gefälligst deinen Arsch da hin, Frollein! Was für'n Theater veranstaltest du hier überhaupt?«

Ich knallte meine Gabel auf den Teller. »Ach, so hat das also zu laufen? Wenn der Herr pfeift, habe ich zu springen? Ich kann nicht einfach nach München gehen, ich habe einen Job in Hamburg, und zwar einen sehr guten!«

»In München soll es ja durchaus auch gute Jobs geben«, meldete Guido sich zu Wort. »Hab ich gehört«, fügte er kleinlaut hinzu, als er meinen wütenden Blick auffing.

Oma stand auf und tippte mir an die Schulter. »Komm mal mit, Karo.« Sie ging mir voraus in ihr Zimmer und ließ sich ächzend aufs Sofa sinken. »Kann es sein, dass du so versessen darauf bist, Karriere zu machen, weil ich dir das mit meinem Vater und der Fabrik erzählt habe? Und dass *du* jetzt für mich Karriere machen sollst?«

»Vielleicht hat es auch etwas damit zu tun. Aber in erster

Linie will ich das für *mich*.« Ich ging zu ihr rüber und setzte mich neben sie. »Ach, Oma, versteh doch, ich hatte immer dieses Ziel, dafür arbeite ich schon seit Jahren so hart, und ich kann doch jetzt nicht damit aufhören, nur weil ich ... weil ich Patrick liebe.«

Oma griff nach meiner Hand und drückte sie. »Guck mich mal an, Karolinchen.« Ich gehorchte und blickte in ihre grauen, klugen Augen. »Es ist gut, dass du dein Ziel verfolgst. Aber du darfst doch nicht so fixiert darauf sein, dass du rechts und links deines Weges lauter schöne Dinge übersiehst. Wenn du so weitermachst, wird irgendwann der Punkt kommen, an dem du das Gefühl hast, etwas verpasst zu haben. Oder jemanden.« Sie strich mir zart über die Wange.

Mein Hals fühlte sich eng an, als der Kloß darin dicker und dicker wurde. »Das Gefühl habe ich jetzt schon«, flüsterte ich. Für einen Moment biss ich mir auf die Unterlippe, um sie am Zittern zu hindern, bis es aus mir herausbrach: »Ich will Patrick nicht verpassen! Ich will mit ihm zusammen sein und ihn irgendwann im Garten mit unseren Kindern herumtoben und Fußball spielen sehen, während ich in unserem Haus einen Apfelkuchen backe. Aber ich will mich auch selbst verwirklichen und einen Job haben, in den ich mich voll reinknien kann und bei dem ich jeden Tag aufs Neue herausgefordert werde. Und wie soll ich mir etwas aufbauen, wenn ich ständig umziehen muss? Verstehst du, egal, wie ich mich entscheide, ein Teil von mir wird immer zu kurz kommen!«

»Hm«, machte Oma und wiegte bedächtig ihren Kopf. »Viele Wege führen nach Rom. Weißt du, das Schöne an der heutigen Zeit ist ja, dass eine Frau durchaus beides haben *kann*.«

Oma gab eine Runde Likör und ein paar Erfrischungsstäbchen aus, und ich dachte über ihre Worte nach. Ich hatte geglaubt, meine Entscheidung bereits getroffen zu haben, doch jetzt war mir klar, dass nur mein Kopf sich entschieden hatte. Mein Herz forderte lautstark etwas völlig anderes, und ich konnte es nicht mehr länger überhören.

20.

Es gibt nur einen Ball.
Wenn der Gegner ihn hat, muss man sich fragen:
Warum?!
Ja, warum? Und was muss man tun?
Ihn sich wiederholen!
Giovanni Trappatoni

Am nächsten Morgen packte ich meinen Koffer und schleppte meine Siebensachen zum Auto. Dort traf ich auf unseren Nachbarn Herrn Paschulke, den Vorbesitzer von Karlheinz.

»Hallo Karo«, begrüßte er mich. »Dich hat man ja schon ewig nicht mehr gesehen. Sag mal, ist das da *mein* alter Benz?« Er zeigte auf Karlheinz.

»Ja, da ist ein bisschen was dran gemacht worden«, erklärte ich sein neues strahlendes Antlitz.

»Ein bisschen was ist gut.« Herr Paschulke ging einmal um den Wagen herum und pfiff durch die Zähne. »Der sieht ja aus wie geleckt.«

»Ja, aber das waren echt nur ein paar kleinere Schönheitsreparaturen. Die hat der Lehrling gemacht, also war das umsonst.«

Herr Paschulke brach in Gelächter aus. »Der Wagen ist poliert worden, und eine neue Stoßstange hat er auch gekriegt. Dieser Lehrling muss ganz schön in dich verknallt sein, wenn er das für lau gemacht hat.«

Stirnrunzelnd starrte ich Karlheinz an. Es war mir doch

gleich komisch vorgekommen, dass Siggi Knipp auf den ersten Blick so viele Mängel festgestellt hatte, nur um ein paar Tage später zu behaupten, dass sie nicht so tragisch gewesen seien. Ich verabschiedete mich von Herrn Paschulke und anschließend von meinen Eltern und Oma, hupte noch zweimal und machte mich auf den Weg nach Hamburg, wo ich geradewegs zu Siggi Knipps Werkstatt fuhr. Im Büro saß nicht Siggi selbst am Schreibtisch, sondern ein Junge, der ihm entfernt ähnlich sah. Umso besser.

»Hallo. Ich hätte da eine ganz große Bitte. Und zwar möchte ich den Mercedes da draußen verkaufen.« Durch die Glasscheibe zeigte ich auf Karlheinz. »Er war vor ein paar Wochen hier in der Werkstatt, und ich würde den möglichen Käufern gerne beweisen, was alles gemacht wurde. Ich habe aber leider die Rechnung verloren.«

Mit wenig Elan wendete er seinen Blick vom Rechner ab. »Die Werkstatt gehört meinem Onkel, der ist grad nicht da. Ich spiel hier nur Solitär.«

»Aber du weißt doch bestimmt, wie man das Rechnungsprogramm öffnet. Ihr jungen Leute kennt euch doch alle so gut aus mit Computern«, versuchte ich zu schmeicheln.

Er kratzte sich an seinem pickligen Kinn. »Na ja, ein bisschen schon. Ich kann's ja mal versuchen.« Während er mit dem Mauszeiger über den Bildschirm fuhr und hier und da etwas anklickte, betete ich innerlich, dass Siggi sein Rechnungsprogramm nicht passwortgeschützt hatte. Zum Glück fragte der Junge schon bald: »Auf welchen Namen ist die Rechnung denn?«

»Maus.«

»Ah, da haben wir sie ja. Mercedes 280 E, Querlenker neu, 400 Euro.«

»Genau. Aber es müsste noch eine zweite Rechnung geben. Auf den Namen ... Weidinger.«

»Hm.« Mit zwei Fingern haute er auf die Tastatur ein und drückte die Enter-Taste. »Ja, genau. Weidinger, Patrick. Ha, so wie Weidi von der Eintracht. Wobei der ja jetzt zu den Bayern gegangen ist. Typisch, da wollen sie doch alle hin«, muffelte er. »Denen geht's nur um die Kohle. Als würden sie nicht schon genug Millionen scheffeln.«

Ungeduldig trommelte ich mit den Fingern auf den Tresen. »Mhm, mag sein, für Fußball interessiere ich mich nicht besonders.«

Siggis Neffe wandte seine Aufmerksamkeit wieder der Rechnung zu. »Mercedes 280 E, gleiches Kennzeichen. Jo, da wurde wohl noch ein bisschen mehr gemacht.« In den folgenden zwei Minuten las er mir die Rechnung vor, und zwar in einer Sprache, die ich nur bruchstückhaft verstand. Nur die Worte »Zylinderkopfdichtung«, »Politur« und »Stoßstange« kannte ich. »Könntest du mir diese Rechnung noch mal ausdrucken?«

Er zuckelte zum Drucker und gab mir zwei vollgeschriebene DIN-A4-Seiten, an deren Ende mir fett und doppelt unterstrichen folgende Summe ins Auge stach:

€ 3.875,00

»Ach du Schande!«, entfuhr es mir.

»Gibt es ein Problem?«

»Allerdings!« Ich hielt die Rechnung hoch. »Vielen Dank hierfür. Und schöne Grüße an deinen Onkel und den Lehrling.«

Ich verließ das Büro, stieg ins Auto und knallte die Tür hinter mir zu. Eine Weile blieb ich reglos sitzen und tat nichts, außer fassungslos auf die Rechnung in meiner Hand zu starren. Da hatten die Herren mich ja richtig schön verarscht. Und das, nachdem ich klar und deutlich gesagt hatte, dass Patrick Weidinger mit meinem Auto rein gar nichts zu tun hatte und dass ich die Reparatur von meinem eigenen Geld bezahlen würde! Ich sah die beiden förmlich vor mir, wie sie sich über mich amüsiert hatten, wie Patrick Siggi hatte schwören lassen, dass er für alle Zeiten dichthalten würde. Aber so sehr ich es auch versuchte, ich konnte nicht ernsthaft böse sein. Patrick hatte gewusst, wie sehr ich an Karlheinz hing und dass ich mir die Reparatur vermutlich nicht leisten konnte. Im Grunde genommen war das, was er getan hatte, doch ziemlich ... süß. Es war großartig. Wunderbar. So wie er. Ohne mir dessen wirklich bewusst zu sein, startete ich den Wagen und fuhr zu dem Ruderclub, in dem wir Hannes Röttgers Geburtstag gefeiert hatten. Ich ging runter an den Steg und sah dort die *Blue Bayou* und ganz am Ende, winzig klein, unseren Tretboot-Blitz.

Mein Blick wanderte zu der Stelle, an der Patrick und ich auf Liegestühlen gesessen, Wein getrunken und Brezn gegessen hatten, und plötzlich erschien dieser Moment vor meinem inneren Auge, in dem unsere Arme sich berührt hatten. Wie sehr hatte ich mir gewünscht, ein anderer Mensch zu sein, der einfach seine Hand nehmen, den nächsten Schritt gehen und schauen konnte, was dann passierte. Aber ich hatte es nicht getan, denn ich war zu feige gewesen. Ich sah zur Alster, die vor mir in der Abendsonne funkelte. Weiße Segelboote fuhren darauf herum, und ich entdeckte sogar ein Pärchen in einem Tretboot.

›Bist du denn eigentlich verrückt?‹, schoss es mir durch den Kopf, und ich wusste nicht, ob es meine eigene Stimme war oder ob wieder dieses Schmetterlingsmädchen sprach. ›Willst du Patrick ernsthaft aufgeben, nur, weil du Angst hast?‹

Ich setzte mich auf den Steg und beobachtete das Pärchen im Tretboot. Niemand konnte voraussehen, was passieren würde. Nichts war sicher, das Leben war und blieb ein Risiko. Ich wusste nicht, ob Patrick und ich eine dauerhafte Zukunft hatten. Alles, was ich wusste, war, dass ich ihn liebte und dass ich mit ihm zusammen sein wollte. Und plötzlich fragte ich mich, wieso es mir so schwergefallen war, mich zwischen ihm und meiner Arbeit zu entscheiden. Im Grunde genommen war es ganz einfach. Ich wollte beides, und ich sah verdammt noch mal nicht ein, wieso ich nicht beides kriegen sollte. Es war genauso, wie Oma es gesagt hatte: Viele Wege führten nach Rom, und vielleicht ging meiner nicht nur über München, sondern auch noch über Liverpool, Barcelona und Osaka. Die Hauptsache war, dass ich diesen Weg gemeinsam mit Patrick gehen konnte.

»Kann ich Ihnen helfen?«, hörte ich eine Stimme hinter mir.

Ich drehte mich um und erblickte den Besitzer des Ruderclubs. »Nein«, sagte ich. »Sie nicht. Trotzdem vielen Dank.« Ich lächelte ihn an, stand auf und ging zurück zum Auto. In meiner Tasche kramte ich nach meinem Portemonnaie und holte die Visitenkarte von Herrn Wolf heraus.

Am nächsten Morgen betrat ich mit nervös flatterndem Magen und äußerst schlechtem Gewissen Herrn Dotzlers Büro. »Ich muss Ihnen etwas sagen. Es geht um den Job, den Sie mir angeboten haben. Ich ... kann ihn leider doch nicht annehmen.«

»Sie können ihn nicht ...«, wiederholte er. »Wieso nicht?«

Ich wischte einen unsichtbaren Fussel von meiner Hose. »Das hat ausschließlich private Gründe.«

Er kniff die Augen zu schmalen Schlitzen zusammen. »Weidinger?« Ohne meine Antwort abzuwarten, donnerte er mit der Faust auf den Tisch. »Weidinger! Nicht nur, dass *er* nach München abhaut, jetzt nimmt er auch noch meine Angestellten mit!«

»Es tut mir wirklich leid.«

»Pff!«, machte er abfällig. »Und zu wann wollen Sie kündigen?«

»Ähm, im Grunde genommen habe ich momentan gar keinen Arbeitsvertrag. Mein letzter war bis zum einunddreißigsten Mai befristet, und da mein Urlaub ja ziemlich überstürzt war, konnten wir vorher keinen neuen abschließen. Eigentlich wollten wir das klären, sobald ich wieder im Büro bin, wissen Sie noch? Aber ... jetzt ist ja doch alles anders gekommen. Kulanterweise könnte ich noch ein paar Wochen ...«

»Sie können sich Ihre Kulanz sonst wo hinstecken!«, brüllte Dotzler mit hochrotem Gesicht.

»Das heißt, ich kann sofort gehen?«, fragte ich hoffnungsvoll.

»Ich bitte darum!«

»Vielen Dank, Herr Dotzler!« Ohne darüber nachzudenken lief ich um seinen Schreibtisch herum und umarmte ihn. »Sie können sich gar nicht vorstellen, was mir das bedeutet!«

Vollkommen perplex tätschelte er meinen Rücken. »Ja ja, schon gut. Jetzt hauen Sie schon ab. Viel Glück in München.«

Es kam mir wie ein Traum vor, als ich sein Büro verließ und ein letztes Mal durch die Räume der Geschäftsstelle ging. Regine, Geli und Leonie konnten kaum glauben, dass ich den Verein wirklich und wahrhaftig von jetzt auf gleich verlassen würde.

»Hat das etwas mit Weidi zu tun?«, wollte Geli wissen.

»Es wäre gelogen, wenn ich nein sagen würde. Ich mach gerade etwas vollkommen Verrücktes. Drückt mir die Daumen, dass es klappt.«

Sie versprachen, mir auf jeden Fall die Daumen zu drücken, und wir beteuerten uns gegenseitig, in Kontakt zu bleiben. Ich wusste nicht, ob wir es wirklich hinkriegen würden, aber ich würde alles dafür tun, dass es nicht an mir scheiterte.

»Und?«, sagte Nadja, als ich unser Zimmer betrat. »Was hat er gesagt?«

Ich hatte sie bereits gestern angerufen, um ihr zu sagen, was ich vorhatte, und war auf überraschend viel Verständnis gestoßen. Sie war es sogar gewesen, die mich auf die Idee mit meinem Arbeitsvertrag gebracht hatte, und sie hatte mir auch den Tipp gegeben, dass Dotzler äußerst allergisch darauf reagierte, wenn Angestellte ihm gegenüber das Wort »Kulanz« benutzten.

Zur Antwort streckte ich beide Daumen in die Höhe.

»Wahnsinn«, sagte sie. »Dann folgen wir also beide unseren Liebsten.«

»Ja, nur dass bei mir nicht sicher ist, ob mein Liebster mich überhaupt noch will.«

»Ach, Karo. Keiner, der euch beide nach dem letzten Spiel gesehen hat, würde auch nur eine Sekunde daran zweifeln.«

Ich fing an, meine persönlichen Sachen einzupacken, die sich im Laufe der Zeit in meinem Schreibtisch angestaut hatten.

»Und du meinst echt, wir sollten Felix zu meinem Nachfolger machen?«, fragte Nadja.

»Ja.« Naserümpfend warf ich eine angebrochene Tafel Schokolade in den Mülleimer, die schon seit März in einer der Schubladen vor sich hin dümpelte. »Er wartet schon so lange auf seine Chance.«

»Na gut. Dann versuch ich es mal mit ihm.«

Ich vergewisserte mich, dass ich alles eingepackt hatte, und schob schwungvoll die letzte Schublade zu. »So. Das war's.«

Nadja und ich lächelten uns an, dann ging ich zu ihr und umarmte sie. »Vielen Dank für alles. Vor allem dafür, dass du mich nicht umbringst, weil ich dich so kurz vor deinem Weggang hängenlasse.«

»Ach Quatsch. Schließlich bin ja nicht ich diejenige, die es letzten Endes ausbaden muss. Felix wird leiden, wenn er hier plötzlich alleine ist.«

»Er wird nicht leiden«, lachte ich. »Er wird wie ein König durch die Flure marschieren, sich einen Praktikanten nehmen und ihn drangsalieren.« Ich drückte sie noch mal fest an mich. »Alles, alles Gute. Habt ihr euch eigentlich schon überlegt, ob ihr es weiterversuchen wollt mit einem Baby?«

Ihre üblicherweise aufgesetzte Maske aus Gelassenheit und Gleichmut bröckelte, und ihr Lächeln verschwand, als sie den Kopf schüttelte. »Nein. Aber es sieht momentan nach Aufgeben aus. Wir hängen schon seit Ewigkeiten in der Warteschleife, und irgendwann will man einfach nur noch auflegen und wieder leben.«

»Ich drück dir die Daumen, egal wofür ihr euch entscheidet.«

»Und ich drück dir die Daumen für München.«

Zehn Minuten später stand ich vor der Geschäftsstelle. Ich betrachtete den Glaskasten am Stadion und dachte daran, wie ich das allererste Mal hier gestanden hatte. Mit völlig falschen Erwartungen und nicht mal ansatzweise ahnend, was in den kommenden Monaten auf mich zukommen würde. Meine Zeit bei der Eintracht war nicht immer einfach gewesen. Aber unterm Strich hatte ich wahnsinnig viel gelernt, vor allem, mich durchzusetzen und zu behaupten. Diesen Job anzunehmen, war definitiv eine der besten Entscheidungen meines Lebens gewesen, und das nicht nur, weil ich dadurch Patrick kennengelernt hatte.

Saskia half mir nachmittags, meine Sachen zu packen, jammerte dabei jedoch so sehr, dass ich befürchtete, sie würde alles, was im Koffer landete, umgehend zurück in die Schränke räumen.

»Ich kann nicht glauben, dass du abhaust«, sagte sie immer wieder. Missbilligend beobachtete sie mich dabei, wie ich Fotos von der Wand abnahm und in einem Karton verstaute. »Erst gehst du, nächste Woche Pekka ... Was soll ich denn mit Nils alleine hier machen?«

Ich lachte. »Euch wird bestimmt etwas einfallen.«

Saskia zog eine Schnute, brach dann aber ebenfalls in Gelächter aus. »Ach, ich kann einfach Abschiede nicht leiden. Glaub mir, ich finde es wahnsinnig aufregend, was du da machst! Ich werde dir bestimmt alle fünf Minuten eine Nachricht schreiben, um zu fragen, wie es läuft.«

Später halfen Nils und Pekka mir, meine Möbel abzubauen und Karlheinz zu beladen. »Wie sieht's aus?«, fragte ich die drei Menschen, die zu meiner Ersatzfamilie geworden waren. »Gehen wir ein letztes Mal zu Costa?«

Am nächsten Morgen begleiteten mich Saskia, Nils und Pekka in aller Herrgottsfrühe zum Wagen. In den letzten zwei Tagen hatte es mich immer wieder überrascht, wie schwer mir der Abschied fiel. Anfangs hatte ich mich fremd in Hamburg gefühlt und war mir oft vorgekommen wie eine Außerirdische, aber mit der Zeit hatte ich Fuß gefasst, Wurzeln geschlagen und Freunde gefunden. Diese Stadt war mein Zuhause geworden.

Mein Herz wog schwer wie Blei, als ich Nils umarmte. »Pass gut auf Saskia auf. Und lass dir nie wieder etwas von Bad Boys erzählen, okay?«

Nils lachte. »Auf keinen Fall. Hör mal, wenn das mit München nichts wird – bei uns steht dir immer eine Tür offen.«

Als Nächstes wandte ich mich an Pekka. »Mach's gut«, sagte ich und drückte ihm einen Kuss auf die Wange. »Gute Heimreise. Dann willst du jetzt also echt seriös werden?«

Pekkas blaue Augen blitzten fröhlich. »Ja, ich studiere fertig, suche Arbeit und warte, dass ich geheiratet werde.«

»Die Mädels werden sich um dich reißen«, sagte ich lachend, während gleichzeitig ein paar Tränen meine Wange herunterkullerten.

Saskia heulte auch schon, und als wir uns umarmten, klammerten wir uns so sehr aneinander fest, dass wir kaum Luft bekamen. »Ich werde dich so vermissen«, flüsterte sie mir ins Ohr.

»Ich dich auch. Das war eine tolle Zeit, oder?«

»Ja«, schniefte sie. »Von dem Nils-und-Patrick-Chaos mal abgesehen war es perfekt. Mensch, da gehst du nach Bayern, um dir einen Mann zu holen, den ich noch nicht mal kennengelernt habe! Das geht doch nicht!«

»Drück mir die Daumen, dass es klappt, Sassi. Ich hab echt Schiss.«

»Ach«, sie drückte mich noch einmal fest an sich. »Natürlich wird es klappen. Aber nur für den Fall: Ich werde an dich denken und dir Glück rüberschicken und meine Daumen so fest gedrückt halten, dass sie ganz blau werden.«

Wir lösten uns voneinander, und ich wischte mir mit der Hand die Tränen von den Wangen.

»Oh, warte mal«, rief Saskia und zog ein Päckchen aus ihrer Tasche hervor. »Wir haben noch etwas für dich.«

Ich öffnete das Papier, und zum Vorschein kam ein gerahmtes Foto von Saskia, Nils, Pekka und mir. Es war ein Selfie, das wir während unseres Backnachmittags in der Küche aufgenommen hatten – ein dicht gedrängtes Knäuel aus albernen Fratzen in die Kamera schneidenden, mehlbestäubten Freunden. »Vielen Dank!«, rief ich. »Ich hab euch lieb, das wisst ihr, oder?«

»Ja, wissen wir«, sagte Pekka und schob mich energisch zum

Auto. »So, fahr los und hol dir den Mann! Ist wohl Zeit, dass du endlich einen kriegst.«

Ich stieg ein und startete den Wagen.

»Wir lieben dich auch!«, rief Saskia durchs offene Fenster.

Ein letztes Mal winkte ich ihnen zu, bevor ich losfuhr und die drei im Rückspiegel kleiner und kleiner werden sah. Ich schnäuzte in ein Taschentuch und atmete tief durch. »Okay, Karlheinz«, sagte ich. »Das war Hamburg. Dir wird es auch fehlen, oder? Aber jetzt wollen wir doch mal sehen, was uns in München so alles erwartet.«

Um kurz nach halb fünf kam ich am Bayern-München-Trainingsgelände an der Säbener Straße an. Im Auto hatte ich neun Stunden lang Zeit gehabt, mir zu überlegen, wie das Treffen mit Patrick ablaufen könnte und dabei sämtliche Variationen durchgespielt. Von Minute zu Minute war ich nervöser geworden, und jetzt, als ich die noblen Verwaltungsgebäude sah, schlug mir das Herz bis zum Hals. Das hier war definitiv etwas völlig anderes als das kleine, beinahe familiäre Trainingszentrum von Eintracht Hamburg. Das hier war absolute Luxusklasse, und ich war froh, dass ich meinen Eintracht-Mitarbeiterausweis behalten hatte. Anderenfalls hätte mir die Security meine Geschichte, dass ich Patrick Weidinger wichtige, äußerst vertrauliche Dokumente bringen musste, die er in Hamburg vergessen hatte, niemals abgekauft und mich nicht mal in die Nähe des Spielerparkplatzes gelassen.

Ich parkte nicht weit von seinem BMW entfernt, setzte mich auf Karlheinz' Motorhaube und wartete. Meine Hände waren eiskalt und nassgeschwitzt, mir war übel, und ich kaute an meinen Fingernägeln, während ich in Gedanken wieder und wieder die Rede durchging, die ich auf dem Weg einstudiert hatte.

Die Uhren in München schienen langsamer zu laufen als im Rest des Landes. Mit Schrecken stellte ich fest, dass ich erst seit einer halben Stunde wartete, gefühlt waren es mindestens fünf! Ich versuchte, mich zu beruhigen, indem ich ein paarmal tief ein- und ausatmete. ›Das wird schon, Karo, mehr als nein sagen kann er nicht. Du hast nichts zu verlieren‹, sagte ich mir und wusste im gleichen Moment, dass das eine dicke Lüge war. Ich hatte alles zu verlieren.

Als ich schon kurz davor war, wieder einzusteigen und mit quietschenden Reifen abzuhauen, kamen nach und nach die Spieler auf den Parkplatz. Schließlich erschien ein großer Typ mit blondem Strubbelhaar. Patrick.

Sein Blick fiel auf mich, er blieb abrupt stehen und kniff die Augen zusammen, als wolle er sich vergewissern, ob ich es wirklich war. Schließlich setzte er sich wieder in Bewegung und kam auf mich zu.

Ich sprang von der Motorhaube und befürchtete schon, sofort einzuknicken, so weich waren meine Knie. Doch ich blieb aufrecht stehen, und schließlich war Patrick da, direkt vor mir. Ich nahm den Duft seines Duschgels wahr und sah in seine tiefblauen Augen, die mich voller Verwunderung musterten.

»Hallo«, krächzte ich.

Patrick schüttelte den Kopf. »Das ist die blödeste aller Fragen, aber mir fällt beim besten Willen keine andere ein, also ... Was machst du denn hier?«

»Ähm, ich weiß, ich wollte dich eigentlich erst in zehn Jahren in München besuchen, aber irgendwie ist die Zeit mir dann doch zu lang geworden.« Ich zog einen Briefumschlag aus meiner Hosentasche. »Ich habe auf dem Weg hierher eine Rede einstudiert, aber bevor ich die halte, muss ich dir erst das hier geben.«

Patrick nahm den Umschlag mit fragendem Blick entgegen.

»Das ist die erste von 38,75 Monatsraten«, erklärte ich. »Für Karlheinz. Ich werde dir jeden einzelnen Cent zurückzahlen.«

Er seufzte. »Wie hast du das rausgekriegt? Siggi hat mir hoch und heilig geschworen, dichtzuhalten.«

»Hat er auch. Ich habe seinem Neffen so lange Angst gemacht, bis er gesungen hat wie ein Kanarienvogel.«

»Ja, das kann ich mir sehr gut vorstellen«, sagte Patrick ernst und steckte den Briefumschlag in seine Hosentasche. »Gut, dann bin ich gespannt auf deine Rede.«

Jetzt, wo er vor mir stand, war es nicht mehr so leicht wie allein im Auto. Nervös knetete ich meine Hände. »Das ist jetzt alles ein bisschen ... Also, du müsstest mich noch mal fragen, was ich hier mache, sonst passt der Anfang nicht.«

In seinen blauen Augen blitzte es amüsiert auf. »Karo, was machst du denn hier?«, fragte er mit gespieltem Erstaunen.

Nachdem ich noch einmal tief Luft geholt hatte, legte ich los. »Ich weiß, ich wollte dich eigentlich erst in zehn Jahren in München besuchen, aber irgendwie ist die Zeit mir dann doch zu lang geworden.« Eine Hupe ertönte, und ich zuckte zusammen, als dicht neben uns ein Wagen ausparkte.

»Wollen wir vielleicht woanders hingehen? Wo wir etwas ungestörter sind?«, fragte Patrick.

»Nein!«, rief ich verzweifelt. »Ich muss das jetzt sofort machen! Bitte.«

»Okay.«

»Also. Ich wollte dich eigentlich erst in zehn Jahren in München besuchen, aber irgendwie ist die Zeit mir dann doch zu lang geworden«, ratterte ich herunter. Ich hielt inne und wartete ab, ob ich wieder unterbrochen wurde, doch nichts passierte, und Patrick sah mich nur ruhig an. »Es gibt nämlich ein paar Dinge, die ich dir dringend sagen muss und die keine zehn Jahre mehr Zeit haben«, fuhr ich fort. »Erstens. Du hattest mit allem recht, was du in der Umkleide zu mir gesagt hast. Ich war total verkrampft, wenn es um den Job ging, und ich war ein arrogantes Arschloch. Aber du sollst wissen, dass ich trotz aller Zickigkeit, die ich dir und anderen gegenüber so oft an den Tag lege, auch ein netter Mensch sein kann, und ...«

»Das weiß ich doch, Karo«, unterbrach er mich. Dann schüttelte er den Kopf. »Tut mir leid, mach weiter.«

»... ein netter Mensch sein kann, und ... das habe ich jetzt vergessen, aber ich denke, Punkt eins habe ich klargemacht. Dann zu zweitens. Du hast mal gesagt, dass du die Schnauze voll hast von Frauen, die dich nur toll finden, weil du Fußballer bist. Und angesichts dessen wäre ich die ideale Frau für dich, denn ich finde es absolut scheiße, dass du Fußballer bist.«

Patrick hob eine Augenbraue, doch ich fuhr unbeirrt fort. »Du musst permanent in der Weltgeschichte herumziehen, deine Arbeitszeiten sind unter aller Sau, und ich stehe auch nicht drauf, dabei zusehen zu müssen, wie du ein ums andere Mal während eines Spiels umgenietet wirst. Mit diesem ganzen Promikram und Medienrummel kann ich nichts anfangen, und der Gedanke, dass ich möglicherweise für den Rest meines Lebens andauernd Fotos von dir und irgendeinem Fan machen muss, stimmt mich auch nicht gerade fröhlich. Und dann ist da ja auch noch meine Karriere, die mir so wichtig ist, dass ich nicht wusste, wie es möglich sein sollte, mit dir zusammen zu sein, ohne dabei völlig unterzugehen. Aus all diesen Gründen habe ich so lange gezögert. Ich hatte einfach Angst, dem nicht gewachsen zu sein, und daher auch diese Geschichte mit Pekka. Er war mein Schutzschild, verstehst du? Und als du mich gefragt hast, ob ich mitkomme nach München, da habe ich nein gesagt, weil es circa 348 Punkte gibt, die dagegen sprechen und nur einen einzigen dafür. Aber ich weiß jetzt, dass dieser Punkt wichtiger ist und schwerer wiegt als alle anderen zusammen. Das bist nämlich du, und ich liebe dich.«

Patricks Blick wurde weich. »Ich bin dir wirklich dankbar, dass du nicht alle 348 Kontrapunkte aufgezählt hast.«

»Kein Problem. Also, drittens. Ich habe bei der Eintracht gekündigt und ... na ja. Jetzt bin ich hier. Wenn du mich noch willst.«

Bevor er etwas sagen konnte, fuhr ich hastig fort. »Moment noch. Versteh mich nicht falsch, ich will immer noch Karriere machen. Ich habe schamlos meine Kontakte spielen lassen und Herrn Wolf angerufen, der mir dabei helfen will, ein paar Vorstellungsgespräche hier in München zu bekommen. Ja, ich weiß, das ist reines Vitamin B, aber hey. Wen interessiert's? Außerdem will ich wieder studieren und meinen Master in Wirtschaftswissenschaft machen. Es ist nämlich so, mir ist klar geworden, dass es viele Wege gibt, zum Ziel zu kommen. Dich gibt es aber nur einmal.«

Patrick lächelte, und mir fielen zentnerweise Steine vom Herzen, denn jetzt war mir klar, dass das hier gutgehen würde. Ich trat einen Schritt auf ihn zu. »Das war gerade der Schlusssatz.«

Er legte seine Arme um meine Taille und zog mich eng an sich. »Wow. Das war eine wunderschöne Rede, Karo.«

»Ich habe ja auch neun Stunden lang daran herumgefeilt«, sagte ich und strahlte ihn an.

Patrick beugte sich zu mir herunter, doch kurz bevor seine Lippen auf meinen landeten, zog er seinen Kopf zurück. »Nein, warte.« Er ließ mich los und kramte in seiner Sporttasche. »Erst muss ich dir etwas zeigen. Und sagen.«

Ich warf einen Blick auf das Ticket in seiner Hand. »Du fliegst morgen nach Hamburg? Was willst du denn da?«

»Dich«, sagte er schlicht. »Ich bin nicht so gut vorbereitet wie du, daher mach ich's kurz. Ich möchte mich dafür entschuldigen, dass ich dich so unter Druck gesetzt habe. Ich wollte dich ja geradezu zwingen, mit nach München zu kommen. Das war wirklich scheiße, und darauf bin ich auch weiß Gott nicht stolz. Wenn du zu diesem Schritt noch nicht bereit bist, dann ist das okay.« Er machte eine kurze Pause, in der er mich wieder an sich zog. »Ich liebe dich, und ich will mit dir zusammen sein, egal wie. Und daher wollte ich nach Hamburg fliegen, um dich zu fragen, ob du dir immer noch vorstellen kannst, ›es einfach so laufen zu lassen‹, wie du dich ausgedrückt hast. Das wäre immerhin besser als nichts, und wir könnten in Ruhe überlegen, wie eine dauerhafte Lösung für uns beide aussehen könnte.«

Fassungslos starrte ich ihn an. »Das ist nicht dein Ernst.«

»Doch.« Er guckte so bedröppelt drein, dass ich lauthals anfing zu lachen.

»Wir haben echt ein Timing-Problem«, prustete ich.

»Allerdings. Mein Angebot steht, also wenn du in Hamburg bleiben willst...«

»Nein«, sagte ich fest. »Will ich nicht. Hier bin ich, und hier bleibe ich. Glaub bloß nicht, dass du mich so einfach wieder loswirst.«

Ein verschmitztes Lächeln erschien auf seinem Gesicht. »Okay, dann... Ach, was soll's. Der Klügere gibt nach. Ich will mich nicht schon wieder mit dir streiten.«

Ich legte meine Arme um Patricks Nacken und zog seinen Kopf zu mir herunter. Als meine Lippen endlich seine berührten und wir uns stürmisch küssten, flippten die Schmetterlingsmädels in meinem Bauch völlig aus und drehten einen freudigen Looping nach dem anderen. Knut, der Taxifahrer, hatte recht. Das Leben ging selten den geraden Weg, und dass mein Happy End *so* aussehen könnte, hatte ich lange Zeit nicht für möglich gehalten. Doch jetzt, in diesem Augenblick, gab es nicht mehr den Hauch eines Zweifels. Ich war ganz genau da, wo ich sein wollte.

Unser Kuss wurde leidenschaftlicher, und schon bald hatte ich nur noch eins im Sinn: allein mit Patrick sein. Ich zog meinen Kopf zurück und sah in seine Augen, die so voller Liebe waren, dass ich auf der Stelle vor Glück hätte platzen können. Ich stellte mich auf die Zehenspitzen und flüsterte ihm ins Ohr: »Können wir jetzt endlich woandershin?«

»Mhm, unbedingt«, flüsterte er zurück, bevor er mich losließ und zu Karlheinz ging. An der Beifahrertür drehte er sich zu mir um und grinste mich an. »Du fährst.«

Karos Vanillekipferl-Rezept

250 g Mehl – *Menge lt. Saskia vervierfachen, da sonst zu wenig*
1 Messerspitze Backpulver – *Was? Eine Messerspitze? Wie viel ist eine Messerspitze bzw. sind 4 Messerspitzen? Angesichts der Menge des Mehls besser 1 Packung nehmen.*
125 g Zucker – *ergo auch vervierfachen*
1 Packung Vanillezucker – *dito*
3 Eigelb – *12 Eigelb ... Ob das nicht doch ein bisschen viel ist? Haben wir überhaupt so viele Eier?*
200 g Butter – *macht 800 g*
125 g gemahlene Mandeln – *500 g*
Je einen großzügigen Schuss Kreuzkümmel und Zimt sowie einen Hauch Chili, damit das Ganze etwas mehr Raffinesse kriegt.

– Mehl und Backpulver mit den Gewürzen mischen und auf ein Brett geben, in die Mitte eine Vertiefung drücken.
– Zucker, Vanillezucker und Eigelb hineingeben und mit einem Teil des Mehls zu einem dicken Brei verarbeiten. *Hä? Zu einem dicken Brei? Und wieso mit einem Teil des Mehls, das liegt doch schon komplett auf der Arbeitsfläche!*
– Darauf die Butter geben, mit dem restlichen Mehl bedecken und den Teig kneten. *Welches restliche Mehl??? Was ist denn das für ein bescheuertes Rezept?!*
– Aus dem Teig Stücke schneiden, Hörnchen formen und auf ein Backblech legen. *Um sich Arbeit zu ersparen, möglichst große Hörnchen formen. Aufgrund akuten Backblechmangels die Kipferl möglichst platzsparend auf dem Backblech anordnen.*
– Bei 180 Grad ca. 10 Minuten backen, und die fertigen Kipferl mit Vanillezucker bestreuen. *10 Minuten reichen im Leben nicht! Ich mach besser 20 bis 30 draus.*

Patricks Mix für Karo

1. Chris Rea – Driving Home for Christmas
2. Markus – Ich will Spaß
3. Glen Hansard – Drive All Night
4. Snow Patrol – Chasing Cars
5. R.E.M. – Leave
6. Tracy Chapman – Fast Car
7. The Cars – Drive
8. Iggy Pop – The Passenger
9. Bruce Springsteen – Thunder Road
10. Muse – Starlight
11. Train – Drive By
12. Red Hot Chili Peppers – Road Trippin'
13. Queen – Don't Stop Me Now
14. Elton John – Goodbye Yellow Brick Road
15. R. E. M. – Drive
16. Spaceman Spiff – Straßen
17. Billy Ocean – Get Outta My Dreams, Get Into My Car
18. Massive Töne – Cruisen

Danksagungen

Ich sage nur ein Wort:
Vielen Dank!
Horst Hrubesch

An meinen Ehemann und besten Gummibärchen-Buddy auf der Welt: Tausendmal Danke für deine unermüdliche Unterstützung und deine unendliche Geduld. Und hier und an dieser Stelle auch noch mal ganz ausdrücklich dafür, dass du mir immer freiwillig die Himbeeren aus der Colorado-Tüte überlässt.

Vielen, vielen Dank an meine Familie, dafür, dass ihr immer auf meiner Seite seid. Außerdem Danke für die bayerische Book Release Party in der niedersächsischen Tiefebene, den Hummel-Anhänger und überhaupt für alles!

Danke an Nancy Wittenberg für über fünfhundert ausgedruckte Seiten mit handschriftlichen Kommentaren. Du warst mir wieder eine riesengroße Hilfe, und du hast Saskia gerettet! Tausend Dank dafür!

Vielen Dank an Jessica Volkmann und Claudia Weise dafür, dass ihr so geduldig meine Fragen über das Ruhrgebiet und Bochum beantwortet habt.

Stephie Fust, dir danke ich ganz besonders, dafür, dass du das furchtbarste Date aller Zeiten hattest, dass du mir haarklein davon erzählt hast und vor allem dafür, dass ich es dann auch noch in meinem Buch verwursten durfte. Immer wieder gern, also wenn du noch mehr auf Lager hast: Her damit!

An Marion Labonte ein großes Dankeschön für den Hinweis auf überhäufte Anzeichen von Gefühlsregungen aus dem Augen-Herz-Magen-Bereich und für noch so viele andere Dinge, die den Text besser gemacht haben.

Vielen Dank an das Team der literarischen Agentur Thomas Schlück, insbesondere an Franka Zastrow! Ich bin so froh, dich zu haben!

An alle bei Bastei Lübbe, die dabei geholfen haben, diesen Roman an den Mann bzw. die Frau bzw. die Leser zu bringen: Vielen, vielen Dank! Allen voran an Friederike Achilles und Claudia Müller – ihr seid toll!

Und jetzt an die, für die ich das alles überhaupt mache: meine Leserinnen und Leser! Dafür, dass ihr meine Bücher kauft und lest, für eure vielen lieben Nachrichten, Kommentare und Rezensionen, die meine allergrößte Motivation sind: Vielen, vielen Dank!

Eine wunderschöne Liebesgeschichte, voller Humor und Herzenswärme

Petra Hülsmann
HUMMELN IM HERZEN
Roman
400 Seiten
ISBN 978-3-404-17584-0

Von der Liebe darfste dich nich feddich machen lassen – diesen weisen Rat hört Lena gleich mehrmals von Taxifahrer Knut. Aber leichter gesagt als getan, wenn der Verlobte eine Niete und der Job wegen eines äußerst peinlichen Fehlers plötzlich ein Ex-Job ist. Für Selbstmitleid bleibt Lena aber sowieso kaum Zeit. Ihr Leben muss dringend generalüberholt werden, und außerdem zieht ausgerechnet sie als Ordnungsfanatikerin in die chaotische WG ihrer besten Freundin. Vor allem Mitbewohner Ben nervt! Der ist nämlich nicht nur unglaublich arrogant, sondern auch ein elender Womanizer. Umso irritierter ist Lena, als ihr Herz beim Gedanken an ihn immer öfter auffällige Aussetzer hat ...

Bastei Lübbe

Die Community für alle, die Bücher lieben

Das Gefühl, wenn man ein Buch in einer einzigen Nacht verschlingt – teile es mit der Community

In der Lesejury kannst du
- ★ Bücher lesen und rezensieren, die noch nicht erschienen sind
- ★ Gemeinsam mit anderen buchbegeisterten Menschen in Leserunden diskutieren
- ★ Autoren persönlich kennenlernen
- ★ An exklusiven Gewinnspielen und Aktionen teilnehmen
- ★ Bonuspunkte sammeln und diese gegen tolle Prämien eintauschen

Jetzt kostenlos registrieren: www.lesejury.de
Folge uns auf Facebook:
www.facebook.com/lesejury